KB111902

마침표
쉼표

마침표 쉼표

초판 1쇄 찍은 날 | 2014년 5월 16일
초판 1쇄 펴낸 날 | 2014년 5월 22일

지은이 | 김나혜
펴낸이 | 예경원

편집 | 유경화

펴낸곳 | 예원북스
등록번호 | 제396-2012-000132호
등록일자 | 2012. 7. 25
YRN | 제1-0065호

주소 | 경기도 고양시 일산동구 무궁화로 8-28 삼성메르헨하우스 712호 (우) 410-837
전화 | 031-819-9431 팩스 | 031-817-9432
http://cafe.naver.com/yewonromance
E-mail | yewonbooks@naver.com

ⓒ 김나혜, 2014

ISBN 979-11-5630-077-9 03810

YE WON BOOKS ROMANCE STORY

김나혜 장편 소설

마침표
쉼표

CONTENTS

chapter 1

Rrrrr. Rrrrr.

주인의 성격을 알려주듯 단조로운 벨소리가 울렸다. 살 때부터 핸드폰에 내재되어 있는 벨소리에 소파에 누워 있던 남자가 몸을 일으켰다. 누워 있던 탓에 살짝 눌린 머리카락을 흩트리는 느릿한 왼손은 한껏 게을렀다.

남자의 긴 다리가 소파 밖으로 나와 땅에 닿았고, 남자는 이내 곧 다리에 힘을 주어 바닥을 딛고 섰다. 책상으로 걸어가며 눌린 머리를 정돈했던 손이 핸드폰을 향해 곧게 뻗어졌다. 핸드폰을 집어 올리는 남자의 눈동자에 자신의 손목이 들어찼다. 남자의 손목에는 검정색 머리끈이 자리하고 있었다.

"오늘이 일요일이지."

뜬금없이 요일을 헤아리는 도중 벨소리가 끊겼다. 남자는 개의 치 않고 왼쪽 손목에 감겨 있는 검정색 머리끈을 오른손 검지에 걸어 잡아당겨 손목에서 빼낸 뒤 책상 옆에 자리한 서랍을 열어 던져 놓듯 넣었다. 서랍 안에는 남자의 손목에 자리했던 검정색 머리끈 수십 개와 장식이 달린 알록달록 다양한 색의 머리끈들로 가득했다.

남자는 무심한 눈길로 대충 훑은 후 검정색 머리끈 사이에서 핑 크색에 작은 별 장식이 달린 머리끈을 손가락으로 집어 들고 익숙 한 손놀림으로 왼쪽 손목에 걸었다.

Rrrrr. Rrrrr.

다시 울리는 벨소리에 남자는 핸드폰을 들어 발신자를 확인했 다.

〈아미〉

한쪽 벽에 걸린 시계를 흘끗 쳐다본 남자는 의외라는 듯 한쪽 눈썹을 치켜세우더니 통화버튼을 살짝 터치했다. 그리고는 바로 한뼘통화 버튼을 눌러 책상 위에 올려놓고 의자에 몸을 맡겼다.

"응."

[잤어?]

"아니."

방금 전까지 소파에 누워 설핏 잠을 청했던 남자의 입에서 태연 스레 거짓말이 흘러나왔다. 눈가를 마사지를 하듯 손으로 눌러 완 전히 잠을 떨친 남자는 여자가 말을 이어가기를 기다렸다.

[차세진.]

그도 자신의 이름은 알고 있다. 평소라면 그가 듣고 있던 안 듣고 있던 자기 할 말을 늘어놓는 아미가 그의 이름을 부르고는 조용하자 뒤늦게 세진이 대답을 했다.

"응. 이 시간에 일어나 있고 별일이네."

주말은 자고로 국가가 지정해 준 공식적인 늦잠의 날이라는 생각을 가진 아미가 9시가 채 되지 않은 시간에 일어났다는 건 별일에 속한다.

[별일은 무슨. 뭐 하고 있어?]

원래부터 부지런했다는 듯 발끈한 아미가 돌연 조심스러운 목소리로 물었다. 평소답지 않은 그녀의 태도에 세진의 미간에 주름이 졌다. 그동안 이렇게 아미가 옥타브를 낮추는 데에는 크게 두 가지의 이유가 있었다.

첫째, 아플 때. 그녀는 아플 때 가족이 집에 없으면 바로 옆 동에 사는 그에게 전화를 해서 당장 와주기를 요구했다. 다 죽어가는 목소리에 걱정이 되어 가보면 가벼운 감기일 경우가 대부분이었고, 그게 아니면 가벼운 찰과상에 불과했다. 워낙에 겁도 많고 엄살이 심한 아미는 조금만 아파도 죽는 거 아니냐며 펑펑 울고는 한다.

"어디 아파?"

[아니. 괜찮은데.]

아픈 게 아니라면 두 번째 이유에 해당한다. 바로 잘못을 했을 때. 가끔 그의 상식을 넘어서는 문제를 일으키는 경우가 있었다. 가령, 영화를 보고 시위 장면을 따라한다며 유리병으로 화염병을 만드는 일 같은.

또 무슨 일을 저질렀나 싶은 생각에 지끈거리는 머리를 가볍게 지압하며 세진이 어서 불라는 듯 말했다.

"그럼 뭔데. 빨리 말해."

[뭐가. 그냥 뭐 하고 있었냐고 묻는 거야.]

순순히 불지 않는 아미의 태도에 세진이 낮은 한숨을 쉬고 그녀의 질문에 대답을 했다.

"일곱 시쯤 일어나서 서재에 있었어."

[아, 책 읽고 있었어?]

세진의 말은 틀림없이 거짓말은 아니다. 일곱 시쯤에 일어나 서재에 왔던 건 사실이다. 비록 서재에 들어서자마자 소파에 도로 누워 잠을 잤지만. 아미가 책을 읽고 있었냐고 제멋대로 단정을 지었지만, 세진은 굳이 정정해 주지 않았다.

"허아미."

평소에 궁금해하지 않던 그의 일상을 물으며 뱅뱅 말을 돌리는 아미의 태도에 세진의 목소리에 작은 짜증이 담기기 시작했다. 더는 할 말이 없으면 끊으라는 그의 어투를 읽은 아미가 급히 말을 이어갔다.

[나 지금 갈게. 할 말이 있거든.]

'그녀가 언제부터 예고를 하고 자신의 집을 방문했나.' 하는 생각을 하던 세진은 '응.'이라는 짧은 대답을 하고는 종료버튼을 눌렀다. 그리고는 한쪽 벽을 둘러싸고 있는 책장 앞에 느릿하게 걸어가서 꽂혀 있는 책이 아닌 바닥에 놓인 가방에서 포장이 뜯기지 않은 책을 꺼냈다. 책을 꺼낸 가방이 깃털처럼 가볍게 들렸다.

"서점에 가야겠네."

사다 놓은 책이 다 떨어졌다. 서점에 간 지도 벌써 반년이 지났다는 생각에 그는 그동안 자신이 바쁘기는 했구나 하는 생각을 했다. 괜스레 뻐근해지는 뒷목을 주무르던 세진은 책을 감싼 얇은 비닐을 벗기며 다시 의자에 앉아 뿔테 안경을 찾아 쓴 후 책장을 펼쳤다. 빳빳한 종이가 그의 손가락에 걸려 한 장씩 넘어갔다.

현관문이 열렸다 닫히는 소리가 들리자 세진은 고개를 들어 시간을 확인했다.

10분이 채 지나지도 않아 온 걸 보면 느긋한 그녀의 성격상 분명 무슨 일이 있다. 다급하면서도 가벼운 발걸음이 서재 문 앞에 멈추더니 서서히 문이 열리고 아미가 모습을 드러냈다.

창문으로 들어오는 햇빛이 세진의 주위를 밝히고 있었다. 주위에 흩뿌려지는 빛을 받으며 나태하게 앉아 있는 모습이 묘하게 퇴폐적이게 느껴졌다. 밝음 속에 퇴폐함이라는 간극이 꽤 자극적이게 느껴졌다.

뿔테 안경에 가려진 무심한 눈길과 마주친 아미는 퍼뜩 놀라며 고개를 돌렸다. 흘끗거리며 세진의 미간이 꿈틀거리는 걸 보던 아미는 심장에 손을 올려 지그시 가슴을 눌렀다.

"침착하자."

"뭘?"

나지막하게 혼잣말을 하는 걸 용케 들은 세진이 반문했다. 결심을 한 듯 비장한 얼굴의 아미가 서재 안으로 들어와 책상 앞에 섰

다. 들고 있던 책을 덮어버리는 그의 얼굴을 보며 아미는 침을 꼴
깍 삼켰다.

자신의 이상형 중 하나가 안경이 잘 어울리는 남자다. 특히나
뿔테 안경이 잘 어울리는 남자를 보면 눈길이 가고는 했다. 오늘
따라 더욱 지적이게 보이는 세진의 모습에 저도 모르게 멍하니 넋
을 놓고 바라봤다.

"뭐 하는 거야."

쓰고 있던 안경을 벗으며 세진이 서서히 자리에서 일어났다. 그
러고는 책상을 돌아와 아미의 앞에 섰다. 고개를 한껏 꺾어 올려
다보는 아미의 모습에 그가 책상에 걸터앉아 그녀를 위해 시선을
낮춰주었다.

세진의 얼굴에서 사라진 안경이 아쉬웠지만, 온전하게 드러나
는 그의 수려한 얼굴에 아미는 슬쩍 얼굴을 붉혔다.

"어디 아파?"

열을 재려는 듯 얼굴 위로 올라오는 세진의 손에 아미가 화들짝
놀라 뒷걸음질을 쳤다. 자신을 피하는 모습에 기분이 나쁜 듯 그
가 헛웃음을 치고는 팔을 교차해 팔짱을 꼈다.

"너, 무슨 일 벌였어."

"그런 거 아니야."

세진의 취조하는 듯한 딱딱한 어조에 입술을 쭉 내밀며 고개를
흔든 아미가 억울한 듯 몸을 배배 꼬았다.

"그럼? 할 말이 뭔데."

아미의 고갯짓에 흔들리는 긴 머리카락을 보며 세진이 팔짱을

풀고 손목에 걸린 머리끈을 찾았다. 머리를 묶어주려는 그의 의도를 알아챈 아미가 다시 고개를 흔들었다.

"싫어. 머리 안 묶을 거야."

"안 더워?"

그녀는 과감하게 아침잠을 포기하면서까지 아침 일찍 일어나 머리끝을 고데기로 살짝 말았다. 손가락까지 데어가며 예쁘게 보이기 위해 노력을 했는데, 그 수고도 몰라주고 세진이 머리를 묶어주려 하자 아미의 입술은 제자리로 들어갈 줄을 몰랐다.

"머리 한 거 안 보여?"

아미가 자신의 머리카락을 쥐고 흔들어 보이자 그제야 세진이 구불거리는 머리카락을 알아채고는 그녀를 달래기 위해 입을 열었다.

"아, 예쁘네. 잘했다. 손가락은 안 데었고?"

다정한 그의 말에 아미가 배시시 웃어 보이고는 또다시 얼굴을 붉혔다.

"어디 가?"

아미는 전과 달리 치밀어 오르는 화에 얼굴을 재차 붉혔다. 그에게 잘 보이기 위해 아침부터 노력을 했는데 어디 가냐고 묻는 그에게 서운했다. 물론 세진은 그녀가 자신에게 잘 보이기 위해 아침부터 한바탕 전쟁을 치렀다는 걸 모르겠지만, 서운한 건 서운한 거다.

"어디 안 가거든? 너한테 할 말 있어서 왔다니까."

"그러지 않아도 아까부터 그 할 말이 뭐냐고 물었거든?"

그러고도 한참을 아미가 말을 하지 않자, 세진은 포기하고 돌아서려 했다. 때가 되면 어련히 말을 하겠지 하는 심정으로 그녀를 내버려 두었다.

"말할게."

아미의 한마디에 세진은 다시 책상에 걸터앉았다.

"나 좋아하는 사람이 있어."

"⋯⋯뭐 하자는 거야."

"보면 몰라? 좋아하는 사람이 생겼다고! 고백하는 거잖아."

그도 아미가 오랫동안 짝사랑을 해온 것을 알고 있다. 물론 그 상대가 누구인지도 알고 있다. 그가 생각하기에 그녀의 얄팍한 짝사랑은 짝사랑이라고 말을 하기도 부끄러웠다. 그 짝사랑의 대상이 당장 눈에 보이지 않으면 얼마 가지 않아 다른 남자에게 반해 그 남자와 사귀는 사람이 아미다.

"나도 네 오랜 짝사랑은 익히 잘 안다만. 왜 여기 와서 그러는 건데?"

"태호 오빠 말고 다른 사람을 좋아하니까 그렇지."

세진은 코웃음을 쳤다. 이번에는 얼마나 갈까 궁금했다.

"짝사랑하는 남자가 바뀌었다고? 그런데 왜 아침부터 여기 와서 이러는 건데? 네 새로운 짝사랑에 대한 축하받고 싶어?"

그는 아미가 아침부터 와서 사람 마음을 심란하게 하자 짜증이 솟구쳤다. 그녀의 짝사랑 이야기나, 연애 이야기는 질리도록 들어와서 이제는 신물이 날 지경이다.

"그 남자가 ⋯⋯니까."

"뭐?"

별로 듣고 싶지 않은 이야기인데도 아미가 입안에서 웅얼거리자 그의 눈동자에 짜증이 설핏 어렸다. 그 상대자가 누구인지 궁금해서 재차 묻는 게 아니라, 짜증이 나서 되물었다.

"너라고."

세진은 자신이 제대로 들었는지 아미를 쳐다보았다. 자신과 눈도 못 마주치고는 얼굴을 붉히는 그녀의 모습에 그의 미간이 꿈틀거렸다. 지금 자신에게 하는 고백이 맞냐라는 의심스러운 그의 시선에 아미가 슬그머니 고개를 끄덕였다.

"진태호는?"

"응? 좋아…… 했지. 지금은 네가 좋아. 그래서 나 바람피울래."

"……뭐?"

아미는 아차 하며 다시 말을 정정했다. 긴장을 해서인지 말이 헛나왔다.

"아, 아니. 그게 아니라. 나랑 바람피울래?"

쉬이 풀리지 않는 긴장 탓에 또 한 번 더 말이 헛나왔다. 자신을 경계하듯 쳐다보는 눈초리에 아미가 눈을 질끈 감고 소리쳤다.

"나, 너 진짜 좋아해!"

세진의 손이 주먹이 쥐어지고 서서히 힘이 들어가자 손등과 팔목에 힘줄이 섰다. 화가 나는 듯 세진이 잇새로 험악하게 말했다.

"오호라. 그러니까 진태호도 좋아하고 나도 좋아한다고? 지금 두 남자 사이에서 양다리를 걸치시겠다?"

"아니! 도대체 언제 적 이야기를 하는 거야. 태호 오빠를 좋아했던 거는 아주 머나먼 과거야. 지금은 네가 좋다고."

절절한 얼굴로 고백을 하는 태도는 높이 사줄 만했다. 문제는 그녀의 바람피우자는 말에 있었다.

"바람은 또 뭔데?"

"너 사귀는 여자 있는 거 알아. 그러니까, 그 여자랑 헤어지면 안 될까? 아니, 헤어지기 싫으면 나랑 바람피워 보지 않을래?"

남들이 들으면 손가락질을 할 만한 말을 태연하게 하는 아미의 태도에 세진은 끝내 소리를 질렀다.

"허아미!"

"엄마야!"

얼토당토 않는 그녀의 고백에 그가 화를 내는 건 당연했다. 사귀는 여자와 헤어져 줄 수 없냐는 말을 한다면 이해를 하겠다만, 바람을 피우자는 그녀의 대범한 말은 그의 화를 단숨에 머리끝까지 올렸다.

당장이라도 한 대 쥐어박을 듯 그가 가까이 다가오자 아미는 그대로 줄행랑을 쳤다. 조그마한 게 어찌나 빠른지 이미 현관문이 큰 소리를 내며 닫혔다.

지끈거리는 머리를 한 손으로 지압을 하며 세진은 핸드폰을 찾아 들었다. 아미가 전화를 받지 않자 그는 친구에게 전화를 걸었다.

[어. 아침부터 웬일?]

"허아미 집으로 오면 당장 잡아와."

[누나? 왜?]

"아니다. 지금 바로 집에서 나오면서 잡아가지고 데려와."

[아이 씨. 누나 또 뭔 일을 저질렀는데? 알았어. 기다려.]

좌우로 왔다 갔다 하며 서재를 횡단하던 중 현관문이 열리는 소리에 세진은 거실로 나왔다. 그의 기대와 달리 아미는 보이지 않았다. 그의 친구이자, 아미의 동생인 아민만이 거실로 들어섰다.

"누나 잡으려고 했는데, 나 보더니 기겁을 하고는 도망가더라. 아침부터 고데기 찾고 생난리를 치더니 여기 왔었어? 무슨 일인데?"

세진은 기운이 빠진 채로 소파에 털썩 주저앉았다. 그 모습을 보고, 뭔지 몰라도 누나가 제대로 한 건 했나 싶은 아민은 세진의 옆에 앉으며 머리를 굴렸다. 워낙에 누나가 일을 저지르는 스타일이라 웬만해서는 세진은 끄떡하지 않고 뒤치다꺼리를 했었다. 그런 그가 이렇게 진이 빠질 정도면 제법 기대 이상의 일을 벌인 게 틀림없다.

"뭔데?"

"아침부터 예쁘게 머리까지 말고 와서는 폭탄을 떨어뜨리고 가더라."

"무슨 폭탄?"

"고백."

"고백? 그러니까 뭘 잘못했대?"

누나가 잘못을 고백한 거라 굳게 믿은 아민은 이번만큼은 자신도 뒷감당에 힘을 쏟겠다는 의지가 가득한 얼굴로 물었다.

"내가 좋단다. 사귀고 싶단다."

정확하게 말을 하자면, 그의 바람 상대가 되어주겠다고 나섰다.

"뭐……?"

자신의 귀여운 누나가 깜찍한 일을 저질렀다. 설마, 고백이 그 고백일 줄은.

"그런데 네 얼굴이 왜 그러냐? 너, 우리 누나 좋아하지 않았었냐?"

아민의 말에 세진이 이를 으드득 갈았다. 빳빳해져 오는 뒷목을 주무르며 그가 아민을 죽일 듯이 노려봤다. 아미와 닮은 얼굴을 딱 한 대 때려봤으면 하는 욕구가 치밀어 오르자 세진은 시선을 돌렸다. 엄한 아민을 때리기에는 그의 성정은 올바르게 길들여졌다.

"마침표가 아니라 쉼표란다."

"응? 마침표가 쉼표라고? 뭔 소리야."

"젠장."

세진의 입에서 좀처럼 듣기 힘든 욕설까지 나오자 아민의 눈이 동그랗게 커졌다. 십여 년을 넘게 바른생활의 사나이 행세를 하고 있는 사람이 세진이다.

"우리 누나 고백이 그렇게 싫었냐?"

기분이 나쁘다는 듯 아민이 얼굴을 찌푸리자 세진은 더욱 기분이 나쁜 얼굴로 말을 이었다.

차마 이 말까지는 하지 않으려 했는데.

"나보고 마침표를 찍으라는 게 아니라, 쉼표를 찍으라잖아."

"응? 무슨 소리야? 아, 나 답답해지려고 해. 지금 우리나라 말하는 거 맞아?"

"자기하고 바람피우자고 하더라."

뜬금없는 말에 마침표 쉼표를 번갈아 읊조려 가며 골똘히 생각을 하던 아민이 알아차린 듯 허공에 대고 신음을 흘렸다.

"설마 네 애인하고 마침표. 즉 헤어지는 게 아니라 애인 그리고(,) 누나 두 사람을 동시에?"

누나가 사고를 쳐도 제대로 쳤다. 바람이라니.

순간 아민은 누나가 그도 모르게 이런 일을 벌인 게 처음이 아닐지도 모른다는 생각에 등골이 오싹해졌다.

"바람? 누나 미친 거 아니야?"

"내 말이."

이를 가는 세진의 얼굴에는 남자로서의 자존심이 상했다는 걸 여실히 보여주고 있었다. 감히 그를 어떻게 보았기에 바람을 피우자고 할 수가 있는 것인지. 고백 같지도 않은 고백에 어이가 없는지 세진의 얼굴이 구겨졌다.

세진이 누나를 좋아했었다는 걸 알고 있는 아민은 그에게 동정심이 가고 괜스레 자신이 미안해졌다.

"누나가 널 좋아한다고 했다고 했지? 이참에 우리 누나 마음을 확 잡는 건 어때?"

"바람피우자고 하는 여자가 제정신이야?"

그걸 말이라고 하냐는 듯 세진이 눈을 부라리자 아민은 금세 꼬리를 내렸지만, 뒷말을 멈추지는 않았다.

"너 어제 헤어졌다고 하지 않았어? 그럼 바람은 아니잖아."

세진은 한숨을 길게 내뱉으며 눈을 감았다.

그는 어제 반년을 만난 여자와 마침표를 찍었다. 그걸 아민은 알고 있었지만, 아미는 아직 모르고 있었다. 그러니 바람을 피우자는 얼토당토 않는 소리를 지껄였겠지.

허나, 아미에게 박수를 쳐줄 만은 하다. 고백 타이밍이 기가 막힌다. 헤어진 지 얼마 되지 않은 남자에게 오랫동안 좋아했던 여자가 고백해 온다면 백이면 백 다 넘어갈 것이 아닌가.

세진이 흔들리는 걸 눈치를 챈 아민은 계속 말을 이어나갔다.

"솔직히 우리 누나 이상형에 가까운 사람은 너지. 아니다. 누나 이상형에 맞춰진 건가? 이제야 고백을 하는 게 많이 늦은 감이 있지."

"이상형에 맞춰진 건 또 뭔데?"

아민의 말에 눈을 가늘게 뜬 세진이 설명해 보라는 듯 쳐다봤다.

"너 시력 좋아서 안경 같은 거 안 쓰면서 누나가 뿔테 안경 쓴 남자가 지적이고 멋있게 보인다니까 대뜸 안경 샀잖아. 욕하는 남자가 싫고, 바르고 단정한 남자가 좋다고 하니까 날라리나 다름없던 네 태도가 떡하니 바뀌었고. 또, 피아노 치는 남자가 좋다고 하니까 뒤늦게 피아노 배우고. 기타도 배웠었지?"

"시끄러."

사실이기에 세진은 반박할 수가 없었다. 그가 아미를 굉장히 좋아했던 건 사실이다. 매일 그녀의 주위를 맴돌고 한 번이라도 더 눈을 마주쳤으면 하는 바람으로 쫓아다녔다. 하지만 그의 마음과 달리 아미는 그를 그저 동생 친구로만 봤다.

그러던 어느 날, 세진은 그의 집에 놀러 온 사촌형인 태호를 보고 첫눈에 반한 아미에게 크나큰 배신감이 들어 군대에 들어갔다. 제대한 뒤에는 아미가 다른 남자와 사귀자 보란 듯이 그도 여자를 만났다. 그러면서도 아미가 남자와 헤어질 때쯤이면 그도 여자와 헤어져 아미의 곁을 지켰다. 여러 차례 그 짓을 반복해 가며 기회를 엿봤지만, 도통 아미는 그를 남자로 보지 않았다.

몇 번이고 되풀이되는 짓에 지쳐 그도 아미를 그저 친구로 생각한 지 꽤 오래되었다. 머리로는 포기를 한 지 오래됐음에도 마음은 그렇지 않았는지, 아니면 첫사랑이라는 타이틀 때문인지 모르겠지만, 포기했음에도 아미에게 눈을 뗄 수가 없었다.

그녀의 어이없는 고백을 너그러이 웃어넘길 수 있었음에도 이렇게 화가 나는 건, 완전히 정리되었다 여겼던 그의 마음이 아직 남아 있기 때문이다. 그걸 알기에 세진은 자존심이 상했다. 드디어 기회가 왔다기보다 씁쓸함이 컸다.

감히 그에게 바람을 피우자고 말을 한 아미를 잡아다 엉덩이를 때려주고 싶다. 그녀가 그를 어떻게 생각을 했으면 바람을 피우자는 말을 한 것인지. 적지 않은 여자를 만났던 것은 사실이지만 바람을 피운 적은 없었다. 그리고 그녀 자신을 바람 상대자로 만드는 아미의 태도가 그의 화를 더욱 부추겼다.

"흠흠. 나는 이만 가볼게."

복잡한 얼굴을 한 친구를 두고 아민은 재빨리 집을 나섰다. 어서 빨리 누나를 만나 이야기를 들어야 했다. 그리고 바람피우자고 한 말은 사과하라고 말을 해주어야 했다.

아민마저 사라지자 씩씩대며 화를 참는 세진의 거친 숨소리만
이 거실의 적막을 깼다. 마른세수를 하던 세진은 아미를 처음 만
났던 날을 떠올렸다. 아니, 그보다 더 기억을 더듬어 아민을 만났
던 날을 떠올렸다. 그리고는 후회했다. 그 싸움을 말리지 말았어
야 했다고.

세진이 다니던 고등학교는 남녀공학이지만, 남학생과 여학생이
수업을 받는 건물은 달랐다. 일명 쌍둥이 건물이라고 불리는 4층
짜리 건물이 마주 보고 있는 형태였고, 2층 가운데에 구름다리 하
나가 두 건물을 이어주고 있었다. 남학생과 여학생은 서로의 건물
에 출입을 할 수 없기에 그 구름다리가 아니면, 선생님 심부름 같
은 어쩔 수 없는 이유가 있지 않는 한, 남학생과 여학생은 마주칠
수가 없었다. 심지어 급식실도 층이 달라 마주칠 수가 없었다.

세진은 어지간하지 않으면 그 구름다리 근처는 얼씬거리지 않
았다. 그가 지나갈 때마다 꺅꺅대며 환호성을 지르는 여학생들의
높은 톤의 목소리가 그의 귀를 따갑게 했다. 또한 그를 보면서 수
군거리는 것도 유쾌하지 않기에 피해 다녔다.

시끄러운 것을 질색으로 하는 그는 그날도 여느 날과 다름없이
한적한 곳을 찾아다녔다. 도서관 구석지가 그가 정해놓은 자신의
지정석이었다. 구석진 곳은 일부로 그쪽으로 오지 않는 한, 그곳
에 사람이 있는지 알 수가 없을 정도로 은밀한 장소였다.

며칠째 시험공부로 인해 읽는 둥 마는 둥 했던 책을 들고 도서

관으로 향하던 중, 퍽퍽거리며 누군가를 때리는 소리가 들렸다. 무심코 고개를 돌렸을 때, 한 남학생이 네 명의 남학생들에게 둘러싸인 것을 발견했다.

그냥 지나칠까 고민을 하는데, 하필 맞고 있던 남학생과 눈이 마주쳤다. 서서히 걸어가 들고 있던 책으로 네 명의 남학생 중 한 명의 머리를 가격하자 다들 뒤돌아봤다.

"차세진이다."

그들 중 한 명이 놀란 듯 말하더니 눈치를 보고는 슬슬 눈을 피했다. 태권도와 검도를 취미 삼아 하고, 3학년 일진들과 싸워 이겼다는 전설 아닌 전설의 주인공과 맞서 싸워 이길 자신이 없던 네 명은 맞고 있던 남학생에게 '너 운 좋은지 알아.' 라는 허세를 풍기고는 도망갔다.

"야, 고맙다. 치사하게 네 명이 달려들고."

맞고 있던 남학생이 옷을 탈탈 털면서 허탈한 웃음을 지으며 도망가는 네 명의 뒷모습을 보더니 갑자기 그에게 손을 뻗었다.

"난, 허아민. 그제 전학 왔는데. 우리 같은 반이야."

그러고 보니, 어디선가 본 얼굴이다. 딱히 반 아이들과 친한 건 아니라 전학 온 아민이 아니더라도, 반 아이들의 얼굴과 이름은 잘 모른다. 뻗어진 손을 무시했지만, 어깨 한번 으쓱한 것으로 민망함을 지운 아민은 자신을 뒤따랐다.

차가운 자신의 태도에도 아민은 한 달이 지나도록 졸졸 따라다녔고, 그 근성에 못 이겨 시간이 흐르자 제법 친해지게 되었다.

"또 가?"

세진의 질문에 아민은 허허 웃더니 손을 들어 보였다. 그의 손목에는 검정색 머리끈이 감겨 있었다.

　"도대체 네 누나는 왜 매번 머리끈을 안 챙기는 건데?"

　아민에게는 누나가 하나 있다. 한 살 차이로, 아민과 같은 시기에 전학을 왔다. 학교의 규율 중, 머리카락 길이가 어깨를 넘어가면 무조건 묶어야 한다는 게 있는데, 그의 누나는 매번 머리를 말리지 않은 채 등교를 해서 혼이 나고 나서야 아민을 찾아 머리끈을 받아간다.

　일교시가 끝나면, 아민은 구름다리로 가 누나를 만나 머리끈을 주고 온다. 같이 가자는 걸 계속 거절하자, 이제는 묻지도 않고 혼자 간다. 그 생활이 한 달이 지나가자 아민의 누나가 궁금했다. 도대체 어떻게 생겨먹었기에 아직도 이러는지.

　"허아민, 담임이 교무실로 오래."

　막 자리에서 일어난 아민은 반장의 말에 난처한 듯 뒤통수를 긁적였다. 그리고는 세진을 향해 간절한 눈빛을 보냈다.

　"부탁인데, 우리 누나한테 머리끈 좀 주고 오면 안 될까? 알잖아. 학주한테 걸리면 누나 기합 받아. 누나가 엄살이 얼마나 심한데. 전에 한번 내가 안 갔더니 걸려가지고 오리걸음 하고 와서 대성통곡을 했잖아. 나 그날 아빠한테 맞아 죽는 줄 알았어."

　아민은 자신의 부탁에 바로 세진이 미간을 찌푸리자 재빨리 앓는 소리를 했다. 그의 누나는 친가에서는 귀하디귀한 4대 독녀로 집안의 사랑을 독차지하고 있기에 누나가 울면 두 사람이 같이 저지른 잘못이더라도 대부분은 아민이 혼이 났다. 익히 들어 잘 알고 있던 세진은 어쩔 수 없다는 듯이 머리끈을 받았다.

아민에게 받은 머리끈을 손목에 감자, 손목이 조여와 갑갑함이 일었다. 빨리 주고 오자는 생각에 구름다리로 가자 지나가던 여학생들의 구경이 시작되었다.

세진은 두리번거리며 아민의 누나를 찾았지만, 머리를 푼 여학생이 세 명이라 누군지 가늠이 되지 않았다. 얼굴을 본 두 명은 아민과 전혀 닮지 않아 그는 등을 보이고 서 있는 여자의 뒤로 가 어깨를 두드렸다.

"응?"

모르는 사람이 어깨를 두드려서인지 동그랗게 뜬 눈으로 자신을 올려다봤다. 금방이라도 쏟아질 것처럼 커다란 눈이 인상적이다. 동공이 굉장히 새카맣고 커서 눈이 더욱 크게 보이는 것 같았다. 높지도 낮지도 않은 코. 작은 입술. 얼굴 크기도 조막만 한 게, 눈을 빼고는 모두 작았다.

"저기, 누구?"

"허아민 누나?"

서로가 누구인지 모르는 상태이기에 서로 질문을 했다. 아미가 먼저 자신이 아민의 누나가 맞다고 고개를 끄덕이자, 세진은 자신의 왼손을 뻗었다. 티가 나게 움찔거리던 아미는 그의 손목에 감긴 머리끈을 유심히 쳐다봤다.

"아민이 가져다주라고 해서."

"아, 고마워."

손가락이 자신의 손목에 걸린 머리끈을 걸어 끌어당겼다. 살짝 닿은 손가락의 감촉과 스르르 손목을 벗어나는 머리끈이 손목을 간지럽게 했다. 어느새 머리끈이 아민의 누나 손목에 감겼다.

"저기, 네가 세진이니? 아민이한테 들었어. 좋은 친구 생겼다고."

좋은 친구라는 단어가 멋쩍어 고개를 틀어 눈을 피했다. 세진이 자신의 이름이 맞기에 고개를 끄덕이자니 좋은 친구라는 단어가 걸렸다. 자화자찬하는 것도 아니고.

"난, 아미야."

자신의 이름을 밝히면서 아미는 손가락을 빗 삼아 머리를 빗고 한데로 모았다. 위로 바짝 올려 한 손으로 머리카락을 잡은 뒤 손목에 걸린 머리끈으로 머리를 묶었다.

"그럼, 난 갈게. 안녕."

다 묶이지 않은 머리카락이 보여 손을 흔들고 멀어지는 아미의 어깨를 잡아 돌려세웠다. 고개를 돌리면서 묶인 머리카락이 흔들 거리며 눈을 어지럽혔다.

"머리카락 남았어."

묶이지 않은 머리카락을 잡아 흔들자 아미가 손을 뻗었다. 머리카락 위로 손이 겹쳐 재빨리 피했다. 머리를 풀고 다시 묶는 손길이 바빴다.

"손도 작네."

작게 읊조리는 그의 목소리를 듣지 못했는지, 아미는 머리를 묶는 데에만 집중했다. 작은 손으로 머리를 묶는 게 벅차 보였다. 잡은 손 사이로 머리카락이 다시 빠져나가자 그의 손이 근질거렸다.

"내가 머리 묶는 게 서툴러서."

한참이 걸려서야 용케 다 묶은 아미가 올려다보며 싱긋 웃었다. 그러고는 종이 치자 재빨리 뛰어갔다.

생각해 보면 아마, 아미를 좋아했던 게 그때부터였던 것 같다. 맞다. 자신은 아미에게 첫눈에 반했다. 객관적으로 아미보다 예쁜 여학생은 차고 넘쳤지만, 자신의 눈에는 아미가 가장 예뻤다. 특히나, 웃으면 커다란 눈이 감길 듯 가늘어지는 게 정말 좋았다.

그 뒤로 아민을 따라 종종 구름다리로 향했고, 아미의 머리를 직접 묶어주는 아민을 보고 대뜸 헤어샵을 운영하는 이모를 찾아가 머리 묶는 법을 가르쳐 달라고 했다. 엄마가 일찍 돌아가셨기에 물어볼 사람이 여동생 아니면, 이모가 전부였다.

이모에게 배워 여동생인 세련을 붙잡아 연습을 했다. 싫다고 도망가는 세련의 손에 용돈을 쥐어주면서까지 연습을 했다.

어느 날, 숙제를 베끼는 아민을 대신해 머리끈을 전해주러 갔고, 그날 처음으로 아미의 머리를 묶어주었다. 고맙다고 웃는 아미를 보며, 이 미소를 보기 위해서라면 평생 머리를 묶어주어도 좋을 거라고 생각을 했다.

아민의 집에 뻔질나게 다니면서 아미를 보러 갔다. 엄마가 일찍 돌아가시고, 아버지와 여동생과 셋이 살고 있다는 걸 안 아미의 어머니가 많이 챙겨주자 그게 좋아서 더욱 자주 갔다.

먼저 대학생이 된 아미 때문에 초조함을 느꼈고, 빨리 시간이 흐르기를 바랐다. 대학생이 되면 당당하게 그녀에게 고백을 하겠다는 결심을 했다. 드디어 지루하던 고3 생활을 마감하는 수능이 끝나고 아민과 아미가 그의 집에 놀러 왔다.

하필 그날, 사촌형인 태호가 제대를 했다며 놀러 왔다. 그렇게 좋아했던 아미가 그의 집에 놀러 온 태호를 보고 반했을 때 울고 싶은 심정이었다. 종종 놀러 오는 태호를 보고 좋아 어쩔 줄 모르는 모습이 보기 싫어 일찍 군대를 갔다. 다시는 아미를 보지도 않으리라고 다짐을 했지만, 편지를 보내오고 면회를 오는 모습에 금세 풀렸다. 가족에게 보내지 않는 편지를 아미에게는 일주일에 한 번 꼴로 제대할 때까지 썼다.

제대를 하고 고백을 하려 또다시 마음을 먹었지만, 이미 다른 남자를 만나는 아미 때문에 또 상처를 받았고, 아미에 대한 반발심에 아무 여자나 만났다. 허나, 만나는 기간은 짧았다.

그의 이별의 원인인 아미는 아무것도 모른 채 다른 남자와 희희낙락거렸다. 그 꼴을 보면 또 일어나는 반발심에 다른 여자를 만났다. 그 덕에 팔자에도 없는 카사노바라는 명성을 얻기도 했다.

아미가 남자친구와 헤어지면 기회를 엿보고, 다시 상처받는 악순환이 몇 차례 반복되다가 2년 전쯤에 체념을 했다.

지금 생각하자 정말 순진하기 짝이 없었다. 그에게도 그런 시절이 있었다는 생각에 헛웃음이 나왔다.

"미치겠네."

폭탄을 터트리고 도망간 아미를 어떻게 해야 하나 머리가 아파 왔다. 장난으로 치부하기에는 아미의 태도가 심상치 않았다. 그를 보고 얼굴을 붉혔다. 고작 작은 그 반응에 그의 마음이 쉽게 흔들렸다. 아미는 너무도 쉽게 그를 좌지우지했다. 그 사실이 자존심이 상하면서도, 정말로 자신을 좋아할지도 모른다는 기대감에 가슴이 부풀었다.

세진은 점심시간이 지나도록 꼼짝 않고 생각을 하다가 핸드폰을 찾았다. 역시나 피하는 것인지 아미는 끝내 그의 전화를 받지 않았다.

chapter 2

아미는 무작정 세진을 피해 도망쳐 나와 집으로 돌아가던 중 갑자기 몸에 오싹한 기운이 돌았다. 문득 드는 불안감에 발걸음을 돌려 아파트 입구로 달려나갔다.

멀찍이서 살펴보니, 역시나 아민이 세진의 집으로 향하고 있었다. 분명 자신을 잡아오라는 세진의 명이 있었을 터. 그걸 감지해 낸 자신의 탁월한 촉에 찬탄을 보낸 뒤, 세련에게 연락을 했다. 그러고 나서 집 근처에 있다가는 세진에게 잡힐 것 같은 불길한 예감에 택시를 타고 멀리 나왔다.

택시비를 계산하던 중, 전화벨이 울리자 움찔거리며 아미는 발신자를 확인했다. 받고 싶은 마음과 받기 싫은 마음 사이에 갈등을 하던 그녀는 과감하게 배터리를 빼고는 약속 장소로 향했다.

새빨간 체리콕을 빨대로 한 모금 쭉 빨아올려 삼키자, 톡 쏘는 입안과 짜릿한 목의 느낌에 눈이 절로 찡긋거렸다. 톡 쏘는 짜릿함 뒤에는 달달함이 따랐기에 바로 얼굴이 펴졌다.

딸랑 소리와 함께 커피숍으로 들어오는 여자에게 눈길을 주었다. 이름처럼 살겠다는 좌우명을 곧이곧대로 실천하는 차세련 양이 당당한 걸음으로 걸어왔다.

이름처럼 외모와 패션이 참 세련됐다. 달걀형의 작은 얼굴과 시원한 이목구비, 기다랗고 가는 팔과 다리. 외모만으로도 사람들의 시선을 끌기 충분했다. 거기에 민소매 블라우스와 하늘거리는 치마, 아찔한 높이의 킬힐과 명품 가방을 들어 대놓고 멋 부린 세련은 솔직히 말하자면 같이 다니기에는 부담스러울 지경이었다. 옆에 있다가는 비교당할 것 같아서.

"아, 덥다."

아미의 앞에 앉자마자, 체리콕을 들이켠 세련은 손수건을 꺼내들어 나지도 않은 땀을 훔쳤다. 입매를 느슨하게 풀고, 가늘게 눈을 뜬 그녀는 앞에 앉은 아미를 훑어 내렸다.

"고백한다고 아침부터 고생했네, 언니? 머리 직접 한 거야?"

"응. 설마, 아침부터 이모한테 갔겠니?"

세진과 세련의 이모인 이수연은 예전에는 헤어샵을 운영했지만, 남편인 진영호 회장의 아낌없는 투자로 시안 뷰티샵을 운영하고 있다. 시안그룹이 뷰티사업에 뛰어들게 된 이유는 다름 아닌, 수연 때문이었다. 아내에 대한 사랑이 극진한 진 회장은 과감한 투자를 해 헤어뿐만 아니라, 미용과 의상사업까지 확장을 했다.

현재는 유명 연예인들도 예약을 해야 하는 곳으로 콧대가 높아질
대로 높아진 시안 뷰티샵을 아미는 제집을 다니듯이 하고 있다.

"어쩐지, 머리 안 말아진 부분이 있다 했어."

자신이 해낸 것이 뿌듯해 만지작거리던 아미는 세련의 말에 뾰
로통하니 입술을 내밀었다.

아무리 노력을 해도 실력이 늘지 않았다. 머리를 묶어도 매번
한 가닥씩 빼놓는 건 기본이고, 머리 땋는 건 상상도 못한다. 이러
니, 어렸을 때부터 보다 못한 아민이 머리를 묶어주었고, 세진을
만난 뒤로는 대부분 그가 해주었다.

이것 말고도 손으로 하는 건 모두 재능이 없는 사람 하면, 주위
의 모든 사람들은 다 그녀를 지목할 것이다.

"그보다 고백은 했어?"

시무룩해지는 아미의 반응이 의외라는 듯 세련의 눈동자가 커
졌다. 고개를 갸웃거리는 모습이 가히 의도적이었다. 세련은 가끔
이렇게 가식적인 모습으로 남자들의 시선을 사는 버릇이 있다.

"뭐야, 못했어?"

고개를 흔드는 아미를 보고 답답하다는 듯 제 가슴을 몇 번 내
려친 세련이 핸드폰을 찾아 들었다.

"오빠한테 물어보는 게 빠르겠다."

빛의 속도로 핸드폰을 낚아챈 아미가 하지 말라는 듯 거세게 머
리를 흔들었다. 괜히 세련에게 이야기했다는 후회감이 가득한 얼
굴로 아미가 작게 고백을 했다는 말을 내뱉었다.

그동안 옆에 있는 세진을 의식한 적은 없었다. 그는 자신에게

가족이나 마찬가지였다. 서로에 대해 모르는 부분이 없을 정도로 친했고, 그렇다고 자부했다. 그런 그를 남자로 의식한 지 한 달이 넘어가고 있다.

한 달 전, 세진과 아민이랑 셋이서 제주도로 놀러 갔다. 셋이 뭉치는 건 일상이나 다름없기에 그 일이 있기 전까지만 해도 아무런 감정도 없었다. Bar를 운영하는 아민은 새벽까지 일을 하느라 피곤해 자겠다며 펜션에서 나오지 않았고, 그날 자신은 세진과 둘이서 펜션 근처 바다로 향했다.

바닷가는 아직 휴가철이 되지 않아서인지, 사람들이 많지 않았다. 신발을 벗어 물에 첨벙첨벙 담그자, 세진은 익숙하게 자신의 신발을 들고 멀찍이 따라 걸었다. 가끔 손에 물을 받아 세진에게 뿌리면, 그는 질색한 표정을 지었지만 뭐라고 하지는 않았다.

"아미야."

언제부터인지 모르겠지만, 누나라는 호칭 대신 이름을 부르는 세진의 목소리가 들리는 것과 동시에 온몸을 따갑게 내리치는 빗방울이 느껴졌다. 소낙비인지, 시야가 확보되지 않을 정도로 내렸고 얼굴과 팔, 몸 전체를 때리는 비에 놀라 그 자세 그대로 서 있었다.

갑자기 거친 힘이 끌어당기자 놀라 쳐다보자 비에 홀딱 젖은 세진이 끌어당기고 있었다. 물에서 데리고 나와 잘 신어지지 않는 신발을 억지로 신긴 그는 한곳을 가리키며 뛸 것을 종용했다.

천막 아래에 서자, 간혹 뛰어가는 사람들이 보였고 이내 곧 순식간에 바닷가는 적막에 쌓였다. 사람 목소리가 가득했던 바다는 빗소리만이 사람들의 빈자리를 채웠다. 언제 화창했냐는 듯 먹구름으로 가득 차 어둑해진 하늘을 보다 젖은 얼굴을 손으로 닦아냈다. 하지만 계속해서 훔쳐도 젖은 머리카락에서 흘러내리는 비에 소용이 없었다.

옆에 선 세진도 마찬가지였다. 자신을 내려다보던 그가 한껏 얼굴을 찌푸리더니 돌연 상의를 탈의했다. 처음 보는 모습도 아니기에 그의 드러난 몸에 관심이 가기보다는 왜 뜬금없이 옷을 벗나 싶어 쳐다봤다.

세진이 벗은 옷을 반으로 접고 양손으로 잡아 비틀자 물이 쫘악 소리와 함께 바닥에 후두둑 떨어졌다. 물기를 뺀 옷으로 그가 자신의 머리를 탈탈 털어주고는 얼굴과 팔을 닦아주고 다시 옷을 비틀어 물을 짰다. 그리고 그는 그 자신의 머리를 탈탈 털었다. 그의 머리에서 털린 빗방울이 얼굴에 튀자 찌릿하게 노려봤다.

"다 튀잖아."

"어디. 다시 닦아줄게."

피식 웃은 그가 다시 옷을 비틀어 짰다. 순간 머릿속이 멍해졌다. 늘 보아왔던 그의 웃음이 시선을 앗아갔다. 몸을 옆으로 틀어 자신을 무심히 쳐다보는 눈길에 몸이 얼어붙었다.

거슬릴 정도로 시끄럽게 내리치는 빗소리가 들리지 않았다. 천천히 다가온 커다란 손이 턱을 잡자 야릇한 상상이 들었다. 천천히 다가오는 얼굴에 반사적으로 눈을 감았다. 얼굴을 닦아 내리는 축축한 옷에 눈을 번쩍 뜨자 세진은 다 닦았는지 턱을 잡았던 손을 거두고 있었다. 그리고 다시 시끄러운 빗소리가 이명처럼 귓가를 맴돌더니, 그가 옷을 짜기 위해 몸을 옆으로 비트는 동안 빗소리가 점차 강해졌다.

큰 착각을 한 자신이 민망해 얼굴을 붉혔지만, 아무것도 모르는 그는 자신의 몸을 대충 닦았다. 물기에 젖어 번들거리는 몸은 꾸준한 운동으로 단련된 근육으로 환상적이었다. 넓은 어깨와 단단한 가슴, 갈라진 복근에 이상하리만치 몸에 열이 올랐다. 처음 보는 것이 아니다. 여름이면 늘 바다나 워터파크에 놀러 갔기에 그의 수영복 차림을 본 일이 한두 번이 아니다. 굳이 여름이 아니더라도, 그의 집에 놀러 갔을 때, 씻고 상의를 걸치지 않은 채 나오는 모습을 수도 없이 봤다. 그런데 늘 보았던 그의 몸이 낯설게 느껴졌다.

"옷 입어. 춥잖아."

자신의 말에 젖은 옷을 탈탈 털어 다시 몸에 걸친 그는 비가 그칠 때를 가늠했다. 그때부터 그의 얼굴을 쳐다보지 못했다. 비가 그치고 펜션으로 향하면서 비틀어 짜느라 구겨진 그의 옷을 보면서 묘한 감정에 휩싸였다.

"먼저 씻어."

펜션 안에 들어와 나지막하게 내뱉는 목소리에 몸이 전율했다. 그가 이렇게 좋은 목소리를 가졌었나 하는 생각이 들었다. 도망치듯이 세진을 뒤로하고 욕실로 들어가 옷을 벗고 다 씻은 뒤에야 갈아입을 옷을 챙기지 않은 걸 깨달았다.

수건으로 몸을 감싸고 살짝 문을 열어 밖을 내다보자 욕실 문앞 바닥에 자신의 옷가지가 있었다. 손을 쭉 뻗어 옷가지를 집어 다시 욕실 문을 닫아 수건을 풀고 맨 윗옷을 집어 들자, 상의와 바지 사이에 감춰진 속옷이 보였다.

잠들어 있는 아민이 챙겨주었을 리가 없으니, 세진이 분명했다. 머뭇거리며 그가 챙겨준 속옷을 입자, 야릇한 느낌이 몸을 감돌았다. 마치, 세진이 자신의 몸을 쓰다듬는.

"미쳤어."

이상한 생각에 머리를 흔들고 마저 옷을 입고 욕실을 나섰다. 갈아입을 옷가지를 들고 자신이 나온 욕실로 들어가는 세진의 모습을 미처 보지 못하고 먼 곳에 시선을 두었다.

아미는 물소리에 그녀가 사용했던 욕실에서 씻는 세진의 모습이 상상되자 재빨리 그녀가 사용하기로 한 방으로 들어갔다.

그날 이후로, 세진을 보면 그의 벗은 몸이 상상되어 눈도 못 마주쳤다. 잠깐이라도 스치면 화들짝 놀라다가도 다시 그의 체온을 느끼고 싶었다. 세진의 옆에 서면 몸을 뚫고 나올 듯 두근두근거리는 심장에 숨이 가팔라졌다.

그 현상이 이 주가 지나가고 나서야, 자신이 세진을 의식하고 있는 걸 알았다. 남자로서 그를 의식한다는 걸 인정하자, 한시라도 그와 같이 있고 싶어서 안달이 났다. 하지만 서로 회사 일이 바빠 잘 보지 못했고, 간간이 한 전화도 그는 바쁘다며 끊기 일쑤였다. 그리고 무엇보다 그는 만나고 있는 여자가 있었다.

자세히 듣지는 못했지만, 그 여자가 부산지사에서 일을 하고 있으며, 여러 차례 세진이 일 때문에 부산지사에 내려갔다가 만나게 된 걸로 알고 있다. 그의 성격답지 않게 장거리 연애를 반년이 되도록 이어가는 사실에 초조해졌다.

이러저러한 이유로 애가 타 안절부절못하는 자신의 이상한 태도를 가족이 아닌, 세련에게 먼저 들통이 났다. 세련의 능숙한 말솜씨에 걸려 세진을 좋아하는 걸 모두 털어놨다.

"무슨 생각해?"

갑자기 딴생각에 빠진 아미의 얼굴 앞에 손을 흔들어 보인 세련이 자신에게 집중하라는 듯 눈을 부라렸다.

"응? 아니, 아무것도."

"빨리 말해. 고백했는데, 오빠가 뭐래?"

예쁘게 보이고 싶어서 늦잠을 자는 주말임에도 일찍 일어나 부산스럽게 움직였다. 머리도 말고 옷도 이 옷, 저 옷 대어보며 골라 입고 완벽하게 준비를 마친 뒤 전화를 했다. 고백을 하기 위해 세진의 앞에 섰을 때 너무 떨려서 말이 헛나왔다. 어이없게 쳐다보는 시선에 당황해 어떻게 고백을 했는지도 잘 생각이 나지 않았다.

"그러니까, 바람을 피우자고 했다고?"

미친 사람처럼 자신을 쳐다보며 한숨을 쉬는 세련에게 고개를 들지도 못하고 손가락만 만지작거렸다. 그러다 고백을 하라고 부추긴 건 네가 아니었냐, 네 말만 듣고 고백을 해서 이런 상황이 발생했다는 잘못을 넘기려고 쳐다보자 그 눈빛을 읽은 세련이 바짝 다가왔다.

"내가 어떻게 고백을 하라고 시나리오도 다 써줬어야 해?"

"어쨌든 고백을 하라고 한 거는 너잖아."

"어디다가 덤탱이 씌우려고. 그냥 고백만 했어야지!"

세련은 답답했다. 자신의 오빠가 오랫동안 아미를 짝사랑해 온 걸 알기에 늦은 감이 많이 있지만, 지금이라도 아미가 오빠를 좋아한다는 사실에 감격했다. 오빠의 오랜 짝사랑이 종지부를 찍을 거라 믿어 의심치 않았고, 걱정하지도 있었는데. 안 봐도 오빠가 많이 화났음은 분명했다.

그녀는 아미가 오빠에게 좋아한다고 고백을 한다면, 오빠가 바로 만나던 여자를 정리하고 아미에게 갈 거라고 생각했다. 그런데 아미가 일을 다 망쳐 났다. 설마 바람을 피우자고 할 줄은 몰랐다.

"아, 머리 아파. 일단은 당분간 오빠를 피해 다녀."

그동안 일이 바빠 잘 보지도 못했는데, 보고 싶은 마음이 간절함에도 봐서는 안 된다는 사실에 아미가 불만 어린 얼굴을 했다.

"우리 오빠가 언니한테 화낸 적 별로 없지? 우리 오빠 한번 화나면 엄청 무서워. 감당할 수 있어?"

자신이 아는 사람들 중 가장 겁이 많은 아미는 오빠가 화내는 모습을 보면 충격을 받을지도 모른다. 세진을 좋아하는 마음이 한순간에 사라질지도 모르니 막아야 한다. 아미와 오빠가 꼭 잘되기를 바라고 있다. 아미에게 유독 약하니, 아미가 새언니가 되면 뒤에서 살살 꼬드겨 오빠에게 많은 걸 얻어낼 수가 있을 것이고, 그것은 자신에게 굉장한 이익으로 작용을 할 것이다.

순전히 자신의 욕심 때문만이 아니라, 이리저리 뜬구름 같은 오빠가 사랑하는 여자에게 정착을 하고 행복한 결말을 맞이했으면 하는 바람이 더 크다고 가식적인 마무리로 생각을 끝낸 세련은 아미에게 절대 세진을 만나지 말 것을 당부했다.

내내 심란한지 한숨을 연달아 쉬는 아미를 다독이는 대신 세련은 내내 거슬렸던 아미의 머리를 보며 화제를 돌렸다.

"이번 주말은 안 될 것 같고, 다음 주말에 샵으로 와. 뿌리염색 해야겠다. 온 김에 내가 옷도 몇 벌 골라줄게."

이름처럼 세련된 삶을 살기 위해 겉모습만 보고 의상디자인학과에 들어갔던 세련은 대학 내내 암울한 생활을 했다. 매 수업마다 과제물로 밤을 새어가며 미싱질을 하느라 몸이 고생을 한 것은 물론이거니와, 시험공부로 인해 머리 또한 고생을 했다.

창작의 고통에 몸부림을 치던 세련은 가족이라는 큰 백을 등에 지고 시안 뷰티샵에 의상을 담당하는 매니저로 입사를 했다. 순전히 백의 힘이 컸지만, 옷을 보는 눈은 뛰어났기에 손님들의 안목을 잘 맞춰주어 단골도 생겨나는 등, 조금씩 능력을 선보이고 있다.

"응. 갈게."

그녀는 모두의 반발을 뒤로하고, 작년에 겨우 염색을 했다. 아민보다 더욱 보수적인 세진은 염색이라든지, 귀를 뚫는 걸 질색으로 싫어했다. 세련은 도무지 그의 손에 잡히지 않기에 포기했지만, 조금만 뭐라고 하면 말을 넙죽넙죽 잘 듣는 아미에게는 엄했다.

절대 못하게 막는 세진이 잠시 출장 간 사이 세련의 꼬드김에 넘어가 염색을 했다. 귀도 뚫으려 했지만, 아플 것 같아 관두었다. 출장을 다녀온 세진에게 크게 혼이 났지만, 지금까지 갈색머리를 고수하고 있다.

바쁘다고 먼저 자리에서 일어나는 세련에게 대충 손을 흔들어 보이고는 고민에 빠졌다. 세진이 보고 싶은데, 어떻게 참아야 할지에 대해서. 그리고 그와 그녀의 앞날이 해피엔딩일지, 새드엔딩일지에 대해서.

주말 동안 세진은 피할 수 있었지만, 동생인 아민은 달랐다. 일요일 내내 아민을 피해 방에 틀어박혀 있다가 문을 따고 들어온 그에게 탈탈 털렸다. 재미있다는 듯 배를 감싸고 바닥을 뒹굴며 웃다가 돌연 정색을 하는 아민을 재빨리 내쫓았다. 그러자 아민이 문을 두드리며 소리를 쳤다.

"누나, 나 아직 말 안 끝났어. 바람이 아니라 세진이 그 여자랑 헤어……."

"시끄러! 한마디만 더 해봐."

바람이라는 단어에 깜짝 놀라 문을 벌컥 열고 아민의 목을 두 손으로 조르며 입막음을 했다. 충분히 세련에게 비난을 들었고, 동생인 아민에게까지 듣고 싶지가 않다.

자신의 고백이 잘못됐다는 걸 알기에 할 말은 없지만, 조금 억울했다. 세진에 대한 마음은 진심인데 아민은 자신을 비난하고, 당사자인 세진은 화가 난 상태다.

그녀의 진정한 마음을 알아주는 사람은 세련뿐이니, 얄밉더라도 그녀를 만나 신세한탄을 하는 것으로 마음을 풀 수밖에 없다.

"출근 준비 안 해? 늦겠다. 세진이한테 연락해 볼까?"

문을 벌컥 열고 들어온 엄마에게 아미는 지금 나간다는 말을 하고 재빨리 집을 나섰다. 당분간 세진을 만나서는 안 되는데, 그를 불러서 같이 회사에 가라는 엄마의 말은 마른하늘에 날벼락이다.

실은 그동안 그가 바빠서 따로 출퇴근을 했지만, 같은 회사에 다니기에 아미는 세진의 차를 얻어 타는 경우가 많았다.

졸업과 동시에 세진은 당당하게 이모부의 회사인 시안그룹 본사에 입사를 했다. 낙하산이라는 소문이 돌 틈도 없이 능력을 펼쳐 처음으로 기획한 프로젝트가 단기간에 회사 매출을 급성장시켜 인정을 받은 그는 빠른 진급을 거쳐 지금, 올해부터 기획부 1팀 팀장 자리를 차지했다. 다른 팀장들에 비해 굉장히 젊어 과연 잘해 나갈 수 있을까 하는 우려와 달리 그는 다른 팀장들에게 휘둘리지 않았고, 얼마 지나지 않아 그들을 포함해 팀원들의 신임을 얻었다.

그와 달리 아미는 졸업하고 백조 생활을 하다가 세진에게 달달 볶여 뒤늦게 취업준비를 하고, 시안그룹에 입사를 했다. 다들 이것은 누군가의 입김이 작용한 것이 틀림없다며 세진을 의심했지만, 그는 인사관리에는 힘이 없다고 칼같이 잘랐다.

그 뒤로 그의 사촌형이자, 시안그룹 회장의 외동아들로 그 회사에서 높은 자리를 맡고 있는 태호를 의심했지만, 그는 회사에서 아미를 보고 오히려 놀래는 것으로 입김을 불지 않았음을 드러냈다.

당당하게 그녀의 힘으로 입사를 한 것이라 말을 했지만, 대리로 승진한 지금도 가족들은 반신반의하고 있다.

41

입사를 하고, 세진 덕에 편히 출퇴근을 하면서 아미는 그에게 당부했다. 절대 회사에서는 아는 척을 하지 말자고. 출근할 때 차를 얻어 타도 근처에서 내렸고, 퇴근할 때도 마찬가지였다. 어렸을 때부터 아는 사이고, 같은 아파트에서 산다고 말을 하면 된다며 이게 뭐 하는 짓이냐고 세진이 못마땅함을 드러내도 그녀는 그것만은 고집을 부렸다.

아미는 회사에서 꽤 인기가 많은 세진과 아는 사이라는 걸 들켜 여자들의 시샘 속에서 지낼 자신이 없었다. 학교를 다니는 내내 겪었던 일이니 잘 안다. 여자들의 질투가 어떤 것인지.

각각 아파트 단지는 지하 주차장으로 이어져 있다. 단, 각각 동의 출입은 비밀번호를 알아야 가능하다.

지하 주차장에서 빠져나오는 차들 사이에 세진의 차가 섞여 있는지 확인을 하던 아미는 지각이 간당간당하기에 택시를 잡기 위해 뛰었다.

간신히 지각을 면하고 기획부 2팀의 사무실로 들어가면서 맞은편에 있는 기획부 1팀의 사무실을 살폈다. 불투명한 유리 때문이 아니더라도, 세진의 자리는 안쪽에 따로 분리된 방에 있기에 볼 수는 없지만, 혹시나 싶었다.

"안 들어가세요?"

갑작스런 목소리에 화들짝 놀라며 고개를 돌렸다. 1팀의 박대성 대리가 그녀가 너무 놀라자 미안한 표정을 지었다.

"아, 안녕하세요. 들어가야죠."

박 대리가 들어가느라 열린 문틈 사이로 1팀의 동태를 살핀 뒤,

재빨리 맞은편의 자신의 사무실로 들어섰다. 동료들에게 인사를 한 뒤, 벽을 등지고 있는 자리로 향했다.

책상 삼면을 파티션이 가려서 사무실 내에서 나름의 사생활을 보호해 주고 있다. 사무실 내에 팀장실이 따로 마련되어 있고, 그 팀장실과 가장 멀어 사무실 내 최고의 자리를 그녀가 차지한 지 6개월이 지났다. 그전에 있던 박 대리가 1팀으로 가면서 누가 이 자리를 차지할 것인지 눈치 싸움이 치열했다.

결론적으로 보자면, 그녀의 승리였다. 옆자리가 부사수여서 몰래 인터넷 쇼핑 같은 딴짓을 하는데 눈치가 보이는 아쉬움이 조금 있기는 했지만, 파티션이 다 가려주니 크게 문제가 될 것은 없었다. 자신에게 이 환상적인 자리를 내려주신 팀장님께 인사를 드리려 했지만, 아직 출근 전인지 팀장실은 불이 꺼져 있었다.

"안 과장님, 팀장님 아직 출근 전이세요?"

사무실에서 가운데에 앉아 있는 안은호 과장에게 꾸벅 인사를 한 뒤 팀장님의 부재에 대해 물었다. 안 과장은 그녀보다 직급은 높지만, 같은 서른 살이라 그런지 서로 벽을 세우고 있지 않고 있어 상사임에도 사무실 내 가장 편한 사람 중 하나다.

그 누구보다 가장 먼저 출근을 하는 팀장님의 부재에 안 과장도 모르겠다는 듯 아리송한 얼굴을 했다.

"불길해. 밤늦게 전화가 왔었더라고. 마누라랑 뜨거운 시간 보내느라 못 받아서 아침에 다시 걸었는데 안 받으시더군."

굳이 밤에 무슨 일을 하느라 전화를 받지 못했는지 궁금하지 않았지만 안 과장은 친절하게 목소리를 낮추며 너에게만 알려준다는 듯이 말했다. 떨떠름한 얼굴로 뒤돌아서자 안 과장이 뒤에서 키득거리며 웃어댔다.

업무가 시작되는 9시가 돼도 팀장님은 출근을 하지 않았다. 불안한 얼굴로 연신 팀장실을 바라보던 안 과장은 전화를 받고 연초에 회사에서 지급해 주는 두툼한 업무용 다이어리를 들고 쌩하니 빠져나갔다.

"허 대리님, 분위기가 좀 이상하지 않아요? 무슨 이야기 못 들었어요?"

앞자리의 정지은 대리가 고개를 쭉 빼고 물었다. 덩달아 옆에 앉아 있던 자신의 부사수인 기호건 사원도 파티션 너머로 몸을 들이밀었다.

짙은 눈 화장을 한 정 대리 탓에 화들짝 놀란 아미는 옆에서 갑자기 툭 튀어나온 호건의 얼굴에 또 한 번 놀랐다.

"아, 나 심장에 무리 온 것 같아. 깜짝 놀랐네. 내가 어찌 알겠어요. 들은 거 없어요."

"에이, 과장님이 허 대리님께는 많이 이야기하시잖아요."

정말로 들은 것이 없기에 아미가 고개를 흔들자 정 대리는 포기를 한 듯 파티션 너머로 사라졌고, 호건 또한 제자리로 돌아갔다. 전화를 받고 나가는 안 과장의 얼굴이 좋지 않았기에, 아미 또한 불안한 얼굴로 업무를 시작했다.

아미에게 폭탄을 맞고, 뒤이어 저녁에는 회사에서 폭탄이 터져 수습을 하느라 새벽까지 내내 컴퓨터 앞을 벗어나지 못한 세진의 얼굴에는 피곤함이 가득했다.

회사 일은 그럭저럭 급한 불은 껐지만, 아미에게 폭탄을 맞은 뒤 그는 아직 잔해조차도 수습하지 못해 신경이 너덜너덜해져 날카로울 대로 날카로웠다. 출근을 하고 1층에 있는 카페에서 샷을 추가한 진한 아메리카노를 산 그는 엘리베이터에 올랐다. 왼손에 든 커피를 입에 가져가던 중 손목에 감긴 빨간색 줄이 눈에 띄었다.

"젠장."

낮은 욕설을 내뱉자 옆에 있던 직원들이 움찔거렸다. 차갑게 가라앉은 엘리베이터 안의 기운에 다들 세진과 눈이 마주칠세라 고개를 돌리거나, 핸드폰을 만지작거리며 바쁜 척을 했다. 회사 오너의 조카라는 타이틀이 아니더라도, 차세진 팀장이라는 타이틀은 그들에게 범접할 수 없는 존재로 받아들여지고 있다.

그가 회사에 입사를 할 당시, 회사 오너의 조카라는 사실이 알려지면서 그는 연수 시설부터 동기들과 사수들의 질투와 시기를 한 몸에 받았었다. 눈에 드러날 정도로 다들 그를 기피하자, 위에서는 그가 정당하게 입사를 했다는 증거를 은연중에 나돌게 했다.

연수 때부터 두각을 드러내는 그에게 다들 빈정거리며 딴죽을 걸었지만, 그가 참여한 프로젝트마다 한마디로 대박이 나자 시기는 점점 줄어들었다. 원래 대기업일수록 프로젝트의 성공은 그 프로젝트의 책임자인 팀장이나, 과장에게 돌아가는 경우가 많다. 하지만 다들 그 뒤에는 차세진의 공이 컸다는 걸 알고 있었다. 따라서 그 누구도 그의 빠른 승진에 태클을 걸 수 없었다. 그의 능력은 타고났다는 말로밖에 설명이 되지 않을 정도였다.

갓 팀장이 되었을 때 서른도 되지 않은 어린 나이이기에 다른 부서 팀장들의 견제가 심했지만, 침착하게 모든 걸 헤치고 그는 꿋꿋하게 할 일을 해나갔고, 이제는 엄연히 팀장으로서의 대우를 받고 있다.

부드러운 상사가 아닌 무서운 상사이지만, 말도 안 되는 억지를 부리거나 여직원을 희롱하는 진상 상사가 아니기에 제법 인기가 많은 편이었다. 특히나 여사원들에게 인기가 많았다. 하지만 그에게 한번 크게 데인 사원들은 그를 죽도록 피해 다녔다.

다들 그의 기세에 눌려 찍소리도 못하는 걸 모르는지 세진은 머리끈을 노려봤다.

이렇게 색이 튀는 머리끈은 일명 주말용 머리끈이다. 평일에는 회사 사람들뿐만 아니라, 외부 사람들도 많이 만나기에 눈에 띄지 않는 검은색 머리끈을 손목에 감는다. 이것은 처음부터 정해진 룰이나 다름없다.

학교를 다닐 당시, 색이 들어간 머리끈은 금지였기에 항상 검은색 머리끈을 준비했었다. 툭하면 머리끈을 잃어버리는 아미였기에 어쩔 때는 두세 개씩 준비를 했다. 검은색 머리끈에 질린 아미가 주말에는 예쁜 것으로 묶고 싶다고 해서 주말이 되면 색이 알록달록한 머리끈을 챙겼다. 그 버릇이 지금까지 이어지고 있다. 아침에 정말로 정신이 없어 손에 잡히는 대로 집었는데 검은색이 아닌 빨간색 머리끈을 손목에 감고 출근을 했다.

엘리베이터에서 내려 걸어가면서 맞은편 사무실을 노려본 뒤 그는 1팀 사무실로 들어섰다. 자리에서 일어나 인사를 하는 13명의 팀원들에게 가볍게 고개를 끄덕여 인사를 한 뒤 그의 사무실로 들어섰다.

사무실의 한쪽 면이 통유리로 되어 있어 팀원들의 동태를 한눈에 살필 수 있지만, 부담스러워하는 그들을 알기에 그는 버티컬을 내리고 단 한 번도 올리지 않았다. 물론 그가 일하는 모습을 훔쳐볼 사원들의 시선이 그리 편하지 않은 이유도 있다.

노트북을 부팅시키고 겉옷을 벗어 단정하게 옷걸이에 건 뒤, 자리에 앉아 손목에 감긴 빨간색 머리끈을 빼고 서랍 속에 넣었다. 하지만 얼마 가지 않아 손목의 허전함에 다시 머리끈을 꺼내 손목에 감았다. 손목을 살짝 죄는 묵직함이 들자 마음까지 안정되는 듯했다.

고작 이런 작은 느낌에 중독되었다는 생각이 들었다. 아미 때문에 생긴 중독. 이전만 해도 그게 나쁘지는 않았다. 하지만 지금은 답답하고 자신의 숨통을 죄는 것 같은 기분이 든다. 그렇다고 해서 손목에서 머리끈을 뺄 수가 없다. 그것 또한 불안함과 허전함을 주기에.

월요일 아침마다 진행되는 회의에 참석하기 위해 그는 PT 자료를 챙겨 자리에서 일어났다. 비어 있는 이 과장의 자리를 눈으로 확인한 뒤, 그는 팀원들에게 두 시간 뒤에 회의를 하자는 말을 남기고 사무실을 나섰다.

16층의 대회의실에 들어서자, 다른 부서의 팀장들이 자리해 있었다. 간부급들도 모두 소집된 큰 회의였다. 앞쪽에 앉은 태호가 반가운 듯 인사를 했지만, 세진은 고개를 숙이는 걸로 선을 그었다. 그는 공과 사를 구분해 주었으면 하지만, 태호는 전혀 그럴 생각이 없는 듯했다.

"차 팀장님, 안녕하세요."

그러고 보니 그의 옆자리에는 2팀 팀장인 주진국 팀장이 아닌, 안은호 과장이 앉아 있다. 그제야 어제 회사에 큰일이 생겼음을 다시 상기했다.

"회의 시작하겠습니다."

각 팀의 업무보고가 이루어지고 앞으로의 방향에 대해 회의가 이루어진 뒤, 태호는 유감이라는 얼굴로 입을 뗐다.

"다들 이미 알고 계실 겁니다. 회사가 큰 기대를 걸고 있던 프로젝트에 문제가 생겼습니다. 모든 부서가 굉장히 노력을 많이 해주었고, 기획 단계부터 철저하게 준비를 했기에 큰 문제가 없을 거라고 생각을 했지만, 예상치 못한 곳에서 문제가 발생했습니다."

시안그룹에서 손대고 있는 거의 모든 사업이 집중적으로 브라질로 진출을 할 계획이었다. 건설과 전자 등 모든 것을 한 번에 진출시킨다는 목표로 대대적인 프로젝트에 돌입을 했었다. 이미 미국 진출에는 성공을 했기에 큰 부담을 갖지 않았다. 미국 진출 성공을 바탕으로 밑바닥부터 철저하게 준비를 했지만, 현지에서 문제가 발생했다. 타국의 진출을 달갑지 않아 하는 브라질 정부가 사소한 것으로 법적인 문제를 제기했고, 기획부터 수정해야 하는 지경에까지 이르렀다. 이에 세 개의 기획팀뿐만 아니라, 모든 부서가 일을 분담하기로 했다.

"어제 급히 기획 2팀의 주진국 팀장을 비롯해 몇 명이 급히 브라질로 출국했습니다. 기획 3팀에서 많은 지원을 부탁드립니다."

주진국 팀장이 데리고 간 사원들 중에는 그의 팀원인 이 과장도 포함이 되어 있다. 브라질행은 예전부터 부서별로 차출을 했었다. 원래대로라면 한 달 뒤에나 출국을 했어야 하지만, 예기치 않은 문제로 일정이 앞당겨졌다.

"부득이하게 갑자기 2팀의 팀장 자리가 비워졌으니, 이에 1팀 차세진 팀장님께서는 2팀까지 이끌어가 주시기 바랍니다."

자신의 팀원을 이끌어 나가는 것도 힘이 들건만, 2팀까지 끌고 가라는 태호의 면상을 갈겨주고 싶었다. 허나, 비상사태인 것은 틀림이 없기에 따라야 했다. 3팀에서는 브라질로 향한 주 팀장을 서포터해야 하기 때문에, 3팀 팀장이 2팀을 도맡을 수 없다. 브라질 프로젝트가 아니라도, 새로 개발된 제품의 상용화에 대한 기획도 들어가야 한다.

"그리고, 차 팀장님은 1팀과 2팀에서 이번 새 프로젝트에 참여할 인원들을 차출해 주세요. 이상으로 회의를 마치겠습니다."

자신의 팀에서 새 프로젝트에 맞는 인력을 뽑는 건 문제가 없지만, 2팀에서 인력을 뽑는 경우, 그들의 역량을 잘 알지 못하니 신중해야 한다.

먼저 인사부에 요청을 해 인사고과부터 확인해야 하나 고민을 하던 차에 옆에서 걷던 안 과장의 목소리가 들렸다.

"저, 어떻게 할까요?"

안 과장의 얼굴을 보고 나서야, 2팀에 아미가 속해 있다는 사실이 떠올랐다. 그를 피하는 아미가 괘씸해 확 아미를 차출할까 잠시 생각을 했다. 하지만 일에 사적인 감정을 개입해서는 안 된다. 적임자를 뽑아서 최대한 효율적으로 일을 해야 문제가 덜 발생한다.

"안 과장님께서는 새 프로젝트 적임자가 누구라고 생각하십니까. 많이는 필요 없고, 두 명만 추천해 주세요."

"허아미 대리와 기호건 사원이 괜찮을 듯싶습니다."

아미의 이름이 안 과장에게서 나오자 세진은 입꼬리를 비스듬히 올렸다.

"그렇군요. 오후에 그 두 사람을 저에게 보내주세요. 안 과장님께서 추천해 주셨으니, 믿음이 갑니다."

언제부터 자신을 신뢰했는지는 모르지만, 세진의 깍듯한 인사에 안 과장은 기분이 좋아 재빨리 아미와 호건을 찾아 사무실로 달려갔다.

불안한 얼굴로 전화를 받고 사라졌던 안 과장이 팀장님의 부재에 관한 이야기를 할 때만 해도 별것 아니라는 생각을 하던 아미는 안 과장의 이어지는 말에 절망했다. 당분간 기획부 2팀을 1팀 팀장인 세진이 이끌어가게 되었다는 사실에 눈앞이 깜깜했다.

못해도 최소 일주일은 피해야 하는데, 떡하니 월요일부터 모든 결제를 그에게 맡으러 가야 한다니.

"아, 그리고 또 한 가지. 허아미 대리와 기호건 씨는 새 프로젝트에 투입이 될 겁니다. 오후에 차 팀장님께 가보세요."

"네? 저요?"

하필 왜 저냐는 듯 아미가 눈을 동그랗게 뜨고 싫다고 고개를 젓자 이미 확정이 된 거라며 안 과장이 단호하게 고개를 끄덕였다. 호건은 새 프로젝트에 가담하게 됐다는 거에 환호성을 질렀다. 차 팀장과 함께하는 프로젝트라면 거의 성공이라고 볼 수가 있고, 프로젝트의 성공은 인사고과에서 좋은 평가를 받을 수 있기 때문이다.

"대리님, 왜 그러세요? 좋은 기회잖아요."

잘만 하면 아미도 진급 기회가 될 수가 있기에 호건은 이해하기 힘든 얼굴로 그녀를 쳐다봤다.

"모르면 가만히 있어요."

아미의 날카로운 반응에 '나 죽었소.' 하는 표정으로 호건이 몸을 사렸다.

세진을 보러 가야 한다는 사실에 긴장이 되었다. 그 긴장이 그를 피해야 하는데 어쩔 수 없이 마주치게 된다는 것 때문인지 아니면 좋아하는 남자를 만나게 된다는 것 때문인지 구분이 잘 되지 않았다. 점심도 먹는 둥 마는 둥 하고, 오후 업무 시간이 되었을 때 빨리 가자는 호건의 재촉에 몸을 일으켰다.

1팀원들에게 가볍게 인사를 한 뒤, 세진의 개인사무실 앞에서 심호흡을 하던 중, 눈치도 없이 호건이 노크를 하고는 대답이 들리자마자 문을 열었다. 얼결에 호건에게 밀려 사무실 안으로 들어서자 세진과 눈이 마주쳤다.

여직 화가 난 것인지 화를 담은 뜨거운 눈길에 몸이 파르르 반응을 했다. 끈질긴 그 눈길에 홍조가 피어오르자 차가운 손으로 열을 식히기 위해 볼을 토닥거렸다.

"회의실로 가시죠. 다른 부서들과 회의가 있습니다."

아미에게서 눈을 거둔 세진은 최대한 덤덤한 얼굴로 앞장섰다. 그와 눈도 잘 못 마주치고 볼을 붉히는 모습은 정말이지 영락없이 그에게 반한 여자의 얼굴이었다. 순간 그는 기가 찼다.

회의실에 들어서자, 마케팅부와 홍보부에서 차출된 인원들이 모여 있었다. 다들 긴장한 기색이 역력했다. 세진과 같이하는 프로젝트가 얼마나 중요한 것인지 알기 때문이다.

"회의 시작하겠습니다."

회의 준비를 하고 있던 기획부 1팀의 박 대리가 세진의 시작하라는 눈짓에 프로젝터를 켜고 회의실 불을 껐다. 프로젝터의 빛이 공간을 가르고, 화면에 자료를 띄웠다. 힐끔힐끔 세진을 훔쳐보던 아미는 그가 펜을 집으려 움직이자 움찔거리며 재빨리 고개를 돌렸다.

시안그룹 계열사 중, 시안건설에서 중산층을 타깃으로 새 아파트를 건설 중에 있다. 건물 내에 산책하기 좋은 공원은 물론 수영장, 헬스장뿐만 아니라 스파시설까지 갖추어놓았다. 언뜻 보면 소위 상류층들을 겨냥한 것 같지만, 이번 건물은 중산층을 겨냥했다.

시내 중심가에서 벗어나고, 건물 내의 모든 전자부품과 자재들을 시안그룹의 제품으로 사용을 함으로써, 굉장히 고가가 되었을 아파트의 가격을 낮추었다. 하지만 시공 때부터 초호화 아파트를 건설한다는 소문이 나돌아 중산층의 관심 밖으로 밀려났다. 그 관심이 밀려난 데에는 도심 외각이라 교통편에 대한 문제도 한몫했다. 또한, 중산층들이 입주를 하기에는 조금 벅차다는 시장조사 결과가 나왔다.

계속되는 회의 끝에 가격을 낮출 방안과 홍보 방향에 대해 조금 더 생각을 하기로 결론을 내렸다.

"그럼 수고하셨습니다."

세진의 마지막 말로 다들 주섬주섬 자료를 챙겨 들고 일어났다.

"허 대리님은 잠깐 저 좀 보시죠. 2팀 팀장님이 당분간 부재중이시니 허 대리님께서 몇 가지 업무를 추가적으로 맡아주셨으면 합니다."

그들 틈에 섞여 벗어나려던 아미는 세진의 부름에 다시 자리에 앉았다. 그럴싸한 이유에 다들 먼지만큼의 의심도 없이 회의실을 빠져나갔다. 모두들 싹 빠져나가고 단둘이 남게 되자 그녀는 침을 꼴딱 삼켰다. 가장 먼 자리에 앉아 있는 그녀의 앞으로 친히 옮겨 앉은 그가 먼저 입을 뗐다.

"허아미."

자신의 이름을 부르느라 달싹이는 붉은 입술에 시선을 빼앗겼다. 달콤한 부름이 아닌 차가운 부름이었지만, 그마저도 황홀했다.

"좋아한다고 대차게 고백하던 여자는 어디 갔나?"

"여기 있잖아."

또 얼굴을 붉히는 아미의 모습에 머리가 아파와 세진이 미간을 접었다.

어떻게 해야 하나 도무지 감히 잡히지 않았다. 모든 걸 밝히고 좋다고 그녀를 잡아야 하나, 아니면 혼쭐을 내야 하나 감이 오지 않았다.

"저기. 나 찰 거야?"

이대로 차인다면 그의 얼굴 보기는 민망하고, 또 굉장히 슬플 것 같았다. 생각보다 자신이 그를 많이 좋아하고 있다는 게 실감이 됐다. 그의 굳은 얼굴을 보아하니 차일 것이 분명해 보였다.

"그럼? 내가 진짜 바람이나 필 남자로 보여? 그동안 날 그런 덜 떨어진 남자로 생각하고 있었나 봐?"

턱에 힘을 주고 이를 악물고 말하는 세진의 기세에 눌린 아미가 우물쭈물 변명을 했다.

"그게 아니라. 난 정말로 네가 좋은데. 바람피우는 게 꼭 나쁜 점만 있는 건 아닐 거야."

아미의 입에서 바람피우는 것의 좋은 점이 나열될 듯하자 머리까지 화가 솟아오르는 것 같았다. 계속해서 바람을 피우자고 말을 하는 아미의 입을 틀어막고 싶었다.

"세진아, 좋아해. 그래서 너랑 함께하고 싶은데. 정말 어떻게 안 될까?"

수줍은 말투에 일순 싸늘하게 화가 식었다. 그대로 손을 뻗을 뻔했다. 빨개진 얼굴을 부여잡고 제 욕심껏 키스를 퍼붓고 싶다는 욕망이 피어올랐다.

고작 좋아한다는 한마디에 그의 마음이 활짝 열렸다. 그만두겠다던 마음은 잠시 멈춰 있던 것뿐이었나 보다. 그녀의 말에 다시 그의 심장이 재가동되었다.

"난 싫어."

마음과는 다르게 말이 나왔다. 이미 전에 만나던 여자와 헤어졌다고 설명을 하면 간단하게 해결될 일이지만, 갑자기 아미가 이렇게 적극적으로 다가오자 좋다는 것보다는 도망을 가야겠다는 생각이 들었다. 그보다 그를 바람이나 피우는 남자로 생각하고 있든 아니든, 그녀 자신을 바람 상대자로 만드는 게 미칠 듯이 화가 났다.

단호한 자신의 말에 단숨에 우울모드로 돌입하는 아미를 보자 아차 하는 생각이 들었지만, 내뱉은 말을 거두지는 않았다.

"그럼, 어떻게 하면 날 만나줄 건데?"

어떻게 해서든 그의 마음에 들겠다는 의지를 보이는 아미가 너무 사랑스러워 그는 눈을 감았다. 정말이지 배알도 없이 좋다고 달려들 것 같았다.

"정말 바람을 피우자고 할 정도로 내가 좋아?"

아미가 눈을 깜빡이며 고개를 강하게 끄덕였다.

"시간을 좀 줘."

말은 이렇게 했지만, 얼마 가지 않아 그는 아미의 손을 잡을 것이다. 하지만 여직 화가 풀리지 않는다. 어떻게 혼을 내줘야 하나. 바람을 피우자고 말을 할 생각을 한 아미를 단단히 혼내야 이 같은 일이 다시는 발생하지 않으리라.

"얼마나?"

"보채지 마."

슬쩍 한쪽 눈을 뜨자 불만 가득한 얼굴로 그를 쳐다보는 아미가 불현듯 몸을 앞으로 쭉 뺐다.

"저기, 뽀뽀 한 번만 해보면 안 돼?"

계속해서 그의 입술이 탐이 났다. 하나하나 뜯어보니 다 예쁘고 잘생겼다. 왜 그동안 이런 남자를 옆에 두고 알아보지 못했나 안타까웠다. 그 시간이 아까워 안달이 났다.

"허아미!"

눈을 번쩍 뜨고 쳐다보는 그의 얼굴이 살짝 붉은 기가 돌았다. 아미는 세진이 화를 내기 전 어서 도망가자는 생각에 수첩을 들고 회의실 밖으로 뛰었다. 탁 하고 열렸던 회의실 문이 닫히자 세진은 얼굴을 가리고 고개를 숙였다.

자신에게 달아오른 모습이 한눈에 보였다. 정말 난감하다. 달아오른 사람이 누군데. 한입에 꿀꺽 하고 싶은 사람이 누군데. 겁도 없이 먼저 도발하는 아미가 지금 가장 난제로 떠올랐다.

퇴근 시간이 지났지만, 다들 야근하는 분위기에 아미도 남아서 일을 했다. 그녀는 가고 싶지도 않은 화장실을 여러 차례 왔다 갔다 하면서 1팀의 동태를 살폈다. 세진에게 문자를 보내면 되지만, 시간을 주라고 했기에 선뜻 연락을 할 수가 없었다. 보채다가는 그대로 차일 것 같아서.

8시쯤 퇴근을 하려고 자리에서 일어나자 세진에게 문자가 왔다. 같이 가자는 말에 신이 난 아미는 재빨리 회사를 빠져나와서 한 블록 건너갔다. 흥얼거리며 세진을 기다리던 중 세련에게서 전화가 왔다.

[언니! 오빠는 잘 피해 다니고 있지? 내가 오후에 오빠한테 전화했었는데, 바쁘다고 탁 끊어버리더라.]

"아니. 바로 봤는데. 이야기가 길어. 그런데 생각할 시간을 주라는 말은 받아들일 마음이 어느 정도 있다는 뜻이겠지?"

[응?]

세련에게 오늘 있었던 일을 짧게 이야기를 해주며 아미는 세진의 마음이 어떨지 동생인 그녀에게 물었다.

세련은 어제 아민과의 통화로 세진이 만나던 여자와 이미 헤어졌음을 알게 되었다. 세진이 오랫동안 아미를 좋아했으니 받아들일 마음이 100% 있다는 걸 알지만, 애매하게 그럴걸? 하고서는 전화를 끊었다. 그게 아미를 더욱 애타게 한다는 걸 알기에.

정확한 걸 좋아하는 아미는 답답해 주먹으로 가슴을 치다가 서서히 다가오는 세진의 차를 발견하고는 갓길에 내려섰다.

"너, 내가 위험하니까 인도에 서 있으라고 했지."

꼭 위험하게 차도로 내려오는 아미가 마땅치 않아 익숙한 잔소리가 나왔다. 택시도 차도로 내려와 잡는 걸 몇 번 그가 혼을 냈었다.

"응. 알았어. 절대 안 그럴게."

잔소리하지 말라고 툴툴대던 허아미는 어디 가고, 순종적인 허아미가 있다. 순간 당황해 반응을 하지 못한 세진은 흠흠 헛기침을 하고 차를 출발했다.

운전을 할 때 기어 위에 올려놓는 오른손에 갑작스런 온기가 닿았다. 옆을 보자 아미가 그의 손등에 손을 겹쳐 올리고는 조물거리고 있었다.

"뭐 하는 거야."

"손도 만지면 안 돼?"

갈수록 가관이다. 가만히 있었더니 조금씩 그의 팔에 몸을 기대왔다.

"똑바로 앉아."

에어컨을 틀어놓았음에도 아미가 주는 온기에 열이 올라 더웠다. 다행히 자신의 경고에 아미가 몸을 떼고 자세를 바로 했다. 아미의 손에 잡힌 오른손을 빼내 핸들을 잡았다.

"만진다고 닳는 것도 아닌데."

달아오를 대로 달아오른 아미는 아주 위험했다. 자신이 손짓만 해도 좋다고 달려들 기세였다.

아파트 지하 주차장으로 들어선 세진은 아미가 사는 라인 앞에 세워주었지만, 아미는 안전벨트를 꽉 붙잡고는 내리지 않았다.

"안 내려?"

"네 집에 가서 저녁 먹자. 내가 맛있는 거 해줄게."

손으로 하는 건 뭐든지 못하는 아미는 요리도 젬병이다. 거기다 아미의 속셈이 뻔히 보였다. 어서 내리라는 세진의 성화에 아미가 우물쭈물 최대한 느릿하게 차에서 내렸다. 인사도 없이 가버리는 세진이 야속해 그녀는 쌩하니 몸을 돌렸다. 하지만 얼마 가지 않아 다시 몸을 돌려 세진의 집 쪽으로 향했다.

주차를 한 세진은 그가 사는 동의 입구 비밀번호를 누르고 엘리베이터로 향했다. 그러다 떡하니 그 앞에 서 있는 아미를 본 그는 걸음을 멈추고 한 손으로 눈을 가리고는 낮은 한숨을 쉬었다.

"집에 안 가?"

"조금만 더 같이 있으면 안 돼?"

거침없이 부딪혀 오는 아미의 팔을 잡아 그녀의 집으로 향했다. 이때다 싶은지, 아미가 그의 팔에 팔을 감아 팔짱을 끼고는 저녁 먹으러 가자고 졸라댔다. 어차피 집에 가봤자 먹을 게 없다는 아미의 투정에 그는 뻔한 거짓말임을 알면서도 걸음을 돌려 근처 백반집으로 향했다.

"다른 거 먹고 싶었는데."

근사한 저녁을 함께했으면 했는데, 무드도 없이 세진은 가까운 백반집으로 자리를 잡았다. 지어진 지 꽤 오래된 상가 1층에 있는 백반집은 새로 도배를 한 지 얼마 되지 않았지만, 허름함은 감춰지지 않았다. 이러한 허름한 분위기에 툴툴대다가도 그가 먹으라고 반찬을 밥 위에 올려주자 바로 기분이 풀려 눈웃음을 멈추지 않으며 식사를 했다.

저녁을 먹고도 도통 떨어지지 않으려 하는 아미를 억지로 집에 들여놓고 그는 아민의 가게로 향했다. 모든 근심 걱정으로부터 숨으러 오라는 뜻으로 지었다는 Bar의 상호는 숨바꼭질이다. 거의 대부분이 간단하게 숨Bar라고 부른다.

월요일이라 손님이 많지 않은지, 제법 한산했다. 낮게 울려 퍼지는 재즈 음악이 하루 종일 긴장되었던 몸을 노곤하게 풀어주듯 감쌌다. 그 느낌을 만끽하며 세진은 바텐더가 서 있는 스툴바 앞에 앉았다. 그를 보고서는 반갑게 손을 흔들며 다가온 아민이 바텐더에게 도수가 낮은 칵테일을 주문했다.

"너, 세련이한테 바쁘다고 전화 끊으라고 했다며?"

자신의 동생인 세련은 그보다 아민에게 더 자주 연락을 했다. 무뚝뚝하고, 잔소리가 심한 오빠보다는 아민이 편해서라는 걸 잘 알기에 서운하거나 하는 점은 없다.

"바빴어."

"너는 하나뿐인 여동생한테. 아, 누나 만났다며? 내내 피해 다니려고 했다던데."

"세련이가 그러든?"

"누나가 너한테 고백한 것도 내내 끙끙거리다가 세련이가 부추겨서 한 것 같던데?"

아민은 오후와 저녁 두 번의 통화로 세련에게 모든 정황을 들었다. 세련은 그에게 언제 아미가 세진에게 반했는지부터 아미가 한 고백 내용까지 모두를 말해주었다. 그리고 저녁 통화 때는 세진이 시간을 주라고 했다는 것까지 알아냈다.

"퇴근한 지는 꽤 됐잖아. 누나랑 있었어?"

"저녁 먹었어."

"시간을 달라고 했다며? 그보다 너 헤어진 거 말했어? 내가 말하려 했는데 못 꺼냈다. 너한테 바람피우자고 한 거 사과하라고 하려고도 했는데."

아미에게 졸렸던 목을 손으로 매만지며 아민이 세진의 눈치를 살폈다.

"신경 꺼. 내가 알아서 할게."

두 사람의 일이 아미를 통해 모두 알려졌다는 게 마땅찮아 세진의 얼굴이 구겨졌다. 옆에서 살살 건들면 다 토해내는 아미임을 알기에 어느 정도 예상은 했지만, 이렇게 빠르게 퍼질 줄은 몰랐다.

"그런데 왜 시간을 주라고 했어? 세련이한테 들어보니까 누나가 너 진짜 좋아하는 것 같던데? 빨리 너 헤어진 거 밝히고 우리 누나 만나지 그래?"

"몰라."

새침을 떠는 친구에게 흥미가 떨어진 아민은 뒤돌아 부족한 술을 가지러 가던 차에 세진의 질문에 재빨리 다시 몸을 돌렸다.

"원래 아미가 남자한테 그렇게 적극적인가?"

그녀의 적극적인 면이 좋으면서도, 다른 사람들에게도 그랬던 것은 아닌가 하는 생각에 달갑지 않기도 했다.

무언가가 턱 하고 그를 가로막고 있다. 선뜻 그에게 뻗어진 손을 잡지 못하도록. 그 무언가는 아마도 바람피우려고 드는 아미의 착각과 그가 여직 전 애인과 헤어졌다는 사실을 밝히지 못한 것일 테다. 쉽게 해결될 일이지만, 선뜻 쉽게 풀리는 것도 내키지 않았다. 사소한 게 복잡하게 느껴졌다. 단순한 심술일지도 모른다.

"글쎄다. 대부분 남자 쪽에서 먼저 좋다고 하지 않았었나?"

아민의 말에 그랬던가 하며 세진은 칵테일을 단숨에 비워냈다.

"혹시 그런 거 아니야? 갑자기 막 상대가 들이대면은 그 반작용으로 도망가게 되잖아."

"넌 누나한테 들이댄다는 표현을 하고 싶어?"

절대 아미에게 좋지 않은 소리를 하는 꼴을 못 보는 세진은 그대로 자리에서 일어나 가게를 나갔다.

"저러면서 튕기기는."

세진의 뒤로 세 번째 손가락을 들어 올린 아민은 세련에게 전화를 걸기 위해 핸드폰을 찾았다.

chapter 3

어제 퇴근을 같이했기에 당연히 오늘 출근을 같이할 줄 알았다. 그런데 다 준비를 하고 보니 세진에게서 먼저 출근한다는 문자가 와 있었다. 그래도 문자라도 넣어준 걸 감사해야 하는 것일까.

아미는 허탈함에 어깨를 축 늘어트리고 회사로 향했다. 프로젝트에 관한 회의도 없고, 결재를 받을 서류도 없었기에 세진을 볼 기회가 없었다. 퇴근 때만 기다렸지만 그의 퇴근이 너무 늦었고, 기다리지 말라는 말도 있었다.

다음날은, 세진이 외근을 나갔고, 그다음 날은 긴급회의로 하루 종일 연락조차 되지 않았다. 월요일에 본 이후로 금요일까지 전화 몇 번이 고작이었기에 애는 더욱 탔다. 오늘은 집에서 기다리는 한이 있더라도 기필코 보겠다는 다짐으로 업무에 박차를 가했다.

서류에서 눈을 떼지 않고 타자를 두드리는 아미에게 호건이 의자를 끌어다 바짝 붙어 누가 들을세라 조용히 속삭이듯 말했다.

"대리님, 그거 들었어요? 오늘 팀별 회식한다던데요. 우리 팀은 1팀하고 조인한대요."

별일도 아닌 걸 속삭이는 호건에게 저리 떨어지라는 손짓을 보이던 아미는 뒤늦게 속으로 환호성을 질렀다.

'회식을 하면서 술 좀 먹이고, 취한 세진을 유혹해서 무너뜨리면……'

"허 대리님, 무슨 생각을 그렇게 하세요? 전화 오잖아요."

어떻게 해야 가장 빨리 그를 자신의 남자로 만들 것인지 고민을 하던 아미는 호건의 목소리에 현실 세계로 돌아왔다. 이제 막 유혹을 하려던 참이었기에 쩝쩝 아쉬운 입맛을 다시며 핸드폰을 들고 일어나 휴게실로 향했다.

휴게실로 향하던 중 한 번 끊겼던 전화는 아미가 휴게실 안에 다른 사람이 없는지 살펴보는 틈에 다시 울렸다. 문을 닫고 비치된 소파에 털썩 주저앉은 그녀는 뻐근한 목을 좌우로 돌려가며 전화를 받았다.

"여보세요."

[언니, 나.]

뒤늦게 발신자를 확인해 보니 세련이었다.

"응. 나 일하던 중인데."

[나도 일하던 중이야. 나 내일 시간이 안 될 것 같아. 오늘 끝나면 머리하러 와. 염색해야지? 옷도 몇 벌 내가 골라놨어.]

얼마 전 뿌리염색을 하고 옷을 사기로 했던 걸 기억해 내며 가겠다고 대답을 했다가 회식이 잡혀서 못 갈 것 같다고 급히 정정했다. 오늘 회식은 자신에게 있어 아주 중요한 일이니, 결코 빠져서는 안 된다.

[회식? 나 내일 약속 있어서 쉬려고 하는데. 그보다 오빠랑 같이 일한다며? 같이 일하는 거 입사하고 처음 아니야?]

처음이다. 팀이 달라서 같이 일을 할 기회가 없었다. 알콩달콩하는 사이였다면 같이 일을 하면서 비밀리에 하는 연애가 스릴이 넘쳤을 텐데 하는 아쉬움이 들었다.

"오늘 기필코 세진이를 넘어뜨려야겠어."

머리로 생각하던 게 무심코 말로 나왔다. 그녀의 말에 박장대소를 하며 웃던 세련이 돌연 정색을 했다.

[아민 오빠 말로는 우리 오빠가 언니 피한다며? 어떻게 넘어뜨리려고? 그렇게 들이대는데 어떤 남자가 매력을 느끼니?]

제 발로 어망 안으로 들어오는 아미를 잡지는 못할망정 피하는 자신의 오빠가 한심했지만, 워낙에 바랐던 일이기에 현실감이 떨어져서 피할 수도 있는 거라는 아민의 말을 듣고 그럴 수도 있겠다는 생각이 들었다.

세진이 혼란스러워하는 걸 모르는 아미는 그동안 혼자서 출퇴근을 했던 이유가 자신을 피하려 했다는 사실을 세련에게 듣고 기가 죽었다.

"들이대다니."

아니라고 발뺌을 하면서도 곰곰이 생각해 보니 많이 들이댔었다. 오늘만 해도 그를 술을 먹이고 자빠뜨릴 생각을 했으니.

[언니, 여자는 도도함을 잃어버리는 순간 끝이야. 어떤 남자든 간에 좋다고 매달리는 여자한테는 매력을 못 느낀다? 밀당이 괜히 있겠어? 매달리고 당기지만 말고 살짝 밀기도 하라고.]

연애라면 자신도 못해본 건 아니지만, 자신보다 경험이 풍부한 세련의 말이기에 고개를 주억거렸다.

"그럼 어떻게 해?"

[질투 유발 작전. 고전적이긴 하지만, 원래 고전적인 게 잘 먹히는 법이야.]

아미는 세련이 말한 다른 남자에게 친근하게 굴어 질투를 유발하는 누구나 다 한 번쯤은 해봤을 고전적인 충고를 머리에 새겼다. 세진에게서 반응이 있다면 관심이 있다는 것일 터.

아미는 세련의 말을 곱씹으며 휴게실을 나섰다. 그녀는 사무실로 들어가기 전 1팀을 흘끗거렸다. 팀장의 부재로 살짝 분위기가 풀려 자유분방해진 그녀의 팀과 달리, 1팀에서는 작은 소음조차 들리지 않았다. 간혹 가다가 누군가를 부르는 목소리만이 들렸다. 반대로 살짝 소란스러운 그녀의 사무실로 들어서며 쯧쯧거리면서도 내심 상사의 부재를 맘껏 즐기고 있는 사람은 자신도 마찬가지라는 생각에 웃으며 자리로 걸어갔다.

아미의 기척에 화들짝 놀라며 보고 있던 인터넷 창을 내리는 호건을 모르는 체하며 그녀도 과감하게 작성하고 있던 엑셀 창을 내리고 밑에 깔아두었던 쇼핑몰 창을 띄웠다.

간간이 업무와 인터넷 쇼핑을 번갈아하니 기다리던 회식 시간이 다가왔다. 모두들 업무를 종료하고 1팀과 같이 모여 회식 장소로 이동을 했다. 회사 근처 식당으로 걸어가던 중 세진이 보이지 않자, 안 과장이 박 대리에게 물었다. 외근으로 세진은 늦을 거라는 박 대리의 말에 식당에 도착을 하기 전부터 아미의 기합이 빠졌다.

양쪽으로 늘어선 룸 중 한곳이 이내 사람들로 가득 찼다. 하지만 사람들의 수와 반비례하게 적막이 감싸고 있었다. 기획부 전체 회식이 아닌 한, 같이 모일 기회가 없기에 팀마다 그리 연이 깊지는 않다. 따로 왔다고 볼 정도로 1팀과 2팀은 따로 테이블을 잡아 앉았고, 그들 사이에 은근한 기 싸움이 펼쳐졌다. 가장 윗사람인 안 과장의 눈짓에 호건이 가장 전통적인 회식 메뉴라 할 수 있는 삼겹살과 소주, 맥주를 시켰다.

"차 팀장님께서 늦으신다고 하셨으니, 먼저 먹읍시다."

멀리서 서로 다른 팀에게 허공에 잔을 들어 보여 짠을 한 뒤 조금씩 술을 마셔 나갔다. 술이 들어가자 어색했던 분위기는 수그러들고, 회사에 대한 불만들과 지금 자리에 없는 상사의 이야기가 테이블 위로 쏟아졌다. 적막은 온데간데없이 소란스러워졌고, 여기저기 손을 들어 고기와 술을 추가하는 목소리와 분주히 오가는 종업원의 발걸음이 그 소란을 한몫 거들었다.

"그래도 우리 팀장님은 굉장히 좋으신 분이에요. 사소한 거 트집 안 잡고, 팀원들 의견 다 존중해 주시고."

"맞아요. 그리고 능력 있고 잘생기기도 하시잖아요."

1팀의 김은정과 서미연 사원이 황홀한 눈빛을 드러내며 세진에 관한 찬사를 쏟아냈다. 이에 2팀도 지지 않겠다는 듯 주 팀장에 관한 칭찬을 아끼지 않았다. 상사에 대한 불만을 언제 이야기했냐는 듯 서로 자신들의 팀장이 더 낫다는 쓸데없는 싸움을 하는 걸 지켜보던 아미는 옆자리의 안 과장에게만 들리게 이야기를 했다.

"외모 부분에 있어서는 우리 팀장님이 밀리네요."

아미는 은근히 세진의 칭찬이 마치 자신의 남자가 칭찬을 들은 것 같아 기분이 좋아졌다. 게다가 아랫사람들에게 존중을 받으며 일을 잘하고 있는 세진이 기특했다.

"어? 팀장님! 이사님도 오셨네요?"

팀장님이라는 말에 고개를 돌린 아미는 뒤이어 모습을 드러낸 태호를 보고 젓가락을 떨어뜨렸다. 하필 이때 태호까지 나타난 것에 낮은 탄식을 내뱉었다. 오랫동안 태호를 짝사랑했지만, 의외로 두 사람은 만나기만 하면 서로에게 발톱을 세우기 일쑤였다. 대부분이 태호가 먼저 아미를 건드렸고, 아미는 그에 발끈했다.

"팀장님, 여기 앉으세요."

당연히 세진의 팀이 그를 반겼다. 미연이 간드러지게 그를 부르며 옆으로 물러났다. 세진은 그런 일이 익숙한지 아무렇지도 않게 미연과 은정의 사이에 앉았다. 그 모습을 본 아미의 눈이 세모꼴로 변했지만, 세진은 알아채지 못했다.

"이사님, 이쪽으로 앉으세요."

안 과장이 옆으로 물러나 자리를 비운 탓에 태호가 자신의 옆으로 자리를 했다. 이사님이기에 자리에서 살짝 일어나 공손히 인사

를 했다. 회사에서는 서로 모르는 사이로 하기로 했던 터라 태호
는 눈치껏 능청스럽게 인사를 받았다.

"네. 허아미 대리 맞죠?"

"네, 이사님."

콕 찍어 아미의 이름을 부르는 탓에 다들 이쪽으로 시선을 모았
다. 대기업의 이사가 일개 대리의 이름을 외우는 경우가 흔치 않
기에 다들 의아한 눈빛을 보냈다. 아미의 얼굴이 살짝 굳어지고,
원망스런 눈으로 변하자 태호가 고개를 돌려 앞에 앉은 지은에게
도 아는 척을 했다.

"정지은 대리 맞죠? 하하, 제가 기획부는 다 꿰뚫고 있습니다."

가슴을 쓸어내리며 안도의 한숨을 쉬는 아미에게 태호가 슬쩍
윙크를 하고서는 그녀의 잔을 채워주었다. 태호가 같은 테이블의
모든 사람들에게 잔을 채워주자, 다른 테이블도 눈치껏 잔을 채웠
다.

"회식에 제가 끼니까 불편하시죠?"

태호의 말에 다들 아니라며 손사래를 쳤다. 여직원들은 잘생기
고 차기 회사의 후계자와 같이 자리를 한다는 영광에 그를 반겼
고, 남직원들은 그에게 잘 보이기 위해 빠르게 머리를 굴렸다.

허공에서 잔이 부딪히고, 고개를 태호가 앉은 반대편으로 돌리
는데 세진과 눈이 마주쳤다. 찌릿하게 노려보는 채로 술잔을 꺾는
그의 손을 따라 자신도 술잔을 꺾었다. 퍼뜩 머릿속으로 세련의
말이 지나갔다. 고개를 돌리자, 태호가 자신을 보며 싱긋 웃고 있
었다.

'이거다.'

상대가 태호라는 게 걸리기는 했지만, 이미 유부남인 안 과장이나, 이제 막 사회에 발을 내딛은 새파란 호건과 다정한 모습을 보이는 것보다는 태호가 나았다. 세진이 보고 있을 거라는 생각에 더욱 과한 웃음을 지어 보이며 태호와 이야기를 나누었다.

회식인 만큼, 이사라는 타이틀을 내려놓겠다더니 은근히 회사 뒷담화에 동참하는 태호에 분위기는 더욱 달아올랐다.

농담 따먹기도 하던 중 누군가가 바닥을 짚고 있는 팔을 두드렸다. 옆에 앉은 사람은 태호이기에 다른 사람들의 눈치를 보며 그만하라는 눈짓을 보냈다.

기어코 눈을 맞춘 태호가 저 멀리를 눈으로 가리켰다. 꼭 저쪽을 보라는 눈짓이기에 고개를 돌렸다.

"저, 저……."

그녀를 보고 있을 거라 생각했던 세진은 양옆에 앉은 여직원들의 이야기를 귀 기울여 들어주느라 정신이 없었다. 무슨 이야기인지 모르겠지만, 미연이 웃으면서 세진의 어깨를 가볍게 터치했다. 피하는 기색 없이 자연스럽게 받아들이는 세진의 모습에 속에서 불길이 확 치솟았다.

"망할 차세진."

워낙 낮은 목소리이기에 아무도 듣지 못했지만, 옆에 앉은 태호는 입 모양을 보고서는 키득거리며 웃었다. 얄밉게 웃는 태호의 어깨를 자신의 어깨로 툭 치자, 그가 입을 꾹 다물었다. 절대 웃은 적이 없었다는 듯이 사람들에게 말을 돌리는 그를 노려봤다.

"그러고 보니, 팀별로 앉았네요? 섞어 앉읍시다. 당분간은 한 팀처럼 일을 해야 하는데."

갑작스런 태호의 제안에 다들 자신의 잔과 젓가락을 들고 엉거주춤 자리에서 일어나 서로의 팀과 섞여 들어갔다. 때를 놓치지 않고 세진의 옆자리로 간 아미는 그가 일어나려는 기색을 보이자 슬쩍 옷을 잡아당겼다.

"팀장님은 앉아 계세요."

간드러지는 목소리에 세진의 옆을 보자, 미연이 일어나려는 그의 팔을 잡아 다시 앉혔다. 그러더니 미연은 자리를 옮기지도 않고 세진의 옆자리를 지켰다.

뚫어져라 미연에게 잡힌 팔을 쳐다보자 세진이 슬쩍 팔을 빼더니 술병을 집어 들었다. 아미는 모두에게 잔을 채워주고 내려놓으려는 병을 재빨리 받아 그의 잔에 가득 채워주었다. 넘치기 직전까지 채워지자 같이 자리를 옮겨와 앞에 앉은 호건이 계속해서 기울어지는 술병을 바로 세웠다.

"어머나, 제가 팀장님에 대한 사랑이 넘쳐 나나 봐요."

아미의 능청에 다들 한 번씩 웃고는 잔을 부딪치고 술잔을 꺾었다.

팀이 섞여 앉은 탓에 한동안 서먹한 분위기가 지속되었다. 미연은 그 틈을 타 세진에게 계속해서 말을 걸었다. 끼어들지도 못하게 자신들이 진행하고 있는 일에 관한 이야기를 하자 인내심의 끝에 도달했다.

"미연 씨, 일 이야기는 내일 하죠? 회식에 와서까지 그러면 차 팀장님 피곤하시겠어요."

미연이 어색하게 웃으며 고개를 끄덕였다. 가시 박힌 말투에 앞에 앉은 호건이 왜 그러냐는 듯 눈치를 주었지만, 가볍게 무시를 해주었다.

"괜찮습니다. 회식도 업무의 연장이니."

생각지도 못한 세진의 말이 이어졌다. 미연의 편을 들어주는 그가 미워서 보이지 않게 테이블 아래로 그의 허벅지를 꼬집었다. 따가운지 움찔거리며 자신에게 경고 섞인 눈빛을 보내더니 이내 미연의 이야기에 관심을 두었다.

"대리님, 한 잔 하시죠."

아미의 기분이 좋지 않음을 바로 간파한 호건이 그녀의 잔을 채워주며 기분을 달랬다. 그 잔을 비우고 아예 병을 들고 스스로 잔을 채워 마시는 모습에 호건이 다른 사람들의 눈치를 살피며 병을 빼앗았지만, 아미는 다른 병을 따고 술을 채웠다.

몇 차례 잔을 채우고 비우자 속이 쓰려와 더는 넘기지 못할 것 같기에 순순히 호건에게 병을 내어주었다. 옆에서 황당한 눈초리로 자신을 쳐다보는 세진의 얼굴이 흔들렸다. 아니, 그의 배경이 모두 흔들리는 걸로 보아, 자신의 몸이 흔들거리고 있었다.

아미가 조금씩 취해가고 있다는 걸 감지한 세진이 잔잔한 눈길로 그녀를 살폈다. 하지만 얼마 가지 않아 그의 시선이 돌아갔다.

"팀장님."

자신에게 시선을 향하고 있던 세진의 팔을 잡아 흔들어 시선을 빼앗은 미연의 얼굴과 자신에게서 시선을 돌리는 세진의 모습에 순간 머리카락이 곤두설 정도로 화가 치솟았다. 쉽게 다른 여자에게 눈길을 주는 그가 미워서 견딜 수가 없었다. 세련이 조언해 주었던 질투 유발 작전을 도리어 자신이 당했다. 그에게 외면받았다는 느낌에 가슴이 쓰렸다. 연달아 들이켠 술 때문에 더욱 쓰리게 느껴졌다.

그 두 사람을 노려보던 아미는 남은 잔을 비우고 자리에서 일어났다. 그녀가 자리에서 일어나자 호건이 따라 일어났다.

"나, 화장실 좀."

따라오지 말라는 손짓에 호건이 다시 자리에 앉는 걸 보고 구두를 신었다. 휘청거리는 몸에 잠시 벽을 짚고 서 있다가 서서히 걸음을 옮겼다.

아미는 화장실에서 거울을 보며 한참을 멍하니 서 있다가 누군가가 문을 열고 들어오자 거울을 통해 확인을 했다. 들어오던 미연이 살짝 고개를 숙여 인사를 한 뒤 칸막이 안으로 사라졌다.

"에잇."

손을 씻고 미연이 들어갔던 칸막이 쪽으로 손에 묻은 물을 털어내며 괜히 성질을 내고 화장실을 나오는데 앞에서 누군가가 벽에 등을 기대고 서 있었다.

"차세진."

이름을 부르고도 아미는 혹여 회사 사람이 들었을까 봐 고개를 획획 돌려 사방을 살폈다. 그녀의 모습에 헛웃음을 삼킨 세진은 아미의 팔을 잡고 밖으로 걸음을 옮겼다. 가게에서 몇 걸음 걸어가 옆으로 꺾자, 가로등만이 길을 밝히는 골목길이 나왔다.

"왜."

잡힌 팔을 흔들며 퉁명하게 내뱉자 세진이 허리를 숙여 눈을 맞췄다.

"무슨 술을 그렇게 마셔. 속 안 쓰려?"

꼿꼿하게 흔드는 머리를 따라 머리카락이 사방팔방으로 흔들렸다. 머리카락이 흘러내려 얼굴을 가리는데도 아미는 손 하나 까딱하지 않았다. 그녀의 뒤로 걸음을 옮긴 세진이 익숙한 손놀림으로 그녀의 머리를 빗고 한데로 모았다. 왼손에 감겨 있는 머리끈을 오른손 손가락으로 끌어 빼서 머리를 묶어주고는 잘 묶였나 몸을 뒤로 빼 확인을 하고 다시 앞에 섰다.

"뭐 마실래? 사다 줄게."

아미가 근처에 편의점이 있나 골목 끝으로 확인을 하러 가는 세진의 등으로 몸을 기댔다. 기대오는 몸에 그가 걸음을 멈추자, 그녀가 손을 뻗어 허리를 감싸 안았다.

"미워."

"좋다며?"

"싫어."

"뭐?"

밉고 싫다는 말에 가슴이 철렁했다. 좋아한다고 고백한 지 얼마나 됐다고 벌써 마음이 돌아서나 괘씸해서 허리에 감겨 있는 팔을 풀어내고 몸을 돌렸다. 허리를 숙여 눈을 맞추자 아미가 자신의 목에 팔을 감싸더니 끌어 내리려 애를 썼다.

"왜 그래."

기꺼이 더 몸을 숙이자 자신의 어깨에 얼굴을 묻더니 어깨를 잘게 떨기 시작했다.

"울어?"

"안 울어!"

귀에 대고 **빽빽** 소리를 지르자 순간 떨쳐 내고 싶었지만, 작게 등을 토닥이며 달랬다.

"도대체 왜 그러는데. 술주정이야?"

모르는 척할 때는 언제고, 이제 와서 다정하게 구는 그가 미워서 살짝 발까지 밟아주었다. '윽.' 하는 짧은 소리가 들리자 슬그머니 팔을 풀고 발을 뒤로 뺐다.

"어떻게 다른 여자가 몸을 만지는데도 가만히 있어? 너 그렇게 안 봤는데, 완전 밝히는 남자구나?"

"무슨 소리야."

"서미연 씨였나? 누가 보면 둘이 사귀는 줄 알겠더라?"

"일 이야기했잖아. 사귀기는. 아니야."

허리에 손을 올리고 단단히 따지는 투에 기가 찼지만, 술을 거하게 마신 그녀를 생각해서 순순히 장단에 맞춰주었다. 정색을 하고 고개를 흔들자 아미의 기세가 조금 줄어들었지만, 의심의 눈초리는 여전했다.

"내가 언제 밝혔다고 그래."

"진짜지?"

"응. 그리고 태호 형 옆에서 좋아 죽으려 했던 사람이 누군데?"

"좋아 죽기는 누가?"

갑자기 상황이 역전이 되었다. 자신에게 불리하게 이야기가 바뀌자 그에게 손짓을 했다.

"조금 더 숙여봐."

순순히 허리를 숙여오자 재빨리 얼굴을 부여잡고 세진의 입술에 쪽 하고 뽀뽀를 했다. 화들짝 놀라며 고개를 돌리고 손으로 입술을 감추는 그의 모습이 첫 키스를 빼앗긴 처녀의 모습과 흡사했다. 더불어 가로등 불빛에 비쳐지는 그의 얼굴이 조금씩 달아오르고 있었다.

"야, 부끄럽게 왜 얼굴이 빨개지고 그래."

덩달아 자신의 얼굴도 달아오르는 게 느껴졌다.

"허아미, 너."

미간을 접으며 아미에게 거칠게 다가간 세진이 그녀의 팔을 잡고 고개를 내렸다. 알코올에 건조해진 입술을 핥자, 아미의 입술이 그의 타액에 조금씩 젖어 들어갔다. 처음 맛보는 아미의 향에 그의 이성이 조금씩 흐트러졌다. 툭툭 혀로 입술을 두드리자 그를 환영하는 듯 활짝 입술이 열렸다. 고른 치열을 훑고 더욱 깊숙이 혀를 집어넣자 아미의 혀가 그의 혀를 반겼다.

혀를 감아 비비는 감촉에 아미의 목에서 흡사 고양이 울음소리처럼 갸르릉거리는 소리가 났다. 세진의 목에서도 짙은 신음 소리가 들렸지만, 서로 맞물린 입술 사이로 새어 나오지 못했다.

한 팔에 감기는 허리를 바짝 끌어당기자 부드러운 여체가 그의 몸에 가득 담겼다. 남은 손으로 등을 쓸어내리고 반대로 배에서 가슴까지 쓸어 올려 둥그런 가슴을 손에 넣었다. 가볍게 손에 힘을 주자 가슴이 부드럽게 그의 힘에 따라 뭉그러졌다. 얇은 블라우스가 거추장스러워 당장 벗기고 싶어지던 찰나, 간지러움을 동반한 짜릿함이 그의 가슴을 훑어 내렸다. 아미의 손이 그의 단단한 가슴을 더듬고 있었다. 그 손길에 덩달아 은밀한 곳까지 그녀의 손길을 원하고 있었다.

"하아."

아미의 손을 꽉 붙잡고 세진은 그녀의 얼굴에 작은 입맞춤을 선사했다. 마지막으로 그녀의 귓가에 대고 쪽 소리를 냈다. 그 소리가 꽤나 자극적이었는지, 아미가 몸을 꼬며 그에게 손을 뻗었지만, 단단하게 잡힌 손이 제멋대로 움직이지 못했다.

"세진아."

달콤하게 부르는 목소리에 세진의 눈이 탁해졌다. 그를 원한다고 절실하게 올려다보는 눈빛에 당장이라도 무릎을 꿇을 것 같아 그는 간신히 고개를 돌려 시선을 외면했다.

"젠장."

거칠게 머리를 쓸어 넘기며 욕설을 내뱉는 세진의 모습이 신선했다. 단 한 번도 그가 욕을 하는 모습을 본 적이 없었기에 놀라기는 했지만, 자신이 달아오르게 만들었고, 그 욕망에 어쩔 줄 몰라하는 모습이 굉장히 섹시하게 보였다.

"허아미, 그만."

품에 안고 토닥거리는 손길에 흥분이 가라앉자, 세진이 팔을 풀어주었다. 풀린 팔로 그의 등을 감싸 안자, 땀에 젖은 것인지 그의 등이 축축했다. 이게 더위 때문이 아니라, 그녀가 준 성적 긴장으로 인한 걸 알기에 여자로서의 만족감이 피어올랐다.

세진이 그녀를 떨어뜨리고 낮게 으르렁거리듯 말했다.

"위험했어. 알아?"

"위험해도 좋은데."

솔직한 아미의 대답에 세진이 낮게 쿡쿡거렸다. 사랑에 있어서
는 아미가 이렇게 대담한가 싶어 흥미로웠고, 더욱 궁금해지기도
했다. 그녀는 항상 그에게 있어서 그랬다. 알고 있어도 더 알고 싶
은.

"나, 더 기다려야 해?"

어서 답을 주라고 재촉하고 조바심 내는 아미의 모습이 귀여워
순간 돌 뻔했다. 한입에 툴툴 털어 넣고 꿀꺽 삼키고 싶다. 아니,
조금씩 꺼내서 야금야금 아껴 맛보고 싶다.

"아니."

더는 그가 기다리지 못하리라. 세진이 다시 한 번 입술에 가볍
게 키스를 했다. 짧은 키스에 아미가 입맛을 다시며 손을 뻗었지
만, 그는 그 손을 자신의 허리에 감아 품에 끌어당겼다. 아직 회식
중이고, 또 흥분했다가는 길바닥이라는 것도 잊을 판국이기에 아
미의 손길을 돌렸다.

"좋아해."

그의 품에 안겨 그의 심장에 대고 고백을 하는 아미에, 세진의
입가가 가늘게 벌어졌다.

'살다 보니 이런 날도 있군.'

품 안에 있는 아미에게 정신이 팔린 세진은 전혀 생각하지도 못

했다. 아미에게 전에 만나던 여자와 헤어졌다고 말을 하지 못했다는 것을 말이다.

반짝이는 빛이 감은 두 눈을 콕콕 찌르는 느낌에 손으로 눈을 비비며 슬쩍 떴다. 평소라면 몸을 돌려 거슬리는 빛을 피했겠지만, 오늘따라 왠지 반짝반짝 예쁘게 어른거리는 빛에 입술 끝이 위로 올라갔다.

더듬더듬 베개 옆을 더듬던 손이 찾고자 하는 물건이 손에 닿지 않자, 바짝 침대 끝으로 몸을 옮겨 손으로 바닥을 더듬었다. 역시나, 자면서 베개 옆에 있던 핸드폰을 바닥으로 떨어뜨렸나 보다. 늘 있는 일이기에 핸드폰도 익숙해졌는지, 전혀 타격을 받지 않은 모습이었다.

잠금 화면을 해제하고 바로 단축번호를 누르자 단조로운 연결음이 흘러나왔다.

[여보세요.]

여직 자고 있던 것인지, 낮으면서 약간 갈라진 목소리가 들렸다.

"아직 자?"

[응.]

"나 이따가 갈게."

[어.]

단답형의 대답과 함께 뚝 끊긴 전화에도 아미는 날아갈 듯이 기분이 좋았다. 벌떡 자리에서 일어나 욕실로 향했지만, 이미 누군가가 있는 것인지 문이 잠겨 있었다.

탕탕탕.

노크가 아닌 성급한 두드림에 안쪽에서 고함에 가까운 목소리가 새어 나왔다.

"나 씻고 있어."

평일이라면, Bar에서 일을 하기에 새벽에 들어와 씻고 지금쯤은 자고 있을 아민이 욕실을 차지하고 있었다. 주말이 되면 여자들과의 데이트 때문에 잠을 포기하고 아침 일찍 준비를 하는 걸 알지만 오늘따라 그런 아민에게 짜증이 났다.

"왜 지금 씻는 건데!"

"오늘따라 왜 일찍 일어나서 난리야?"

다 씻었던 참이었는지, 얼마 지나지 않아 바지만 걸친 아민이 화장실 문을 벌컥 열며 문 앞에서 발을 동동 구르고 있는 아미에게 짜증을 냈다. 마찬가지로 짜증을 부리던 아미가 아민을 밀치고 들어갔다.

"바빠 죽겠는데!"

주말 아침에는 절대 바쁜 적이 없던 아미였기에 왜 저러나 의아해하던 아민은 방에서 들리는 핸드폰 벨소리에 손에 들고 있던 반팔 티를 입으며 방으로 향했다. 발신자를 확인하자, 어제 Bar에 왔던 여자다. 관심 없는 척 굴던 여자는 그가 핸드폰 번호를 묻자 순순히 알려주었었다. 번호를 주면서도 꽤 도도하게 굴었던 여자였기에 먼저 전화를 걸어온 것에 피식 웃음을 지으며 아민은 전화를 받았다.

"야! 샴푸가 없잖아!"

아민이 남은 샴푸를 다 쓴 것인지, 아무리 눌러도 샴푸가 나오지 않았다. 문을 살짝 열고 고개를 빼 아민을 불렀지만, 대답이 없었다.

"허아민! 아민아! 야!"

고래고래 연달아 부르자 좀 조용히 하라는 듯 검지를 펴서 입술로 가져대는 아민이 샴푸를 들고 와 아미의 손에 들려주었다. 급해 죽겠는데, 느릿하게 움직이는 아민에게 뿔이 난 아미가 더욱 큰소리로 외쳤다.

"아민 씨! 같이 씻을까? 내가 씻겨줄게, 자기야!"

그녀의 말에 화들짝 놀란 아민이 재빨리 손바닥으로 핸드폰을 막았지만, 이미 전화는 끊어졌다.

"아이 씨, 누나!"

"흥! 그러게 빨리 갖다 줬어야지."

오랫만에 먼저 번호를 딸 정도로 마음에 드는 여자였다. 아미 때문에 그 여자와의 데이트가 날아가자 아민은 이미 잠긴 화장실 문을 발로 차며 성질을 부렸다.

아민의 발광에도 아랑곳하지 않고, 빠른 속도로 씻고 나온 아미는 부랴부랴 스킨로션을 바르고 컨실러로 잡티를 가렸다.

피부 하나는 자신 있었는데, 서른이 되자 피부가 갑자기 노화되는 게 느껴졌다. 비비크림을 옅게 바르며 아직은 이십대인 세진의 피부를 떠올렸다. 그 흔하디흔한 여드름이 난 적이 없던 그는 얼굴은 작은 흉터 하나 없는 고운 피부를 가지고 있다.

"마사지를 받아야 하나."

그러고 보니, 오늘 뿌리염색을 하러 가기로 했던 걸 상기하며 아미는 간 김에 가볍게 마사지도 받을 계획을 세웠다.

"어디 가?"

"세진이한테."

"세진이가 만나줘? 누나 피하는 것 같던데."

놀리듯 빈정거리는 아민의 등짝을 내려치려 손을 들어 올리자 그가 흠칫 놀라며 뒷걸음질을 쳤다.

"신경 꺼. 여자나 만나러 가지?"

가볍게 이 여자, 저 여자를 만나고 다니는 동생의 사생활을 관여하고 싶지 않지만, 못마땅함은 어쩔 수 없이 드러났다. 머쓱한 얼굴로 돌아서는 아민의 등 뒤로 너 그렇게 살다가는 나중에 큰 후회하게 될지도 모른다는 작은 경고를 날려주었다.

지하 주차장으로 내려가 세진이 사는 동까지 가는 길이 너무도 길게 느껴졌다. 유독 엘리베이터도 느리게 움직였다. 문 앞에 서자마자 예전에 세진이 주었던 카드키로 현관문을 열었다.

"세진아."

작은 목소리로 세진을 불렀지만, 대답이 없다. 쉽사리 신발을 벗지 못하고 눈치를 보던 아미가 조심스럽게 거실 안으로 들어섰다. 가장 멀리 있는 서재로 먼저 발걸음을 옮겼다가 그가 없음을 확인하고는 침실로 향했다.

"자네."

미약한 알코올 냄새가 섞인 세진의 냄새가 났다. 어제 세진을 드디어 손에 넣었다는 기쁨을 제대로 만끽할 틈도 없었다. 그를 찾는 목소리에 세진과 시간차를 두고 골목길을 빠져나왔다. 먼저 그가 회식 자리로 돌아갔고, 뒤이어 자신도 술자리에 섞여 들어갔다.

서로에게 스치며 은밀하게 눈빛을 주고받고 있었는데 갑자기 그들의 앞으로 옮겨온 태호가 고생했다며 세진의 잔에 술을 가득 채웠다. 연달아 그의 노고를 치하하면서 소주를 잔뜩 먹이더니 나중에 가서는 폭탄주를 만들어 세진에게 먹였다. 옆에서 자신이 눈치를 줄수록 술을 섞는 태호의 손길을 빨라져 갔다.

직원들 앞에서 이사님이 주는 술잔을 거절할 수 없기에 세진은 다 받아 마실 수밖에 없었다. 태호는 그렇게 먹여대더니 대뜸 상사가 이렇게 자리를 지키고 있는 건 회식에 대한 예의가 아니라고 하면서 세진이 반격을 하기 전에 서둘러 자리를 떠났다. 태호의 희생자가 된 세진은 거하게 올라오는 술기운에 태호의 뒤를 이어 자리를 떴다.

먼저 집으로 간 줄 알았던 세진이 근처에서 기다리고 있다는 말에 몰래 가방을 챙겨 들고 회식 자리를 탈출해 뛰어갔지만, 대리 기사가 같이 있었다. 은근히 두 사람만의 시간을 기대했기에 허무해하며 집으로 돌아왔었다.

아직 술이 깨지 못한 것인지 침대에 죽은 듯이 누워 있는 그의 옆에 살포시 앉았다. 살짝 찌푸려진 미간이 눈에 들어왔다. 가까이 상체를 숙이자 알코올 냄새가 진해졌다. 동시에 세진의 냄새도 짙어졌다.

잡티 하나 없는 피부와 숱 많은 속눈썹, 높은 콧대와 날카로운 콧날. 그리고 여자인 자신이 질투가 날 만큼 매혹적인 붉은 입술. 이렇게 잘생긴 걸 왜 몰라봤을까 새삼 한심했다. 입술을 지나 날카로운 턱으로 시선을 옮겼다. 푸르스름하게 자란 수염이 지저분해 보이는 게 아니라, 그의 남성미를 더욱 발하게 했다. 넓은 어깨와 단단한 팔, 긴 하체까지. 어디 하나 모자란 구석이 없었다.

"세진아."

그녀의 부름에 그가 천천히 눈을 떴다. 초점이 잘 맞춰지지 않는지, 여러 번 눈을 감았다 뜨더니 벌떡 상체를 일으켰다. 바짝 다가온 얼굴에 두 사람의 숨결이 섞였다.

"아……."

홱 고개를 돌린 세진이 침대 머리에 등을 기대고 앉았다. 아미가 바짝 가까이 다가가 앉자 그가 아미의 어깨를 살짝 밀어냈다.

"술 냄새 나."

"태호 오빠는 무슨 술을 그렇게 먹었데? 진짜 싫다."

아미의 입에서 태호가 싫다는 말이 나오자 세진의 눈썹 끝이 위로 올라갔다.

정말이지 살다 보니 이런 말도 듣게 되는구나 했다. 단 한 번도 그녀의 입에서 태호에 대해 안 좋은 이야기를 들어본 적이 없다. 항상 그 둘은 만나면 알콩달콩하며 사이가 좋아 끼어들 틈이 없어 그는 매번 그들을 외면하고 자리를 떴었다.

"왜? 머리 아파?"

걱정 어린 얼굴에 세진이 아미의 뒤통수를 잡아 가슴으로 끌어당겼다. 거부감 없이 사뿐히 안기며 그녀는 그의 심장 소리를 들었다.

"심장이 빨리 뛰어."

"술이 안 깨서 그래."

"치이. 빈말이라도 좋아서라고 하면 안 돼?"

한순간도 그녀를 빈말로 좋아한다고 한 적이 없다. 물론 이런 고백은 그녀의 앞이 아닌, 어쩌다 보니 아민의 앞에서 했지만.

이렇게 그의 품 안에 고이 안겨 있는 여자가 아미라는 사실이 확 와 닿았다. 아직 술이 덜 깨서인지, 어제의 일도 꿈같았다. 지금 느끼고 있는 온기가 아니었다면 이 순간도 꿈으로 여겨졌을 것이다.

"머리 말리고 다녀. 여름에는 에어컨 때문에 감기 걸린다니까."

다 마르지 않아 촉촉한 머리카락에 눈살이 절로 찌푸려졌다. 작은 것이지만, 모든 게 다 신경이 쓰인다. 조금이라도 아미에게 해가 갈 일이라면 신경이 곤두섰다.

약하게 틀어놓은 에어컨의 온도를 2도가량 높이며 세진은 씻고 나올 테니 기다리라는 말을 했다. 욕실로 사라진 세진을 눈으로 좇던 아미는 그대로 침대 위로 드러누웠다.

"사귀기 전이나 후나 변한 게 없네. 아니, 있나?"

큰 변화가 있다. 작은 스킨십 하나에도 가슴이 떨린다. 세진의 모든 행동에 시선이 가고, 몸이 반응한다.

친구의 동생인 세진과 남자인 세진의 괴리감이 느껴질 틈도 없을 만큼 이미 그에게 푹 빠진 것을 느낀다. 만약 그 괴리감이 느껴졌다면, 섣불리 그에게 다가가지 못했을 거다. 다가간다 하더라도, 이리저리 헤맸을 거다. 그래서 든 생각이 그를 오래전부터 좋아했던 건 아닐까 하는 생각이다. 만약 그랬다면, 자신의 마음도 제대로 알아차리지 못하고 지나간 시간이 아까워 죽을 것 같다.

방금 전까지 세진이 누워 있었던 침대 위를 굴러다니는 아미의 머릿속에는 온통 세진으로 가득 찼다.

탈탈 터는 손길에 머리에 묻어 있던 물이 사방으로 튀었다. 들고 있던 수건으로 대충 물기를 훔친 뒤 세진은 방으로 향했다. 벽에 기대 침대에 누워 잠이 든 아미를 잠잠한 눈길로 훑었다.

그의 침대에서 잠이 든 아미를 처음 본 것도 아닌데도 스멀스멀 웃음이 피어올랐다. 늘어지는 입가를 손으로 가리며 화장대에 놓인 스킨을 손에 탈탈 털어 얼굴에 발랐다. 화장대는 아미가 고른 것으로 그 위에 그의 스킨로션과 더불어 아미의 것도 같이 놓여 있다.

간혹 가다가 아미가 아민과 그의 집에서 놀다가 자고 가는 경우가 있기에 그가 사다 놓은 것이다. 아민이야 그의 스킨로션을 바르면 되지만, 아미는 그럴 수가 없다. 한번은 얼굴이 당긴다며 아미가 그의 스킨을 얼굴에 발랐다가 평소에 그녀가 쓰던 화장품과 달리 알코올 성분이 강해 얼굴에 트러블이 생겨 고생을 했다.

물건을 잃어버리는 건 취미요, 물건을 놓고 가는 건 특기인 아미이기에 이 외에도 집 안 구석구석 잘 살펴보면 그녀의 물건이 꽤 많이 있다.

침대로 가 아미의 머리맡에 앉아 조용히 그녀가 잠든 모습을 감상했다. 늦잠을 자는 주말임에도 아침 일찍 일어나서인지 아미는 새근새근거리며 깊은 잠에 빠져 있었다.

"아미야."

이대로 아미가 눈을 뜨고 연기처럼 홀연히 사라지는 건 아닌가 하는 엉뚱한 생각이 들어 그는 아미의 손을 꽉 잡았다. 가볍게 볼에 키스를 하고 귓가에 대고 짧게 쪽 소리를 냈다.

"으응."

"더 잘래?"

잠깐 뒤척이더니 다시 잠잠해졌다. 창을 통해 들어오는 빛에도 아미는 둔감했다. 건드려도 깨지 않는데, 빛에 반응을 할까.

고개를 들어 화장대 거울 속에 비친 모습을 봤다. 거울 속에는 그와 아미가 있었다. 누워서 잠이 든 아미의 얼굴은 비쳐지지 않았지만, 그의 얼굴은 고스란히 담겼다. 단호하게 맞물린 입술은 느슨하게 풀어져 살짝 벌어져 있었고, 두 눈 또한 한껏 나른했다.

항상 거울로 보던 얼굴과 달랐지만, 그는 그 어느 때보다 거울 속의 자신의 모습에 심취했다. 아니, 거울 속에 있는 두 사람의 모습에 심취했다.

chapter 4

　사귀게 되면 더는 바랄 게 없을 거라고 생각을 했던 것은 크나
큰 착각이었다. 입사 때부터 서로 모르는 사이로 하기로 합의를
했기에 이제 와서 회사에서 친한 척을 할 수가 없었다. 물론 원래
알았던 사이였다는 걸 감추고, 사귀기로 했다고 하면 된다. 성인
남녀가 좋은 감정을 가지고 만난다는데, 누가 돌을 던질 것인가.
문제는 돌을 던질 사람들이 있다는 거다.

　아미는 세진의 추종자가 많다는 것을 잊지 않고 있다. 하지만
그들이 무서워서 감추는 것은 아니다. 전혀 생각지도 못하게 세진
이 회사에는 비밀리에 하자고 했다. 얼결에 아미는 고개를 끄덕였
지만, 나중에 생각해 보니 기분이 가히 좋지 않았다.

　지금만 해도, 일을 핑계로 세진을 만나러 온 아미의 눈앞에 그

에게 알랑방귀를 뀌는 미연이 있다. 업무 이야기를 나누는 것임에도, 그녀가 요즘 들어 그러듯이 미연은 별것도 아닌 일로 세진에게 조언을 구하고 있다. 다정해 보이는 두 사람의 모습에 목소리에 가시가 툭툭 박혀 나왔다.

"저, 이따가 다시 올까요?"

들어오라는 소리에 들어왔더니, 미연과 가까이 앉아 이야기를 하고 있는 세진을 보자 눈이 세모꼴로 변했다. 어서 미연을 내보내라는 눈빛을 읽었는지, 세진이 미연에게 다음에 마저 이야기를 하자고 했다.

미연이 세진의 말에 보고 있던 파일을 아쉬움이 뚝뚝 떨어지는 얼굴로 정리하며 슬쩍 아미를 노려봤다. 정리를 다 한 뒤 자리에서 일어나 화사한 얼굴로 그에게 인사를 한 미연은 돌아서자마자 표정을 싹 굳혔다.

자신을 지나치면서 형식적으로 고개를 끄덕여 인사하는 미연에게 같은 방식으로 고개를 살짝 까딱인 아미는 미연이 한 발짝 밖으로 나가자마자 그녀의 등 뒤로 문을 닫았다.

"허 대리님, 무슨 일입니까."

딱딱한 어조에 샐쭉하니 쳐다보자 세진이 이리 다가오라고 손짓을 했다. 냉큼 옆으로 가 앉자 세진이 거리를 두며 옆으로 옮겨 갔다.

"지금 뭐야?"

"뭐가. 이리 줘. 결재 서류야?"

아미의 손에 들린 결재판을 거둬간 그가 한 장의 서류를 꼼꼼히 살핀 뒤, 사인을 했다.

"서미연 씨랑은 가까이 앉아 있었잖아."

"언제?"

황당한 얼굴로 쳐다보자 아미가 더 가까이 오라는 듯 둘 사이의 빈 공간을 손으로 탁탁 쳤다.

"그만 가. 일 안 해?"

그의 말에 자리에서 벌떡 일어난 아미가 결재판을 낚아채더니 깍듯하게 고개를 숙여 인사를 한 뒤 사무실을 나가 버렸다. 도대체 뭐가 문제인 것인지 잘 모르지만, 어쨌든 꽤나 화가 나 보이는 아미 때문에 세진은 이마를 감싸며 낮은 숨을 내뱉었다.

괜스레 1팀 사무실을 나서면서 미연을 향해 찌릿한 시선을 던진 아미는 결재판 모서리로 어깨를 툭툭 때리며 자리로 돌아왔다.

"대리님, 결재 서류 주세요."

결재를 받으러 가겠다는 호건에게서 부득부득 우겨서 자신이 직접 결재를 받으러 갔었다. 보고 싶은 님의 얼굴 한번 보러 갔다가 도리어 화만 잔뜩 얻어왔다. 툭 하니 결재판을 던지자 호건이 눈치를 보며 결재판을 펼쳤다. 혹여 차 팀장의 사인을 못 받아온 건 아닌지 잽싸게 확인을 했다.

"혹시 혼나셨어요? 제가 간다니까요."

아미가 말하기 싫다는 듯 손을 흔들자 호건이 한번 어깨를 으쓱이고는 그녀에게서 관심을 거두어갔다. 조금 전의 그 꼴을 보고서는 일을 할 의욕이 싹 사라진 아미는 멍하니 모니터를 보며 끓어오르는 화를 참아내고 있었다.

"대리님, 전화."

한참을 드르륵거리며 진동을 울리는 핸드폰을 전혀 봐줄 생각이 없다는 듯 무시를 하고 있는 아미의 어깨를 호건이 볼펜으로 살짝 두드리며 핸드폰을 가리켰다. 발신자에 세련의 이름이 떠 있자, 그녀는 바로 핸드폰을 챙겨 들고 휴게실로 향했다.

"여보세요."

[이 힘없는 목소리는 뭐야?]

"왜. 나 바빠."

방금 전까지 멍 때리고 있었지만 사소한 거짓말에 대한 일말의 양심의 가책은 느끼지 못하는지라, 그녀의 얼굴은 뻔뻔했다.

[주말에 머리하러 안 왔다며? 옷도 안 가져가고. 바빴어?]

주말 이야기가 나오자 아미는 낮은 불만을 터트렸다. 토요일 아침, 그녀는 일찍부터 세진을 보러 집으로 갔다. 그리고는 한심하게도 씻으러 간 그를 기다리다 잠이 들었다. 깨우는 손길에 눈을 뜨자 세진이 부드러운 미소를 지으며 그녀가 어서 잠에서 깨기를 기다리고 있었다.

그때까지만 해도 완벽했다. 문제는 그다음이었다. 갑자기 태호에게서 전화가 왔고, 세진은 급히 회사에 가야 했다. 이만큼 태호가 원망스러웠던 적이 없다. 아무것도 하지 못하고 집으로 돌아왔을 때, 아민은 여자를 만나러 간 것인지 집에 없었고, 엄마와 아빠는 근처에 나들이를 가셨다.

혼자인 것이 분해 씩씩거리다 세진에게 전화를 했지만, 그는 회의에 참석해야 한다며 급히 전화를 끊었다. 그 화는 고스란히 태호에게 돌아갔다. 태호에게 전화를 해서 대뜸 화를 내자 그가 당황하며 무슨 일이냐 물었지만, 무슨 일인지는 곰곰이 생각해 보라고 대답을 하지 않고 전화를 끊었다. 태호가 무슨 일인지 잘 모르지만, 미안하다고 문자를 보냈음에도 '흥.' 이라는 한 글자만 보내는 것으로 화를 풀지는 않았다.

토요일 밤 늦게 퇴근을 한 세진과 내일 보자는 약속을 했지만, 일요일에도 마찬가지로 그는 태호의 부름을 받고 회사로 출근을 했다. 이에 그녀는 집에서 TV를 보며 시간을 죽였고, 문득문득 화가 치밀어 오를 때마다 태호에게 문자를 보냈다. 그를 향한 증오와 저주를 가득 담아.

"아, 몰라. 주말 생각만 하면 짜증나."

아미의 짜증을 느낀 것인지 세련이 말을 돌렸다. 오빠랑은 어떻게 된 거냐는 말에 잘됐다는 대답을 했다. 당연히 세련은 세진이 전에 만났던 여자와 헤어진 걸 밝히고 아미를 받아들였다고 알아들었지만, 세련이 알아들은 것과 달리 아미는 그의 양 옆자리에서 한쪽을 자리 잡았다는 의미였다.

"이따가 갈게."

연애를 하는 것인지 이제는 감각이 없다. 그녀는 지금, 막 불타오르는데 세진은 회식 날 이후로 덤덤한 상태를 유지했고, 주변 상황이 그녀를 도와주지 않았다. 회식 날 뜨겁게 키스를 했던 세진은 꿈속의 남자였나 싶기도 했다.

[응. 이따가 봐.]

세련의 전화를 끊고 사무실로 가는 대신 스르륵 소파에 앉았다.

읽지 않은 문자를 확인하자, 태호에게서 문자 한 통이 와 있었다.

「세진이 불러내서 화난 거?」

용케 그녀가 화가 난 이유를 알아냈다. 주말에도 부려먹는 악덕 이사라는 답장을 보내자 바로 핸드폰이 부르르 떨었다.

"왜."

[이 오빠 서운하다. 그렇게 전화 받으니까.]

능글맞은 태호의 목소리에 서운함이 가득하자 화가 조금은 수 그러들었다. 회사가 비상사태인 만큼 그도 밤낮 없이 일을 하고 있을 터. 세진과 마찬가지로 주말 내내 반복되는 회의로 지쳐 있 을 게 뻔했다.

"바빠?"

[뭐. 그렇지. 세진이랑 사귀는 거야?]

정확하게는 바람이다. 세진은 그녀와 바람을 피우고 있다. 하지 만 태호는 그것까지는 모르는가 보다. 하기는 세진이 그의 사생활 이야기를 태호에게 일체 한 적이 없다.

"어떻게 알았어?"

[늘 나한테서 눈을 못 떼던 애가 세진이만 처다보는데 모를 리 가 있나.]

언제 적 이야기를 하는지 모르겠다.

"세련이지?"

갑자기 뚝 말이 끊긴 걸 보아, 세련에게서 들었음이 틀림없다. 세련의 입이 가볍다는 걸 이제야 깨달았다.

[출장 갈래? 세진이랑 같이 보내줄게. 화 풀어. 너한테 문자 하

나씩 받을 때마다 섬뜩해.]

"딜."

거래가 성사되자 쿨하게 아미는 전화를 끊으며, 어제의 적은 오늘의 동지라는 말을 떠올렸다.

태호의 제안에 다시 기운을 내고, 오후에 있을 새 프로젝트 회의에 관한 자료를 호건과 함께 정리를 마치고 점심을 먹으러 구내식당으로 향했다.

구내식당은 대기업의 포스를 이곳에서 느낄 수 있다는 말이 나돌 정도로, 메뉴는 다양하고 맛 또한 최고로 꼽힌다. 한쪽으로 길게 음식들이 나열되어 있고, 그 뒤에는 아주머니들이 서서 배식을 한다. 음식의 끝에는 후식으로 과일이 자리하고 있다.

식판을 들고 먹고 싶은 음식만 골라 자리를 찾는데 1팀이 식사하고 있는 모습이 포착되었다. 오전에 한 소리 해서인지, 세진은 남직원의 옆에 앉아서 조용히 식사를 하고 있었다. 옆 테이블에 앉은 미연과 은정이 밥 한 번 먹고 세진을 한 번 보고를 반복하고 있었다.

"역시, 차 팀장님 인기는 알아주네요."

휙휙 두리번거리자 일정 반경 안에 있는 여직원들이 다들 세진을 힐끔거리고 있었다.

"부럽니?"

"뭐……."

말을 흐리는 게 세진을 향한 부러움이 담겨 있었다. 티를 내고 있지는 않지만, 세진은 분명 불편해하고 있었다. 젓가락으로 반찬을 집는 손길에 미약한 짜증이 담겨 있었다. 오랫동안 보아온 탓인지, 작은 표현도 눈에 보였다. 생각해 보니 그는 남의 시선을 진저리 칠 정도로 싫어했다. 특히나 여자들의 시선을. 오죽했으면 학교를 다닐 때 여학생들이 있는 곳을 죽어라 피해 다녔겠는가.

"인기 많은 것도 귀찮은 일이지."

"하긴 그럴 것 같아요. 앞에 있는데 수군거리는 거 은근히 기분 나쁘지 않을까요? 칭찬이라고 할지라도. 듣고 있자니 민망할 것도 같고."

"밥이나 먹자."

자신의 시선을 느낀 것인지 세진이 고개를 들었다. 눈이 마주쳤지만 쌩하니 몸을 돌려 등을 지고 앉아 호건과 식사를 했다. 식사를 마치고 슬쩍 뒤를 돌아봤을 때, 세진이 앉아 있었던 자리는 이미 비워져 있었다.

아미는 담배를 피우겠다며 12층 야외 휴게실로 향하는 호건을 뒤로한 채 카페로 향했다.

"허 대리님."

익숙한 목소리를 보란 듯이 지나치자 억센 힘이 팔을 잡아당겼다. 지나다니는 사원들이 많았기에 눈을 동그랗게 뜨고 자신의 팔을 잡아당기는 장본인을 쳐다봤다.

"커피."

자신의 손에 들린 커피를 흔들어 보이며 손에 쥐어주자 아미가 주변을 의식해서인지 작게 고개를 숙여 감사를 표했다. 여직 다

풀린 게 아닌지 아랫입술이 툭 튀어나왔다.

"잠깐 이야기 좀 하죠."

아미는 따라오라는 눈짓에 한 발짝 떨어져 따라갔다. 세진이 비상계단으로 향하는 문을 열고 먼저 뒤따라오던 아미를 들여보낸 뒤 문을 닫았다. 깜깜했던 계단이 센서등이 작동하여 일순 환해졌다.

"왜요."

혹여나, 누군가가 계단을 이용하는 건 아닐까 싶어 아미는 경계를 늦추지 않고 퉁퉁하게 말을 했다.

"머리 묶어줄게."

"싫은데."

싫다고 하면서도 얌전하게 몸을 돌리는 언행불일치의 아미의 귀여운 태도에 웃음이 나왔다. 손으로 몇 차례 빗어주자 아미의 몸이 흐물거렸다. 머리를 빗어주면 슬금슬금 잠이 온다며 가끔 아미는 머리를 만져 달라는 요청을 하기도 한다.

"똑바로 서."

"졸려."

식후라 더욱 졸음이 몰려왔다. 머리를 한데로 모아 묶으려고 하자 아미가 고개를 흔들었다. 이에 모았던 머리카락이 조금씩 흘러내렸다.

"머리 묶지 말고 따줘?"

머리카락을 잡고 있던 손을 풀자 어깨 아래로 길게 내려오는 갈색 머리카락이 하늘거리며 등을 덮었다. 손으로 가볍게 빗어 내린 뒤, 그는 머리 중간 부분을 잡고 세 갈래로 나눠 머리를 땋기 시작했다. 한 번씩 땋을 때마다 남은 머리카락을 더해가며 유연하게 땋았다. 마지막으로 머리끈으로 끝을 묶어 마무리를 하고서는 땋은 부분의 머리카락을 살짝 잡아당겨 빼서 더욱 풍성하고도 자연스럽게 손질을 했다.

"다 했어?"

"응."

대답과 동시에 아미가 그의 가슴으로 등을 기대왔다. 고개를 위로 들어 그의 얼굴을 쳐다보더니 배시시 웃어 보였다.

"뽀뽀해 줘."

"회사야."

다정하게 머리를 묶어줄 때는 언제고, 이제 와서 회사라며 거리를 두는 세진을 향해 몸을 돌려 그의 허리춤을 잡고 칭얼거렸다.

"뭐야 이게. 주말에는 데이트도 못하고, 평일에는 회사니까 뽀뽀도 안 된다고 하고."

"허아미."

친구 동생일 때는 한없이 다정하게 굴더니, 연인이 되자 엄해졌다. 물론 그전에도 엄한 면이 없잖아 있었지만 연인이 된 지금 서운함이 컸다.

"끝나고 저녁 먹자."

"약속 있거든?"

이미 토라진 마음에 세진의 데이트 신청을 거절한 아미는 기세 좋게 문을 향해 걸어갔다. 하지만 문을 열 때는 그 기세는 온데간데없이 사라지고 빠끔히 열어 밖의 동태를 살피고는 쏙 하니 빠져나갔다.

무슨 약속인지 그가 묻기도 전에 이미 아미는 자취를 감추었다.

오후 회의 내내 고개를 숙인 채 세진을 향해 무언의 불만을 잔뜩 늘어놓았던 아미는 6시가 되자마자 세진의 이모가 운영하는 뷰티샵으로 향했다. 가까운 곳이기에 대중교통을 이용할 필요가 없어 느긋하게 걸어갔다.

퇴근 시간대이기에 도로는 이미 차들로 가득했다. 갓길에 불법 주차된 차들로 버스가 애매하게 정차해 버리자 뒤에서 연달아 클랙슨이 울려댔다. 인도도 복잡하기는 마찬가지였다. 엇갈려 길을 걷는 사람들 틈을 헤쳐 걷자 얼마 가지 않아 기운이 쏙 빠졌다.

"왔니?"

"이모, 어디 가세요?"

우아하게 멋을 낸 수연이 그녀의 질문에 얼굴을 붉히며 저녁을 먹으러 간다고 말을 했다. 보아하니, 남편인 진 회장을 만나러 가는 듯했다.

"예약되어 있으니 바로 염색할 수 있어."

"네. 이모부와 즐거운 데이트하세요."

"데이트는 무슨."

아니라고 손사래를 치며 샵을 나서는 수연을 보자니 심란했다. 아까 괜히 세진의 데이트 신청을 거절을 했나 후회가 되었다. 그러다 한 번의 거절에 바로 꼬리를 내린 세진이 생각나 괘씸함이 들었다.

가방을 맡기고 가운을 위에 걸친 뒤 커다란 거울 앞에 앉았다. 연예인들이 많이 다니는 탓에 사생활을 보호해 주기 위해 여러 방으로 나뉘어 있었고, 각 방에는 많아야 3개의 의자와 거울이 있었다.

"세련이는요?"

"곧 내려온대요."

늘 그녀의 머리를 손질해 주는 헤어디자이너가 세진이 땋아준 머리카락을 풀더니 몇 차례 빗질을 했다. 자연스레 머리카락에 타인의 손길이 닿자 몸이 노곤노곤해지고 눈이 감겼다.

"피곤하면 좀 자요."

고개를 까딱이며 졸았음에도 베테랑인 헤어디자이너는 익숙한 손놀림으로 머리카락 손상을 줄여주는 약을 발랐다. 그리고 염색약을 통에 짜고 빗질을 해가며 꼼꼼하게 발랐다. 감기는 눈꺼풀을 이기지 못하고 순응을 하던 아미는 왜 염색약을 뿌리만이 아닌, 전체적으로 바르는지 물어보려 했지만, 이내 곧 귀찮아져 그냥 눈을 감아버렸다.

"일어나."

흔드는 대로 흔들리다가 의자에서 떨어질 뻔하고 나서야 눈을 떴다. 세련이 머리를 감아야 한다며 일으켰다. 인사도 제대로 할 틈도 없이 세련이 등을 떠밀었다. 몽롱한 정신에도 이상한 예감에 뭐냐고 묻기도 전에 의자에 앉혀져 눕혀졌고, 따뜻한 물이 머리에 닿았다.

두피마사지에 목까지 마사지를 받자 잠이 깨는 것은 물론, 뭉친 근육이 풀려 아프면서도 개운함에 만족감이 피어올랐다. 마지막에 수건으로 머리를 야무지게 감싸주자 양팔을 위로 올려 기지개를 켜며 자리로 돌아왔다.

거울을 보고 앉아 뒤에 서 있는 세련이를 쳐다보는데 도통 자신과 눈을 마주치지 않더니 허공을 보며 말을 한다.

"음, 옷은 내가 골라놨는데 입어볼 거지?"

"응. 할인해 줄 거지?"

"염치도 없지. 공짜 머리에 옷까지 할인?"

"나 염색 공짜야?"

할인을 받은 적이 있어도, 염색은 공짜로 한 적이 없기에 반색을 하며 묻자, 세련이 화들짝 놀라며 고개를 끄덕였다. 이상하다 여겨질 참에 헤어디자이너가 머리를 감싼 수건을 풀고 탈탈 털었다.

"어? 내 머리!"

갈색 머리가 검정색으로 변했다. 아미가 경악을 하며 거울 앞으로 바짝 다가가자 뒤에 서 있던 헤어디자이너가 그녀에게 뭐가 잘못됐냐고 물었다.

"뿌리염색 한 거 아니었어요? 왜 검정색이에요!"

"세련 씨가 말한 대로 했는데?"

"차세련!"

"미안, 언니. 오빠!"

두 손을 싹싹 빌며 재빠르게 사과를 한 세련이 문을 열더니 대뜸 오빠를 부르고는 안절부절못하며 발을 동동 굴렀다. 세련이 연문으로 세진이 들어오더니 거울을 통해 아미와 눈을 맞췄다.

"검은 머리가 훨씬 낫네."

속이 후련해 보이는 세진의 얼굴에 아미가 울상을 지었다. 원망섞인 눈으로 세련을 노려보자, 그녀가 세진의 눈치를 보며 한껏 미안한 표정을 지었다.

"나도 오빠한테 협박당한 거야. 미안, 언니."

그는 염색을 한 번 한 것까지는 참아줬지만, 때가 되면 정기적으로 뿌리염색을 하는 아미가 마음에 들지 않던 차였다. 나중에 염색약 때문에 시력이 나빠지고 머릿결도 상한다고 잔소리를 해도 듣지를 않으니, 그가 직접 나섰다.

그러지 않아도 회사에서 머리를 땋아주면서 검은 머리카락이 많이 자라난 걸 보며 아미가 마지막으로 염색을 한 날짜를 셌다. 약속이 있다는 말에 혹시나 싶어 이모에게 전화를 했더니, 예약이 되어 있다는 말을 들었다. 곧장 세련에게 전화를 했다. 아미 머리색을 원래대로 돌려놓지 않으면 독립이고 뭐고 당장 자신의 집으로 들이겠다는 말에 세련이 넘어왔다.

"협박을 당했어도 너는 넘어가면 안 되지! 내 머리 돌려내! 돌려내라고!"

젖은 머리카락을 손으로 탁탁 치며 소리를 지르는 아미의 뒤로 간 세진이 헤어디자이너에게 나가보라는 말을 하고서는 직접 드라이어로 머리카락을 말렸다.

"예뻐."

"갈색 머리일 때가 더 화사하고 예뻤어!"

자신의 의지와 상관없이 바뀐 머리색에 울컥하는지 아미가 부르르 몸을 떨었다.

"나 다시 염색할 거야."

당장 다시 헤어디자이너를 불러달라고 떼를 쓰자, 세진이 단호하게 안 된다고 말을 했다. 그의 반대에 아미의 반항이 거세지자 세련이 작은 목소리로 말했다.

"언니, 검정색으로 염색하면 한참 뒤에 염색해야 해. 색이 잘 안 나오거든."

세련의 말에 울상을 지은 아미가 싸늘한 얼굴로 세진을 노려봤다. 지금은 좋아하는 남자건 말건 상관없었다. 아무리 사귀는 사이라 해도 이건 아니었다.

"비켜. 저리 가."

차가운 아미의 말에 세진이 낮은 한숨을 쉬고 세련에게 눈짓을 보냈다. 마지못해 아미의 뒤에 선 세련이 헤어드라이어를 건네받고 머리카락을 조심스럽게 말렸다.

"언니, 오빠 말대로 검정색이 더 잘 받는 것 같아. 피부도 더 뽀얗게 보이고."

"내 눈에는 어두침침해 보이거든?"

쉬이 진정이 되지 않는지 씩씩거리는 아미의 기세가 생각 이상으로 세자 세진도 내심 당황했다.

머리색이 어떻든 간에 아미가 예쁘지 않은 건 아닌데, 괜히 이랬나 싶어 미안해졌다.

어색한 분위기 속에서 어느 정도 머리가 마르자 세련은 헤어드라이어를 던지다시피 놓고 룸을 나섰다. 의자에서 일어난 아미는 세진은 보지도 않은 채 걸음을 옮겼다.

"많이 화났어?"

"누구세요?"

그의 말에 고개까지 갸웃거리며 경계심을 보이는 아미의 태도에 세진이 두 손을 들었다. 그의 도가 지나쳤음을 인정해야 했다.

"미안해. 검은 머리가 더 예뻐서 그랬어. 갈색 머리도 어울리는데, 난 검은 머리가 더 예뻐서."

약 냄새가 날 텐데도 세진이 사랑스럽다는 듯이 머리카락에 입을 맞추자 울컥거리던 마음이 진정이 되었다. 하지만 거울을 보자 다시 그 마음이 되살아났다.

"누구시냐고요."

"아미야."

그의 부름에도 탁 하고 손을 내치고 걸어가는 그녀의 뒤를 군말 않고 따랐다. 3층으로 올라가자 높은 천장에 달린 수많은 조명이 옷을 비추며 눈길을 끌었다. 키를 훌쩍 넘는 거울도 있었고, 그 뒤로는 옷을 갈아입는 탈의실이 자리해 있었다.

발걸음 소리에 친절한 미소를 띠던 세련이 둘을 보더니 화들짝 놀래고는 괜스레 바쁜 척을 했다. 옷에 묻지도 않은 먼지를 털며 부산을 떨다가 두 벌의 옷을 들고 오더니 아미의 몸에 대며 칭찬을 남발했다.

"역시 딱이다. 딱 언니 옷이네. 거울 봐봐."

"어머, 거울 속에 있는 여자의 머리카락색이 검정색이네?"

아미가 한껏 비꼬며 말을 하자 세진과 세련의 몸이 동시에 움찔했다. 어떻게 하냐고 세련이 세진을 쳐다봤지만, 이 사건의 주동자인 그는 그 시선을 외면했다.

"하핫, 언니. 염색은 서비스. 돈 안 받을게."

"이렇게 만들어놓고 돈을 받으면 그게 사람이니?"

절대 사람이라면 해서는 안 되는 짓을 했다는 듯 경멸 섞인 눈빛에 세련의 기가 죽었다. 그 순한 아미도 화를 낼 때는 물불 안 가리는 성격이라는 걸 오랫동안 잊고 있었다.

"옷은 오빠가 사주는 거지?"

"응. 다 사줄게."

어떻게 해서든 아미의 기분을 풀어주고자 두 사람은 오랜만에 손발을 맞췄다. 세련이 옷을 가져오면 세진은 무조건 예쁘다고, 어울린다는 칭찬을 아끼지 않았다.

"이거 살까? 이것도 사자."

아미의 표정을 살피며, 열 벌이 넘는 옷을 대어보던 것 중에서 그녀의 얼굴이 풀어졌던 두 벌의 옷을 사자고 하자 아미가 마지못해 고개를 끄덕였다.

"아흑, 내 머리."

아직도 미련을 버리지 못했는지, 거울 앞에 바짝 다가서서 머리카락을 쥐어뜯는 아미의 손을 세진이 잡아끌어 내렸다. 거울 앞을 못 벗어나는 아미를 이끌고 간신히 계산을 하고 쇼핑백을 받아 들고 세 사람은 1층으로 내려왔다.

"나, 이거 할 거야."

막 가게를 나서려던 차에 아미가 되돌아 들어가더니 턱 하니 의자에 앉아 고집스럽게 말을 했다. 꼭 이걸 하고야 말겠다는 강한 의지를 담고서.

"언니, 귀를 뚫겠다고?"

아미가 앉은 곳은 갖가지 피어싱을 해주는 테이블 앞이었다. 순식간에 굳어지는 세진의 얼굴을 본 세련이 어서 일어나라고 아미의 팔을 잡아당겼다. 세진이 염색만큼 싫어하는 게 몸을 훼손하는 것이다. 귀를 뚫는 걸 질색으로 하는 걸 알면서도 아미가 고집을 부리자 세진의 미간이 조금씩 접혀 들어갔다.

"오빠가 화내는 거 기어코 보고 싶어?"

세련의 간절함이 담긴 협박에도 아미는 자신도 화가 났으니 건들지 말라고 쏘아보더니 앞에 앉은 직원에게 어서 귀를 뚫어달라고 재촉했다.

"뚫어요?"

직원이 세 사람의 눈치를 보며 묻자, 세진은 싸늘하게 그를 노려보았고, 세련은 손을 크게 흔들며 안 된다고 온몸으로 말했다. 허나, 당사자인 아미가 고개를 끄덕였다.

"네!"

아미의 기세와 당사자가 귀를 뚫겠다고 하니, 직원은 작은 원모양의 장식으로 된 금 귀걸이를 꺼냈다. 아미의 턱을 잡아 올리고 양쪽 귀를 보고 균형을 잡아 볼펜으로 귓불에 살짝 표시를 했다.

"허아미, 당장 안 일어나?"

"가까이 오기만 해봐. 다시는 네 얼굴 안 볼 거야."

두 사람 사이에서 발을 동동 구르는 세련을 흘낏 쳐다본 직원이 망설이지 않고 바로 귀걸이로 아미의 왼쪽 귀를 뚫었다.

"악!"

부부북거리며 살이 뚫리는 소름 끼치는 소리와 갑작스런 통증에 아미가 몸을 뒤로 빼며 왼쪽 귀를 부여잡고 소리를 질렀다. 세진이 놀라 한걸음에 다가와 아미의 귀를 살피자 소름 끼치는 소리에 놀라 얼어붙었던 아미가 눈물을 글썽거리며 그의 품에 안겼다.

"세진아, 흐윽. 아파."

엄살이 많은 아미가 견디기에는 너무나 큰 고통이다. 많이 아픈지 손도 대지 못하게 하면서 우는 모습에 세진이 직원을 노려보며 항의했다.

"갑자기 뚫으면 어떡합니까."

"원래 갑자기 뚫어야 덜 아파요."

"의학적으로 검증이 된 겁니까."

세진의 반발에 직원은 뚫는다고 해서 뚫어준 것뿐인데 뭐가 잘못됐냐는 얼굴을 보였다.

"흐윽. 너 때문이야. 너 때문에 뚫은 거잖아."

주먹으로 그의 가슴을 때리며 엉엉 우는 아미의 검은 머리를 보며 세진은 후회했다. 괜히 머리색을 바꿔놨다가 그 반발로 귀를 뚫게 했다.

"미안해. 내가 다 잘못했어."

화를 낼 줄 알았던 세진이 우는 아미를 정성껏 달래자 세련은 그 틈을 타서 도망을 갔다. 그는 세련이 가든 말든 우는 아미를 달래며 귀걸이를 그만 빼자고 했다.

"싫어. 마저 뚫을 거야."

머리색도 바뀌고, 귀까지 아픈 마당에 마음이 풀릴 리가 없다. 고집을 피우면서도 오른쪽 귀를 감추는 아미의 태도에 직원이 뚫을 거면 빨리 뚫자고 했다.

"아프다면서."

끝내 세진의 반대에도 오른쪽 귀까지 뚫은 아미는 한참을 그의 품에 안겨서 너 때문이라며 그를 핑계 대며 울었다.

'내 머리 어떡해.'와 '내 귀.'를 반복해 말하며 자신의 신세를 한탄하는 지경까지 오자 세진은 체념한 듯 모두 다 자신의 잘못이라며 용서를 구했다.

오른쪽 귀를 뚫으면서 그의 손을 잡아 통증을 견디던 아미가 그의 손등에 손톱자국을 냈다. 어찌나 꽉 잡았는지, 손톱이 살을 파고들어 가 상처를 냈다. 뒤늦게 그의 상처를 본 아미가 훌쩍거리며 그제야 울음을 삼켰다.

"아프면 귀걸이 빼자. 빼고 있으면 다시 아문대."

"싫어."

한번 고집을 피우면 꺾을 수가 없다. 워낙에 집에서 4대 독녀로 귀하게 자란 탓에 아미가 작심하고 고집을 피우면 대부분은 그녀가 원하는 대로 이뤄졌다.

"독녀 고집 또 나왔네."

입맛도 없다며 집에 가겠다고 힘이 빠진 모습으로 의자에 몸을 묻는 아미를 보자 그도 속상했다. 한 번 넘어가 준 염색, 그냥 놔 둘 걸 하는 뒤늦은 후회를 하며 그는 차의 시동을 걸었다.

시간이 지나자, 귀의 통증도 서서히 가라앉았다. 며칠 동안 세 진이 소독도 꾸준히 해준 탓에 고름이 차거나 성이 나지 않았다. 거울 앞에 서서 오른쪽 왼쪽으로 고개를 돌려가며 귀를 번갈아 봤 다. 단순한 원 장식의 귀걸이이지만 마음에 쏙 들었다. 예전부터 귀를 뚫고 싶었기에 만족감도 컸다.

"귀 뚫는 거 아무것도 아니네 뭐."

며칠 전 소리를 지르며 울었던 기억을 깡그리 잊은 그녀는 거울 앞에서 떨어질 줄 몰랐다.

"출근 안 하니?"

모친의 재촉에 아미는 핸드백을 들고 재빨리 방을 나섰다. 거실 을 지나치며 시계를 흘끗 쳐다보자 벌써 세진과 약속한 시간이 5분 이나 넘었다.

"나 오늘 늦어!"

오늘은 퇴근 후 친구 딸의 돌잔치가 약속되어 있었다. 잊고 있 던 약속을 어제저녁 대학 동창인 다영의 문자로 다행히 다시 기억 해 냈다. 혜은이 결혼을 하고 집들이를 했을 때 급히 출장을 가느 라 참석을 하지 못했었다. 결혼식 때도 간신히 얼굴만 비추고 사 라졌었기에 혜은이 벼르고 있다며 꼭 오라는 다영의 문자에 과감 하게 세진과의 금요일 밤 데이트를 포기했다.

지하 주차장으로 내려오니 이미 한참을 기다렸는지 차에 기대서서 손목시계를 확인하는 세진이 보였다.

"오래 기다렸어?"

"아니."

가볍게 어깨를 안아 포옹을 한 세진이 주머니에서 작은 상자를 꺼내 아미의 손에 쥐어주었다. 아미가 손에 가득 담기는 상자를 물끄러미 쳐다보다 세진을 향해 기대감이 잔뜩 담긴 시선을 보내자 그가 열어보라는 눈짓을 했다.

"우와."

자잘한 큐빅이 박힌 귀걸이였다. 지하 주차장의 노란 불빛을 받아 반짝반짝 빛나는 큐빅 사이에 붉은빛이 감도는 보석이 박혀 있어 한층 더 세련된 느낌을 선사했다.

"마음에 들어?"

"응. 나 주려고 산 거야?"

세진은 답변 없이 조심스런 손길로 아미의 귀에서 단순한 원 모양의 귀걸이를 뺐다. 더는 소독을 하지 않아도 되는지 꼼꼼히 살핀 후에야 상자에서 귀걸이를 빼내어 한층 더 조심스럽게 귀에 귀걸이를 끼워 넣었다.

귀를 뚫은 걸 소독을 해주는 내내 약간의 잔소리를 했기에 그가 이렇게 귀걸이를 사줄 줄 몰랐다. 전혀 기대를 하지 않았던 선물이기에 너무 기뻐서 어쩔 줄 모름과 동시에 가슴이 벅차올랐다.

다 되었다는 듯 그가 고개를 끄덕이자 재빨리 핸드백에서 거울을 꺼내 확인을 했다. 세진은 잘 볼 수 있도록 앞으로 흘러내리는 머리카락을 귀 뒤로 넘겨주는 걸 잊지 않았다.

"예쁘다."

아미가 굉장히 마음에 들어하자 세진의 입매가 옆으로 늘어졌다. 눈을 반짝반짝 빛내며 연달아 오른쪽 귀와 왼쪽 귀를 번갈아 확인하는 아미의 손에서 거울을 빼앗아 도로 핸드백에 넣어준 세진이 그만 차에 타라는 손짓을 했다.

"잠깐만. 나 머리 묶어줘."

그에게서 뒤돌아선 아미가 어서 묶어달라는 듯 머리를 흔들었다. 익숙한 손길로 몇 차례 손으로 머리카락을 빗어 내린 그가 오른손으로 머리카락을 빗고 왼손으로 모아 쥐었다.

"포니테일? 아니면 돌돌 말아?"

"음…… 포니테일."

그녀의 의견대로 세진은 왼손 손목에 감겨 있는 검정 머리끈으로 머리를 묶어주었다. 일자로 쭉 떨어지는 묶인 머리카락을 한 손으로 살짝 잡아 머리카락 끝까지 훑어 내린 세진이 혹여 너무 꽉 묶인 건 아닌지 물었다. 괜찮다고 고개를 끄덕인 아미가 다시 핸드백에서 거울을 꺼내며 조수석에 올랐다.

"거울을 또 봐?"

"응. 머리 묶으니까 더 잘 보인다. 정말 예뻐. 고마워."

뒤늦게 감사의 인사를 한 아미가 가볍게 세진의 볼에 뽀뽀를 했다. 그의 제지에도 불구하고 나날이 스킨십이 늘어가는 아미에게 슬쩍 웃음을 흘린 세진은 콘솔박스를 열어 머리끈을 꺼내 허전한 왼손 손목을 채웠다.

"여기에도 가지고 다녀?"

"응. 묶어주고 나면 없잖아. 거기다 툭 하면 잃어버리고서는 나한테 머리끈을 찾는 누구 때문에 항상 준비해 놓지."

세진이 처음으로 머리를 묶어준 후로는 그녀는 당연하게 머리끈을 아민이 아닌 세진에게 찾았다. 무언가가 몰두하거나 일이 잘 풀리지 않으면 머리카락을 만지는 버릇이 있어 매번 묶은 머리가 헝클어져 풀기 일쑤였다. 그러다가 곧잘 머리끈을 잃어버렸다. 아미가 아무래도 머리끈에 발이 달린 것 같다고 짜증을 내면 아무 곳에나 놓아두는 버릇 때문이라며 타박을 하면서 세진은 여분으로 가지고 다니던 머리끈을 내밀었다.

"나도 가지고 다녀야지."

콘솔박스에서 머리끈 두어 개를 챙기는 아미의 손을 잡은 세진이 고개를 흔들었다.

"잃어버릴 게 뻔해. 그냥 나한테 달라고 해."

그 정도까지는 아니라며 항의를 하는 아미에게 엄한 얼굴을 보인 그는 콘솔박스를 닫고 차를 출발시켰다. 그는 그녀에게 머리끈을 챙겨주고, 머리를 묶어주는 소소한 재미를 놓칠 수 없거니와, 머리를 잘 묶지 못하는 아미가 가끔 다른 사람들에게 부탁을 하는 경우가 싫었다. 아무리 묶어주는 사람이 여자라 해도 탐탁지 않았다. 아미의 머리를 묶어주는 사람은 그여야만 한다.

세진에게 가는 내내 오늘 저녁에 있을 돌잔치에 대한 이야기와 오랜만에 볼 친구들에 관한 이야기를 하며 아미가 아쉬움을 토로했다.

"우리 오늘 저녁에 뮤지컬 보기로 했었는데. 그거 꼭 보고 싶었는데. 아쉽다."

"다음에 보러 가면 되지."

"오늘이 마지막 공연인걸. 다음 주 부터는 광주에서 공연한다고 했어."

그럼 돌잔치를 가지 않으면 되잖아 하는 세진에게 오늘마저 안 가면 혜은에게 정말로 목이 졸려 죽을지도 모른다며 아미가 고개를 저었다. 어쩔 수 없지 하는 얼굴로 간신히 체념을 하는 그녀를 흘긋거리며 숨죽여 웃는 그가 얄미운지 아미가 그의 팔을 콩콩 때렸다.

"우리의 정식 첫 데이트가 무산이 됐는데 웃음이 나와?"

"이따가 데리러 갈게."

데리러 온다는 말 한마디에 스스륵 풀리는 마음을 부여잡은 그녀는 그건 당연한 거라고 도도하게 말을 남기고 서서히 갓길로 차선을 변경하며 줄여가는 속도에 안전벨트를 풀었다. 늘 그러하듯 근처에서 아미를 내려준 그는 그녀가 횡단보도를 무사히 건너는 걸 확인한 후에야 서서히 차선을 변경했다.

"어? 허 대리, 귀 뚫었어?"

소독하는 동안에는 가렸던 귀를 드러낸 걸 바로 정 대리가 알아차렸다. 옆에 앉은 호건도 몸을 쭉 빼고 '오.' 하는 감탄사를 내뱉었다.

"귀걸이 예쁘다. 어디서 샀어?"

마음 같아서는 세진이 사줬다고 자랑을 하고 싶지만, 그 파장이 대단할 것임을 알기에 선물 받은 거라고 얼굴을 살짝 붉히는 것으로 대신했다. 남자에게 받은 거냐고 꼬치꼬치 캐묻는 지은의 말에도 묵묵부답으로 일관하고 일을 시작하자 호건도 궁금한지 지은의 질문 뒤에 질문을 했다.

"비밀이야."

"허 대리님이 산 거 아니에요?"

"죽을래?"

찌릿한 시선에 호건이 꼬리를 내리고 고개를 돌렸다. 호건의 말에 정 대리도 그녀가 산 거 아니냐는 의심스런 눈빛을 하더니 자리에 앉아 업무를 시작했다.

그 뒤로 만나는 사람마다 귀걸이가 예쁘다는 칭찬을 들었다. 마지막 칭찬을 들었을 때 우연히 지나가던 세진도 그 칭찬을 들었다. 슬쩍 그의 얼굴을 확인했을 때 위로 치켜 올라간 입술이 눈에 들어왔다.

돌잔치에 늦지 않아야 한다는 압박감에 택시를 탄 것이 잘못이었다. 급하게 은행에 들러 돈을 찾고 나오던 중 돌잔치 장소에 거의 다 도착했다는 다영의 전화를 받고 바로 인도에서 차도로 뛰쳐나와 택시를 잡았다. 퇴근길이라는 걸 잊은 덕분에 지금 느릿느릿하게 굴러가는 택시 안에서 초조하게 시계만 연신 확인을 하고 있다.

"기사님, 많이 막혀요?"

"거의 다 도착했는데. 어떻게 지금 내려서 뛰어갈래요? 앞에 사고가 난 것 같은데."

빽빽이 사방을 둘러싼 차들 사이로 염치없이 끼어드는 택시에 연신해서 클랙슨이 울려댔다. 택시기사는 익숙한지 무덤덤한 얼굴로 갓길에 차를 세우고 비상등 깜박이를 켰다. 미터기를 확인하고 뒤로 뻗어진 택시기사의 손 위에 만 원짜리와 오천 원짜리 지폐를 올려놓고 과감하게 잔돈을 포기한 채 택시에서 내려 도로로 올라섰다.

미리 직진해서 다음 블록에서 우회전을 하면 된다는 택시기사의 말을 듣고 나온 터라 거침없이 사람들 틈으로 섞여 들어가 빠르게 걸음을 옮겼다. 훅훅 찌는 날씨와 사람들이 내뿜는 불쾌한 온기로 짜증이 동반해 걸음걸이가 거칠어졌다.

"잠시만요!"

건물로 들어와 시원한 에어컨 바람을 느낄 새도 없이 닫히는 엘리베이터에 백 미터를 질주하듯 달렸다. 다행히 외침을 들은 것인지 엘리베이터 문이 다시 열렸다.

"감사합니다."

이 더운 날 검은색 슈트 차림의 남자가 아미의 감사 인사에 누르고 있던 버튼에서 손을 떼며 까딱 고개를 끄덕여 보였다.

짧지 않은 거리를 뛴 탓에 옷 속에서 땀이 주르륵 흐르는 느낌이 들었지만, 에어컨이 켜진 엘리베이터 안에 있자 금방 그 땀이 식어 등줄기를 서늘하게 했다.

뒤늦게 내릴 층수를 확인하고 버튼을 누르려다 이미 눌러진 층수에 어색하게 손을 내리며 옆을 힐끔거렸다. 그러다 갑자기 마주친 남자와의 시선에 황급히 고개를 돌려 벽에 부착된 거울을 들여다봤다.

띵.

아미는 내릴 층수에 도착함을 알리는 알림 소리에 남자가 먼저 내릴 수 있도록 한쪽으로 비켜섰다. 이쯤 되면 내릴 법도 한데 남자는 내리지 않고 있었다.

"안 내립니까."

부드러운 저음에 천천히 시선을 돌렸다. 그녀의 눈에 열림 버튼을 누르고 있는 남자의 손이 들어왔다. 서서히 그 팔을 따라 눈을 올리다가 남자와 눈이 다시 마주쳤다. 매너가 몸에 배어 있는 것인지, 남자는 그녀가 먼저 내리기를 기다리고 있는 듯했다.

"감사합니다."

좀 전과 마찬가지로 남자는 고개를 까딱여 인사를 받았다. 한 발 내딛어 엘리베이터에서 벗어나면서 뒤를 의식하자 남자가 뒤따라 내리는 발걸음 소리가 바로 이어서 들렸다.

굉장히 큰 뷔페식 레스토랑은 여러 돌잔치로 인산인해를 이루고 있었다. 높다란 벽으로 룸을 나누었지만, 음식이 나열된 곳은 한군데인지라 음식 주위를 줄지어서 돌아 걸어가며 음식을 접시에 담는 사람들 때문에 들어오자마자 정신이 혼미해졌다.

같이 엘리베이터를 타고 온 남자도 지금 열리는 돌잔치 중 어느 한곳에 초대된 사람임이 분명했다. 이 층에는 패밀리레스토랑 말고는 없으니 말이다.

아미는 보폭이 큰 남자가 먼저 지나쳐서 앞서 걸어가는 걸 확인한 후에야 정신을 차리고 친구의 이름을 찾았다.

"김아름 양 돌잔치에 오신 거 맞으신가요?"

줄줄이 적힌 아이들 이름에 당황한 것도 잠시, 그 위에 조그마하게 적힌 친구의 이름을 찾아 아이 이름을 말하자 직원이 재차 확인을 하더니 초대된 손님의 인원수를 파악하기 위해 사용되는 스티커를 팔에 붙여주었다.

음식을 보자 허기가 들었지만, 먼저 친구의 얼굴을 봐야 하기에 음식들을 지나쳐 세 번째 룸으로 향했다. 처음 보는 사람들 틈에서 익숙한 얼굴을 찾기란 어려웠다. 다행히 앞에 서 있던 혜은이 그녀를 알아보고 등짝을 내려쳤다.

"이 계집애야. 너 오늘도 안 오면 가만 안 두려고 했어."

대학 다닐 때는 공강 시간에 같이 밥을 먹고 시험기간에는 새벽까지 같이 공부하던 친구들을 사회에 발을 내딛고 난 뒤에는 보기 힘들었다. 이러한 경조사가 아니면 아무리 만나고 싶은 마음이 넘쳐 나도 먹고살기가 바빠 마음먹은 대로 되지 않았다. 모두가 그러하니 이해할 법도 하지만, 서운함은 어쩔 수 없는지 혜은의 얼굴은 펴질 줄 몰랐다.

"미안해. 그래서 이렇게 뛰어왔잖아. 나 땀나는 거 안 보여?"

아기 낳고 키우느라 팔 힘은 제대로 키운 것인지 제법 쓰라리게 아파오는 등을 쓰다듬으며 최대한 미안한 표정을 지었다.

"그런데 너 오늘 예쁘다? 어째 결혼식 때보다 더 예쁜 것 같아."

아기를 낳고 관리가 허술했는지, 예전만 하지 못한 몸매가 퍼지는 한복을 입었음에도 확연하게 드러났다. 그래도 혜은의 마음을 풀어주기 위해 그녀는 입술에 침도 바르지 않고 술술 말을 내뱉었다.

"허이고. 결혼식에 와서 대기실에서 바쁘게 사진 한 장 찍고 간 네가 내 웨딩드레스 입었던 걸 제대로 기억은 하려나 몰라?"

괜히 하얀 거짓말을 하다가 도리어 타박만 들은 아미는 입을 꾹 다물고 고개를 돌렸다. 옆에 서 있던 혜은의 남편이 어색하게 웃어 보이며 고개를 숙였다.

"안녕하세요."

"안녕하세요. 어머, 아름이야? 너무 예쁘다."

친구의 남편 품에 안긴 혜은의 딸인 아름이의 포동포동 젖살이 오른 얼굴을 쓰다듬으며 인사를 했다. 낯을 가리는 성격이 아닌지 아기는 방긋방긋 웃으며 똑같이 손을 뻗어 그녀의 얼굴을 만졌다.

"아름아, 못생긴 이모가 신기하지?"

아직 마음이 풀리지 않은 혜은의 얄미운 말에도 끝까지 웃음을 잃지 않으며 아이와 인사를 끝낸 아미는 급히 찾아온 돈이 든 봉투를 혜은의 손에 쥐어주는 것으로 무너진 우정을 다시 쌓아 올렸다.

같은 번호가 적힌 종이를 두 장을 받고 아이의 사진이 나열된 곳으로 걸음을 옮겼다. 차근차근 사진을 훑어보고 돌잡이에 쓰일 물건들이 적힌 작은 박스들 앞에 서서 고민을 했다. 역시 뭐니 뭐니 해도 머니라는 생각에 돈이 적힌 상자에 번호가 적힌 종이 한 장을 넣고 다영을 찾아 자리에 앉았다.

"어째 시끌벅적하다?"

"왔어? 여기 완전 난리 났잖아. 저쪽에 봐봐."

아미가 자리에 앉기도 전에 다영이 한쪽을 가리키며 호들갑을 떨었다. 사람들이 다영이처럼 호들갑을 떠는 이유가 저쪽에 있나 싶은 그녀도 다영이 가리키는 곳으로 시선을 돌렸다. 아이 아빠 쪽 손님들인지, 한 테이블이 전부 남자들로 가득했다.

"누구?"

"저 남자. 몰라? 한건우잖아."

"한건우?"

여러 남자들 중에 가장 돋보이는 남자를 가리키며 다영이 저 남자를 모르냐는 눈으로 쳐다봤다. 모르겠다는 듯 고개를 흔들자 다영이 낮게 혀를 찼다.

"하기야. 아직 그렇게 인지도가 높은 편은 아니니까."

"유명한 사람이야? 연예인?"

"응. 딱 봐도 민간인과는 다른 생김새지? 배우인데 저번 달에 종영한 드라마에 조연으로 출연을 했어. 들어보니 새 작품에 꽤 비중 있는 역할로 캐스팅됐다던데. 혜은이 남편 동창이래."

꽤 흥미로운 눈길로 남자를 훑어보던 다영은 어차피 내 남자가 될 확률은 희박하다며 왼손 네 번째 손가락에 끼워진 반지를 아쉬운 눈길로 내려다봤다. 곧 결혼을 올릴 예정인 다영은 지금이라도 반지를 빼버릴까 하는 의미 없는 고민을 하더니 뒤이은 아미의 말에 눈을 동그랗게 키웠다.

"나 아까 같이 엘리베이터 타고 왔는데."

"그래서?"

그 안에서 무슨 일이 있었냐는 기대하는 눈빛에 그게 다라는 말을 간신히 꺼냈다. 팍 식은 눈길로 앞에 놓인 접시로 젓가락을 가져가는 다영을 보고 뒤늦게 음식을 가지러 자리에서 일어났다.

"자, 그럼 이제 시작하겠습니다. 자, 아름이 아버님과 어머님 앞으로 나와주세요. 자, 모두들 박수!"

갑자기 진행되는 돌잔치와 모든 말 앞에 '자'를 붙이는 진행요원의 말에 오자마자 음식을 가져왔어야 했다는 후회를 하며 도로 자리에 앉았다. 맥주로라도 속을 채워야겠다는 생각에 잔을 채우자 다영이 접시를 앞으로 밀어주며 한 조각 남은 초밥을 먹으라는 손짓을 했다.

어디를 가나 똑같이 진행되는 돌잔치를 새삼스러울 것 없이 보다 보니 거의 막바지로 돌입했다. 마이크와 골프공, 실, 연필, 청진기가 아이의 앞에 떡하니 자리를 잡았다.

"자, 그럼 돌잡이를 시작할 텐데요. 이런, 아름이 어머님. 뭐가 하나 빠진 것 같지 않나요?"

"음…… 돈이요?"

능청스럽게 주고받는 대화에 한바탕 웃음이 일었다. 아이 아빠 쪽 친구들 두어 명과 가족들이 일어나더니 오만 원권을 꺼내 비워진 자리를 메꿔주자 혜은의 입이 양쪽으로 쭉 늘어났다.

과연 아이가 무엇을 집을지 관심이 집중되던 차에 아이의 양손이 앞으로 뻗어졌다. 그리고 오른손과 왼손에 각각 물건을 집음으로써 욕심쟁이인 혜은의 딸임을 가감 없이 드러냈다.

"아, 청진기랑 돈을 집었네."

다른 것에 걸었던 것인지, 다영이 아쉬운 소리를 하며 손에 들린 종이를 구겼다.

"자, 청진기랑 돈을 집었네요. 아이가 돈 많이 버는 의사가 되려는지. 자, 그럼 청진기와 돈에 번호를 넣으신 분들 모두들 손을 위로 번쩍 올려주세요."

진행자의 말에 이곳저곳에서 손이 위로 올라왔다. 이에 아미도 살짝 손을 올려 흔들어 보였다.

"자, 그럼 뽑겠습니다. 어디 보자. 157번. 그리고 83번. 어디 계세요? 나와주세요."

자신이 들고 있는 번호는 172번. 역시나 이런 운은 따라주지 않기에 아쉬울 것 없이 종이를 툭 테이블 위로 던졌다. 주위에서는 연신 아쉬운 한숨이 쏟아졌다. 번호가 뽑힌 테이블은 축하 인사가 울렸다.

"모두들 아쉬워하지 마세요. 우리 아름이 아버님이 선물을 많이 준비하셨어요. 한 분씩 더 뽑겠습니다."

진행자의 말에 소란이 잦아들고 정적이 흘렀다. 그리고 진행요원이 번호를 뽑아 불렀다.

"어? 야, 너 뽑혔다."

다영의 말에 테이블 위로 던져 놓은 종이를 급하게 들어 올렸다. 정말로 진행자가 그녀의 번호를 호명하고 있었다. 어서 나오라고 반복하는 부름에 벌떡 일어나 앞으로 가자 혜은이 흘겨보더니 꽤 묵직한 박스를 품에 안겨주었다.

자리 옆에 고이 포장된 박스를 모셔두고 음식을 가지러 자리에서 일어났다. 본의 아니게 같이 엘리베이터를 타고 온 남자와 나란히 줄을 섰다. 남자가 먼저 눈인사를 하기에 남자가 했던 것처럼 살짝 고개를 까딱이자 남자의 입매가 살짝 위로 치켜 올라갔다.

배우라는 소리를 들어서인지 그 미소가 남다르게 보였다. 한 미모 하는 세진의 얼굴을 꽤 오랫동안 봐왔기에 웬만한 잘생긴 남자를 봐도 무덤덤했지만, 연예인은 연예인인가 보다. 여러 차례 눈길이 가는 얼굴이다. 부드러운 얼굴선과 서늘한 눈매. 뚜렷한 입매와 오똑한 코. 조목조목 봐도 잘생겼다. 꽤 키도 큰 탓에 한참이나 고개를 꺾어야 했다.

남자는 그녀의 노골적인 시선에도 익숙한지 눈이 마주쳐도 입매를 늘일 뿐 아무 말 하지 않았다. 마치 보려면 맘껏 보라는 듯이. 아무리 연예인이라지만, 계속해서 쳐다보면 실례가 될 거라는 생각에 음식으로 시선을 돌렸다.

자리로 돌아와 다영과 그동안의 근황을 이야기하며 간간이 술을 들이켰다. 조금씩 빠져나가는 사람들로 자리가 하나둘씩 비워지자 다영이 몰래 세진에게 문자를 보내고 빠른 속도로 음식을 입안에 넣었다.

"와우. 저쪽은 완전 술집이네 술집."

아이 아빠 측 손님들은 테이블 위로 소주를 가득 올려놓고 꽤 시끌벅적하게 술을 마시고 있었다. 그 틈에는 한건우도 있었다. 그 주위로 그 테이블에 끼어보려는 듯 눈치를 보는 여자들이 있었다.

"우리도 저쪽에 가서 놀까?"

"됐다. 안 보이냐? 옆에 어린 여자들이 가득 있는 거."

20대 초중반쯤의 늘씬한 미녀들이 호시탐탐 기회를 엿보는 걸 확인한 다영은 김이 샜다는 얼굴로 연예인을 친구로 만들 수 있었을 텐데 하더니 관심을 끊었다. 안 되는 건 빠르게 포기를 하는 성격이 여기서도 드러났다.

"이만 갈까?"

다영의 말에 세진이 도착할 시간을 가늠한 아미는 돌잡이 경품을 들고 혜은을 찾았다.

"벌써 가게? 더 놀다 가지는. 아, 다음 달에 집들이할 거야. 우리 이사했거든. 아무래도 아이가 있다 보니 집이 더 커야 할 것 같아서. 꼭 와."

많은 손님에 정신이 없는 혜은은 쉴 새 없이 말을 쏟아내더니 획 하니 뒤를 돌아 다른 지인들에게 인사를 갔다. 다영과 눈을 마주치고 어깨를 으쓱해 보인 후 돌잔치를 빠져나왔다.

"우리 그이가 데리러 왔는데. 같이 가자. 데려다 줄게."

"됐어. 어서 가. 나도 데리러 온다고 했으니까."

누구냐며 묻더니 전화가 울리자 나중에 이야기하자며 다영이 급히 뛰어갔다. 먼저 다영을 보내고 어슬렁어슬렁 건물 내부를 걸어 다니다가 도착했다는 세진의 전화에 시원한 건물을 빠져나왔다.

비상등 깜빡이를 켠 차에 올라타자 잠시의 열기를 바로 식힐 수 있었다.

"그건 뭐야?"

"아, 나 돌잡이 뽑기 뽑혔다. 돈에 걸었는데, 아기가 돈을 딱 집더라."

뿌듯하게 웃어 보이자 그가 상자를 풀어보라는 눈짓을 했다. 안전벨트를 매고 포장지를 뜯는 사이 차는 서서히 출발을 했다. 상자 안에는 화장품 세트가 들어 있었다. 에센스, 토너, 에멀젼, 아이크림, 영양크림까지. 묵직한 이유가 꽤 무게가 나가는 화장품 때문이었나 보다.

"오호. 이거 꽤 비싼 건데."

비싼 화장품 세트에 친구의 손에 쥐어주었던 돈 봉투가 떠올랐다. 이득을 봤다.

가는 내내 재잘재잘 돌잔치에 있었던 사소한 것들을 모조리 이야기를 했다. 한건우를 아냐는 말에 세진이 누군지 떠올리다가 고개를 저었다. 아미의 친구들을 대부분 알고 있기에 그 남자가 누군지 묻는 세진의 말투는 꽤 날카로웠다.

"배우래. 혜은이 남편 동창이라고 하던데. 나 연예인 가까이에서 본 거 처음이야."

대꾸 없는 세진의 태도에 금세 흥이 달아난 아미는 그의 눈치를 살폈다. 요즘 일이 많기에 세진의 피로감을 생각하며 그의 오른쪽 어깨를 주물렀다. 운전에 방해되지 않을 정도로.

"많이 피곤하지? 택시 타고 갈 걸 그랬다."

"괜찮아. 그리고 너 술 마셨잖아."

세진이 싫어하는 것 중 하나가 술을 마시고 택시를 타는 것이다. 꽤 안 좋은 뉴스를 보면 그는 바로 그것에 민감해졌다. 피곤할 텐데도 이렇게 데리러 온 그가 너무 고마웠다.

"내일도 출근해?"

"잠깐만. 점심 같이할까?"

이제는 자연스럽게 다음날의 약속을 잡고 아쉬운 인사를 했다. 가벼운 키스 끝에 세진은 그녀의 귓가에 쪽 하고 혀와 입술로 소리를 냈다. 귀에 대고 그녀만 들을 수 있게. 그 소리가 그녀의 몸을 잘게 떨게 했다. 그 떨림에 낮게 그가 웃더니 조심스럽게 귀를 매만졌다.

"귀걸이 정말 예쁜 것 같아. 고마워."

말없이 미소를 짓는 그에게 손을 흔든 후 차에서 내렸다.

아미가 먼저 들어가는 걸 확인한 후에야 세진은 차를 서서히 몰고 그가 살고 있는 동으로 갔다.

아미는 집에 돌아와 조심스럽게 귀걸이를 빼고 갈아입을 옷을 챙겨 들고 욕실로 향했다. 씻고 나와 잠이 들기 전 마지막으로 세진과 통화를 하던 중 문자 수신에 진동이 울렸다. 짧은 통화를 마치고 문자를 확인했다. 그녀의 얼굴이 묘하게 구겨졌다. 난감함이 깃은 얼굴로 핸드폰을 툭툭 두드렸다.

여섯 달 전에 핸드폰을 바꾸면서 통신사를 옮겼다. 꿋꿋하게 사용하던 앞 번호 011도 010으로 바꿨다. 먼저 이 번호를 쓰던 사람이 있었는지, 일주가량을 모르는 사람들의 전화에 시달려야 했다. 그 뒤로 잠잠했는데. 오랜만에 낯선 번호로 문자가 왔다.

　요즘은 카톡으로 연락을 취하기에 낮 시간 동안 오는 문자는 대부분이 업체에서 온 게 전부다. 업무 시간이 지난 뒤에 오는 문자는 거의 광고나 백화점 세일, 또는 대출 문자가 다였기에 이번에도 당연히 그런 문자라 생각을 했다. 그런데 그냥 무시하기에는 꽤 내용이 무거웠다.

　「지우야, 오빠 오늘 술 많이 마셨다. 하늘에서는 힘들지 않지? 보고 싶다. 오빠가 지우 보러 갈까?」

　술을 마셨다고 했으니 잘못 보낸 거일 수도 있다고 무시를 하고 싶었지만, 그 뒤에 하늘이라는 단어와 보러 갈까라는 의미심장한 말에 핸드폰을 내려놓지 못하게 했다.

　'하늘에서는 힘들지 않지?' 라는 말에서 그동안의 보았던 드라마가 그녀의 머릿속을 스쳐 지나갔다.

　지우라는 여자가 내내 아프다가 하늘나라로 간 것일지도 모른다. 그러기에 문자를 보낸 남자의 보러 갈까라는 말이 섬뜩하게 다가왔다. 마치 남자가 죽으려 할지도 모른다는.

　괜히 쓸데없는 드라마만 많이 봤다. 나와는 상관없는 일이라는 생각을 끝으로 핸드폰을 내려놓고 이불을 뒤집어쓰고 누웠다가 다시 일어나 핸드폰을 집어 들었다. 그리고 답장을 썼다.

　「오빠, 술 많이 마시지 마. 몸에 해로워. 그리고 아주 천천히 나중에 보러 와.」

　다 적어놓고 오지랖이라는 생각에 삭제를 한다는 게 손이 미끄러지면서 전송이 눌러졌다. 굳어버린 손에서 툭 이불 위로 핸드폰이 떨어졌다. 괜한 짓을 한 게 아닌가 고민을 하며 혹시 다시 문자가 오면 어쩌나 걱정을 했다. 다행히 한동안 핸드폰은 잠잠했다.

아미는 핸드폰을 멀리 떨어뜨려 놓고 다시 이불을 뒤집어쓴 채 억지로 잠에 빠졌다.

chapter 5

순간 아미의 눈이 번쩍 떠졌다. 그녀는 뻐끔뻐끔 눈을 깜빡이다 손을 더듬거리며 핸드폰을 찾았지만 손에 잡히지 않아 익숙하게 침대 끝의 머리에 바짝 다가가 바닥을 훑었다.

"도대체 어디에 있는 거야."

막 일어나 갈라지는 목소리에는 설핏 짜증이 서렸다. 아직 침대에 붙어 있으려 안간힘을 쓰는 무거운 몸을 억지로 일으켰는데, 발치 저 멀리 간당간당하게 침대 위에 놓여 있는 핸드폰이 그녀의 눈에 띄었다.

항상 손이 닿는 위치나, 자신의 잠버릇에 떨어져 바닥에 있던 핸드폰이 왜 저기에 있나 생각을 하던 차에 어제 보낸 문자가 머리를 스쳐 지나갔다. 짧은 거리를 엉금엉금 기어가 핸드폰을 집어

들었다.

"문자다."

문자 알림 그림에 울상이 지어졌다. 혹여 어제 보낸 답장으로 일찍 세상을 뜬 사람 행세를 했다고 고소를 하겠다는 문자가 온 건 아닌가 걱정이 되었다.

핸드폰을 들고 침대 위에서 엉덩이로 방방 뛰던 아미는 벌떡 일어나 거실로 나갔다. 마침 이제 막 일어난 것인지 옷 속으로 손을 넣고 배를 박박 긁으며 아민이 거실로 나오고 있었다.

"오늘은 여자 안 만나?

"어제 손님이 많아서 피곤해. 화장실 급해?"

안절부절못하는 아미를 흘끗거리며 아민은 정수기로 향했다. 차가운 물을 마시며 잠을 떨치는 아민에게 핸드폰을 던지자 반사적으로 그 핸드폰을 낚아챈 그가 뭐냐는 듯 쳐다봤다.

"문자 좀 확인해 줘."

"이젠 별걸 다 시킨다."

이거 하나 읽기가 귀찮아서 시키냐고 구시렁거리던 아민은 잠금 화면에 멈칫하더니 군더더기 없는 손놀림으로 대각선으로 쭉 그어 잠금을 해제하고는 문자를 확인했다.

"너 내 잠금 패턴 어떻게 알아?"

"누나가 단순한 게 하루 이틀이야? 아, 자랑하려고 문자 읽어달라고 했냐?"

한껏 얼굴을 구긴 아민이 그 나이에 연애질한다고 자랑하고 싶어 안달이 났냐는 둥 나이는 어디로 먹었냐는 둥 잔소리를 하더니 핸드폰을 식탁 위에 던져 놓고 욕실로 향했다. 다행히 고소하겠다는 문자가 아닌 것 같아 안심을 한 아미는 핸드폰을 들고 문자를 확인했다.

평소에 문자보다는 전화를 선호하는 세진이 그녀가 자고 있을 것을 감안해 문자를 보냈던 것이다. 출근을 한다는 것과 12시에 데리러 가겠다는 글이 짤막하게 적혀 있었다.

"12시?"

핸드폰 상단에 찍힌 시간은 11시 10분. 즉 50분 뒤에 세진이 데리러 온다. 급히 숨을 들이켠 그녀는 화장실 앞에 서서 주먹을 쥐고 문을 두드렸다.

"야! 나 바빠. 빨리 나와!"

"아 씨. 안방 화장실에서 씻으면 되잖아. 왜 매번 나 씻을 때 이러는 건데!"

"거기에 내 린스랑 바디로션 있잖아!"

나오지 않겠다고 버티는 아민에게 자꾸 그러면 매일 밤마다 Bar에 가서 죽치고 앉아 있겠다고 협박을 하자, 씻다가 만 아민이 성질을 내며 욕실에서 나왔다. 가끔 아민이 미울 때 피곤함에도 Bar에 가서 진상을 부리던 전적이 있던 터라 작은 협박이 바로 먹혀들어 갔다. 이제는 30대라서 그런지 그런 기력이 없어 하고 싶어도 하지 못한다는 걸 모르는지.

아미는 미친 듯이 씻고 나와 한가하게 소파에 앉아 TV를 보고 있는 아민을 억지로 일으켜 방으로 데려와 헤어드라이어를 손에 들려주었다. 짜증을 참는 듯 거친 숨을 몇 번 몰아쉰 그가 화장대 앞에 앉아 얼굴에 스킨로션을 바르며 분주하게 움직이는 누나의 뒤에 서서 헤어드라이어로 머리카락을 말려주었다.

"뜨겁잖아."

한곳에 집중적으로 뜨거운 바람이 나오는 헤어드라이어를 갖다 대고 있자 머리를 반대쪽으로 피하며 거울을 통해 아미가 노려보았다. 아민은 손목을 좌우로 까딱거리며 바람을 이리저리 옮겨 머리를 마저 말렸다.

"됐지?"

어느 정도 말리자 헤어드라이어를 거칠게 화장대 위에 올려놓고 나가려는 아민을 다시 붙잡은 아미가 옷장에서 원피스를 꺼내 그의 손에 들려주었다.

"또 뭐?"

"구겨진 곳만 살짝 다려줘."

화장을 하며 5분 안에 다려 오라는 말에 아민이 다용도실로 들어가 스팀다리미를 켜고 뜨거운 스팀이 나오기를 기다렸다가 익숙한 손놀림으로 옷을 다렸다.

"내 팔자야."

신세 한탄을 하는 와중에도 구긴 곳을 쫙 펴는 손놀림을 멈추지 않았다. 옷을 갈아입게 가지고 오라는 아미의 외침에 스팀다리미를 끄고 느릿느릿하게 걸음을 옮겼다.

"빨리!"

"니예 니예."

대답도 말을 늘이며 느리게 대답을 하자 성질 급한 아미가 방방

뛰더니 조심스럽게 옷을 낚아채 방으로 쏙 들어갔다. 다시 소파로 향하는 그의 발걸음을 아미의 핸드폰이 붙잡았다. 화장실에 있던 핸드폰을 들고 나오자 방 안에서 전화 좀 받으라는 아미의 외침이 들렸다.

발신자를 확인하자 세진의 이름이 둥둥 떠 있었다. 심지어 뒤에 속이 꽉 찬 하트도 함께.

"여보세요. 세진 군인가."

잔뜩 목소리를 깔고 부친의 흉내를 냈다. 당황한 듯 세진은 아무 말이 없었다.

[허아민.]

"아, 나다."

허무하게 바로 알아차리는 세진에게 순순히 자신임을 밝힌 아민은 누나는 몇 시에 일어났고, 씻고 있던 자신을 억지로 밖으로 끌어낸 것도 모자라 머리를 말리라 시키고 옷까지 다려 오라고 시켰다며 세진에게 모든 걸 일러바쳤다.

"내가 왜 누나 데이트 준비까지 도와야 하는데? 너 다시 생각해 봐라. 이게 나중에 네 모습이 될 수도 있다고."

[밑에서 기다린다고 전해.]

자신의 노고를 알아달라는 그의 칭얼거림에도 들어줄 만큼 들어줬다는 듯 딱 잘라 할 말만 하고서는 전화를 끊어버리는 세진의 행동에 포효를 하던 아민은 씩씩거리다가 방에서 나온 아미에게 핸드폰을 주며 이를 악물고 세진이 전하라 했던 말을 토씨 하나 틀리지 않고 전했다.

"아, 귀걸이 안 찼다. 나 신발장에서 지난달에 산 구두 좀 꺼내줘."

귀를 매만지며 아미가 도로 방으로 들어갔다. 소파로 향하는 아민에게 마지막 외출 준비를 시킨 아미는 화장대 위에 얌전히 놓인 귀걸이를 찾느라 부산을 떨었다. 터덜터덜 아미가 시킨 대로 구두까지 꺼내놓은 아민은 또 무언가를 시킬세라 방으로 재빨리 들어가 문을 잠갔다.

"세진아."

더운지 차에 기대서서 넥타이와 단추 하나를 풀고 옷깃을 손가락으로 잡고 부채질을 하듯 흔드는 모습이 섹시했다. 가까이 가자 언뜻언뜻 보이는 쇄골이 감칠맛이 났다.

"더우면 차에서 기다리지는."

"별로. 차에 타."

그 잠깐 사이 그녀가 더울까 싶어 그는 손으로 그녀에게 바람을 일으키며 재빨리 차에 태웠다. 일어난 지 얼마 되지 않았고, 더워서 입맛이 없을 아미를 생각해 점심은 새콤한 냉면을 먹기로 했다.

"서점에 가게?"

들고 있던 핸드백을 뒷자리에 놓아두던 아미가 뒤에 놓은 검정색 가방을 보고 물었다. 세진이 고개를 끄덕였다. 아미는 그러고 보니 서점에 간 지 꽤 되기는 했지 하며 수긍을 했다.

점심을 먹고 대형 서점으로 향했다. 딱히 장르를 가리는 거 없이 베스트셀러다 싶으면 읽는 세진의 무던한 취향을 알기에 아미는 바로 베스트셀러를 모아둔 곳으로 향했다. 한쪽 어깨에 가방을 메고 세진도 그녀를 따라 걸음을 옮겼다. 건성건성으로 손으로 훑는 듯했지만, 그의 눈은 글자 한 자라도 놓칠까 꼼꼼하게 책의 뒤에 소개된 내용을 훑어 내렸다.

책이 가득 쌓인 간판을 세진과 반대 방향으로 돌며 재미있어 보이는 로맨스소설과 일반 소설 몇 개를 고른 아미가 반대편 중간 지점에서 다시 만난 그에게 책을 내밀었다. 그녀가 고른 책을 딱히 살피지 않고 그대로 책을 받아 든 그는 계산대로 향해 총 7권의 책을 결제했다.

"더 안 사?"

한 번 살 때 많이 사서 가방에서 차근차근 꺼내 읽는 그임을 알기에 물었지만, 이만하면 됐다는 듯 그가 고개를 끄덕였다.

책으로 묵직해진 가방을 다시 한쪽 어깨에 멘 그가 반대쪽으로 아미를 끌어다 놓고 손을 잡고 서점을 나섰다.

먼저 조수석에 아미를 태운 그가 가방을 뒷좌석에 두려던 찰나 책을 꺼내겠다며 자신에게로 주라는 그녀의 무릎 위에 가방을 올려주었다. 꽤나 묵직한 무게에 절로 신음 소리를 내는 아미가 귀여워 웃어 보인 그가 차를 빙 돌아 운전석에 올랐다.

안전벨트를 맬 생각을 하지 않고 가방을 뒤적거리더니 자신이 골랐던 책이 아닌 그가 고른 책 하나를 꺼내 책 포장지를 뜯었다.

"이거 내가 먼저 읽을래."

"그러든가. 영화 볼까?"

"오늘 아침에도 회사 갔다 왔는데 안 피곤해?"

자신이야 늦게까지 잠을 푹 잤으니 상관이 없지만, 세진은 주말인 오늘 아침에도 출근을 했었다. 요즘 일이 많아서 까칠해 보이는 얼굴에 영화는 다음으로 미루었다.

"집에 가자. 좀 자. 나는 책 읽을래."

괜찮다고 영화가 싫으면 다른 걸 하자는 그에게 한사코 책을 읽겠다고 고집을 부리는 아미의 뺨을 감싸며 그가 지긋하게 바라봤다. 책 읽는 걸 좋아하지 않는 아미가 자신 때문에 일부러 독서에 열의를 보인다는 걸 알기에 미안함과 동시에 흐뭇함이 차올랐다.

부끄러운 듯 내리까는 눈에 가볍게 입을 맞춘 그가 차에 시동을 걸었다.

"허아미, 자꾸 집에 가자는 게 수상한데. 환한 낮에 뭐 하자고?"

가벼운 그의 농담에 맞춰 허를 찔렸다는 듯 당황해하더니 끝내 웃음을 터트렸다.

도어락을 해제하고 먼저 들어가라는 듯 문을 열고 한 걸음 물러나는 세진을 보고 아미는 머뭇거렸다. 조심스럽게 집 안으로 들어서는 모습에 뒤에서 그가 웃음을 참으며 쾅 소리가 날 정도로 문을 잡아당겨 닫았다. 움찔하는 그녀의 뒷모습에 그가 어깨에 메고 있던 가방을 앞으로 툭 던졌다.

"책 읽는다며."

여직 구두를 벗지 않고 밍기적거리는 아미를 지나쳐 먼저 거실로 들어선 세진이 다용도실로 향하며 와이셔츠 단추를 하나씩 풀었다. 소매 단추까지 풀고 옷을 벗은 와이셔츠를 세탁소에 맡기기 위해 따로 분류해 놓은 바구니에 넣고 그대로 다시 거실로 나왔다.

한가운데에 덩그러니 서서 책을 들고 서 있는 아미에게 향하자 상의를 탈의한 그의 모습을 보고 그녀가 움찔거렸다. 그 모습이 그를 미소 짓게 했다. 그전과 달리 남자로 자신을 의식하는 모습이 어여뻤다.

"옷 갈아입을 테니 그 뒤에 들어와."

"들어오라고? 어딜?"

순간적으로 눈을 반짝이던 아미가 그와 눈이 마주치자 재빨리 고개를 옆으로 돌렸다. 그 모습에 세진은 숨죽여 웃고는 방으로 들어갔다.

방으로 들어와 옷을 갈아입은 세진은 아미를 불렀다. 느릿느릿하게 방으로 들어오는 아미를 보고 침대에 누운 그가 남은 옆자리를 툭툭 두드렸다.

"나는 서재에서 책 읽을게."

"그래? 그럼 나도 서재로 가고."

몸을 일으키는 세진을 보고 아미가 다시 느릿하게 걸어와 침대 위로 올라앉았다. 편하게 앉을 수 있도록 침대 머리에 베개 하나를 세워준 그의 배려에 아미가 편하게 자리를 잡았다. 치마를 입어 드러난 맨다리를 본 그가 이불을 허리께까지 덮어주자 무릎을 세워 그 위에 책을 얹고 책장을 넘겼다.

"한 30분 뒤에 깨워줘."

괜찮다고 생각했던 정신과 달리 몸은 그동안의 피로 누적을 이

길 수 없었는지, 침대에 눕자마자 힘이 탁 풀리듯 늘어졌다.

책에 집중을 하는 아미의 옆얼굴을 보던 그의 눈이 깜빡이는 간격이 짧아지더니 이내 잠에 빠졌다.

고른 숨소리에 읽히지도 않던 책을 덮은 아미는 책보다 흥미로운 세진의 얼굴을 관찰했다. 그러다 욕심이 생겨 살짝 머리카락을 만지작거렸다. 미동도 없이 깊이 잠든 그의 이마를 살짝 만지다 눈코를 건너뛰고 바로 입술을 매만졌다. 간지러웠는지 세진이 잠결에 손으로 입술을 긁듯이 매만지자 그녀는 조심스럽게 손을 거두었다.

쪽.

그가 하듯이 귓가에 입술을 대고 뽀뽀 소리를 낸 아미는 그의 옆에 누웠다.

부드럽고 따뜻한 무언가가 손에 잡히자 본능적으로 그 느낌을 만끽하려 손이 움직였다. 그러다 눈을 떴을 때 제 품에 안겨 있는 아미가 보이자 선뜻 이게 꿈인지 생시인지 구분이 가지 않았다. 무심코 손에 힘을 주자 허리쯤에 완력이 가해져 아픈지 그 힘에 순응하듯 아미가 바스락대며 한층 더 가까이 다가왔다.

"허아미."

자다가 이제 막 일어나서라기보다는 욕망에 사로잡힌 그의 목소리가 낮고 진하게 울렸다. 아무것도 모르고 잠에 빠져 있는 그녀를 보니 아직 깨어나지 못한 이성보다 언제나 그의 몸속에 자리하고 있던 본능이 먼저 꿈틀거렸다.

"안 일어나면 무슨 일이 벌어질지 몰라."

너무나도 지독히 낮아 그도 자신이 무슨 말을 하는지 잘 알아듣지 못할 정도다. 속으로 열까지 센 그가 다시 일어나라 속삭이고 또 한 번 열까지 세며 기다렸다.

"난 분명히 경고했어."

경고를 했다고 하기에는 양심이 찔릴 정도였지만, 그는 그대로 이불을 젖혔다. 모로 누워 있는 아미의 어깨를 살짝 쥐고 천천히 힘을 가해 반듯하게 눕히고는 그 위로 올라탔다. 아직 양팔로 지탱을 하고 있기에 두 사람의 거리가 남아 있었다.

살짝 벌어진 입술을 뜨겁게 쳐다보다가 서서히 상체를 내렸다. 닿을 듯 말 듯한 거리에서 고개를 꺾자 조금만 움직여도 그대로 빈틈없이 입술이 겹쳐질 것 같았다. 아미가 내쉬는 숨을 그대로 들이켜던 그가 지탱하고 있던 한쪽 팔로 어깨부터 서서히 지분거렸다. 손을 뒤로 옮겨 원피스 지퍼를 잡고 천천히 끌어 내렸다.

지이익거리는 소리에 손끝에서부터 오소소 세포가 곤두서는 듯한 느낌이 들었다. 허리 중간쯤에서 더는 내려가지 않자 엄지로 드러난 맨살을 쓸어내리며 부드러움을 만끽했다.

자다 일어난 남자의 본능은 위험했다. 본능에서 깨어난 몸이 더한 걸 요구를 했다. 더욱 부드럽고 뜨거운 무언가를.

그는 천천히 시작하고 아껴주려 했다. 아미와 나누지 못했던 10대의 풋풋하고 설레는 마음으로 지켜보고 정신적 교감을 우선시하는 플라토닉한 사랑을 하고 싶었다. 짝사랑만으로 아쉽게 10대를 보내고 20대에는 내내 묵혀두었던 욕망을 가감 없이 드러내며 에로스적인 사랑을 꿈꿨다. 하지만 그마저도 짝사랑으로 끝내야만 했다.

뒤늦게 찾아온 기회. 그는 꿈꿔왔던 두 가지의 사랑을 모두 하고 싶었다. 그랬기에 그녀의 유혹적인 모습에도 쉽게 넘어가지 않기 위해 인내했다. 허나 그 인내가 눈을 떴을 때 자신의 품에 안겨 있는 그녀의 모습에 쉽게 와르르 무너져 내렸다.

이제는 손바닥 전체로 등을 마사지하듯 만지더니 그의 손길을 막는 브래지어의 후크를 풀었다. 동시에 그는 잠든 아미의 얼굴에 자잘한 키스를 하며 서서히 아래로 내려갔다. 맥박이 뛰는 부근을 지그시 입술로 누르다 살짝 혀를 내밀어 맛을 보았다.

"으음……."

나지막한 신음 소리에 그의 몸이 움찔거렸다. 쇄골을 지나 가슴 둔덕에서 멈춘 입술은 부드럽게 살을 빨아들이는가 싶더니 이내 이로 살짝 깨물며 본격적으로 욕망을 드러냈다.

"세진아?"

자신을 부르는 목소리에 그가 반응을 했다. 서서히 고개를 들어 그와 눈을 맞춘 아미는 긴장감으로 몸을 굳혔다. 세진의 눈은 정염으로 가득했다. 순간적으로 변한 남자의 모습에 놀란 것도 잠시 서서히 그를 향해 손을 뻗은 그녀가 그의 얼굴을 감쌌다.

허나 그의 얼굴을 매만진 것도 잠시, 그녀의 양손을 잡아내려 움직이지 못하도록 고정시킨 세진이 고개를 꺾으며 입술을 맞댔다. 부드럽게 시작된 키스가 거칠어지고 그의 혀가 무자비하게 아미의 입안을 휩쓸고 다녔다. 입안 전체를 훑은 그의 혀는 바로 그녀의 혀를 찾아 나섰다.

반항 없이 고스란히 자신을 내어주는 그녀가 만족스러웠는지 그의 거칠었던 키스가 조금씩 부드러워졌다. 움직이지 못하도록 잡고 있던 손에 힘을 살짝 빼자 아미가 천천히 그의 팔을 따라 더듬으며 올라가 그의 어깨를 지나 목을 껴안았다. 자유로워진 그의 한 손은 옷을 끌어 내렸고, 나머지 한 손은 원피스 아랫단을 올리며 그녀의 허벅지를 쓸었다.

브래지어도 거의 벗겨져 아미의 가슴이 고스란히 세진의 눈앞에 드러났다. 당장이라도 집어삼킬 듯한 눈으로 내려 보던 그가 돌연 몸을 일으키더니 한쪽으로 젖혀놓았던 이불을 끌어다 아미를 감싸고 품에 안았다.

갑자기 끝난 행위에 어쩔 줄 몰라 하는 아미의 등을 달래주듯 토닥거리던 세진이 짙은 한숨을 내쉬었다.

"미안. 자고 있는데……."

끝까지 말을 잇지 못하는 그에게 아직 남아 있는 여운 탓에 떨리는 목소리로 아미가 덧붙였다.

"덮쳐서?"

그녀의 말에 민망함이 몰려왔지만, 애써 덤덤하게 그가 낮게 웃었다.

"괜찮은데."

괜찮다며 슬쩍 몸에 둘러진 이불을 풀어내려는 아미를 더욱 힘껏 안으며 그는 고개를 저었다.

"천천히."

한참을 다독거리던 세진은 뒤돌아 있을 테니 옷을 정리하라고 했다.

마음 같아서는 자신이 그리 만들었으니 제 손으로 정리해 주고 싶지만, 다시 아미의 흐트러진 모습을 본다면 정말로 참지 못할 것 같아 뒤돌아 몸에 힘을 주고 버렸다.

옷을 정리하는지 스르륵 감기는 옷감 소리가 너무나 자극적이었다. 그는 단정하게 옷을 입은 그녀가 자신의 어깨를 툭툭 칠 때까지 양손으로 귀를 막았다.

집에 단둘이 있자니 불쑥불쑥 치밀어 오르는 욕망에 그는 그녀를 데리고 밖으로 나왔다. 저녁을 먹는 내내 그는 눈으로 앞에 앉아 있는 아미를 애무했다. 머릿속이 온통 조금 전의 일로 가득했다. 아쉬움이 진득하게 남아 있어 그녀에게서 더 눈길을 뗄 수가 없었다.

나름 자제심이라면 강하다고 생각했던 자신이 얼마나 본능적이고 나약한지 식당을 가득 채운 사람들도 개의치 않고 그대로 아미를 취하고 싶었다. 이러다가는 정말로 사단이 날 것 같아 그는 그녀를 데리고 아민이 운영하는 Bar로 향했다.

"여어."

가볍게 손을 들어 인사를 한 아민이 못마땅한 눈길로 두 사람을 쏘아봤다. 아침에 누나의 시중을 들었던 억울함이 두 사람을 보자 다시 새록새록 올라왔다.

"둘이 뭐 했어?"

아민은 자신의 앞으로 와 높은 의자에 앉는 아미와 세진을 빤히 쳐다보았다.

높은 의자이기에 여자들은 그 의자에 앉기 위해 엉덩이를 위로 치켜세우며 끝에 걸터앉은 뒤 엉덩이를 뒤로 움직여 가며 자리를 잡아야 했다. 처음에는 불편해하는 손님들이 있어서 의자를 낮춰 놓아야 하나 싶었지만, 앞에 스툴바가 높아서 그러지를 못했다. 그리고 엉덩이를 한쪽으로 치켜세우며 의자에 앉는 여자들의 자태가 꽤 섹시해서 바꾸고 싶지는 않았다.

역시나 높은 의자에 앉기 힘들어하는 아미를 고소한 눈길로 쳐다보다가 세진이 그녀의 허리에 팔을 감더니 들어 올려 손쉽게 앉게 도와주자 아미를 향해 있던 눈길이 세진에게로 옮겨갔다.

이제는 제법 연인다워 보이는 모습에 괜스레 자신이 뿌듯해졌다. 부드럽게 제 누나를 향해 미소를 짓는 친구의 모습이 생소하면서도 보기 좋았다. 누나도 그런 세진을 향해 눈을 접어 웃으며 화답했다.

"둘이 뭐 했냐고."

자신의 질문에도 서로에게서 눈을 떼지 않고 푹 빠져 있는 모습에 아민의 뿌듯함은 금세 사라졌다. 질투 섞인 질문에 아미가 눈을 돌려 대충 대답을 했다.

"뭐 하기는. 점심 먹고 집에서 잠 좀 자고."

"뭐? 잠을 잤다고?"

단번에 아민의 눈에서 불길이 치솟았다. 세진에게 당장 달려들 듯 노려보았지만, 그는 살짝 고개를 돌리는 것으로 대답을 회피했다. 단순히 낮잠을 잤다고 말을 하려 했던 아미 또한 찔리는 게 있어서인지 얼굴을 붉히며 세진과는 다른 방향으로 고개를 돌렸다.

"뭐야? 두 사람? 진짜? 만난 지 얼마나 됐다고? 야! 너!"

흥분한 아민이 세진을 손가락질하며 꺽꺽 숨을 몰아쉬며 말을 잇지 못하자 세진이 낮게 가지가지 한다며 읊조렸다.

"네가 무슨 생각하는지 모르지는 않다만. 그런 거 아니거든?"

"나는 잠깐 화장실 좀."

동생 얼굴 보기가 민망해진 아미는 슬쩍 의자에서 내려와 화장실로 향했다. 그 모습을 보이지 않을 때까지 바라본 세진이 그만하라는 듯 아민을 노려보았다.

"아니면 뭔데? 왜 두 사람 다 얼굴을 붉히며 고개를 돌리냐고!"

"아니라고. 진짜야."

"확실하냐?"

덤덤하게 고개를 저으며 아니라고 말하는 세진의 모습에 아민의 기가 한결 꺾였다. 반신반의하며 방금 전의 그 모습은 뭐였냐는 질문에 네 반응에 당황해서 그런 거라며 피곤해서 낮잠만 잤다고 세진이 설명했다.

"인마, 너무 빨리 나가는 거 아니다."

"아미를 아끼고 애틋한 마음은 너보다 내가 더 하거든?"

닭살이 돋는 말을 저리 눈을 내리깔며 애잔하게 고백하는 모습에 아민이 부르르 몸을 떨며 멀어졌다.

정말로 보기 드문 모습에 살짝 소름이 돋았다.

"아 씨. 그만하자."

두 사람이 토닥거리는 사이 화장실에서 돌아온 아미를 세진은 좀 전과 마찬가지로 한 팔로 허리를 감아 끌어 올려 의자 위에 앉혔다.

아민이 있어서인지, 아니면 아민에게 경고를 받아서인지 아미의 살결로 도배되었던 머릿속이 조금은 말끔해졌다. 아직 잔재가 남아 있지만 눈앞에서 얼쩡거리는 아민 덕분에 한쪽으로만 쏠리던 생각이 잠잠해졌다.

"오늘 뭔 날이냐? 세련이도 왔네."

터덜터덜 몸을 이끌고 온 세련이 아미의 옆에 자리하며 세 사람에게 대충 손을 흔들어 보였다.

"언니, 귀걸이 샀어? 예쁘다."

역시나 단번에 알아주는 세련에게 세진이 사준 거라며 자랑을 하고서는 바로 그녀에게 등을 돌려 세진에게 집중했다. 조곤조곤 끊임없이 수다를 떠는 아미의 말을 차분하게 들어주고 고개를 끄덕이는 세진을 본 세련이 떨떠름한 얼굴로 아민을 마주했다.

"아, 뭔지 모르게 기분이 이상해."

아민도 마찬가지였는지 세련과 별다를 바 없는 얼굴을 했다.

"뭐, 어쨌든 잘됐잖아."

어깨를 으쓱거리는 아민을 따라 세련도 어깨를 올렸다 내린 후 등을 돌리고 앉은 아미의 몸을 강제적으로 돌려 자신도 끼워달라는 표시를 했다. 아민도 들고 있던 잔을 마저 깨끗하게 닦은 후 세 사람의 대화에 동참했다.

갈수록 날은 후덥지근해졌고, 에어컨이 가동되는 사무실을 벗어났다가 다시 돌아오면 일을 할 의욕이 싹 사라질 정도의 더위에 사람들은 늘어졌다. 그런 틈에서 안은호 과장은 자리에 앉아 책상용 달력을 손으로 들고 한 장 뒤로 넘겼다가 다시 앞으로 넘기며 날짜를 꼽았다.

"휴가 날짜들 정해야지? 되도록 같은 프로젝트 내에서는 날짜 겹치지 않게 해."

안 과장의 말이 끝나자마자 서로 같은 프로젝트를 하는 사람들끼리 모여 언제 여름휴가를 쓸지 논의를 했다. 딱 하루 있는 공휴일인 일명 빨간 날이 수요일에 있자, 다들 그 앞뒤로 써서 주말까지 연달아 쉬려고 작은 다툼이 벌어졌다.

아미는 이미 쉬고 싶은 날짜를 미리 정해놓았다. 다른 사람들과 겹칠 것을 고려해 빨간 날로부터 2주 전으로 생각을 했다. 그런데 하필 호건도 그 날짜에 쉬고 싶다며 은근히 그녀가 그날을 포기해주기를 바랐다.

계속되는 신경전과 눈치 싸움에 안 과장이 짧은 한마디로 정리를 했다.

"짬 순."

소위 말하는 짬 순. 즉 입사 날짜와 계급 순으로 먼저 날짜를 정하라는 안 과장의 말에 몇은 환호성을 질렀다. 반발을 해봤자 어쩌리오. 팀장이 부재중인 지금, 감히 안 과장에게 대적할 만한 자가 없었다.

호건에게 승리의 미소를 지어 보인 아미는 미리 휴가신청서를 써서 가져오라는 안 과장의 말에 가벼운 손놀림으로 마우스를 움직였다. 휴가신청서의 빈 공란을 메꾸기 위해 타자 위를 활개 하는 그녀의 손을 원망스레 쳐다본 호건은 핸드폰을 들고 사무실을 나섰다. 미리 약속을 잡은 날짜를 그녀에게 빼앗겼으니 친구들에게 전화를 해서 조율을 해야 할 듯싶었다.

살짝 미안한 마음이 생겨났지만, 짬 순은 자신으로서도 어쩔 수 없는 것이라는 생각으로 미안한 마음을 죽였다.

인쇄를 한 뒤 결재판에 꽂아 안 과장의 사인을 받은 아미는 흥얼거리며 1팀 사무실로 넘어갔다. 팀장실 문을 똑똑 노크를 하자 안쪽에서 세진의 목소리가 들렸다.

문을 열고 들어가며 가볍게 고개를 숙여 보인 그녀는 자신을 향해 입매를 늘이는 세진에게 타닥타닥 날아갈 듯한 발걸음으로 걸어가 턱 하니 결재판을 내려놓았다.

"휴가?"

"네. 사람들하고 날짜가 많이 겹칠 것 같아서 일찍 쓰려고요."

회사 내에서 둘만 있을 때는 존대를 하지 않던 아미가 가끔씩 애교 섞인 말투로 말을 높였다. 그 모습이 못내 귀여워 웃음이 절로 났다.

7월 말로 적힌 날짜를 확인한 그는 마지막 확인란에 사인을 했다. 결재판을 건네주고 느긋하게 의자에 몸을 기대고 양팔을 교차한 뒤, 의자를 살짝 좌우로 흔들거리며 아미를 감상했다.

오늘 아침에도 그가 묶어준 머리스타일은 그대로였고, 반짝이는 귀걸이를 한껏 자랑하고 있었다.

"머리 다시 묶어줄까?"

"네."

자리에서 벌떡 일어나 그녀의 앞에 선 그는 아미의 팔을 잡아 돌리고 묶인 머리끈을 조심스럽게 풀었다. 또 장난이 시작된 것인지 아미가 고개를 흔들며 머리를 묶는 걸 방해했다.

이런 소소한 장난이 그를 즐겁게 했다. 다 묶고 나면 묶은 머리카락을 부드럽게 매만지고는 아미의 귓가에 대고 쪽 소리를 냈다. 그러면 빙 돌아선 그녀가 그의 가슴에 폭삭 안겨든다.

"참, 우리 휴가 어디로 갈까?"

"응?"

뒤늦게 그녀가 무슨 말을 하는지 알아차린 그가 난감한 미소를 보였다.

"팀장 정도면 휴가 날짜 아무 때나 쓸 수 있잖아? 나한테 맞춰라, 응?"

그의 양어깨를 잡고 팔짝팔짝 뛰며 자신에게 휴가 날짜를 맞추라는 아미를 난감하게 내려다본 그가 그녀의 도를 넘는 귀여움에 한 손으로 눈을 가렸다. 이런 애교가 그에게는 조금 벅차다.

"미안. 미리 말 못했네."

미안함이 담긴 그의 목소리에 아미가 불만스레 뭐가 문제냐고 물었다.

"다음 달 초에 세련이랑 아버지한테 가보기로 했어."

세진과 세련의 아버지인 차현민 박사는 현재 해외에서 의료봉사 중에 있다.

세진의 모친은 건강하지 못했다고 했다. 세련은 엄마는 항상 침대 위에 누워 있었다고 기억을 하고 있을 정도다. 쇠약한 모친은 엄마의 손길일 필요로 하는 시기에 그들을 떠났다.

아내를 잃은 슬픔을 견디지 못하고 현민은 남은 부모인 아빠의 손길을 필요로 하는 어린 자식들 두고 떠났다. 그의 여동생인 수연이 그 자리를 대신했다. 자신의 슬픔에 사로잡혀 자식을 저버린 오빠를 대신해서 조카들을 보살폈다.

세진은 꽤 혹독한 사춘기를 보냈다. 매일 싸움에 공부는 뒷전이었다. 아무리 수연이 잘 다독여 봐도 세진은 삐뚤어졌다. 그러던 중 세진보다 더 빨리 세련이 사춘기를 겪자, 세진은 그제야 조금씩 정신을 차렸다.

남자인 자신보다 더 싸우고 학교를 나가지 않는 세련을 보고 그는 정신을 차리고 세련을 이끌었다. 그래도 오빠를 무서워해 세련은 세진의 다그침에 짧은 방황을 마쳤다. 허나, 여자들만의 고민에 있어서 그는 해줄 수 있는 게 없었다. 그럴 때는 수연이 세련을 이끌었다. 그렇게 세련과 세진 두 사람은 수연의 밑에서 서로에게 의지를 하고 두 사람만의 세계를 만들었다.

꽤 우애 좋은 남매라고 할 수 있었던 두 사람은 그들의 아버지인 현민이 한국으로 돌아왔을 때 다시 엇나갔다.

이미 자신의 자리가 사라졌음을 알게 된 현민은 그제야 자신이 무책임하고 무지했음을 깨닫고 자식들에게 다가가기 위해 애를 썼다. 그것을 세진은 견디지 못해했다. 현민의 뒤늦은 간섭에 그는 또 엇나갔다. 그전과 달리 더욱 거칠게 자신을 혹사시켰다. 매일 계속되는 싸움은 현민의 잔소리와 간섭을 더 불러일으켰고, 세진과 현민의 마찰은 더욱 잦아졌다.

전과 달리 이번에는 세련이 그런 세진을 쫓아다니며 말렸다. 세진은 쉽게 자신들을 버린 아버지를 선뜻 받아들이는 세련이 미웠다. 자신과 같은 마음이라 생각을 하고 세련을 품었기에 배신감 비슷한 감정을 느꼈다.

그러다 현민은 자신이 있으면 세진이 더욱 엇나간다는 걸 알아차렸고 다시 떠나려 했다. 그날 세련이 세진 앞에서 엉엉 울었다. 왜 우리는 다른 가족들처럼 같이 살지를 못하는 거냐고. 동생의 눈물에 세진은 두 번째의 방황을 마쳤다. 그 뒤로 약 1년간을 한국에서 보낸 현민은 다시 의료봉사를 떠났다. 좋은 일을 하는 거라고 등을 떠미는 자식들의 응원을 받으면서.

아직은 다른 가족들과 달리 낮은 벽이 있지만, 머리 위로 높게 쌓인 벽이 조금씩 허물어지는 중이다. 이제는 발목 언저리쯤까지 허물어졌다.

그런 걸 알기에 오랜만에 아버지를 만나러 간다는 세진에게 더는 떼를 쓸 수가 없었다.

"그럼 나 휴가 때 뭐 하지?"

"미안. 미리 말하지 않은 건 내 불찰이야."

"아니야. 아버지 오랜만에 뵈러 가는 거잖아. 당연히 다녀와야지. 올 때 면세점에서 선물 꼭 사오고."

그가 좋아하는 미소를 보이며 그의 마음의 짐을 덜어주는 아미의 입술에 가볍게 키스를 했다.

결재를 받는 것치고는 꽤 오랜 시간을 이곳에 있었다는 걸 깨달

은 아미가 부랴부랴 결재판을 챙기고 그에게 이따가 같이 퇴근하
자는 말을 남기고 사무실을 나섰다. 이미 닫힌 문은 다시 아미를
토해내지 않음에도 세진의 눈은 문에서 떨어지지 않았다.

아미의 휴가 행선지는 휴가를 쓴 전날 화순으로 정해졌다. 휴가
전날까지도 여름휴가 계획을 세우지 못했던 그녀는 내일 출근해
야 하는 세진 때문에 일찍이 우울한 걸음으로 퇴근을 했다. 그런
그녀를 그녀의 모친인 소정이 맞이했다. 소정은 어서 화순으로 내
려갈 준비를 하라며 다급하게 그녀를 다그쳤다.

할아버지께서 소일거리 삼아 이웃들 농사일을 조금씩 도와주시
는데, 그만 일을 하시던 중 물건을 들어 올리다가 허리를 삐끗하
셨다고 했다. 일을 나가셔야 하는 아빠와, 명색이 Bar 사장인 아
민이 자리를 비울 수 없기에 소정만이 내려가서 수발을 들어야 했
다.

마침 아미가 휴가라는 것과 딱히 별다른 계획이 없어 보인다는
말을 아민이 슬쩍 흘려 소정은 그녀의 퇴근을 기다렸다.

"내일 아침에 가지그래?"

크게 다친 것은 아니라는 할머니의 전화를 받았지만, 노인네들
이 다치면 그게 큰일이라며 걱정을 하는 엄마를 간신히 아빠가 말
려 내일 내려가기로 했다.

[그래서 내일 아침에 바로 화순으로 내려가는 거야?]

"응. 할아버지가 많이 다치시지는 않았겠지? 할머니가 괜찮다
고 하셨다던데. 걱정이야."

[괜찮으셔야지. 그런데 괜찮겠어?]

바로 그가 무엇을 걱정하는지를 알아차렸다. 내내 여름휴가 계획을 좀처럼 세우지 못하는 그녀에게 세진은 계속해서 미안해했다. 그러다 슬쩍 아버지를 다음에 만나러 갈까 하며 고민을 내비치는 그에게 이번 기회에 푹 쉬는 것도 좋을 것 같다며 그를 만류했다.

그런데 쉬지도 못하고 화순으로 내려가 할아버지 간호를 하게 생겼으니. 세진은 일 년에 한 번뿐인 여름휴가를 자신을 위해서 보내지 못하는 그녀가 안쓰러웠다.

"괜찮아. 연차도 많이 있는데 뭐. 나중에 쉬면 되지."

[그래. 내일 조심히 내려가고. 가기 전에 문자 해.]

세진과 전화를 끊은 아미는 여름휴가에 대한 아쉬움을 탈탈 털어버리고 눈을 감고 잠을 청했다. 꿈에서만은 세진과 멋진 휴양지에서 휴가를 보내기를 바라며.

아침에 나갈 채비를 하는데 아민이 일찍 들어와 한숨 잤다며 같이 화순에 내려가겠다고 방에서 나왔다. 하루쯤은 가게를 비워도 된다면서 내려갔다가 다음날 올라오겠다는 아들이 기특한지 소정은 아민의 엉덩이를 툭툭 두드리더니 어서 준비하라고 등을 떠밀었다.

아민 덕분에 편하게 차를 타고 화순으로 내려왔다. 다행히 할아버지가 크게 다치신 것은 아니었지만, 거동이 불편했기에 아미와 소정은 수요일인 오늘부터 주말까지 화순에 있기로 했다.

밤이 되자 잠자리에 든 할아버지, 할머니, 엄마 몰래 세진과 통화를 하기 위해서는 밖으로 나오는 수밖에 없었다. 옹기종기 모여 있는 집들을 지나 조금만 더 걸어가면 길 양쪽으로 논밭이 깔려 있었다. 밤이기에 굉장히 어둡고, 꼭 무언가가 튀어나올 것 같아 아미는 거기까지는 가지 못하고 동네 근처를 어슬렁어슬렁 걸어 다녔다.

매미 우는 소리와 갖가지 풀벌레가 우는 소리가 시골 적막을 깼다. 그 속에서 통화를 하니 조금은 시끄러웠지만, 시간이 지나가 그 소리도 배경음악으로 들릴 정도로 익숙해졌다.

[더운데 어서 들어가.]

"조금만 더 통화하고."

벌써 이 말이 세 번째 반복되고 있었다. 혼자서 어두운 밖에 있다는 아미가 걱정이 되어 세진은 안절부절못하고 있는데, 정작 당사자는 천하태평이었다.

[내일 또 전화할게. 늦었다. 그만 들어가서 자.]

조금만 더 통화를 하자고 하면 이야기를 들어주던 세진은 더는 안 되겠는지 강경하게 말을 했다.

"알았어. 들어갈게. 참, 회사에 무슨 일 없지?"

은근슬쩍 말을 돌리는 걸 바로 알아차린 세진은 냉정하게 지금 당장 집으로 들어가라며 전화를 끊어버렸다. 야속한 그의 태도에 아미는 씩씩거리며 다시 전화를 걸었지만 누구와 통화 중인 것인지 연결이 되지 않았다.

"누나!"

내일 아침에 올라가겠다며 일찍 잠이 들었던 아민이 머리를 긁적이며 슬리퍼를 찍찍 끌면서 걸어오고 있었다.

"안 자고 뭐 해?"

"뭐 하긴. 데리러 왔지. 이 밤에 뭐 하는 거야. 가로등도 얼마 없어서 더 어두운데. 겁도 없이."

"웬일이래. 나 걱정돼서 데리러 온 거야?"

허나, 걱정돼서 데리러 나온 사람치고는 막 잠에서 깨서 눈도 잘 뜨지 못하고 머리를 긁적이는 손과 말투에는 신경질이 다분히 섞여 있었다.

"아이 씨. 한참 잘 자고 있었는데. 세진이 그자식이 전화해서 깨웠어. 누나 데리고 들어가라고."

서운하고 야속함이 들었던 것이 사르르 녹아 없어졌다. 걱정이 되었는지 그새 아민에게 전화를 걸었기에 통화가 되지 않았던 것이었다.

씨익 미소를 지으며 아민의 손에 기꺼이 이끌려 가며 그녀는 세진에게 '잘 자고 내 꿈꿔.'라는 문자를 보냈다. 물론 나머지 여백은 하트로 가득 채워서.

토요일 오후에 그녀의 부친인 정욱이 화순으로 내려왔다. 다행히 한의원에서 침을 맞고, 아침, 점심, 저녁으로 한 찜질의 효과가 있었는지 할아버지의 상태가 많이 좋아졌다. 그래서 다음날인 일요일 아침에 일찍이 그들은 서울로 돌아왔다.

chapter 6

8월이 되자 더위는 더욱 기승을 부렸다. 모두들 되도록이면 사무실 밖으로 나가려 하지 않았고, 먼저 여름휴가를 다녀온 사람들은 그때의 달콤한 휴식을 잊지 못해 업무에 좀처럼 집중을 하지 못했다. 여름휴가를 다녀오지 않은 사람들도 마찬가지였다. 곧 가게 될 휴가를 준비하느라 들떠 있었고, 이미 마음은 휴양지에 있어 업무를 소홀히했다.

이런 분위기는 한때이기 때문에 윗선에서도 크게 말이 나오지 않았다. 더군다나 팀장의 부재가 생각 외로 오래 지속이 되니 팀의 늘어진 분위기가 잡힐 리가 없었다.

"아, 나 내일 휴가 때 보니까 차 팀장님도 휴가던데. 우리 없을 때 허 대리랑 정 대리가 수고 좀 해줘. 부탁해."

내일부터 주말까지 안 과장이 여름휴가를 떠난다. 그리고 세진도 같은 날짜에 휴가를 떠난다. 해외 방방곡곡으로 의료봉사활동을 다니는 그의 부친이 잠시 쉴 겸 해서 필리핀으로 가신다고 하셨고, 그 일정에 맞춰 세진과 세련도 그곳으로 비행기 티켓을 끊었다.

퇴근을 하기 전 안 과장은 업무지시사항 등을 빼놓지 않았고 6시가 되자 칼퇴근을 했다. 5분 뒤 다들 약속이나 한 듯이 동시에 일어나 퇴근을 했다. 그 속에 섞여 나온 아미도 지하 주차장으로 향했다.

행여나 들킬세라 조심하던 것과 달리 요즘은 과감하게 행동을 하고 있다. 보안팀이 아닌 한, 특별히 무슨 일이 발생하지 않는 한, 누가 CCTV를 일일이 확인을 하는 것도 아니니 두 사람은 조심히 행동하는 것으로 같이 움직였다.

세진은 출근을 할 때 엘리베이터와 가장 먼 곳으로 사람들이 잘 주차를 하지 않는 곳에 주차를 했다. 아미가 먼저 차에서 내려 엘리베이터를 타고 올라가면 잠시 뒤 세진이 차에서 내렸다. 퇴근을 할 때도 마찬가지였다. 구석진 곳에 주차된 곳까지 좌우를 살피며 누가 보는 사람이 없나를 확인한 후 차에 올랐다.

한여름에 잠깐이지만, 한 블록 앞에서 내려서 더위에 지쳐 출근을 하는 아미가 보기 안쓰러워 세진이 사귀고 난 뒤에는 회사 내에서 비밀로 하자고 했던 말을 뒤엎었다. 들키면 어떡하냐는 아미의 말에 들켜도 그만이라며 먼저 그가 과감하게 나섰다.

지하 주차장으로 내려오자 내일 출국 준비를 위해 일찍 퇴근을 한 세진이 먼저 차에 타 있었다. 조심스럽게 사방을 살피고 아무도 없는 걸 확인한 아미가 빠른 걸음으로 걸어가 조수석에 올라탔다. 꽤 진하게 선팅이 된 터라 밖에서는 잘 보이지 않기에 차에 올라탄 순간 그녀는 긴장을 풀었다.

"오늘도 고생 많았어."

방긋 웃으며 그에게 인사를 하면, 그는 입매를 느슨하게 풀며 상체를 숙여온다. 습관처럼 행동하는 가벼운 키스에 심장도 습관처럼 빠르게 뛰었다. 꼭 마지막에 해주는 귓가에 가벼운 키스가 굉장히 자극적이다. 이렇게 들뜨게 만든 남자는 정작 아무렇지 않은 얼굴이지만, 뜨겁게 일렁이는 눈빛은 감춰지지 않았다. 그 간극이 만들어내는 섹시함이란.

"백화점으로 먼저 가자."

부친에게 줄 선물을 주문해 놓았던 터라 출국하기 전날인 오늘 꼭 찾아야 했다. 아미도 작은 선물을 준비했다. 주로 오지에서 활동하는 특성상 운동화를 즐겨 신는 걸 알기에 그녀는 튼튼하면서도 의사라는 신분에 걸맞은 점잖은 운동화를 찾느라 꽤 고생을 했다.

"내일 가면 일요일 아침에 온다고 했지?"

"응."

"공항으로 마중 나갈까?"

"더운데 고생이야. 그러지 마. 집에서 기다리고 있어. 바로 갈 테니까."

행여나 이 더위에 고생할까 싶어 만류를 했지만, 그리 적극적인 만류가 아니었다. 두 사람 모두 조금이라도 빨리 보고 싶은 마음은 똑같기에.

백화점에 도착하고, 평일이라 북적대지 않는 내부를 눈 한 번 돌리지 않고 매장을 찾아 걸었다. 그리고 고급스럽게 포장이 된 선물을 받아 들고 바로 백화점을 빠져나왔다.

두 사람이 도착한 곳은 마트였다. 오랜 해외생활로 한국 음식이 그리울 차 박사를 위해 두 사람은 된장, 고추장, 김치 등을 카트 안에 집어넣었다.

"소주는?"

"요즘은 해외에도 한국 술 많이 팔아."

"그렇기는 하지만 거기는 비싸잖아. 그렇게 따지자면 요즘은 김치랑 고추장 다 해외에서 팔거든?"

"음…… 사자."

아미의 말에 타당성이 있다고 생각했는지, 그는 팩으로 된 소주를 집어 들었다. 언제 환자를 돌봐야 할지 모르니 그리 술을 즐기는 부친이 아니지만, 그렇다고 해서 아예 마시지 않으시는 것은 아니다.

빠르게 장도 보고 세진의 집으로 돌아온 아미는 정작 출국을 하는 당사자보다 더 허둥지둥 움직였다. 느릿한 손길로 짐을 싸는 그의 옆에서 발을 동동 구르며 온 집 안을 왔다갔다 뭐 빠진 것은 없나 확인을 했다.

"옷은 이것만?"

"얼마나 오래 있다고. 가져가야 할 짐이 많은데. 빨아 입지 뭐."

옷을 개키는 느긋한 손을 본 아미는 그 옆으로 그가 가져가야 할 다른 짐들을 쌓아놓았다.

"칫솔하고 치약, 스킨로션도 챙겼고."

여자인 자신이 짐을 챙긴다면 갖가지 화장품과 화장할 때 쓰는 도구들, 모발에 맞는 샴푸, 린스 그리고 바디워시에 바디로션까지 챙기니 옷 외에도 가져가야 할 짐이 많을 것이다. 반면 남자인 세진의 짐이 너무 단출해 무언가가 빠진 듯한 찜찜한 기분을 없앨 수 없었다.

꼼꼼한 눈길로 가방 안을 훑은 세진이 캐리어를 닫았다. 그리고 다른 가방에 그와 아미가 준비한 선물을 담고 가방 지퍼를 닫았다. 휴가라고는 하지만 혹시나 회사에 급한 일이 생길 수도 있기에 노트북도 가방에 챙겼다.

"다 챙긴 거 확실해?"

다시 캐리어를 열어서 확인하려 드는 아미의 손을 잡아끌어 침대에 앉힌 그가 고개를 끄덕였다.

"한 번만 더 확인하자."

어깨를 지그시 누르는 힘에 일어나려던 그녀는 다시 도로 주저앉았다.

"필요하면 사서 쓰면 돼. 짐은 이게 다야."

"여권은? 챙겼어?"

"응. 다 챙겼으니 걱정은 그만."

그를 처음으로 수학여행을 보내는 아이 취급하는 그녀가 귀여우면서도 그 모습에 가슴이 부풀어 올랐다. 뭐 하나라도 더 챙겨주고 빠진 건 없나 확인하는 아미의 모습은 구경할 만했다. 그래서 더 느리게 짐을 쌌다. 이걸 안다면 분명 그녀는 발끈할 테지.

"그보다 이제 며칠간 못 볼 텐데 가기 전에 실컷 보자."

그의 말에 떨어진다는 걸 실감한 것인지 아미의 얼굴이 단번에 흐려졌다. 보아도 보아도 보고 싶고 한창 서로에게 애가 탈 때에 잠깐의 헤어짐은 한숨이 절로 나올 정도로 너무 아쉬웠다. 그전에 그녀의 휴가 때도 잠시 떨어져 있었지만, 그래도 국내였다. 국외와는 와 닿는 체감부터가 다르다.

"핸드폰 로밍해 갈 테니 언제든 연락해. 나도 자주 할게."

그녀만큼이나 아쉬운 그가 얼굴을 가까이 가져대더니 눈을 맞추고 이야기를 했다. 더욱 허리를 숙여 가까이 다가오는 그의 몸짓에 아미가 털썩 침대 위로 누워 과감하게 그의 목을 감싸고 끌어 내렸다.

그녀의 위에 올라탄 그가 무릎을 세워 더 이상의 접촉을 막았다. 하지만 이내 눈을 감고 키스를 기다리는 아미의 기대에 부응하고자 더 상체를 내리며 고개를 꺾었다.

"으음……. 세진아."

입술을 녹여 먹을 듯 혀로 핥기만 해서 애를 태우더니 그의 이름을 부르자 단숨에 그 혀가 입안을 가르고 들어왔다. 그녀가 그의 목에서 팔을 풀고 그의 등과 가슴을 쓸어내리자 감미롭고 부드럽게 시작된 키스가 격하게 변했다. 그녀의 반응에 더한 반응을 보이며 그가 욕망을 드러냈다.

"미치겠다, 허아미."

어느 여자도 손길만으로 그를 이렇게까지 함락시킨 적이 없었다. 겨우 바닥에 깔린 자제력을 모조리 끌어 올려 아미의 손길을 끊어냈다. 양 손목을 잡아 내리누르자 그의 몸에 갇혀 거미줄에 걸린 듯 옴짝달싹도 못하는 모습이 아직 내려가지 않은 그의 욕망을 다시 끓어 올렸다.

"다음 주말에 둘이서만 바람 쐬러 가자."

단순히 바람을 쐬러 가자는 말이 아님을 안다. 그렇기에 고개를 끄덕이는 아미는 그와 눈을 맞추지 못했다.

천천히 하나하나 모든 걸 그녀와 나누고 싶었지만, 더 참다가는 그가 미칠 것 같았다. 그래서 그는 플라토닉한 사랑이든 뭐든 다 제쳐 두기로 했다. 그래서 충동적으로 여행을 가자는 말을 했다.

당장 그녀를 품고 싶었지만, 없는 자제력까지 다 끌어다 모아 참았다. 내일 잠시 떠날 그이기에 그는 그녀를 품지 않았다. 한 번 품고 나면 그녀와 떨어지기 싫고 매 순간 품고 싶어질 것이라는 걸 알기에. 또 이렇게 품고 나서 다음날 홀연히 떠나고 싶지 않았다.

세진이 떠난 지 3일째. 금요일이 된 지금, 불금이라는 것과 내일이 주말이라는 것으로 들뜬 사람들과 달리 아미는 일요일이 다가온다는 것으로 들떠 있었다. 자고 일어났을 때 토요일이 아닌 일요일이 되었으면 하는 바람을 가지고 퇴근을 하던 중, 다영의 연락을 받고 방향을 바꾸었다.

혜은의 집들이가 오늘이라며 같이 만나서 가자는 전화에 세진을 기다리느라 잊어버리고 있던 약속을 떠올리고는 낮은 한숨을 내뱉었다. 지금 혜은의 집들이에 가고 싶은 마음이 없었다. 그가 떠나고 급격히 무기력해진 몸과 마음은 집에 가야 한다고 소리를 질렀지만, 훗날 친구를 잃을 걸 생각해 터덜터덜 걸음을 옮겼다.

"혜은이랑 친한 중학교 동창 두 명도 온다더라."

화장지와 세제 중 집들이 선물을 무엇으로 할지 고르며 다영이 애써 덤덤하게 말을 했다.

여자들 사이에는 그런 게 있다. 내 친구가 나보다 더 친하게 지내는 다른 친구가 있다면 질투 비슷한 감정이 생겨난다. 꼭 첫 번째 친구가 아닌 두 번째 친구로 밀려나는 기분.

실상 혜은이 누구를 더 친하고 소중하게 생각하는지 모르지만, 다영은 은근히 신경을 쓰는 눈치다.

"그래? 전에 본 그 친구들?"

아미 또한 덤덤하게 말하며 다영이 고르지 않은 세제를 들고 계산대로 향했다. 집들이 선물에 빠지지 않는 항목이기에 분명 다른 사람들이 사올 가능성이 농후했지만, 어차피 평생을 쓸 물건이기에 고민 없이 계산을 했다.

"참, 그 남자도 온다던데. 한건우."

누구인지 기억이 나지 않아 고개를 갸웃거리자 다영이 '그 배우.'라는 말을 했다. 그러자 혜은의 딸인 아름이의 돌잔치 때 엘리베이터 안에서 만났던 남자가 떠올랐다.

"다른 남자한테 관심을 왜 갖니?"

결혼을 할 남자가 있는 다영에게 가볍게 타박을 하자 그런 남자라면 바람도 한 번쯤 피워볼 만하다며 다영이 대꾸했다.

바람이라는 말에 저도 모르게 걸음이 멈춰졌다. 그동안 잊고 있던 게 또 하나 있다는 사실이 퍼뜩 떠올랐다. 그동안 모르는 척했던 것이.

빨리 오라고 손을 잡아끄는 다영의 힘에 이끌려 걸어가면서도 아미의 머릿속은 온통 바람이라는 글자가 가득했다.

혜은의 집에 도착해 그녀의 남편과 딸에게 인사를 하고 먼저 와 있던 지인들에게도 인사를 했다. 결혼하고 새로 지어진 꽤 좋은 아파트에서 살았던 그들은 새집증후군과 아이를 생각해 지어진 지 3년이 넘은 아파트로 이사를 했다.

다영과 함께 집 구경을 하면서 조금씩 머릿속을 지배하던 단어는 지워져 갔지만, 기분은 좀체 나아지지 않았다. 혜은이 요리한 음식으로 거실에 한 상 가득 차려진 걸 보며 수고했다고 맛있겠다는 입에 발린 소리를 하고 자리에 앉았다.

식사를 하면서 바로 술잔이 오가더니, 나중에 가서는 식사는 뒷전이고 다들 술을 마시는데 여념이 없었다. 전에 봤었던 적이 있어서인지, 신랑의 친구들도 낯설지 않고 제법 잘 어울려 이야기를 나누었다.

그 속에서도 여자들의 은근한 신경전이 펼쳐지고 있음을 남자들은 아무도 눈치를 차리지 못했다. 조금 동떨어진 시선으로 그녀들을 보던 아미는 바로 옆에 두었던 핸드폰이 울리자 쏜살같이 자리에서 일어났다.

"깜짝이야. 전화 왔어?"

"아, 응. 잠깐 전화 좀 받고 올게."

옆에 앉아 있던 다영이 정말로 놀랐는지 가슴을 쓸어내리며 찌릿하게 노려봤다. 꽤나 요란하게 일어난 터라 모두의 시선이 쏠려 민망한 웃음을 지으며 베란다 문을 열고 밖으로 나갔다.

"여보세요."

[나야. 뭐 하고 있어?]

"혜은이 집들이 왔어. 기억하지? 저번 달에 돌잔치했던."

[아, 기억나. 거기 갔어?]

"응. 나 또 깜빡하고 있었지 뭐야. 오늘도 다영이 전화 받고 왔어. 너는 뭐 해?"

[그래? 나야 뭐 그냥 있어. 아버지는 잠깐 친구 만난다고 나가셨고, 세련이는 쇼핑 갔어.]

"혼자서 호텔에 있는 거야?"

어제도 전화를 했지만, 마치 일주일만에 통화를 하는 연인처럼 두 사람은 한참을 통화했다. 남의 집에 놀러 온 터라 집 안을 흘끗거리며 통화를 하던 아미는 슬슬 눈치가 보이자 그만 들어가야 할 때임을 자각했다.

"나 그만 들어가 봐야 할 것 같아. 이따가 집에 가서 내가 전화할게."

[응. 보고 싶다.]

"나도."

그에게 전화가 왔을 때도 왠지 모르게 울적했던 마음이 그 말

한마디에 응어리가 풀리듯 풀어졌다. 불편했던 마음도 한결 나아졌다. 솔직히 꺼내고 싶은 이야기가 있지만, 꺼낼 수 없기에 침을 넘기며 같이 삼켰다.

[참, 거기에 남자들도 있지 않아?]

"신랑 친구들? 있지."

대답을 했는데 한참 말이 없어 통화가 끊어진 건가 싶어 귀에서 핸드폰을 떼고 확인을 했다. 여전히 통화 시간은 흐르고 있었다.

"세진아?"

[술 많이 마시지 말고. 혹시 무슨 일 있으면 바로 아민이한테 전화해. 아니, 내가 지금 전화해 놓을게.]

"전화는 무슨. 괜찮아. 금방 들어갈 거야."

자신을 걱정하는 말투에 그녀가 그를 달래듯, 허나 가벼운 투로 대답을 했다.

[다른 남자가 데려다 준다고 해도 그냥 택시 타. 아민이한테 택시 번호랑 기사 이름 문자로 보내고.]

"응?"

[남자가 작업 걸어도 넘어가지 말라고.]

갑작스런 관리에 아미가 놀라 눈을 동그랗게 떴다. 지금 그녀를 믿지 못해서 하는 말인가 싶어 기분이 나빠지려던 차에 세진이 말을 이었다.

[다른 남자한테 눈길도 주지 마. 너 집들이 간 거다.]

집들이를 간 것이니 그것에 집중하라는 말이었다. 그 외에는 관심을 두지 말고. 특히나 남자에게. 관리와 더불어 질투가 섞여 있자 아미의 입술이 호를 그리며 위로 올라갔다.

"응. 알았어. 그럴게."

세 번이나 대답을 하자 만족스러운지 세진이 웃음을 마지막으로 전화를 끊었다. 아직 여운이 남아 있어 한참을 핸드폰을 내려다보다 베란다 문을 열고 집 안으로 들어섰다.

바깥과는 다르게 시원한 집 안의 온도에 살짝 닭살이 돋아 양팔을 손으로 문지르며 자리로 향했다.

막 자리에 앉으려는데 분위기가 좀 전과 달라진 걸 느꼈다. 그리고 자리도 살짝 옆으로 밀려 있었고 모두의 시선이, 특히 여자들의 시선이 한곳으로 쏠려 있었다.

"너는 무슨 전화를 그리 오래해?"

유일한 유부녀인 혜은이 자리에 앉지 못하고 어물대는 아미에게 어서 앉으라는 손짓을 했다. 그러자 그녀의 자리를 살짝 차지하고 있던 남자가 옆으로 비켜 앉으며 자리를 더 내어주었다.

원래부터 자신의 자리였기에 당당하게 앉으면 되지만, 옆에 있는 남자와 그 남자의 모든 행동에 집중하고 있는 여자들 때문에 선뜻 자리에 앉을 수가 없었다. 허나, 계속해서 서 있을 수가 없기에 조심히 무릎을 굽혀 앉았다.

"자리가 좁아요?"

옆에 앉은 남자의 목소리에 난감함이 깃들자 오히려 옆에 있던 다영이 옆으로 엉덩이를 움직여 자리를 넓혀주었다.

"이제 괜찮지?"

굉장히 다정한 목소리로 말하는 다영에게 어색하게 웃으며 고개를 끄덕였지만, 다영의 시선은 자신을 비켜가 옆의 남자에게 닿아 있었다.

남자가 고맙다는 듯 싱긋 웃으며 고개를 까딱이자 다영이 눈을 내리깔며 다소곳하게 미소를 지었다. 그 모습에 앞에 있던 여자들의 시선이 뾰족해졌다.

"전에 뵀었죠?"

갑작스런 질문에 고개를 오른쪽으로 돌리자, 여자들의 시선을 한 몸에 받고 있는 한건우가 자신에게 말을 걸었다고 표하는 듯 얼굴을 뚫어지게 쳐다보고 있었다.

"아, 네. 돌잔치 때."

"엘리베이터 안이요."

"아, 네."

계속해서 이 남자와 대화를 나누다가는 여자들의 뾰족한 시선이 몸을 꿰뚫을 것 같아 앞에 놓인 맥주잔을 집어 들고는 홀짝였다. 한건우는 이내 관심이 사라진 듯 친구들과 어울려 대화를 나누었다.

아직 식사를 하지 않았는지, 한건우는 술보다는 식사에 집중을 했다. 자꾸 자신의 앞으로 팔을 뻗어 반찬을 집어가는 통에 간간이 어깨가 맞닿았다. 동시에 자신에게로 틀어지는 몸이 부담스러워 반찬 그릇을 그의 앞으로 옮겨주었다.

"고마워요."

또 싱긋 웃은 그가 정갈한 젓가락질로 반찬을 집어 입속으로 가져갔다. 깨끗이 밥그릇을 비운 그는 술잔과 소주병을 집어 들더니 아미에게로 소주잔을 흔들어 보였다.

"네?"

"술 안 드세요?"

그제야 술 한 잔 따라주겠다는 표시를 했다는 걸 알아차린 아미가 미안한 얼굴로 맥주잔을 집어 들었다. 한건우는 알았다는 듯 고개를 끄덕이더니 맥주병을 들고는 그녀의 반쯤 비워진 잔을 채워주었다.

"저도 한 잔 주세요."

작은 소주잔을 들고 입매를 늘이며 쳐다보는 게 마치 CF의 한 장면 같았다. 확실히 '연예인은 무엇을 해도 평범하지 않다.' 라는 생각을 하며 소주병을 집어 들었다. 그의 잔에 맑은 소주를 채워주자 그가 짠을 하자는 듯 잔을 흔들었다.

"이 녀석, 너 설마 작업 거냐?"

옆에 앉은 친구가 핀잔을 주자 그가 너털웃음을 짓더니 모두에게 다 같이 잔을 부딪칠 것을 제안했다. 그제야 다른 여자들의 시선이 누그러지며 모두들 잔을 허공으로 들었다.

"참, 건우 씨. 이번에 들어가는 작품에서 주인공 아니세요?"

"주인공은 아니에요. 여주인공을 짝사랑하는 남자로 나와요."

"짝사랑이 아니지 않아? 그리고 그 정도면 주인공이라고 할 수 있지 않나?"

혜은의 단짝인 진주의 질문에 한건우가 겸손하게 대답을 했지만, 그의 친구가 바로 그의 대답을 정정했다.

"정확하게 어떤 배역이에요?"

"아, 혹시 책 안 보셨어요? '마침표. 쉼표,' 라는 책. 그 책이 영화로 만들어지는 거예요."

한건우의 말에 몇몇은 읽어보았는지 고개를 끄덕였다. 읽지 않은 것인지, 아니면 읽었으면서도 모르는 척하는 것인지 진주가 더 자세하게 설명해 달라는 듯 그를 부추겼다.

"결혼을 앞둔 여자에게 새로운 사랑이 찾아오는 내용이에요. 예비 신랑 몰래 그 남자와 바람을 피우는데, 제 역할이 그 바람피우는 상대자예요."

바람이라는 단어에 아미가 사레 걸려 콜록거렸다. 옆에 앉아 있던 건우가 자연스럽게 그녀의 등을 두들겨 주며 앞에 놓인 물 잔을 손에 쥐어주었다.

"감사합니다."

갑자기 맥을 끊은 아미가 원망스러운지 진주가 미간을 좁히며 그녀를 쳐다보다 이내 다시 건우에게 꼬치꼬치 캐물었다.

"건우 씨가 바람 상대자라니. 나라면 무조건 건우 씨를 택하겠어요."

"에이. 그래도 바람은 아니죠."

무조건적인 건우바라기에 다른 남자가 태클을 걸었다. 어쨌든 바람은 나쁜 거라며 결론은 결혼을 약속했던 남자와 결혼을 하고, 바람을 피우던 남자는 버림받는 거 아니냐고 말을 했다. 이에 진주가 건우에게 결말에 대해 물었다.

"그래서 결말이 어떻게 돼요? 책하고 똑같아요?"

"글쎄요. 책은 이미 결말이 나왔지만, 영화는 어떻게 될지 잘 모르겠네요."

묘한 웃음을 지으며 회피하는 그에게 작은 야유를 보내던 사람들이 화제를 돌려 그에게 촬영에 대해 물었다. 거의 대부분이 '정말로 이 배우는 그러느냐. 이 소문이 사실이냐.' 가 주를 이었다.

다른 사람들이 나누는 대화가 아닌, 조금 전 남자가 했던 말에 아미는 다른 생각에 빠졌다. 바람을 피우던 남자를 버리고 결혼을 약속한 남자에게로 돌아간다는 책의 결말이 계속해서 그녀의 머릿속을 어지럽혔다.

"넌 어떤 것 같아?"

"응?"

갑자기 옆에 앉은 다영이 팔꿈치로 옆구리를 치고는 물었다. '다른 생각을 하고 있었어요.' 라고 표시를 내보이자 다영이 다시 질문을 했지만, 어떻게 대답을 했는지 잘 기억이 나지 않을 정도로 정신은 다른 곳으로 향해 있었다.

"괜찮아요?"

부드러운 저음의 목소리가 오른쪽 귀를 간지럽혔다. 고개를 숙여 묻는 통에 얼굴이 가까이 있어 선뜻 고개를 움직일 수 없어 낮게 괜찮다는 대답을 했다.

"나 먼저 가야 될 것 같아."

더 이 자리에 있어봤자 좋은 꼴을 보여주지 못할 것 같아 자리에서 일어나며 혜은을 향해 미안한 표정을 지어 보였다.

"술 많이 마셨어? 얼굴이 안 좋다. 택시 잡아줄까?"

하얗게 질린 얼굴에 혜은이 걱정스런 얼굴로 물었다. 남편에게 택시를 부르라고 눈치를 주는 혜은을 만류하며 아미는 재빠르게 아파트를 빠져나왔다.

답답함에 숨을 몰아쉬며 고개를 위로 올렸다. 어둑해진 밤하늘에는 별 하나 반짝이지 않았다. 하다못해 인공위성이라도 보일 법도 한데, 새까만 크레파스로 칠해놓은 것처럼 까맸다.

"별 하나, 별 둘……."

있지도 않은 별을 세며 걷다가 고개가 아파와 다시 시선을 정면으로 향했지만, 무언가 턱 막히는 가슴에 고개를 떨궜다. 마치 죄를 짓는 기분.

정말 생각지도 못했던 일이다. 너무 가볍게 생각을 했다. 아니, 세진만 바라보느라 그의 상황을 살피지 않았다. 원거리 연애에 그전과 달리 한 여자를 꽤 오랫동안 만나는 세진에게 그 여자와 헤어질 수는 없겠냐는 말조차 꺼낼 수 없었다. 그랬기에 바람을 피우자는 말을 했다. 바람을 피우자고 해놓고 그 심각성을 깨닫지 못했다.

남이 바람은 나쁘다고 하는 걸 듣고 나서야 깨달았다. 지금 자신은 나쁜 짓을 저지르고 있다는 걸. 그리고 그 일에 세진을 끌어들였다는 걸. 순전히 욕심 때문이다. 다른 사람의 사랑은 생각지도 않고 자신의 사랑만 욕심부리고 있다.

처음부터 꼬인 실타래이기에 이제 와 풀기 어려웠다. 아니, 꼬인 실타래를 풀다가 세진과 꼬인 실이 완전히 풀어져 끊어질까 봐 무서워졌다. 애초에 연결이 되어 있지 않은 실일지도 모른다. 그래서 모르는 척했을지도 모른다.

"바람이 나쁘냐?"

나쁘다. 당연히 나쁘다. 왜 세진이 자신을 받아들였는지 이해가 안 간다. 많은 여자를 만나더라도 바람을 피운 적은 없던 그다. 의외로 바른생활의 사나이가 세진이다. 그러고 보니 왜 자신과 바람을 피우기로 했는지, 왜 자신의 제안을 받아들인 것인지 묻지 않았다. 아니, 못했다.

한참을 걷다가 술에 취해 비틀비틀 걷는 남자가 지나가자 재빨리 택시를 잡아탄 아미는 아민이 운영하는 Bar로 향했다.

"혼자서 웬일?"

일행인 듯 같이 앉아 있는 두 명의 여자 앞에서 컵을 닦으며 이야기를 나누고 있던 아민이 아는 체를 하며 걸어왔다. 아쉬운 눈길을 보내는 두 명의 여자에게 잠시 기다리라는 눈짓을 준 아민이 대충 컵에 생수를 따르고는 앞에 놓아주었다.

"이왕이면 칵테일로 줬으면 하는데."

"세진이도 없는데. 나도 일해야 해서 못 데려다 줘."

말은 그렇게 하면서도 무알콜 칵테일을 만들어 아미의 앞에 놓인 물과 바꿔주었다. 물장사를 하다 보면 얼굴만 봐도 딱 견적이 나온다. 지금 누나의 고민이 세진과 관련이 되어 있음을 감지한 아민이 두 명의 어여쁜 여자들에게 미련을 접고 아미 앞에 자리했다.

"세진이랑 싸웠어? 전화로 싸우면 오래간다. 곧 올 테니 만나서 풀지그래?"

"안 싸웠어."

싸우지는 않았지만, 세진의 문제인 건 맞나 보다. 우울한 얼굴로 곧 울 것 같은 눈에 세진에게 전화를 해야 하나 고민을 하다가 일단은 들어보기로 했다.

"털어나 봐. 뭔데?"

밝지 않은 조명에 분위기가 더해져 한층 더 쓸쓸해 보였다. 처연한 모습에 세진, 이 자식은 뭐 때문에 누나를 심란하게 한 건가 싶었다.

"아니야."

"어디 갔다가 왔어?"

순순히 털어놓지 않을 것 같아서 아민은 그녀의 행적을 물었다. 빙 돌려서 이야기를 한 뒤 차근차근 캐물을 생각이었다.

"친구 집들이."

"아, 맞다. 혜은이 누나?"

아미의 넓지 않은 인간관계를 익히 잘 알고 있기에 아민이 깨끗하게 잘 닦인 컵을 뒤집어 위에 걸은 뒤 다른 잔을 집어 들고 대수롭지 않은 말투로 물었다. 그러면서도 슬쩍 옆에 여자 손님들에게 눈길을 주고는 매력적인 웃음을 지어 보였다.

"나 연예인 봤다. 같이 밥도 먹었어."

"연예인?"

갑자기 뜬금없는 이야기에 아민이 고개를 돌려 누나를 쳐다봤다. 연예인을 봤다고 호들갑을 떨 나이는 지났지만, 그렇다고 이렇게 무덤덤할 리가 없기에 그는 의아한 시선을 던졌다.

"누구?"

"한건우라고 알아? 엄청 잘생겼더라."

"집들이 갔다면서 한건우를 만나서 밥을 먹었다고?"

한건우라는 이름을 몇 번 되뇌더니 아민은 닦던 잔을 내려놓고 핸드폰을 집어 들었다. 바로 얼굴이 떠오르지 않는 걸 보면 유명한 배우는 아닌 것 같아 그는 핸드폰으로 검색을 했다. 한건우라 검색되는 인물의 얼굴을 보고 나서야 아민은 '아.' 하며 누군지 알겠다는 듯 고개를 끄덕였다.

"아직 신인 아니야? 데뷔 년도를 보니 신인이라고 하기 뭐하네. 중고신인?"

"나도 잘 몰라."

"그런데 이 남자를 만나서 밥을 먹었다고?"

좀처럼 이야기를 꺼내지 않자 답답한지 아민은 아미에게서 다시 가져왔던 물 잔을 단숨에 비워냈다.

"혜은이 남편 지인인가 봐. 전에 돌잔치에서도 봤는데."

정작 답답해하며 들었던 것치고는 별거 아닌 이야기에 김이 샌 아민은 어서 마시고 가라고 손을 흔들었다.

"잘생기기는 했더라."

"나보다 더?"

왕자병 증세를 보이는 아민에게 헛구역질을 해 보이고는 새콤한 칵테일을 들이켰다. 알코올이 없다는 걸 알고 마셔서인지 새콤함이 싱겁게 느껴졌다.

"그래서 잘생긴 남자를 보고 와서 왜 심란해하는 건데?"

"나 여기에 술 좀 넣어주면 안 돼?"

당장 술을 대령하라고 말을 하더니 점점 목소리가 높아지자 아민이 '옜다. 여기 있다.' 하는 심정으로 블랜딩 알코올 몇 방울을 떨어뜨려 주었다.

알코올이 잘 녹아들어 갈 수 있도록 몇 번 휘저은 아미는 한 모금 마시더니 이제야 간이 맞다는 말을 했다.

"칵테일 마실 줄도 모르면서 간은 무슨."

아미가 자신을 비웃는 동생에게 지금 당장 소란을 피울 수 있다는 협박을 보이자 아민이 순순히 양손을 들어 올리고 항복 선언을 했다. 손님이 가장 많을 금요일 밤에 소란이 일어나는 건 절대적으로 막아야 하기에.

"그 남자 영화 찍는데."

계속해서 사방팔방으로 튀는 이야기를 종잡을 수 없어 조금씩이는 두통에 지끈거리는 머리를 손으로 지압을 하며 아민이 계속 이야기하라는 손짓을 했다.

"너 '마침표. 쉼표.' 라는 책 알아? 그거 영화로 만들어지는데 한건우가 그거 찍는데. 비중 높은 조연으로. 준주연?"

"어디서 들어본 것 같은데. 그런데 그거 찍는 게 왜? 보니까 저번 작품으로 인지도가 높아진 것 같던데 사인이나 받아오지 그랬어?"

그럴걸 그랬나 하던 아미는 남은 칵테일을 마시더니 집에 가겠다며 의자에서 내려섰다. 기분이 저만치 발아래로 다운됐을 때 알코올이 들어가서인지 몸마저 저 아래로 쓰러질 것처럼 축 처졌다.

"갈 수 있겠어? 데려다 줄게."

세진이 있었다면 부를 수 있겠지만, 하필 그가 없다. 그렇다고 혼자 보내기에는 조금 위험해 보여 아민은 아르바이트생에게 잠깐 양해를 구하고 아미의 팔을 잡아 이끌었다.

"웬일?"

"아주 귀하디귀한 4대 독녀를 이렇게 혼자 보낼 수야 없지요. 나중에 무슨 욕을 들으라고."

자신이 못 봤다면 모를까, 심지어 자신의 가게에 와서 아주 소량의 알코올이 들어간 칵테일이라고는 하지만, 그래도 술을 마신 것이기에 추후에 들을 잔소리를 예방하자는 차원에서 바쁜 시간임에도 Bar를 나섰다.

아민의 차에 올라 노래를 웅얼거리듯 흥얼거리던 아미는 기다리고 있을 세진에게 아민의 가게에 들렀다가 집에 간다는 카톡을 보냈다.

"어? 문자 왔네."

아미는 보나마나 또 광고 같은 문자일 거라는 생각에 바로 삭제를 할 생각으로 문자함을 열었다.

문자를 읽고 갑자기 굳어버린 그녀가 이상한지 아민이 운전을 하다가 옆을 흘끗거렸다.

"왜? 이상한 문자 왔어?"

"응. 또 왔네."

읽어보라는 아민의 말에 머뭇대다가 아미가 문자를 그대로 읽었다.

"우리 지우 어두운 거 싫어하는데 하늘이 너무 깜깜하다. 안 무서워?"

"그건 또 뭐야. 스팸이야? 신종 사기 문자? 그냥 지워."

문자를 본 순간 아미는 전에 문자를 보낸 그 사람이라는 걸 알아차렸다. 또 술을 먹고 문자를 잘못 보냈나 하는 귀찮음과 동시에 연민이 생겨났다. 오늘은 그녀 자신도 불쌍하기에 모든 사람들에게 쉽사리 연민이 들었다.

삭제하라는 아민의 말에도 아미는 짧은 답장을 보냈다.

「오빠가 내가 있는 곳을 올려다봐 주잖아. 안 무서워. 그리고 오빠, 술 많이 마시지 마.」

문자를 전송하고 나서 또 후회감이 들었다. 다시는 이 문자에 답장을 하지 않으리라는 다짐을 하고서 고개를 흔들며 핸드폰을 가방 안으로 집어넣었다.

누나를 집으로 들여보내고 다시 Bar로 돌아온 아민은 주문이 들어오는 대로 음료를 만들었다. 그러다 자신의 앞으로 온 남녀가 티격태격 이야기를 주고받는 걸 듣게 되었다.

직업상 일을 하다 보면 남들의 사적인 이야기를 듣게 된다. 전혀 들리지 않은 척, 못 들은 척 관심 없다는 얼굴로 제 할 일만 다 하면 된다.

어떤 배우를 보러 가겠다고, 이미 팬클럽도 가입을 했다는 여자의 말에 남자가 무슨 팬클럽이냐며 성을 내고 있었다. 남자라는 족속이 다 그렇다. 아무리 만인의 연인인 연예인이라지만, 자신의 여자에게 연인은 자신뿐이어야 한다.

"꼭 갈 거야. 요즘 한건우가 제일 잘생긴 것 같아. 이번에 영화도 찍는다고. 거의 주연급이야. 영화로 제작되는 게 원래 '마침표.
쉼표,'라는 책인데, 나 오늘 샀다?"

책을 내보이며 빨리 집에 가서 읽을 거라는 여자의 말에 남자가
토라진 듯 고개를 반대편으로 돌렸다. 그걸 아는지 모르는지 여자
는 연신 책 표지를 들추며 어서 읽고 싶다는 표시를 했다.

"오늘따라 한건우 찾는 사람이 많네."

혼잣말로 중얼거리던 아민은 재빠르게 고개를 들어 여자가 들
고 있던 책의 제목을 읽었다. 뒤늦게 '마침표. 쉼표,'를 세진에게
서 들었었다는 걸 떠올렸다.

"뭐야. 그 자식도 저 책 읽은 거야?"

장르를 불문하고 많은 책을 읽는다는 걸 알기에 그는 대수롭지
않게 넘어갔다. 다만, 책의 내용이 궁금해져 그 커플의 앞으로 자
리를 옮겨 일을 하는 척을 하며 여자가 남자친구에게 이야기하는
책의 내용을 엿들었다.

토요일 느지막이 일어난 아미는 집 안을 어슬렁거리다가 라면
하나를 끓였다. 취향에 맞게 푹 퍼지지 않고 웨이브가 살아 있는
꼬들꼬들한 라면을 막 냄비째로 식탁 위에 올려두었다. 입에 침을
고이게 하는 MSG의 짙은 향이 부엌을 가득 채우자 배추김치 하
나만 꺼내고 젓가락을 들고 식탁의자에 앉았다.

막 시식을 시작하려던 찰나, 아민의 방문이 열리고 웃통을 벗은
채 배를 득득 긁으며 아민이 거실로 나왔다. 코를 킁킁거리더니
냄새의 근원지를 찾아 그가 고개를 돌렸다.

"라면?"

"너 먹을 거 없어."

그녀의 말에도 개의치 않고 맞은편에 앉은 그가 다 떠지지 않는 눈으로 누나를 쳐다보며 손을 내밀었다. 젓가락을 달라는 손짓에 몸을 쭉 뒤로 빼며 젓가락을 사수하자 코웃음을 친 그는 냄비째 들어 입에 가져댔다.

"야! 너 그거 뜨거……."

"앗, 뜨거!"

아미의 경고가 끝나기도 전에 냄비에 입을 댄 그는 입술을 태울 듯한 뜨거움에 화들짝 놀라며 입을 뗐다. 자리에서 벌떡 일어나 싱크대로 가 찬물을 틀고 입술을 식히며 원망스레 누나를 쳐다봤다.

"멍청이냐? 누가 그렇게 냄비를 입에 대래?"

"젓가락 주라 할 때 줬으면 됐잖아. 뜨거워. 나 화상 입은 거 아니야?"

"에잇. 너 다 먹어."

뒤늦게 젓가락을 아민의 손에 들려준 아미는 라면 하나를 더 꺼내 새로 끓였다. 아민과 아옹다옹하는 사이 퍼져 버린 라면을 깔끔하게 포기하고 새로 끓여진 꼬들꼬들한 라면을 앞에 두고 앉았다. 그사이 라면을 다 먹은 아민이 눈을 빛내며 아미의 라면에 탐을 냈다.

"나 한 젓가락만."

"싫어."

후루룩 누나의 입속으로 사라지는 면발을 보며 입맛을 다시던 그는 시간을 확인하고는 욕실로 향했다.

"나가?"

"응."

"나 심심한데?"

"세진이 없으니 심심해서 죽겠나 보지? 어쩌나, 나는 데이트가 있는데."

설거지할 냄비를 싱크대에 넣지도 않고 한껏 약만 올리고 욕실로 사라지는 동생을 곱지 않은 눈으로 쳐다보던 아미는 김치만 냉장고에 넣고 자리에서 일어나 방으로 들어갔다. 그녀보다 더 깔끔한 동생이 그 상태를 그냥 지나치지 못하고 나중에 치울 게 뻔하기에.

든든한 배를 두드리며 침대 위를 뒹굴거리던 아미는 다 씻고 나와 식탁 위를 확인했는지 아민이 들으라는 듯이 큰 소리로 구시렁거리는 걸 들었다. 숨을 죽인 채 귀를 기울이며 가만히 있자 달그락거리는 소리와 물소리가 들렸다.

"흐음. 나가볼까?"

기지개를 쭉 켜고 방에서 나오자 빨간색 고무장갑을 끼고 싱크대 앞에서 설거지를 하는 아민의 뒤로 걸어가 토실토실한 엉덩이를 툭툭 두드려 주며 한마디 했다.

"내가 하려고 했는데."

"웃기시네."

옆으로 엉덩이를 빼며 손길을 피하는 아민에게 기름기 없이 깨끗하게 설거지를 하라는 잔소리를 했다가 세제 거품 세례를 하사 받았다. 씩씩거리며 노려보다 이마에서 흘러내린 거품이 눈에 들어가자 앓는 소리를 하며 욕실로 들어갔다. 들어간 김에 샤워도 하고 나오자 이미 나갈 준비를 마친 아민이 신발을 신고 있었다.

"집에 있을 거지?"

"아니."

"그럼? 어디 나가? 뭐 하게?"

평소에 누나가 뭘 하던 크게 관심을 갖지 않았던 아민이 연달아 물었다. 딱히 할 일이 없어 세진의 집에 가서 책이나 읽으며 빈둥거릴 계획을 세웠지만, 아민에게는 말해주지 않고 어깨를 으쓱해 보였다. 연이은 질문을 하던 것과는 다르게 아민은 자신의 어깻짓에 피식거리더니 현관문을 쾅 닫고 나가 버렸다.

현관 쪽을 향해 주먹을 올린 아미는 얼굴이 당겨오자 재빨리 방으로 들어가 화장솜에 스킨을 덜어 얼굴을 톡톡 두드렸다. 딱히 누구를 만날 계획이 없기에 선크림까지만 바르고 곧장 세진의 집으로 향했다.

"아, 더워."

햇볕이 들지 않는 지하를 통해 왔음에도 너무 더워 주인 없는 집에 들어오자마자 곧장 에어컨을 켜고 소파 위로 너부러졌다. 주인 없는 집이 너무도 쓸쓸해 TV를 켜고 음량을 한껏 키운 뒤에 채널을 돌렸다.

연예방송에서 리모컨을 누르던 손짓을 멈추고 모로 누워 시청

했다. 늘씬하고 어여쁜 여자 리포터가 금주의 핫 이슈에 관한 기사들을 순위별로 소개를 하고 있었다.

—다음은 곧 첫 촬영에 들어가는 영화 소식입니다. 작년에 베스트셀러로 큰 인기를 얻은 책이 영화로 제작이 되는데요. 많은 분들이 기대하는 영화. 바로 '마침표. 쉼표,' 입니다. 주인공들이 화려해 더욱 기대가 되는 영화. '마침표. 쉼표,' 의 제작발표회를 제가 다녀왔습니다. 그 현장으로 가보실까요?

굉장히 오버스러운 억양이지만, 또박또박 발음이 정확해 귀에 쏙쏙 내용이 박혔다. 아미는 채널을 돌리려다 한건우가 화면에 잡히자 다시 리모컨을 내려놓았다. 비중이 꽤 높다는 게 거짓은 아니었는지, 그는 가운데에 앉은 여배우의 바로 옆자리에 앉아 자신에게 질문이 향하면 마이크를 들고 대답을 했다.

감독과 배우들의 인터뷰가 끝나고 간략하게 줄거리가 소개되면서 자막에 '바람' 이라는 글자가 떴다. 괜스레 또 마음이 찔려 아예 TV를 꺼버렸다.

"책이나 읽어야지."

뒤숭숭한 채로 서재로 향한 아미는 책으로 가득 채워진 책장 아래에 놓인 가방을 뒤적거려 전에 샀던 책을 꺼내 들었다. 아직 벗겨지지 않은 포장지를 뜯으며 다시 거실로 나가기 위해 몸을 돌리던 찰나에 그녀의 눈에 책 한 권이 띄었다. 딱 눈높이에 꽂아진 책의 제목은 '마침표. 쉼표,' 였다.

"아, 세진이도 이 책을 읽은 건가?"

사놓은 책을 가방에서 하나씩 꺼내 읽고 다 읽으면 책장에 꽂아

두는 게 그의 방식이니, 이 책을 읽었음이 틀림없다. 포장을 벗긴 책을 다시 가방에 넣어두고 한참을 '마침표. 쉼표,' 글자가 박힌 책을 쳐다보다 천천히 손을 뻗었다.

꽤 빡빡하게 꽂아져 있어 책을 빼내기가 힘들었다. 빼다가 손이 미끄러져 손톱이 뒤로 젖혀지며 깨졌다. 끝에 살이 드러나 쓰라렸다. 뾰족뾰족하게 부러진 손톱이 제법 날카로웠다. 통증보다 다듬을 수 없게 부러진 손톱에 짜증이 나고 화가 났다.

누구의 탓도 아닌 자신의 탓이지만, 이 책 때문이라는 생각에 거칠게 책을 잡아 뺐다. 덩달아 옆에 책 두 권이 바닥으로 떨어졌다.

"짜증나."

떨어진 책을 주워 도로 꽂아놓고 손에 들린 책을 노려봤다. 표지가 예쁜 것도 마음에 들지 않았다. 파스텔 톤의 표지는 꽤 감각적인 그림이 그려져 있었다. 그리고 세로로 '마침표. 쉼표,' 가 적혀 있었다.

읽고 싶은 마음과 읽기 싫은 마음이 공존해 고민을 하던 아미는 서재에 있는 소파에 앉았다. 그러다가 거실에 에어컨을 켜놓았던 게 떠올라 다시 거실로 자리를 옮겼다. 서재에 놓인 소파와 똑같은 디자인의 거실에 놓인 소파에 앉아 짜증스런 손길로 책장을 넘겼다.

표지 안쪽 구석에 작가 프로필이 간단하게 적혀 있었다. 대충 눈으로 훑은 그녀는 속지에 적힌 제목을 또 한 번 노려본 뒤 두어 장의 책장을 넘기고 첫 줄을 소리 내어 읽었다. 툴툴대며 읽던 목소리가 조금씩 줄어들더니 이내 아미는 눈으로만 책을 읽어 내려 갔다. 한참 동안을.

마지막 장을 넘기자 작가 후기가 있었다. 눈으로 빠르게 대충 훑고 책을 덮은 뒤 여운을 즐겼다. 확실히 베스트셀러답게 책은 재미있었다. 주인공들의 심리를 아득하게 표현을 하는가 싶으면 직설적으로 표현을 하면서 긴장감을 늦추지 않았다. 중간에 화장 실을 간 것 외에는 내내 책을 붙들고 있을 정도로 흡입력이 높았 다. 다만, 다 읽고 난 뒤 마음 한 자락이 무거워졌다.

여자 주인공인 수인은 결혼을 약속한 남자 승민이 있었다. 결혼 날짜를 잡았지만, 승민의 집에서는 여전히 반대가 남아 있었다. 결혼 준비를 하던 중, 갑작스런 예비 시아버지의 사망으로 결혼식 이 늦춰지게 된다. 거기에 더불어 대전에 살던 수인은 서울 본사 로 6개월간 발령을 받게 된다.

수인은 6개월간 서울에 사는 친구 집에서 같이 지내게 되고, 이 렇게 승민과 원거리 연애가 시작된다.

서울 본사 첫 출근 날, 수인은 남조인 정혁에게 실수를 하게 된 다. 정혁은 수인의 실수를 너그럽게 넘어갔고, 그 계기로 수인은 정혁의 눈에 들게 된다.

정혁은 그녀가 살게 된 친구 집의 옆집에 살고 있었고, 그녀의 상사였다. 여러 일들이 우연하게 겹치면서 그는 수인에게 호감을 키워간다. 그러던 중, 수인에게 결혼할 남자가 있다는 걸 알게 된 다. 그럼에도 그녀에 대한 호감이 줄어들지 않고 사랑으로까지 커 지게 된다.

정혁은 승민의 집안의 계속되는 반대로 힘들어하는 수인의 옆에서 그녀를 위로해 주며 조금씩 틈을 파고든다. 넘어올 듯 말 듯 위태롭던 수인은 정혁을 밀어내지만, 정혁은 자신이 쉼표(,)가 되어주겠다고 손을 내민다. 자신에게 잠시 쉬어가라는 그의 손을 지칠 대로 지친 수인은 거절하지 못한다.

짧은 시간에 정혁은 수인의 마음에 파고든다. 쉬어갈 수 있도록 쉼표가 되겠다던 정혁은 그녀의 마음에 승민과 같은 부피로 자리를 잡는다. 정혁에게만 찍혀 있던 쉼표가 정혁과 승민 사이에 찍히면서 두 남자는 수인의 마음에 동등한 사랑이 된다.

정혁, 승민 두 남자를 사랑하게 된 수인. 이 사실을 알게 된 승민은 그녀의 마음에서 정혁을 몰아내고 되찾으려 갖은 노력을 다한다. 수인은 또다시 정혁과 승민의 사이에서 혼란을 겪게 된다.

중반을 넘어서면서 정혁과 수인이 사랑의 결실을 맺을 줄 알았다. 허나, 그녀의 마침표는 승민이었다. 수인은 승민과 약속했던 결혼을 하게 된다.

정혁과 수인의 사랑과 승민과 수인의 사랑이 모두 현실적이면서도 이상적으로 아름답게 표현이 되어 어느 사랑이 옳다고, 더 크다고 비교를 할 수가 없었다.

하지만 아미는 결말이 마음에 들지 않았다. 결국은 수인에게 정혁은 쉬어가는 쉼표였을 뿐이다. 이 결말이 그녀의 마음을 무겁게 했다.

아미는 주인공들에게 그녀와 세진, 그리고 세진의 애인을 대입했다. 수인은 세진이고, 승민은 세진의 애인, 정혁은 그녀인 것 같아 씁쓸했다.

세진에게 자신은 쉬어가는 쉼표일지도 모른다는 생각에 서글퍼졌다. 혹시 그 쉼표가 자신과 그 여자 사이에 찍혀 동등하게 자리잡았을지도 모른다. 하지만 결국 마침표는 다른 여자에게 찍는 건 아닐까 두려워졌다.

괜히 이 책을 읽었다. 읽지 말 것을. 세진의 마음이 어떠한지 궁금했었지만, 지금 이 순간부터는 궁금해하지도 못할 것 같다.

그동안 외면하고 모르는 척해왔던 그 여자의 존재를 이제는 인지해야 함을 깨달았다. 처음부터 자신과 세진의 사이에 그 여자가 끼어 있었음을.

chapter 7

하늘에 먹구름이 끼는가 싶더니 해가 가려지고 창밖이 회색으로 물들었다. 10시에 도착하는 세진을 마중하러 가는 경쾌하지 못한 발걸음이 빗소리에 묻혔다. 오히려 다행이라는 생각을 하며 아미는 투둑투둑 빗소리에 맞춰 걸음을 옮겼다.

한 가족이 국외로 가족여행을 가는지 우왕좌왕 한꺼번에 몰려다녔다. 그 가족뿐만이 아니더라도 수많은 사람들이 뭉텅이로 몰려다녀 시야를 가렸다. 대부분의 사람들이 공항 안으로 들어오면서 입구에 비치된 비닐로 우산을 감쌌지만, 그렇지 않은 사람들도 꽤 되어 바닥이 물로 흥건했다. 미끄러워 자칫하면 넘어질 것 같은 실내를 아미는 조심스럽게 걸어 출국장으로 향했다.

10시에 도착하기로 한 비행기가 화면에 연착 소식이 떴다. 이런 일이 비일비재하기에 그녀는 가까운 커피숍에서 달달한 카페모카 한 잔을 테이크아웃한 뒤 출국장 앞에 있는 의자에 앉아 커다란 유리창을 통해 밖을 내다봤다.

갖가지 색의 우산을 쓰고 가는 사람들이 마찬가지로 시야를 가려 고개를 들고 하늘을 쳐다봤다. 커다란 먹구름이 층층이 쌓인 하늘은 원래부터 제 색이 이랬다는 듯이 빛 한줄기를 내보이지 않았다.

아미는 가방을 열어 책 한 권을 꺼냈다. 어제 읽었던 책을 제자리에 꽂아두지 않고 가방에 집어넣었다. 제목만 봐도 가슴이 옥죄어와 가방에 쑤셔 넣고 달달한 커피를 입에 머금었다.

아무 생각 없이 밖을 내다보는데 옆에 앉아 있던 사람들이 우르르 일어나자 그녀도 몸을 돌려 비행기 도착을 알리는 전광판을 확인한 뒤 자리에서 일어났다. 걸어가면서 한쪽이 비치된 쓰레기통에 커피 잔을 버리고 사람들 틈에 섞여 문이 열리기를 기다렸다.

한두 사람이 먼저 나오더니 얼마 가지 않아 우르르 사람들이 몰려서 나왔다. 그 틈에 세진과 세련이 끼어 있었다.

"세진아."

아미의 부름에 두 사람이 동시에 고개를 돌리더니 곧장 그녀를 향해 걸어왔다. 갈 때와는 다르게 짐이 줄어든 세진은 캐리어만 뒤에 끌면서 남은 팔을 그녀에게 뻗었다. 등을 감싸 안고 품으로 끌어당기고서는 가볍게 볼에 키스를 하고 나서야 그녀를 놓아주었다.

"잘 있었어?"

다정한 물음에 왈칵 눈물이 쏟아질 것 같아 아미는 재빨리 그의 허리를 감싸 안고 품으로 파고들었다. 토닥토닥 등을 두드리는 것으로 그녀의 응석을 받아주던 세진이 얼굴 좀 보자며 몸을 떼어냈다. 눈을 꼭 감고 고개를 들자 그가 낮은 웃음을 내뱉으며 다시 품에 안았다.

"얼씨구. 누가 보면 몇 달 떨어져 지낸 줄 알겠네."

옆에서 팔짱을 끼고 발을 까딱거리며 그 모습을 지켜보던 세련의 입에서 결국 시니컬한 말이 튀어나왔다. 이러고 있는 커플이 주위를 돌아보니 몇 되어 그리 구경거리도 되지 않아 세련은 어서 집에나 가자며 먼저 걸음을 옮겼다.

"비 오네. 이런 비가 제일 싫어."

가느다란 빗줄기가 시야를 흐릿하게 했다. 별다른 생각 없이 우산 하나만을 챙겨와 난감하던 중 세진이 차를 가지고 올 테니 기다리라며 우산을 펼쳐 들고 멀어져 갔다. 몇 걸음 가지 않았음에도 비가 그를 흐릿하게 만들었다.

"무슨 일 있어?"

세련이 아미의 팔을 흔들며 물었지만, 아미는 입매를 늘어트리며 고개를 저었다.

집으로 향하는 길은 조용했다. 세련은 피곤한지 뒤에 앉아 눈을 감았고, 아미도 조용히 앞을 응시했다. 와이퍼가 움직이는 소리가 미약하게 들려오고 빗소리는 차 안의 정적을 없애듯 차를 두드렸다.

"어디 아파?"

평소와 다르게 침체된 분위기를 뒤늦게 감지한 세진이 걱정스럽게 묻자 아미가 고개를 돌려 그를 응시하고는 눈을 접어 웃었다.

"나이 먹어서 그런지 비가 오니까 몸이 쑤시는 것 같아."

그녀의 농담이 귀여운지 오른손을 뻗어 아미의 얼굴을 쓰다듬은 그가 자기가 없을 때 뭘 했는지를 오전, 오후, 저녁 단위로 물었다.

중간에 세련을 내려주고 두 사람은 근처 식당에서 점심을 해결한 뒤 집으로 향했다. 졸졸졸 세진의 뒤를 따라 들어온 아미는 바닥에 주저앉아 캐리어를 열고 옷가지를 꺼냈다.

"내가 정리할게 나둬."

간단하게 씻겠다며 욕실로 들어가는 그의 등 뒤로 알았다고 대답을 하면서도 아미는 손을 분주하게 움직였다. 워낙에 깔끔하게 분리를 해서 짐을 싸온 덕에 정리는 빨리 끝났다. 스킨로션도 제자리에 놓고 마지막으로 남은 짐을 쳐다보다가 손을 뻗어 꺼냈다.

가지고 갈 때에는 없었던 곱게 포장이 된 상자는 그 누가 봐도 선물이라 생각할 것이다. 처음에는 그 선물을 보고 박수를 치며 좋아하던 아미는 언뜻 지나가는 생각에 서서히 표정을 굳혔다. 미소를 띠던 입가는 일자로 굳어버렸고, 반짝거리던 눈동자는 생기를 잃었다.

자신이 정리할 테니 손대지 말라 했던 이유가 이거였나 보다. 그 여자에게 줄 선물이 담겨 있기에 그랬나 보다. 그나마 위안이 된 것은 선물이 두 개가 있었다. 손안에 들어오는 작은 박스와 두 손에 들어오는 보다 큰 박스. 이 중 하나는 자신의 것일 거다. 매번 그는 아버지를 만나러 가거나 출장으로 해외를 갈 때에 선물을 빼놓지 않았었다.

달칵.

문이 열리는 소리에 놀라 재빨리 선물상자 두 개를 캐리어에 집어넣었다. 머리를 탈탈 털던 세진이 한쪽 어깨에 수건을 걸치고는 옆으로 와 다리를 굽혀 앉았다.

"내가 정리한다니까."

부드러운 목소리였지만, 그녀에게는 비난처럼 들렸다. 그에 아미의 어깨가 움찔거렸다.

"봤어?"

"뭐, 뭘?"

더듬거리는 아미가 의아한지 세진이 그녀의 얼굴을 뚫어지게 쳐다본 뒤 캐리어 안에 흐트러진 상자 두 개를 꺼내 아미에게 뻗었다.

"봤으면서 묻기는. 뜯어봐."

"나 주는 거야?"

"그럼 누구를 줘."

별스런 소리를 다 한다는 듯 말을 마친 그가 스킨로션이 캐리어에 없는 걸 확인하고는 방으로 들어갔다.

혹시나 그 여자를 주려고 했던 선물을 자신에게 들켜 그냥 다 주는 건 아닌가 눈치가 보였다. 스킨로션을 다 바른 세진이 포장지를 뜯지도 않은 걸 보더니 직접 포장지를 벗겨 물건을 꺼냈다.

"전에 갖고 싶다고 했던 거 이거 맞지?"

상자에서 7센티가량의 막대 모양의 물건이 들어 있었다. TV에서 본 제품으로 한정 물량만 한국으로 수입이 된 립스틱이었다. 은은하면서도 물기를 머금은 핑크색의 립스틱으로 꽤 갖고 싶어 바로 백화점으로 달려갔지만 이미 품절이 되어 사지를 못했었다.

이 립스틱은 분명 그 제품이다. 이 선물은 자신을 위해 준비한 게 확실해지자 조금씩 미소가 지어졌다.

나머지 포장지도 뜯은 그가 박스 안에서 두 개의 물건을 꺼내 쥐어주었다. 두 개가 세트인지 같이 들어 있었다.

"이거는 요즘 유행한다는 CC크림? BB크림보다 좋다던데. 그리고 팩트."

"이거는 내가 갖고 싶다고 한 거 아닌데?"

그 여자에게 주기 위해 산 선물이라 생각이 되자 눈물이 차올라 입술을 깨물고 비참함과 서운함을 참았다. 서운함보다 비참함이 더 커 속이 쓰라렸다.

"전에 보니까 팩트 다 쓴 것 같아서. 새로 살 때 되지 않았어? 그리고 CC크림이랑 세트기에 같이 샀어. 이 팩트랑 CC크림 좋다고 세련이가 그러기에."

마음에 들지 않아 하는 줄 알았는지 세진이 미안함을 담고서는 쳐다봤다. 아무리 좋은 선물이라고는 해도 받는 당사자가 시큰둥하면 그 선물은 선물의 가치를 잃어버린다.

세진의 말에 그러지 않아도 새로 팩트 리필용으로 구매하려고 했던 걸 떠올린 아미가 그의 목을 감싸고 몸을 던졌다. 갑작스런 그녀의 무게에 밀려 뒤로 누운 그가 단숨에 몸을 돌려 그녀의 몸 위로 올랐다.

"마음에 안 들면 새로 사줄까? 역시 쓰던 거 쓰는 게 좋나?"

"아니. 나 이거 쓸래. 이거 나 할래."

팩트와 CC크림을 빼앗길까 가슴에 꼭 끌어안고 고개를 흔드는 그녀의 얼굴을 잡아 그가 짧게 입을 맞췄다. 그러자 아미가 품에 안고 있던 물건을 옆으로 치우고 그에게 매달렸다.

월요일 아침은 일주일의 시작으로 분주하기도 하지만, 한껏 느긋하고 나른하기도 했다. 더위에 지쳐 짜증지수가 올라갔다가도 사무실로 들어오면 그 짜증지수는 급격하게 떨어졌다. 즉 하루에 도 몇 번씩 좋고 나쁜 컨디션의 갭이 크고 빠르게 변하기에 서로 조심하고 있었다.

"오늘따라 회의가 길어지는 것 같지 않아요?"

호건이 회의를 가고 아직도 돌아오지 않은 안 과장의 자리를 쳐다보며 물었다. 왜 회의가 길어지는 것인지는 자신도 모르는데 꼭 사무실 사람들은 그녀에게 와서 물었다. 호건의 질문에 벌써 정 대리 외 세 명의 직원이 자신을 쳐다봤다.

"나야 모르지."

당연한 대답임에도 다들 실망했다는 눈빛을 보내더니 다시 하던 일에 집중을 했다. 급한 업무를 보는 사람이 아니고는 대부분이 인터넷 창을 열고 소위 말하는 딴짓을 하고 있었다. 거기에 동참하고 있던 아미 또한 그동안 보지 못했던 연재 웹툰을 다 본 뒤 할 일이 없어 그냥 이곳저곳 웹페이지를 들락거리고 있었다.

"어? 다들 Da음 연예기사 좀 봐요."

정 대리가 뭘 봤는지 호들갑을 떨며 외쳤다. 이에 가까이 있던 직원 몇몇이 그녀의 자리에 모여들었고 호건은 재빨리 Da음 홈페이지로 들어가 연예기사를 훑었다.

"뭐요? 어떤 서요? 뭐 별다른 거 없는데요? 누구 열애설 났어요?"

아무리 훑어봐도 흥미를 자극하는 별다른 기사가 보이지 않자 호건이 엉덩이를 들썩거리며 물었다. 자기랑 다른 홈페이지를 열고 있나 확인을 하고 싶었지만, 그의 자리에서 정 대리의 컴퓨터가 보일 리가 없다.

"맨 위에 영화 제작발표 그 기사. 그거 읽어봐."

"'마침표. 쉼표,' 제작발표 기사요?"

영화 제목에 아미가 의자를 옆으로 끌어 호건의 컴퓨터를 봤다. 제작발표가 그제였으니 기사는 이미 쭉 올라와 지금쯤이면 대중들의 흥미를 잃었을 법도 한데, 이 기사는 여전히 메인을 차지하고 있었다.

별 내용이 없는 기사를 쭉 읽어 내려가던 차에 마지막 한 줄에서 다들 '어!' 하는 단말마의 소리를 냈다.

"ㅅ그룹에서 새로 증축한 아파트에서 촬영을 시작할 예정이다. 이 아파트는 건물 내에 공원은 물론 수영장, 헬스장뿐만 아니라 스파시설까지 갖추었다. 이런 시설을 모두 갖추었음에도 서울 시

내에 있는 초호화 아파트와는 달리 비교적 싼 시세로 중산층에게 선보일 예정이다. 이거 우리 회사 아니에요? 지금 분양준비 하는 아파트 맞죠?"

마지막 문단은 영화 홍보와는 거리가 먼 글이었다. 보나마나 회사에서 돈을 들여 기사를 낸 것이 틀림없다. 홍보부가 기가 막힌 아이디어를 냈다고 하더니 이거였나 보다. 영화 촬영을 한 곳이라면 사람들의 관심을 끌기에 충분했다.

"맞는 거 같은데? 벌써부터 댓글에 분양 문의가 있어. 그런데 여기서 분양 문의를 하면 어쩌자는 거야?"

사무실이 단숨에 소란스러워졌다. 다들 정말로 영화 촬영을 여기서 하냐. 우리도 구경 가면 안 되는 거냐. 나 누구의 팬이다 등등 서로 자기 말을 내뱉었다. 조금은 진정시킬 필요가 있어 정 대리와 눈을 맞춘 아미가 고개를 끄덕였다.

"조용! 아직 확실한 거는 잘 모르니까 일단 제자리로 돌아가요."

"다들 빨리 돌아가. 옆 사무실에서 쫓아오겠네. 훠이 훠이. 나 자리 좁다."

사람들이 미는 탓에 책상과 의자 사이에 갇힌 정 대리가 손을 내저으며 직원들을 내쫓았다. 호건은 연신 대박을 외치며 우리 프로젝트 이대로 바로 성공하는 거 아니냐며 호들갑을 떨었다.

확실히 기사 하나가 사람들의 관심을 끌었다. ㅅ기업은 바로 ㅅ안기업으로 댓글이 달렸고, 중산층을 겨냥했다고는 하지만, 알아보니 조금 비싸다는 댓글에는 이 정도 시설에 이 정도 가격이면 대출 받고서라도 들어가고 싶다는 댓글이 줄을 이었다.

물론 90프로 이상이 영화와 배우들에 관한 댓글이었지만, 이정도 관심을 끈 것만으로도 꽤 성공적이다.

"홍보부 대단한데요? 그런데 이런 영화 촬영 같은 거는 우리가 기획했어야 하는 거 아니에요?"

우리가 아닌 다른 부서에서 한 건 했다는 거에 호건이 살짝 자존심이 상한 말투로 툴툴거렸다. 확실히 이런 기획안은 기획부에서 나왔어야 한다. 그보다 어떻게 영화 촬영장소를 따냈냐는 거다.

웅성거리는 틈을 타 안 과장이 회의를 마치고 돌아왔다. 몇몇 직원이 기사에 난 게 사실이냐고 묻자 대충 눈치를 챈 안 과장이 고개를 끄덕였다.

"자세한 거는 허 대리랑 기호건 사원에게 듣도록 하세요. 두 사람은 점심 먹고 바로 회의 들어가고."

긴 회의에 지친 것인지 안 과장은 더는 말해주기 귀찮다는 듯 자리로 돌아가 의자에 앉아 몸을 파묻었다. 다들 궁금해 죽겠는지 다른 부서에 인맥이 있는 직원은 재빠르게 문자를 돌렸다. 졸지에 남은 직원들의 시선을 한 몸에 받게 된 호건과 아미는 얼떨떨한 얼굴로 서로를 쳐다봤다.

"아, 나도 아직 몰라. 이따가 회의 끝나고 알려줄게."

정 대리는 회의 도중에 몰래 카톡을 보내라는 말을 하더니 궁금해 죽겠는 얼굴로 안 과장을 노려봤다.

점심을 먹고 호건과 여직 아무도 모이지 않은 텅 빈 회의실에 자리를 잡고 핸드폰을 이용해 기사를 검색했다. 비슷한 기사가 몇 개 더 올라와 읽어보던 중 세진이 회의실로 들어왔다. 아직 회의 시간까지는 여유가 있기에 늘어진 자세로 있던 호건이 바짝 일어서 허리를 굽혀 인사를 했다.

"안녕하세요, 차 팀장님."

"네."

아미도 세진에게 눈을 맞춰 인사를 한 뒤 호건 몰래 그를 흘끗거렸다. 세진은 덤덤한 얼굴로 제일 상석에 앉아 포트폴리오를 펼쳤다. 기다란 손가락으로 프린트물을 한 장씩 넘기며 일정한 속도로 눈동자를 위아래로 움직여 가며 읽는 모습을 아미가 뾰로통하게 쳐다보았다.

"저, 팀장님. 커피 드시겠습니까?"

적막한 분위기가 불편했던지 호건이 자리에서 일어서며 물었다. 당장이라도 이곳을 빠져나가고 싶어하는 게 얼굴에 드러났다.

"그럼 부탁하겠습니다."

세진의 말이 떨어짐과 동시에 후다닥 나가면서 호건이 회의실 문을 닫았다. 뭐가 그리도 급한 걸까 생각을 하며 버티컬이 반쯤 가려진 창밖을 내다보던 아미는 그녀를 부르는 목소리에 고개를 돌렸다.

"뭘 그렇게 봐?"

"응? 그냥. 그러는 차 팀장님은 뭘 보시는 건데요?"

궁금하면 와서 보라는 듯 그가 손가락을 까딱거렸다. 눈동자를 돌려가며 요리조리 살펴보던 아미는 궁금함에 자리에서 일어나 그의 옆에 섰다. 대담하게 그가 그녀의 손을 잡아 올리더니 손등에 가볍게 입을 맞췄다.

"누가 보면 어쩌려고 그래?"

좋은 기색을 내보이며 하는 말이라 그는 피식 웃더니 자리에서 일어나 그녀의 뒤에 섰다.

"오늘 아침에 정신이 없어서 머리를 못 묶어줬네."

"음. 예쁘게 따줘."

가볍게 머리카락을 손으로 빗어 내리는 느낌이 좋아 오래토록 그 손길이 머물렀으면 하는 바람에 머리를 땋아달라 부탁을 했다. 손목을 감싼 시계로 시간을 확인한 그가 아직 여유가 있다고 판단을 했는지 적정량의 머리카락을 잡고 익숙한 손놀림으로 머리를 땋기 시작했다.

잡혀 있는 머리카락 탓에 책상 위로 손을 더듬거리며 파일을 손에 쥔 아미는 맨 처음 장부터 넘겼다. 이번 프로젝트에 관한 파일은 맞는데, 영화 촬영에 관련된 이야기가 있었다.

"정말로 이 영화 새로 증축한 아파트에서 촬영하는 거야?"

"응. 일정이 꽤 급하다고 하네. 다음 주부터 촬영에 들어갈 거야."

"와, 진짜구나. 이런 걸 누가 생각해 낸 거야?"

"진 이사님."

"태호 오빠가? 어떻게?"

의외의 말에 아미가 놀라며 고개를 돌리려 하자 세진이 한쪽 어깨를 잡아 고정시켰다. 땋은 머리를 위로 올려 돌돌 말아 한데에 모은 뒤에 왼손에 감겨진 머리끈으로 묶었다. 묵직하게 머리가 묶이자 그는 아미를 돌려 세운 뒤 귀 앞으로 머리카락을 느슨하게 빼 더욱 자연스럽게 만들었다.

창에 흐릿하게 비치는 모습을 보며 잘 묶인 걸 확인한 아미가 들고 있던 파일을 내려놓고 아직 듣지 못한 대답을 요구했다.

"영화 투자자가 아는 사람이래."

더 자세한 건 말해주기 싫은지 세진은 입을 꾹 다물었다.

이제 더는 아미가 태호를 좋아하지 않는다고는 했지만, 그는 아직도 태호에게 감정이 남아 있다. 아미가 그에게 사소한 관심을 갖는 것조차도 싫다.

그만 자리에 앉자는 말에 아미는 원래 앉았던 자리로 돌아갔다. 3분여가 지나자 호건이 테이크아웃 커피를 들고 들어왔다. 다른 부서 사람들과도 같이 회의를 하니, 딱 세 명분만 사올 수 없어 숫자에 맞게 커피를 사오느라 꽤 지출이 커 그의 얼굴이 울상이었다.

"잘 마시겠습니다."

세진에게 커피를 건네주며 그 표정을 지우고 깍듯했지만, 아미에게 커피를 쥐어주면서는 눈을 아래로 처지게 만들고서 세진 몰래 우는 시늉을 했다.

"어? 그런데 오늘은 머리 풀고 계시지 않았어요?"

호건의 질문에 막 커피를 입에 가져가던 아미가 화들짝 놀라며 다시 내려놓았다. 마시던 중이었다면 필히 커피를 입 밖으로 내뿜었으리라.

"으응? 묶었지."

태연하게 묶은 머리를 손으로 더듬으며 대답을 하자 호건이 몸을 뒤로 쭉 빼고서는 감탄을 했다.

"와, 이걸 어떻게 꼬아요? 뒷머리를 안 보고도 땋을 수 있어요?"

"……뭐, 긴 머리 여자들에게 머리 땋고 묶는 건 일도 아니지."

자신에게는 큰일이지만, 보통 여자들에게는 일도 아닐 거라는 생각을 하며 대답을 했다. 자신의 대답에 숨죽여 웃는 세진을 향해 뾰족하게 눈을 뜨고서는 압력을 행사하자, 그가 바로 얼굴을 굳혔다.

"제 여자친구는 혼자서 머리 땋는 건 힘들다던데요. 허 대리님 굉장해요. 손재주가 좋으신가 봐요."

"쿡쿡."

뒤이은 호건의 말에 세진이 결국 웃음을 터트렸다. 호건이 쳐다보자 그가 아무것도 아니라는 듯 손을 저어 보였다. 더 이상의 찬사가 나오면 곤란하니 그만하라는 눈치를 주었지만, 호건은 계속해서 어떻게 땋은 거냐며 물었다.

'내가 안 했는데 어떻게 알아.'

속으로 눈치 없는 호건을 욕하는 사이 다른 부서 사람들이 회의실로 들어왔다.

간략하게 홍보부가 한 일과 앞으로 진행될 사항을 이야기하는 세진의 표정이 좋지 않아 다들 숨죽여 가며 다이어리에 중요사항을 받아 적어갔다. 그가 화면을 보라는 말을 하면 재빨리 고개를 돌려 스크린을 주시했다.

보조 등을 제외하고 모든 등을 꺼서 어둑해진 회의실 공간을 가르듯 프로젝터가 빛을 내며 스크린에 영상을 띄웠다.

"다들 아시다시피 '마침표. 쉼표,'의 첫 촬영이 이번에 증축한 시안아파트에서 촬영을 합니다. 어느 정도 홍보가 이루어진 상태고, 촬영에 들어가면 그 효과는 극대화될 거라 생각이 듭니다."

"이 정도면 성공 아닌가요? 벌써부터 반응이 뜨겁던데요. 분양 문의가 들어오고 있다고 들었습니다."

한시름 덜었다는 듯 이야기하는 타 부서의 직원을 쳐다보는 세진의 눈은 날카로웠다.

"하지만 여전히 분양 가격은 그대로입니다. 다행히 영화 촬영으로 관심을 끌었고, 분양 문의가 들어오고 있다고는 하나 원래 목적은 달성하지 못했습니다. 여전히 중산층에게는 부담이 되는 가격이죠."

이 외에 프로젝트 목적을 달성하지 못한 근거를 제시하면서 사람들의 기를 죽인 그는 덤덤하게 다음 회의 때까지 방안 모색을 해올 것을 당부했다.

"그리고 이곳에서 촬영이 이루어지는 동안 본사에서 몇 명이 현장에 나가야 할 것 같습니다. 홍보를 할 거면 확실하게 하자는 의견이 나왔습니다."

즉, 영화 장면 한 컷이라도 더 아파트를 홍보할 수 있도록 가서 도와주고 지켜보라는 것이었다.

"촬영 내내 있는 겁니까?"

영화 촬영을 구경할 수 있다는 기대감에 타 부서 직원이 물었다.

"상황에 따라 달라지겠죠. 우리 프로젝트에서 지원을 하기로 했습니다. 첫 촬영에는 기획부의 기호건 사원과 허아미 대리님이 가도록 하세요. 다음에는 마케팅 부에서 지원 부탁드립니다."

호명되지 않아 아쉬움이 깃든 것도 잠시, 돌아가며 모두 촬영 현장에 가게 될 거라는 말에 얼굴이 활짝 폈다. 배우들을 직접 눈앞에서 볼 수 있다니 이 얼마나 큰 행운이자 영광인가.

허나, 아미의 표정은 그리 좋지 않았다. 유독 '마침표. 쉼표,' 와 연이 닿는 게 꺼림칙해진 그녀는 아무도 모르게 낮은 한숨을 내쉬고는 펼친 다이어리를 접었다.

「미안. 주말에 가기로 한 여행 미뤄야 할 것 같다.」

목요일 밤. 막 잠이 들 때 문자가 도착했다고 울리는 핸드폰 알람 소리를 무시하려고 했다. 허나, 밤늦은 시간이라는 점에서 혹시나 또 그 사람이 술을 마시고 보고 싶어하던 여동생에게 문자를 보낸 건 아닌가 꺼림칙함에 뒤척이다가 벌떡 일어났다.

억지로 눈을 뜨자 뻑뻑한 느낌이 감돌아 다시 눈을 지그시 감고 억지로 하품을 한 뒤 눈을 깜빡였다. 더듬더듬 핸드폰을 집어 들고 문자를 확인했을 때, 세진에게서 온 문자라는 걸 확인하고는 안심을 했다가 내용을 보고 잠이 싹 달아났다.

"왜?"

정확한 이유가 적히지 않은 문자에 분노한 아미는 바로 통화버튼을 눌렀다. 한참이나 신호가 가도 전화를 받지 않았다. 기계적인 여자 목소리가 들리자 전화를 끊고 다시 전화를 하려던 차에 그녀의 머리를 스쳐 지나가는 생각에 성급하던 손가락이 갈 곳을 잃고 멈췄다.

그러고 보니 한참을 세진이 그 여자를 만나러 가지 않았다. 혹시, 이번 주말에 그녀를 만나러 갈지도 모른다.

힘이 탁 빠진 아미는 털썩 침대 위로 쓰러지듯 누워 팔로 눈을 가렸다.

눈이 시큰해지고 가슴이 옥죄어왔다. 요 며칠 사이에 괜찮은 듯싶다가도 불현듯 이상한 생각을 하고서는 지금과 같은 증상이 나타났다. 심하게는 속이 메스꺼워 화장실로 달려간 적도 있었다. 이게 죄책감이라는 걸까.

아미는 모로 몸을 돌려 다리를 한껏 끌어안고 태아처럼 몸을 말았다. 느려지는 호흡에 산소가 부족한지 머리가 띵해져 왔다. 억지로 호흡을 가다듬는 몸이 잘게 떨렸다.

잘게 떨리던 몸이 갑작스런 벨소리에 서서히 떨림이 잦아들었다. 아미는 슬쩍 한쪽 눈만 뜨고 핸드폰에 찍힌 발신자를 확인했다. 세진이었다. 무슨 이야기가 나올지 두려워 전화를 받고 싶지 않았지만, 이유가 궁금했다.

"여보세요."

[전화했었네. 미안. 잠깐 쓰레기 버리러 나갔다 왔어.]

"이 시간에?"

[응. 음식물 쓰레기 버린 지 꽤 돼서. 그런데 잔다며 아직 안 잤

어? 자는 줄 알고 문자로 보냈는데.]

"잠이 잘 안 오네. 그런데 왜?"

이유를 말하지 않고 피하며 뱅뱅 도는 느낌이었다. 물론 딱 두 번의 말이 오고 갔기에 실상은 그렇지 않았지만, 그녀가 느끼기에는 그랬다.

[내일 오후에 갑자기 일본으로 출장에 가게 됐어. 세미나하고 미팅. 다음 주 화요일에나 돌아올 수 있을 것 같아.]

긴장하고 있던 몸이 세진의 말에 탁 하고 풀렸다. 잠깐 사이에 뭉친 어깨를 두드리며 풀어주자 숨통이 조금이나마 트였다.

"진짜?"

[응. 약속은 내가 해놓고 못 지켜서 미안하네.]

"아니야. 다음에 가면 되지."

내일 출근을 위해 어서 자라는 세진의 말에 짧은 통화를 마무리한 아미는 가벼운 마음으로 다시 침대에 누웠다. 그 여자 때문이 아닌, 일본으로 출장을 간다니 마음이 놓였다. 혹여 부산으로 출장을 가는 거였으면 꽤 신경이 쓰였을 터이다.

이제는 맘 편이 잠을 자야지 하면서도 아미는 쉽사리 잠에 들지 못했다. 결국 새벽 2시가 지나서야 지친 눈이 스르륵 감기고 무거운 몸이 잠을 요구하자 잠에 들었다.

다음날 오후에 세진은 부하 직원과 함께 일본으로 출장을 갔다. 그날부터 주말 내내 세진은 자주 전화를 함으로서 또 주말에 혼자 있는 그녀의 심심함을 달래주려 했다.

하지만 갑자기 불면증이 찾아온 아미는 피곤함에 힘들었다. 새벽 내내 뒤척이며 잠에 들지 못했고, 음식을 먹고 나면 소화가 잘 되지 않았다.

그렇게 주말을 보내고 출근을 한 지금, 아미는 아주 죽을 맛이 었다. 오죽했으면 호건뿐만 아니라 거의 모든 팀원들이 병원에 가 봐야 하는 거 아니냐며 말을 했을까.

"진짜 괜찮으세요?"

"응. 그냥 소화불량이야. 주말에 뭘 잘못 먹었나 봐. 소화제 사 먹었으니 괜찮아질 거야."

촬영장으로 향하면서 도중에 약국에 들러 소화제를 사먹었다. 약을 먹었고 괜찮아질 거라는 말에 호건이 조금은 걱정을 덜었지 만 잔소리는 끝나지 않았다.

"체하는 게 진짜 아픈 건데. 기분 나쁘게 배가 아프고 답답하고 짜증도 나고. 그냥 저 혼자 갈 걸 그랬나요? 거울 좀 봐요. 대리님 눈 밑에 다크서클도 생겼어요."

잠을 자지 못했으니 눈 밑이 퀭해지는 건 당연했다. 더는 말을 할 힘이 없다는 듯 손을 내저은 아미는 시트에 몸을 맡기고 눈을 감았다.

영화는 초반에만 시안아파트에서 촬영을 한다고 했다. 책에도 집이 많이 나오지 않았고, 중간에 남조인 정혁이 이사를 간다. 영화 대본도 이것을 그대로 따르는 것 같았다.

실상은 아직 준공이 다 끝난 것은 아니다. 어느 정도 마무리에 들어가는 중이지만, 조명 부분을 추가적으로 손을 보기로 했고, 촬영을 하게 되는 건물 말고 다른 건물은 아직 내부 마무리 작업에 있다.

역시나 촬영장에 가자 촬영을 하게 되는 건물은 말끔하게 청소가 되어 있었지만, 맞은편 건물은 여직 공사 인부들과 인테리어 직원들이 왔다 갔다 하고 있었다. 어차피 지금은 건물 내부만 찍을 것이고, 외부는 나중에 찍어서 가져다 붙인다고 했다.

출입을 엄격히 제한한 탓에 관계자밖에 없다고는 하지만, 그 관계자들 수가 꽤 되어 사람들로 복잡했다. 배우들이 사용하도록 각각 집을 내어준 상태이고, 촬영을 할 집은 카메라 등등 촬영장비와 촬영진들이 차지하고 있었다.

"안녕하세요. 시안그룹 기획부에서 왔습니다."

신분을 밝히자 관계자가 감독에게로 데려다 주었다. 약간 높은 목소리로 지시를 내리고 있던 중년의 남자 감독과 인사를 나누었고, 바로 조연출과 촬영 동선을 확인했다.

첫 촬영이기에 오늘은 신이 그리 많지 않았고, 꼭 찍었으면 하는 곳을 촬영하기에 더는 관여를 할 게 없었다. 본사에서도 촬영에 방해되지 않게 행동하라 했으며, 마찰을 일으키지 말라 했기에 크게 문제가 되지 않는 한 그냥 지켜볼 생각이었다.

호건은 처음에 촬영준비에 흥미를 보이는가 싶더니 조연출에게 배우들은 어디에 있냐고 물으며 구경을 가고 싶다는 얼굴로 주위를 살폈다.

"어? 저기 한건우예요. 강주미도 있다. 와, 진짜 예쁘다."

두 배우가 대본을 맞춰보는 것인지 서로 마주 보고 서 있었고, 두 사람 모두 손에 대본으로 보이는 두꺼운 책자를 들고 있었다.

그 두 사람 옆으로 여자가 붙어서 메이크업과 입고 있는 옷을 손 보고 있었다. 그 외에도 TV에서 봤던 배우들이 있었다.

"사진 찍으면 안 되겠죠?"

몰래 찍으라는 말을 하고서 아미는 조금 동떨어진 곳으로 자리를 옮겼다. 속이 여전히 좋지 않았고, 살짝 어지럼증이 돌았다. 맑은 공기를 마셔야 될 것 같아 계단을 올라 위층으로 향하자 사람이 뜸해졌고, 촬영장보다는 산뜻한 공기에 어지럼증이 조금 가셨다.

"어? 우리 또 보네요."

웃음기를 담은 부드러운 목소리에 천천히 뒤를 돌자 한건우가 서 있었다. 언제 올라온 것인지 그는 두꺼운 대본을 돌돌 말아 어깨를 두드리고 있었다.

"혹시 관계자예요?"

아미가 목에 걸고 있는 사원증을 뚫어져라 쳐다본 건우는 낮게 '아, 시안그룹.' 하며 혼잣말을 했다.

"이름이 허아미예요? 이거 또 보니까 반가운데요. 한건우예요."

때 아닌 통성명에 아미는 자신에게로 내밀어진 손을 반사적으로 잡고 위아래로 작게 흔들었다. 한건우를 보게 될 거라는 생각을 했지만, 사석이 아닌데다 그가 또 아는 체를 할 거라고는 생각지 못해 조금은 당황스러웠다.

"혹시 어디 안 좋아요? 얼굴이……."

몰골이 꽤 안 좋다는 걸 알기에 얼굴을 쓸어내리며 살짝 고개를 내렸다. 그러고 보니 계속해서 한건우만 말을 하고 있고 대꾸를 하지 않았다는 걸 인지하고는 입술을 축인 뒤 대답을 했다.

"속이 좋지 않아서요. 또 보게 되네요."

"세 번의 우연이면 필연이라던데. 우리 인연인가 봐요."

'하하.' 하며 낮게 웃는 목소리에는 사심이 깔려 있지 않아 누가 봐도 농담이었다. 아미도 옅게 미소를 지으며 그만 자리에서 벗어나려 마주 보고 있던 건우에게서 한 걸음 물러섰다.

"그럼 저는 이만. 촬영준비 하셔야죠?"

"네."

다시 촬영장으로 내려왔을 때에는 촬영준비는 끝났고, 첫 촬영의 긴장감으로 분위기가 묘하게 가라앉아 있었다. 호건은 몰래 강주미의 사진을 찍는 걸 성공한 것인지 핸드폰을 보며 히죽거리다 촬영을 하기 위해 강주미가 나타나자 뚫어져라 쳐다봤다. 아미도 그 옆에 서서 촬영을 지켜봤다.

이런 건 처음으로 보는 거라 지루하지 않고 꽤 흥미가 있었다. 컷 소리와 레디 액션이 몇 차례 들린 뒤 점심을 먹고 하자며 감독이 메가폰을 내려놓았다.

호건과 아미는 따로 밖에서 먹기 위해 촬영장을 벗어났다. 두 사람은 근처 국밥집에서 점심을 해결했다. 여직 속이 풀리지 않아 국물만 몇 번 떠먹은 아미는 오전보다 더욱 좋지 않은 얼굴로 촬영장에 돌아왔다.

"속이 계속 안 좋은 거예요?"

아미는 답답함에 위로 올라왔더니 또 한건우를 만났다. 뒤에 서 있던 그의 매니저가 경계하는 눈빛으로 누구냐고 묻자 그가 아는 사람인데 여기서 만났다며 가볍게 말했다. 더더욱 매니저의 눈빛이 날카로워지자 아미가 해명을 했다.

"시안그룹 본사에서 나왔습니다."

이미 촬영협찬과 서로의 원원 관계에 대해 공지가 있었던 것인지 매니저가 경계를 풀며 인사를 했다. 사람을 많이 만나고 습관이 배어 있는 것인지 매니저는 자연스럽게 명함을 건넸다. 이에 아미도 자신의 명함을 건넸다.

핸드폰이 울리자 매니저가 전화를 받으며 자리를 뜨는데 건우가 따라나서지 않아 두 사람만이 그 자리에 남았다.

"아프면 그만 들어가는 게 낫지 않아요?"

"괜찮습니다."

잘 알지 못하는 사람의 걱정은 불편하다. 어서 자리를 뜨고 싶었지만, 건우가 계속해서 말을 이었다. 몇 번의 대화가 오간 끝에 갑자기 건우가 들고 있던 대본을 내밀었다.

"혹시 우리 영화 원작품 읽었어요?"

답답했던 속이 더 묵직해졌다.

"네. 읽었어요."

"그렇구나. 어때요? 바람피운다는 게. 제 배역이 바람피우는 상대자라 이런 생각을 가지면 안 되지만, 바람피우는 걸 너무 아름답게 묘사를 했어요. 그게 더 껄끄럽던데. 바람은 바람일 뿐이지 사랑이 아니라고 생각해요. 그래서 감정 잡기가 좀 힘들어요."

그의 말에 하얗게 질린 아미가 올라오는 구역질에 재빨리 입을

막았다. 욱욱거리는 아미에 당황한 건우가 그녀의 팔을 잡아 현관
문을 열고 안으로 이끌어 화장실로 데려가 등을 두드려 주었다.

신물 말고는 나오는 게 없어 한참을 구역질만 하며 기운을 뺀
아미는 자신을 부축하는 손길에 따라 움직이며 물을 틀어 입을 헹
구었다. 고개를 들고 거울에 비친 남자가 건우임을 확인하고는 놀
라 다시 고개를 내렸다.

"괜찮아요?"

"네. 감사합니다."

"여기를 제가 사용하거든요. 촬영 대기실이랄까."

고개를 끄덕이며 아미는 이런 모습을 타인에게 보인 민망함에
고개를 들 수가 없었다. 때마침 호건에게서 그만 복귀하자는 전화
가 와 고맙다는 말을 남기고 황급히 자리를 피했다.

아미가 나가고 거실에 놓인 일인용 소파에 앉아 대본을 읽던 건
우는 읽히지 않는 대본을 덮었다. 지금 대본보다 더 흥미가 가는
사람이 생겼다.

두 번째 만남에서 자신이 찍게 될 영화의 원작품인 책을 이야기
하면서 옆에 앉아 있던 여자가 눈에 띄게 창백해지는 게 의아했
다. 그리고 여자는 계속해서 책 이야기를 하는 동안 내내 불편함
을 감추지 못했다. 대화가 다른 곳으로 돌아간 뒤에야 여자는 낮
게 숨을 들이켰다.

뒤늦게 책 이야기에만 민감하게 굴었다는 걸 깨달았고 눈치를
챘다. 여자는 바람이라는 단어에서는 움찔거리기도 했었다. 옆에
앉아 있었기에 그러한 반응이 다 느껴졌다.

"진짜 바람을 피우고 있나 본데."

배역이 마음에 들지 않아 찍고 싶지 않았던 작품이다. 바람을 미화한 게 싫었고, 결론을 보자면 결국 그는 바람피우는 상대자이 기 때문이다. 그래서 감정이 잡히지 않아서 꽤 애를 먹고 있었다. 대본 리딩 때도 그게 드러나 감독에게 좋지 않은 소리를 들었다. 데뷔를 한 지는 꽤 되었지만, 이제 막 이름을 알리기 시작했기에 지금 더 잘해서 인지도를 쌓고 위로 올라가야 한다. 그 부담감이 더해져 연기 몰입에 더욱 힘든 상황이다. 뭐, 절반 이상이 마음에 들지 않는 배역을 억지로 맡은 것 때문이지만.

혹시나 이 책의 실제 주인공을 만나본다면 흉내라도 낼 수 있지 않을까 하는 별 이상한 생각까지 했었다. 그 와중에 그 여자가 눈 에 띄었다.

오늘 우연히 만났을 때 아는 척을 하고 싶지는 않다. 괜히 촬 영관계자 외의 여자와 이야기를 나누다가 스캔들이라도 나면 안 되기에. 그냥 지나치려다 들고 있던 대본을 보고 다시 여자를 돌 아봤다. 혹시나 해서 찔러봤는데, 바람이라는 단어에 하얗게 질리 는 얼굴을 보고 속으로 미소를 지었다.

"나한테 조금이나마 도움이 되려나."

"뭐가?"

언제 들어온 것인지 매니저가 물을 건네주며 촬영준비를 하라 고 했다.

"형, 아까 그 여자 명함 좀 줘."

"누구? 시안그룹에서 나온 여자?"

왜 주라는 것인지 그의 의중을 떠보려는 듯 눈을 가늘게 뜨는 매니저에게 그는 선한 미소를 보였다. 웃으면서도 그의 입술은 굳게 닫혀 있었다. 이럴 때에는 절대 입을 열지 않는다는 걸 알기에 매니저는 포기를 하고 주머니에서 명함을 꺼내주었다.

"설마, 아니지?"

'지금이 얼마나 중요한데 연애질을 하려고 하냐.' 라는 눈빛에 건우는 단호하게 고개를 저었다. 그 단호함에 매니저는 믿는다는 눈빛을 보인 뒤 어서 준비하고 내려오라는 말을 했다.

명함을 손에 쥐고 찬찬히 살펴보던 그는 한 글자 한 글자 읽어 내려갔다.

"시안그룹 본사. 기획부 2팀 허아미 대리. 010-96……."

핸드폰 번호를 읽던 입술이 다시 굳게 닫혔다. 뚫어져라 번호를 보던 그는 자신의 핸드폰을 꺼내 들고 문자함을 열어 번호를 대조했다.

"진짜 인연인걸."

깊어진 눈동자에는 핸드폰 번호가 가득 담겼다. 천천히 감았다 뜬 눈에 이채가 돌더니 이내 그의 입술이 호선을 그리며 위로 올라갔다.

일본 출장을 마치고 귀국을 하자마자 회사로 출근한 세진은 바로 회의를 소집했다. 어제 영화 촬영장에 관한 보고와 그 외의 업무를 보고받기 위해서. 하지만 회의 시작 전 비어 있는 한 자리와 그 이유를 들은 그는 회의를 미뤘다. 일본 출장 일정이 꽤 빠듯했던 걸 들었던 사원들은 그가 피곤하니 내일 하자는 말에 납득을 하고는 회의실을 빠져나갔다. 뒤늦게 회의실을 빠져나온 세진은 성큼성큼 그들보다 빨리 걸어 엘리베이터에 오르고 자신의 사무실로 복귀를 했다.

"젠장."

급하게 처리해야 할 일들이 산더미였지만, 그보다 더 급한 일이 생겼다. 사무실까지 오는 동안 욕지기가 치밀어 오르는 걸 참아냈지만, 자신 혼자 덩그러니 공간에 놓이자 욕설이 입 밖으로 흘러나왔다.

"저 오늘 조퇴합니다."

벌컥 열린 사무실에서 나온 세진이 팀원들에게 급히 말을 하고는 사무실을 나갔다. 단 한 번도 조퇴를 한 적이 없던 팀장이 뒤도 돌아보지 않고 가버리자 다들 하던 일을 멈추고 그가 사라진 문만 쳐다봤다.

"차 팀장님 무슨 일 있는 거 아니에요?"

"그러게. 얼굴이 엄청 살벌하던데."

웅성웅성 조금씩 소란이 커지자 박 대리는 급히 그 소란은 잠재우고 업무를 이어서 진행할 것을 지시했다.

더디게 내려가는 엘리베이터 안에서 세진은 핸드폰을 노려봤다. 문이 열림과 동시에 곧바로 차로 뛰어간 그는 시동을 걸고 출발을 했다. 손에 핸드폰을 쥐고 있던 탓에 안전벨트가 잘 매지지 않자 안전벨트 매는 걸 포기를 하고는 전방을 주시하면서도 핸드폰을 흘끗거리며 전화를 걸었다.

기대하고 있던 목소리가 들리지 않자 그는 핸드폰을 조수석에 던져 버리고 액셀러레이터 위에 올린 발에 더욱 힘을 주었다. 그 힘에 비례해 속도계가 오른쪽으로 확 치우쳐졌다.

끼이익.

타이어와 시멘트가 만들어내는 소름 끼친 소리에 지나가던 사람들이 황급히 그쪽으로 시선을 던졌다. 장신의 남자가 굳어진 얼굴로 차에서 내리더니 긴 다리로 성큼성큼 사람들 사이를 헤쳐 나갔다.

세진은 복잡한 대학병원 내부에 잠시 서서 숨을 고르고 접수대로 향해 입원실의 위치를 물었다. 간호사는 친절한 미소를 띠며 최대한 자세하게 위치를 알려주었다.

엘리베이터를 어디서 타는지, 또는 에스컬레이터를 이용할 거면 저 위치로 가라는 말을 하는 간호사에게 하마터면 몇 층이냐고 소리를 지를 뻔한 세진은 주먹을 쥐고 참았다가 간호사의 입에서 층수가 나오자마자 자리를 떴다.

6층으로 올라와 또 다른 간호사에게 아미의 이름을 말한 세진은 알려주는 호수를 찾아 문을 벌컥 열었다.

"세진이 왔니?"

아미의 모친인 소정이 자리에서 일어나 그를 맞이했다. 침대에 누워 있던 아미가 엄마의 말에 이불을 뒤집어썼다. 그 모습을 보고 세진은 인상을 찌푸렸으나 재빨리 표정을 풀고 반듯하게 허리를 숙여 인사를 했다.

"안녕하셨어요."

"그래. 아미 소식 듣고 온 거야? 출장 갔다고 하던데."

"네. 그런데 어디가 아픈 거래요?"

"스트레스성 복통이라던가. 그냥 푹 쉬면 괜찮아진다고 하더라. 회사에 가봐야 하는 거 아니니? 바쁠 텐데 뭐 하러 여기까지 와."

"막 출장 갔다 와서 오늘은 회사에 나가지 않아도 괜찮아요."

자신의 아들인 아민은 어제 막 아미가 입원을 했을 때 얼굴 한 번 비치고는 말았다. 일을 하고 새벽에 들어와 잠이 든 아들은 하나뿐인 누나가 아프다는데 매정한 거 아니냐며 아침 일찍부터 아버지에게 호통을 들었다. 마지못해 이따가 출근 전에 가보겠다고 하는 아들에게 못마땅함을 담아 혀를 찼던 남편이 떠올라 소정은 속으로 한숨을 삼켰다. 4대 독녀인 아미에 대한 사랑이 유독 큰 남편임을 알지만, 그로 인해 아민이 받는 스트레스도 클 것이다.

"저 혼자 스트레스를 받고 사나. 아주 요란을 떨어요. 안 일어나? 세진이 걱정이 돼서 왔는데 이불에 처박혀서 뭐 하는 거야!"

아미 하나로 집안이 발칵 뒤집힌 것도 모자라 세진도 이마에 송골송골 땀이 맺힐 정도로 뛰어온 걸 보자 딸이지만 참 대단한 인물이라는 생각에 소정은 귀하디귀한 딸을 두어 대 때리고는 이불을 확 끄집어 내렸다.

"엄마! 나 아직 안 씻었잖아!"

세진의 눈으로부터 자신을 가려주던 이불이 걷히자 사색이 된 얼굴로 다시 이불을 빼앗아 또 뒤집어썼다.

"앤 왜 이래. 이게 아프다는 얘 맞니?"

"그냥 두세요. 답답하면 나오겠죠."

걱정했던 것과는 다르게 씻지 않은 모습을 보여주기 싫다는 쓸데없는 걱정을 하는 아미를 보자 세진은 한시름 덜은 얼굴로 또 이불을 끄집어 내리려는 소정을 말렸다.

"출장 갔다 와서 피곤할 텐데 집에 가서 쉬렴. 얘가 뭐 대단한 인물이라고."

"응. 나 괜찮으니까 집에 가."

이불 안에서 웅얼거리는 목소리에 소정이 또다시 손을 들어 아미의 몸 위로 떨어뜨렸다.

"걱정돼서 온 사람한테 고맙다고 하지는 못할망정. 네가 집에서나 공주 대접받지 밖에서는 아니야!"

"엄마, 아파!"

두 모녀의 토닥거림을 본 세진은 침대에 살짝 걸터앉아 낮은 숨을 내뱉었다. 시원한 음료를 마시라며 그의 손에 음료수를 꺼내준 소정은 가방을 챙겨 들었다.

"세진아, 우리는 그만 가자. 이제 괜찮아졌고 혼자 있어도 돼."

"저는 조금 더 있다가 갈게요. 먼저 들어가세요."

그럼 그렇게 하라고 말을 남긴 소정은 그래도 딸인지라 안쓰러운 눈길로 이불 속에 숨은 아미를 쳐다보고는 병실을 나섰다.

"그만 나와. 얼굴 좀 보자. 안 씻어도 예쁘니까. 응?"

살살 이불을 잡아당기자 조금씩 이불이 딸려왔다. 그에 아미의 얼굴이 드러났다. 아파서인지 하얗게 뜬 얼굴과 팔에 꽂아진 링거를 보자 그의 입에서 한숨이 토해졌다.

"어제 회사에서 갑자기 쓰러졌다면서. 왜 연락을 안 했어."

어제는 내내 회의가 연달아 있었고, 쉴 틈도 없이 늦게까지 일을 하느라 아미에게 연락을 할 시간이 없었다. 밤에는 술 접대까지 받았고, 일본 바이어들에게 틈을 보이지 않기 위해 조심하느라 더더욱 연락을 하지 못했다.

공항에 도착을 했을 때 잠시 일행들과 떨어져 아미에게 전화를 했었다. 전화를 받지 않기에 일이 바빠서인 줄로 알았다. 회의를 소집했을 때 아미가 보이지 않아 무덤덤한 목소리를 가장해 호건에게 물었다. 어제 촬영현장을 갔다가 복귀하고 얼마 지나지 않아 복통을 호소하며 아미가 쓰러져 병원에 입원했다는 말을 듣고 그는 둔기를 맞은 듯 머릿속이 멍해졌었다.

"응? 너 바쁠까 봐."

눈을 피하며 말을 하는 게 거슬렸다. 분명 무언가 있다. 휴가를 갔다 왔을 때 아미의 기분이 좋지 않았던 걸 느꼈을 때와 비슷하다. 그날은 얼마 가지 않아 선물을 받고 기분이 풀어졌기에 단순히 그녀와 같이 여름휴가를 보내지 않아 서운해서 그랬던 걸로 생각을 했다.

"괜찮아?"

좀처럼 눈을 마주치지 않는 모습에 애가 타기도 하면서도 답답함이 조금씩 차올랐다. 무슨 일이 있냐고 묻고 싶었지만, 아프다는 걸 생각해 꾹 참고 괜찮은지만 물었다.

미약하게 고개를 끄덕이는 아미의 어깨를 잡아 끌어당기자 순순히 자신의 품에 안겨왔다.

"스트레스는 뭔데? 일이 힘들어?"

"그랬나 봐. 나도 모르게 일로 스트레스를 받고 있었나 봐. 이제는 괜찮아."

그의 허리에 팔을 감고 가슴에 얼굴을 묻자 세진이 링거가 자신의 팔에 닿지 않도록 살짝 들어 올렸다.

"앞으로는 무슨 일이 있더라도 연락해."

그의 목소리가 그의 가슴에서 웅웅거리며 그녀에게 전달이 되었다. 한참을 토닥거려 주는 손길을 느끼고 나서야 나지막하게 알았다고 대답을 했다.

머리를 묶어주겠다는 그에게서 기겁을 하고 달아나더니 끝끝내 고개를 흔들었다.

"나 머리 안 감았어."

"그러니까 묶어주겠다고."

감지 않은 머리에 선뜻 손을 대려는 그에게 체념 섞인 말투로 머리 먼저 감겠다는 말을 했다. 그제야 왜 머리를 묶기 싫어했는지를 깨달은 세진이 일층에 내려가 여행용으로 파는 용량이 작은 샴푸와 린스를 사왔다.

머리를 묶으려다 오히려 더 큰일을 벌였다. 링거를 맞고 있는데 그 손으로 어떻게 머리를 감겠냐며 세진이 거들고 나선 것이다. 그의 단호한 말에 결국 머리를 그에게 맡겼다. 이러든 저러든 결국 기름 낀 머리를 그가 만졌다. 여자로서 드는 창피함과 속상함에 아미가 투덜거렸지만 세진은 괜찮다며 부드럽게 그녀를 달랬다.

탈탈 머리까지 수건으로 털어주고 헤어드라이어로 말려준 세진이 이제는 눈을 감고도 묶을 수 있을 정도로 유려한 손놀림으로 머리카락을 묶었다.

"내일 퇴원하면 더 쉬고 출근해. 이번 주는 쉬고 다음 주부터 출근해."

남들이 보면 손가락질을 할지도 모른다. 입원을 할 때도 굳이 입원을 하지 않아도 된다고 의사가 말렸음에도 그녀의 부친인 정욱이 집에 가서 아프면 어떡하냐고, 누가 치료를 하냐고 우겨서 입원을 했다. 마지못해 의사가 입원을 허락하고 오늘 퇴원을 하라 했지만 또 우겨서 내일로 퇴원을 미뤘다. 이에 더해 세진은 아예 출근을 하지 말라고 한다.

"그 정도는 아닌데. 나 목요일에 출근할 거야."

출근을 하네 마네 아웅다웅하는 사이에 아민이 병실로 들어왔다. 아침에 부친에게 한 소리 들은 게 있어서 죽을 사가지고 왔다. 그보다는 죽을 반기더니 세진은 아미에게 죽을 떠먹이고, 아미는 아기 새처럼 넙죽넙죽 받아먹으며 아예 없는 취급을 하자 눈꼴신 아민은 뒤늦게 세련이 문병을 오자 바로 그녀를 데리고 나갔다. 여기 있어봤자 좋은 꼴 하나도 못 본다고.

chapter 8

출근을 하고 오전 업무를 마칠 때쯤 배달이 왔다. 외부 사람들은 들어오지 못하기에 경비원이 직접 배달 물건을 가지고 올라왔다.

"어? 죽이다. 아직 죽 먹어요?"

퇴원을 하고 어제저녁부터 밥을 먹었다. 소화가 잘되는 음식을 먹었음에도 뱃속은 쉽사리 받아들이지 못했는지 아침에 속이 더 부룩했다. 살짝 헛구역질도 올라오는 것 같아 출근길에 세진에게 투덜거렸었다. 혹시나 하고 세진에게 잘 먹겠다는 문자를 보내자 바로 천천히 먹으라는 답장이 왔다.

"누가 사준 거예요? 남자?"

아직 아프냐는 걱정 어린 눈빛과 누가 보냈는지 궁금함을 담은 얼굴로 호건이 물었다.

"사주는 사람이 없어서 내가 시켰다. 왜!"

바로 흥미가 떨어진 것인지 호건이 고개를 돌렸다. 같이 식당으로 내려가 팀원들이 음식을 떠오는 사이 자리를 잡고 기다렸다.

"죽을 드시는 것 보니 아직 다 낫지 않으셨나 봅니다."

멍하니 죽 그릇을 내려다보고 있는데 앞에 의자가 뒤로 밀리더니 익숙한 저음이 들렸고, 그 상대가 자리에 앉았다.

능청스럽게 죽을 보며 같은 회사 직원을 걱정하는, 그러나 선을 긋는 덤덤한 어투로 말을 하며 앞에 앉는 세진을 샐쭉하니 쳐다봤다. 어서 들라는 듯 직접 일회용 죽 그릇 뚜껑을 열어주는 그와 두 사람만이 아는 눈빛을 주고받았다.

"어? 안녕하세요, 차 팀장님."

식판을 들고 차례로 옆으로 와 앉는 팀원들이 아미의 앞에 앉아 있는 차 팀장에게 의아한 눈빛을 보내며 인사를 했다. 낮은 목소리로 인사를 받은 그는 태연스럽게 수저질을 했다.

"참, 2시쯤에 호건 씨와 허 대리님께서 촬영장에 다녀오셔야겠습니다."

"네."

촬영장 이야기에 아미의 수저질이 멈췄다. 입 앞까지 올라간 숟가락이 다시 죽 그릇 안으로 들어갔다. 그 반응을 놓치지 않은 세진이 날카로운 눈으로 훑었지만 그 이유를 알아차릴 수는 없었다.

"허 대리님, 괜찮으세요?"

호건의 말에 퍼뜩 정신을 차린 아미가 괜찮다는 말을 하고 숟가락을 다시 집어 들었다.

조용한 가운데 식사를 마치고 다들 동시에 일어나 구내식당을 나섰다. 세진은 느릿한 걸음으로 사람들을 하나둘씩 앞으로 내보내고서는 마지막으로 걸어나오는 아미의 팔을 잡아당겼다.

따라오라는 눈짓에 아미는 팀원들의 눈치를 살피고 몇 걸음 떨어져 그의 뒤를 따랐다. 코너를 돌아 최대한 사람들이 오지 않는 구석으로 가고 나서야 세진의 걸음이 멈췄다.

"혹시 촬영장에서 무슨 일 있었어?"

"응? 아니."

빠른 대답에는 당황함이 담겨 있었다. 분명 반응은 무슨 일이 있었다는 정곡이 찔린 반응이다. 움찔하는 거며, 눈을 마주치지 못하는 모양새가. 그런데 끝까지 아니라고 잡아뗀다.

"그런데 왜?"

왜냐고 물으면서야 고개를 들고 눈을 맞춰온다. 세진은 불안함을 삼키고 입매를 늘어뜨려 그녀의 머리카락을 귀 뒤로 넘겨주었다.

"머리 묶어줄까?"

아직 귀 언저리를 맴도는 그의 손에 얼굴을 부비며 고개를 끄덕이는 아미의 입술을 살짝 머금었다. 갑작스런 키스에 놀란 아미가 눈을 동그랗게 뜨더니 이내 순응하듯 입을 벌려 그를 받아들였다.

두 시가 다 되어가자 호건이 빨리 촬영장에 가자고 재촉을 했다. 또 강주미를 볼 수 있다는 것과 오늘은 그곳에서 바로 퇴근을 해도 된다고 해서인지 호건은 들떠 있었다. 팀원들의 부러움을 받으며 사무실을 나서려던 찰나에 안 과장이 두 사람을 불러 세웠다.

"차 팀장님도 가신다고 하시네? 지금 출발하자고 연락 왔어."

호건의 얼굴이 살짝 굳어졌다. 불편한 상사와 움직인다는 건 둘째 치고 오늘 일찍 퇴근할 수 있을 거라는 연락을 이미 여자친구에게 해놓은 상태였기 때문이다.

"아, 일찍 퇴근할 수는 없겠죠?"

촬영의 특성상 밤새 하는 경우도 허다하다고 했다. 이미 아미와는 6시가 되기 전에 촬영장을 나와 퇴근을 하자고 말을 맞춰놓은 상태였기에 걱정을 하지 않았지만, 세진이 같이 간다면 말이 달라진다. 분명 정시 퇴근도 어려워질지도 모른다.

"이따가 눈치 봐서 내가 말해볼게."

대리님만 믿는다는 무한한 신뢰를 담은 눈으로 그녀를 보며 호건이 파이팅을 했다. 그 모습에 픽 웃음이 터진 아미가 그대로 사무실을 나오다 마침 나오는 세진과 마주쳤다.

"좋은 일이 있나 봅니다?"

웃는 얼굴이 보기 좋아 세진이 그녀에게 한 말이지만, 뒤이어 나온 호건은 비꼬는 것으로 잘못 듣고는 사레가 들어 콜록콜록 기침을 했다. 그런 호건을 쳐다보고서는 어깨를 으쓱거리는 아미를 보고 세진이 먼저 걸음을 옮겼다.

세진의 차에 올라타기 전 눈치를 보는 호건을 뒤로하고 아미가 먼저 조수석에 오르며 호건에게 자차를 가지고 오라는 말을 했다.

호건은 아미를 태우고 둘이서 가기에는 세진을 무시하는 것 같았고, 그렇다고 자신의 차를 놓고 가기에는 불편할 것 같아 고민을 하고 있었다. 안도의 숨을 내쉰 호건이 자신의 차에 올라 시동을 걸었다. 길을 안내하듯 호건이 먼저 주차장에서 차를 빼자 세진도 뒤따랐다.

"호건 씨, 약속 있다고 정시에 퇴근하고 싶다고 하던데."

"나 안 갔으면 그랬겠군."

눈치 없는 상사가 아니기에 두 사람 사이에 무슨 말이 오갔을지 뻔했다. 괘씸한지 6시에 보내주지 않을 것 같은 세진의 태도에 아미가 삐쭉였다.

"원래 6시에 퇴근이 맞는 거거든요, 차 팀장님?"

"알았어. 일찍 퇴근하자, 우리도."

아미의 손을 잡으며 세진이 그녀를 다독거렸다.

"그런데 왜 갑자기 같이 가는 거야?"

그와 같이 가는 게 좋으면서도 마음이 불편했다. 이 불편한 마음은 어쩌면 계속될지도 모른다. 두 사람의 관계가 지속될 수도, 끝이 날 수도 있는 불안정한 선상에 놓여 있기에.

대답 없이 그래서 싫냐는 눈빛에 아미가 고개를 흔들었다.

촬영장에 도착했을 때 촬영 중에 있어서인지 감정을 잡고 대사를 주고받는 배우들 목소리 외에는 쥐 죽은 듯이 조용했다. 이번 주까지만 이곳에서의 촬영을 마치기로 했기에 꽤 빠듯하게 촬영에 임하고 있는 듯했다.

컷 소리와 오케이 사인이 내려지자 함께 긴장을 하고 있던 스태프들이 어깨를 쭉 내리며 다음 신을 준비했다. 그사이 세 사람은 조연출과 간단하게 이야기를 나누고 그들을 지켜봤다.

"딱히 할 일이 없죠? 전에도 그랬어요. 아무리 저희에게 홍보 목적이 있다고 하더라도 무턱대고 여길 찍어라, 저기를 찍어라 이럴 수는 없잖아요."

옆에 있는 호건을 의식해 말을 높이면서 세진에게 조곤조곤 보고를 했다. 전에는 저곳을 찍었고, 오늘은 이곳을 찍는다. 나중에 전체적인 아파트 전경을 넣을 때에는 시안아파트 이름도 화면에 잡힐 거라는 말에 만족스러운지 세진이 고개를 끄덕였다.

"오셨네요. 어제까지는 다른 직원분이 오셨는데."

뒤에서 들리는 목소리에 세 사람 모두 돌아섰다. 선한 웃음과 함께 메이크업으로 인해 한층 더 매끄러운 피부를 자랑하며 서 있는 건우에게 호건이 먼저 인사를 했다.

"안녕하세요. 하하, 그동안 대리님이 아팠거든요. 그동안에는 다른 부서 사람들이 번갈아가며 왔었을 거예요."

하지 않아도 될 말을 내뱉는 걸 보니, 호건은 잘생긴 배우 앞에서 잔뜩 긴장해 있었다. 아팠다는 말에 미간을 찌푸리며 어디가 아팠냐고, 혹시 그때 아팠던 거 때문에 그랬냐고 건우가 아는 체를 했다.

"어? 우리 대리님 아팠던 거 어떻게 아세요?"

자신의 말에 급작스럽게 잔뜩 굳어진 세진의 얼굴을 보고 허둥대는 아미를 보다가 호건의 질문에 건우가 대답을 했다.

"그날 속이 안 좋으셨거든요. 구토 증상을 보이셨어요. 그때 걱

223

정 많이 했는데."

한창 뜨는 배우가 걱정을 했다는 말에 호건은 부럽다는 눈빛으로 아미를 쳐다봤다. 반면, 처음 듣는 이야기에 세진의 굳은 얼굴은 풀어질 줄 몰랐다. 게다가 호감을 내비치는 건우의 태도도 그의 심기를 거슬리게 했다.

"이쪽은 오늘 처음 오셨죠? 안녕하세요. 한건우입니다."

세진에게 먼저 악수를 청하며 건우가 물었다. 그의 손을 잡고 인사를 하며 세진이 기획부 1팀 팀장이라고 자신을 밝혔다.

"하하, 미남이시네요. 배우라고 해도 믿겠어요. 여자가 많이 따르시죠?"

건우의 질문에 아미가 침을 꼴딱 삼키고 그들을 외면했다. 그 모습을 유심히 지켜보며 건우가 한층 더 도발했다.

"애인이 있으세요?"

건우의 연이은 질문에 심기가 불편한 세진은 대답을 하고 싶지 않았지만, 가까스로 대답을 했다.

"있습니다. 애인이 있으십니까?"

되받아치는 질문에 건우는 배우라 사생활은 노코멘트를 하겠다며 너스레를 떨었다. 그러면서 호건에게도 같은 질문을 했다.

"그럼, 허 대리님은 남자친구 있으세요?"

갑자기 자신에게 향하는 질문에 아미가 화들짝 놀래며 반사적으로 세진을 쳐다봤다. 딱딱하게 굳은 얼굴을 보자 대답이 선뜻 나오지 않았다. 아무것도 모르는 호건이 옆에서 대신 우리 대리님은 만나는 남자가 없다고 대답을 했다.

"아, 없으시나 봐요. 미인이신데."

끝까지 세진의 속을 뒤집은 건우는 촬영에 들어간다는 감독의 외침에 가볍게 고개를 숙여 인사를 하고서 자리를 떴다.

촬영에 들어가자 호건도 조용히 구경을 했다. 다른 사람들과 동떨어지게 어색한 공기가 아미와 세진을 감쌌다.

세진은 화가 난 상태였다. 건우가 아미가 아팠다는 걸 알고 있었다는 것과 그녀에게 관심을 보이는 게 짜증이 났다. 그것보다 그를 더 화가 나게 한 것은, 애인이 있냐는 건우의 질문에 그는 있다고 대답을 했지만, 아미는 남자친구가 있냐는 질문에 답을 하지 않았다는 거다.

가슴에서 타오른 화가 피를 통해 온몸을 타오르게 했다. 주먹을 꽉 쥐고 그 화를 참으며 세진은 조용히 걸음을 옮겼다. 그 뒤를 아미가 따랐다.

"한건우. 그러고 보니 들었던 이름이네. 전에 친구 돌잔치에서. 맞지?"

"어? 으응. 혜은이 남편 친구."

뒤늦게 그 남자가 누구인지를 떠올렸다. 그래. 여기저기 연줄을 타다 보면 아는 사람일 수도 있다. 별거 아니라는 생각을 하며 세진은 다른 궁금증을 해소하기 위해 물었다.

"너 아팠던 거는 어떻게 아는데?"

"그날 속이 답답해서 위층으로 올라갔거든. 거기서 아는 체를 하더라고. 갑자기 내가 헛구역질을 하니까 화장실로 데려다 줬어. 그게 다야."

진실이 담긴 눈으로 그를 올려다보자 그제야 안심이 됐다. 아직 응어리진 화가 남았지만 그는 넘어가기로 했다.

"이리 와."

팔을 벌리자 아미가 그의 품에 안겼다. 뭔지 모를 불안함을 죽이기 위해 그는 있는 힘껏 그녀를 껴안았다.

"오는 주말에는 꼭 놀러 가자."

수줍은 듯 얼굴을 붉히면서도 기대감을 내비치는 얼굴을 보며 세진도 불안함을 뒤로한 채 마주 웃었다.

금요일에 퇴근을 하고 돌아오는 내내 차 안에서 내일 놀러 갈 생각에 들떠 세진에게 늦지 말라는 말을 반복했다. 집에 돌아오자마자 작은 여행 가방을 꺼내놓고 갈아입을 옷과 수영복을 침대 위에 늘어놓았다.

"어떤 걸 가져가지? 내일은 이걸 입을까?"

혼잣말을 하고 옷을 바꿔가면서 거울 앞에서 한참을 낑낑거리다가 내일 입고 갈 원피스를 골랐다. 갈아입을 옷도 가방에 챙기고, 화려한 꽃무늬가 새겨진 비키니를 챙겼다. 허나, 다 챙겼음에도 선택을 받지 못한 비키니가 눈에 걸렸다. 결국 검정색 비키니까지 챙기고 나서야 가방을 잠갔다.

내일 8시에 만나기로 했으니 평일과 같은 시간에 일어나야 한다. 알람을 맞추고 얇은 이불 속으로 파고들어 간 아미는 편안하게 눈을 감았다. 하지만 감았던 눈이 다시 떠졌다.

잠이 오지 않았다. 깜깜한 방 안이 익숙해질 정도로 눈을 뜨고 있다가 내일 늦지 않게 일어나야 한다는 생각에 억지로 잠을 청해 보려 다시 눈을 꼭 감았다.

"아, 어떡하지? 잠이 안 와."

마치 소풍을 가기 전날 설레어서 잠을 자지 못하는 초등학생이 된 것 같았다. 눈을 감고 잠을 청했지만, 자신의 숨소리가 크게 들리자 그게 소음으로 여겨졌다.

좌로 누웠다가 다시 몸을 돌려 정면을 향했다가 우로 눕는 걸 반복하던 그녀는 그 반복에 지친 몸이 움직이기를 거부하고 나서야 잠에 들었다.

그 결과, 지금 그녀는 또 한 번 화장실 앞에서 애원과 협박을 하고 있다.

탕탕탕.

"허아민, 빨리 안 나와? 나 늦었다고! 새벽에 들어온 애가 왜 안 자고 지금 씻는 건데!"

7시 15분에 기적적으로 눈을 뜨고, 늘 거북이같이 움직였던 걸 그날은 토끼로 빙의가 되어 재빠르게 움직였다. 하지만 이미 욕실을 차지하고 있는 아민으로 인해 씻지도 못하고 밖에서 발을 동동 구르고 있었다.

"집안사람 다 깨우네. 아주."

안방에서 나온 그녀의 모친인 소정이 그렇게 뛰다가는 아래층에서 항의가 들어온다며 딸의 등을 내려쳤다. 따가운 등을 문지르는데 아민이 욕실 문을 열고 나왔다.

"왜 요즘 들어 주말에 일찍 일어나서 이 사단인 건데! 평소처럼 늦잠이나 자라고."

툴툴대며 아민은 오늘도 역시 아리따운 여자와 아침부터 데이트가 있기에 더는 누나와 싸우지 않고 방으로 들어갔다. 실은 누나가 그가 나오자마자 욕실로 들어가 문을 닫아버려 말을 잇지 못했다.

씻고 나왔을 때에는 이미 약속시간이 다 되어갔다. 어쩔 수 없이 세진에게 전화를 걸어 약속시간을 늦추었다. 결국 또 아민을 불러 헤어드라이어를 손에 들려주고 아미는 화장을 했다.

툴툴대던 아민은 자꾸 그러면 매일 Bar로 출근을 해서 여자가 근처에 얼씬도 못하게 하겠다는 누나의 협박에 조용히 입을 다물고 머리를 말려주었다.

"나 먼저 간다."

정작 먼저 씻었음에도 누나의 수발을 드느라 준비를 다 하지 못한 아민은 현관문 밖으로 사라지는 누나의 뒷모습을 노려보며 짜증을 삼켰다.

"미안. 늦었지? 아민이가 욕실에서 나오지를 않아서."

원래 일어나려고 했던 시간에 일어났으면 좋았을 것을 하는 후회를 해봤자 늦었다. 그래도 약속시간보다 30분 정도밖에 늦지 않았다.

"천천히 준비하지 그랬어. 배고프지? 아침부터 먹을까?"

브이넥의 흰색 티셔츠에 물 빠진 청바지 차림의 세진은 한층 더 어려 보였다. 하늘거리는 원피스에 얇은 카디건을 걸친 자신의 모습을 보고 세진과 맞춰서 흰색 티에 핫팬츠를 입었으면 좋았을 걸

하는 아쉬움이 들었다.

"왜?"

"나 옷 갈아입을까? 편하게 티에 반바지 입을걸."

"음. 불편해? 개인적으로 지금 그 원피스가 더 좋은데, 난."

'기꺼이 그대의 취향에 맞춰주리오.' 하는 마음으로 고개를 흔들고 출발을 외쳤다. 여행 기분도 낼 겸 평소에 잘 안 쓰던 선글라스도 꺼내 썼다. 출발 전 배를 채울 겸 근처 빵집에서 갓 구워진 빵을 주문해 먹고 커피 하나를 테이크아웃 한 뒤 다시 차에 올랐다.

첫 단둘의 여행 기념사진을 많이 찍어두자는 생각으로 출발부터 핸드폰으로 사진을 찍었다. 셀프모드로 혼자 찍다가 카메라 방향을 바꿔 운전을 하는 세진의 옆모습을 찍었다. 오뚝한 코에 걸쳐진 선글라스가 가렸음에도 잡티 없는 피부와 날렵한 턱 선, 그리고 붉은 입술이 조화를 이룬 얼굴이 근사했다.

"커피 좀 줘."

그의 손에 커피를 들려주자 꽂아진 빨대를 입술에 물고 쭉 빨아들이는지 볼이 살짝 홀쭉해졌다. 커피가 줄어들면서 안에 있는 얼음이 달그락거린다. 커피를 삼키면서 그의 울대가 움직였다. 묘한 상상을 일으킨다.

"뭐 해?"

"응? 아, 아무것도 아니야. 다 마셨어?"

자신에게로 되돌아오는 커피를 받아 들고 찍은 사진을 확인하다가 세진을 흘끔거리고 그가 안 보는 틈에 그의 사진을 핸드폰

배경화면으로 바꿨다. 화면을 가득 채운 어플을 필요한 것만 골라 최소한으로 줄이고 페이지 하나에 몰아넣었다. 화면을 옆으로 밀자 세진의 근사한 옆모습이 나타났다.

세 시간을 넘게 달리자 창밖 저 멀리 바다가 모습을 드러냈다. 조금씩 바다가 가까워졌고, 사람들로 가득 찬 바다를 지나 더 달리자 한적한 동네로 들어섰다. 그 동네를 지나자 인적이 드문 곳에 별장이 보였다.

태호의 명의로 되어 있는 이 별장은 종종 그들도 이용을 했기에 익숙한 곳이기도 했다. 별장 앞에 바로 주차를 한 세진은 뒷좌석에서 짐을 꺼내 안으로 날랐다.

쓰고 있던 선글라스는 벗어 손에 들고 흔들며 아미가 그를 향해 물었다.

"점심은 어떡하지?"

"흐음. 배 많이 고파?"

중간에 휴게소에도 들러 군것질을 했기에 점심시간이 됐음에도 배가 고프지는 않아 아미는 고개를 저었다. 세진도 동의한다는 듯 고개를 끄덕이더니 대뜸 아미를 안아 들고 성큼성큼 방으로 향했다.

"엄마야! 저기, 세진아?"

갑자기 들리는 몸에 저도 모르게 엄마를 찾은 아미는 세진이 걸어가는 방향을 보고서는 그를 불렀다. 대답도 없이 방으로 들어선 그가 뒷발길질로 문을 닫고는 거침없이 침대로 향했다. 성급했던 걸음과는 반대로 조심스럽게 그녀를 내려놓는 세진의 눈을 선글라스가 가리고 있었다. 눈이 보이지 않아서인지 표정도 없어 보여 그를 읽을 수가 없던 아미는 낯선 느낌을 받아 몸을 움츠렸다.

"세진아."

조심스럽게 그를 부르자 세진이 그녀의 손에 들린 선글라스를 빼앗아 들고 자신도 선글라스를 벗어 옆에 놓인 테이블에 올려두고 천천히 걸어왔다.

그의 눈이 침대에 앉은 아미를 훑어 내리더니 조금씩 정염으로 타오르기 시작했다. 바짝 다가서서 손으로 아미의 어깨부터 팔을 쓰다듬더니 그 어깨를 밀어 뒤로 눕히고 그녀의 위로 올라탔다.

그녀의 허벅지쯤에 발을 벌리고 무릎으로 앉아 버틴 그가 천천히 상체를 숙여 입을 맞췄다. 부드럽게 입술 선을 그리듯 더듬던 그의 입술이 아미의 입술을 빨아들이고 이로 깨물면서 자극을 주었다. 깨문 자리를 혀로 핥자 아미가 불만스런 소리를 냈다.

아미가 입술을 벌리자 그 호응에 맞춰 세진이 혀로 입술을 가르고 그녀의 혀를 찾았다. 혀와 혀가 얽히는 소리와 서로의 타액이 목으로 넘어가는 소리가 그들을 더 흥분 속으로 몰아갔다.

"하아."

살짝 입술을 뗀 세진이 조급한 손길로 원피스 지퍼를 내렸다. 그에 맞춰 허리를 들어 올리며 아미는 그의 목에 팔을 감았다. 단숨에 원피스를 허리 아래까지 끌어 내리고 드러난 피부를 뜨거운 눈길로 쳐다봤다. 그 눈길에 아미는 몸이 녹아내리는 것 같아 그를 더욱 붙잡았다.

"저기, 너무 밝은데."

해가 가장 높게 뜬 이른 시간에 둘만의 시간을 갖게 될 줄은 몰랐기에 아미는 부끄러움에 얼굴을 붉혔다. 부끄럽다고 표현을 함에도 세진은 개의치 않고 원피스를 마저 벗었다. 속옷만 입은 모습에 그가 억눌린 신음 소리를 내고 그녀를 가득 안았다.

목줄기를 따라 키스를 하고 살짝 빨아들이고 혀로 맛보면서 동시에 그는 양손으로 아미의 몸을 쓰다듬었다. 손에 감기는 부드러움에 그의 입에서 만족스러운 숨이 내뱉어졌다. 그 숨이 고스란히 몸에 닿자 아미가 몸을 잘게 떨었다. 아미의 몸 위를 배회하던 그의 손이 이내 여자의 몸 중 가장 부드러운 곳에 안착했다. 브래지어를 젖히고 커다란 손이 한쪽 가슴을 감싸고 다른 한쪽은 그의 입술이 차지했다.

"아…… 으응."

양쪽 가슴에 느껴지는 감각에 아미는 본능적으로 허리를 젖혀 그에게 더 가까이 매달렸다. 세진의 머리카락을 흩트리며 느끼던 아미가 몸을 틀어 그에게 작은 반항을 했다. 뭐가 문제냐는 듯 고개를 들어 날카로운 눈으로 그런 그녀를 쏘아보면서도 그의 손은 가슴을 뭉그러뜨렸다.

아미가 그의 옷을 잡아당기자 그녀의 불만을 눈치챈 그가 자리에서 일어나 옷을 벗었다. 속옷까지 벗은 그는 다시 그녀의 몸 위로 올라타 짧은 순간에 몸을 가리려 하는 아미의 손에서 브래지어를 빼앗아 바닥에 던지고 남은 속옷도 벗겼다.

"조금 거칠지도 몰라."

참을 만큼 참았다는 듯 그의 목소리가 성급했다. 거칠더라도 참으라는 강요가 섞이기도 했다. 하지만 말과 다르게 그의 애무는 하나하나 다 그녀를 맛보겠다는 듯 느렸고 끈질겼다.

다리를 벌리고 허벅지 안쪽으로 그의 머리가 들어서자 반사적으로 다리에 힘을 주고 아미가 그를 밀어냈다. 그 손을 잡아 젖힌 그의 입술이 그녀의 가장 깊은 곳으로 향했다.

달뜬 신음 소리에 그의 숨소리가 거칠어졌다. 아미의 허리를 잡아 아래로 끌어 내린 그가 몸을 맞추고 천천히 그녀의 몸을 잠식해 나갔다.

몸을 가르는 뻐근함에 아미가 숨을 멈추자 세진이 숨을 불어 넣어주듯 키스를 하면서 몸을 움직였다. 지금 이 순간은 아미의 숨이 멈추더라도 그만둘 수 없을 것 같아 그는 빨리 그녀가 익숙해져 자신을 받아들여 주기를 바랐다.

찌푸려진 미간이 펴지고 아미의 눈이 쾌락에 젖어들자 세진의 움직임이 빨라졌다. 아미도 그에 맞춰 허리를 들썩이며 그의 탄탄한 가슴에 손을 댔다.

"세진아…… 아앗."

의미 없는 부름. 혹은 어떤 의미가 가득 찬 부름. 그는 자기가 받아들이고 싶은 대로 받아들이고 제 욕심껏 그녀를 가졌다.

눈을 떴을 때 자신은 세진의 몸 위에 엎드려 누워 있었다. 등을 쓰다듬는 손길에 눈을 비비며 몸을 일으키자 이불이 스르륵 내려갔다. 그 모습을 꽤나 흥미롭다는 듯 눈을 빛내며 보던 세진이 자신의 양 가슴을 손에 쥐고 나른한 미소를 지었다.

아미가 재빨리 몸을 숙였지만 억지로 일으킨 그가 그녀의 허리를 잡고 천천히 움직이게 했다. 엉덩이를 찌르는 무언가에 아미가 얼굴을 붉히며 그만하라고 말을 했다. 전혀 멈출 생각이 없던 세진은 아미의 배에서 꼬르륵거리는 소리가 나자 아쉬운 얼굴로 손을 뗐다.

해가 거의 수평선에 맞닿을 듯 아래로 내려와 있었다. 뜨거운 물로 몸을 풀어준 뒤 가볍게 씻고 나오자 먼저 씻은 세진이 밖의 정원에서 고기를 굽고 있었다. 미리 별장 관리인에게 부탁을 해두었다며 굽기만 하면 된다고 앉아 있으라는 말을 했다.

고기를 굽는 집게를 들고 있는 팔에 힘줄이 돋았다. 일부러 힘을 주고 있지 않아도 세진의 팔에 힘줄은 밖으로 모습을 드러냈고, 어깨의 근육들은 탄탄했다.

"그러고 보니, 요즘도 운동해?"

헬스장에 가는 것보다 도장에 가서 운동하는 걸 즐겨했던 걸로 기억해 물었다.

"가끔. 못 간 지 꽤 됐어."

커다란 고기를 한 번에 뒤집어 양쪽을 익힌 세진이 그 고기에 걸맞은 크기의 접시에 옮기고 구운 버섯과 야채를 곁들었다.

"맛있겠다."

두 차례나 긴 사랑을 나눈 탓에 모든 힘을 소진해 배가 고팠던 아미는 포크와 나이프를 들고 고기를 썰었다. 부드럽게 썰린 고기를 입에 넣자 사르르 녹아 육즙만 남았다.

두 사람 모두 말없이 음식을 먹었다. 배가 고파서 먹을 거에만 집중을 한 듯 보였지만, 세진과 아미 모두 식사를 하는 틈틈이 상대방을 살폈다.

아직 풀리지 않은 성적 긴장감이 그들을 감싸고 있었고, 눈이 마주치기라도 하면 누가 먼저라고 할 것 없이 서로를 유혹하는 시선을 던졌다. 서로의 몸을 애무하듯 눈으로 훑고 천천히 상대방을 음미했다.

챙.

세진의 오른손에 들린 나이프가 접시와 부딪혔다. 그의 발목부터 무릎 언저리까지 자신의 다리로 쓸어 올린 아미가 앙큼한 웃음을 지으며 다시 한 번 세진의 다리를 쓸어 올렸다.

왼손의 포크마저 내려놓은 세진은 오른손으로 와인을 집어 들고 입으로 가져갔다. 음미하듯 눈을 감고 마시던 그가 왼손으로 아미의 발을 잡아당겼다.

"앗!"

세진의 힘에 당겨져 의자 끝에 간신히 걸친 아미가 그를 노려보고 다리를 흔들었지만 세진은 모르는 척 와인 잔을 돌려 잔 안에 퍼지는 와인의 향을 즐겼다. 어쩔 수 없이 그녀도 나이프와 포크를 내려놓았다.

양손으로 의자를 잡아당겨 조금 더 테이블에 붙어 앉은 아미가 세진의 손에 힘이 빠진 듯하자 다리에 힘을 주었지만 빼낼 수 없었다.

"놔 줘."

"뭘를?"

계속해서 다리를 올리고 있었더니 조금씩 저려오기 시작했다. 그 순간 발에 차가운 물이 닿았다. 놀라서 고개를 들어보니 세진의 와인 잔이 아래로 향해 있었다. 삼 분의 일쯤 남았던 와인이 조금씩 아래로 흐르고 있었고, 그 와인이 자신의 발을 적시고 있었다.

　"앗 차가워. 뭐 하는 거야?"

　"이런. 흘려 버렸네. 아깝게."

　실수로 그랬다는 듯, 정말로 흘린 와인이 아깝다는 듯 미간을 접은 세진이 갑자기 드르륵 의자를 뒤로 밀고는 테이블 아래로 사라졌다. 아미도 그를 따라 허리를 숙이고 테이블보를 올렸다.

　바닥에 무릎을 꿇고 앉은 세진이 아미의 발등을 혀로 핥았다. 달콤 쌉싸래한 와인이 혀에 착 감겨들었다.

　"뭐 하는 거야? 놔줘. 가서 씻을래."

　"와인이 아까워서."

　자신의 발등에 입술을 대고 눈을 위로 치켜뜬 모습이 묘하게 어울렸다. 한껏 자신의 섹시함을 드러내며 그가 다시 혀를 내밀어 핥았다. 간지러움에 몸이 절로 움찔거렸고, 그의 모습에 열이 달아올랐다.

　"그, 그만."

　주도권을 잡기 위해 끼 부리다가 도리어 자신이 당했다. 자신의 제지에 바로 발을 놓아준 세진은 아무렇지 않은 얼굴로 다시 의자에 앉아 식사를 이어갔다.

　늦은 식사가 끝날 무렵 어둑해진 하늘에 두 사람은 서둘러 정리를 하고 안으로 들어왔다. 세진의 허벅지가 와인에 젖어 있는 걸 보자 방금 전의 일이 떠올라 얼굴이 달아올랐다. 자신의 다리를 내려다보자 붉은색으로 얼룩덜룩한 와인의 흔적이 남아 있었다.

"물놀이할까? 이 시간에 바다에 나가는 건 안 되고. 뒤에 수영장으로 가자."

근처 바닷가에 가서 물놀이를 할 계획이었지만, 낮 시간에 둘만의 시간을 갖느라 때를 놓쳐 버렸다. 별장 뒤쪽에 실내수영장이 있기에 바다에 대한 아쉬울 것은 없지만, 계속되는 둘만의 시간이 주는 긴장감에 아미의 숨이 들썩였다.

발에 남은 와인의 흔적을 지우고 챙겨온 두 개의 비키니를 앞에 두고 아미는 고민을 했다. 꽃무늬의 비키니를 입으면 상큼하고 조금 더 어려 보일 것 같아서 마음에 들고, 비교적 더 적은 양의 천으로 만들어진 검정색 비키니는 섹시해 보일 것 같아서 고민이 되었다. 둘 중 어느 것을 입을 것인지 손가락을 왔다 갔다 하며 척척박사님께 물은 아미는 검정색 비키니를 집었다.

저녁을 먹은 지 얼마 되지 않아 아랫배가 살짝 나와 보여 힘을 주고 거울로 살펴보았다. 이미 세진이 다 보고 만진 몸이지만 여자이기에 매번 더 예뻐 보이고 싶었다. 마지막으로 목 뒤로 비키니 끈을 넘겨 묶은 뒤 타월을 몸에 두르고 수영장으로 향했다.

삼면이 유리로 된 수영장은 바깥 풍경을 그대로 보여주고 있어서 마치 야외 수영장처럼 느껴지기도 했다. 안쪽에서는 보이지만, 밖에서는 보이지 않는 유리로 남의 눈치 없이 물놀이를 즐길 수 있다. 하기야 사유지인 이곳에 다른 사람들이 들어올 수 있을 리가 없기도 하다.

이미 한 바퀴 돌았는지 세진은 물을 가르고 끝에 서서 손바닥으로 얼굴을 훑고 있었다. 어느 정도 물기를 없앤 그가 아미를 향해 손을 뻗었다. 우아한 워킹으로 그에게 다가가며 아미는 과감하게 타월을 벗어 썬 베드 위에 올려두고 물속에 살짝 발을 담갔다. 온도를 체크한 그녀는 무릎을 굽혀 앉고 다리 절반을 물속에 넣었다.

"준비운동 해야지."

당당하게 걸어오더니 엉거주춤 서서 한 발만 물에 살짝 넣어 온도를 체크하는 모습에 피식 웃음이 터진 세진이 손으로 입가를 가리며 잔소리를 했다. 그러자 아미가 발을 움직이며 물을 튀겼다. 자신에게로 튀는 많은 양의 물에 그가 손으로 막으며 다가와 그녀의 양 발목을 잡았다.

"준비운동 하라며."

준비운동을 하고 있었다고 새침을 떠는 아미의 어깨에 손으로 물을 모아 부어준 그가 다른 쪽 어깨도 물을 부어주고 차츰차츰 몸이 놀라지 않고 물에 익숙해지도록 했다. 그 물이 가슴까지 와 닿았고 배로 흘렀을 때 아미는 반사적으로 배에 힘을 주었다.

"크큭."

결국 세진의 입에서 웃음이 터져 나왔다. 아미가 그의 등짝을 때리려 손을 뻗자, 그는 그 손을 낚아채 물 안으로 끌어당겼다. 세진의 등을 향하던 손이 위험을 느끼고 본능적으로 그의 목을 감쌌다.

"흐음. 이거 언제 산 거야?"

처음 보는 비키니에 그가 눈썹을 치켜세웠다. 가슴의 절반을 드러냈다고 해도 과언이 아닐 정도로 너무 야했다. 목 뒤로 묶인 끈을 손가락으로 튕기자 천이 들리면서 가슴을 더 드러냈다.

"작년에. 어때? 섹시하지?"

"다른 곳에서 입었던 거는 아니지? 너무 야한데."

마음에 들기는 하지만, 다른 남자들이 봤을지도 모른다는 생각에 손에 힘이 들어갔다. 제법 당겨졌던 끈이 살에 닿자 아미가 미미한 통증에 이맛살을 찌푸렸다.

"처음 입는 거야."

볼을 불리며 억울해하는 아미의 얼굴에 세진이 비키니 끈을 옆으로 치우고 빨갛게 달아오른 살을 입술로 비볐다.

"으음……."

세진의 머리카락 속에 손을 넣고 그를 더욱 끌어당긴 아미가 더한 자극을 원하는 듯 몸을 비틀었다. 하지만 세진은 그 이상 그녀를 만족시켜 주지 않았다. 그런 그를 노려보며 아미가 불만스레 물었다.

"어떠냐니까. 왜 대답이 없어."

"섹시해. 검은색 비키니도 좋지만, 난 살색 비키니가 더 좋은데."

갑자기 목에 묶은 끈이 헐렁해지더니 그 끈이 어깨 아래로 흘러내렸다. 드러난 가슴을 가리고자 아미가 그에게 더욱 바짝 붙어 안겼다.

"뭐 하는 거야? 누가 보면 어쩌려고!"

"볼 사람이 누가 있어."

가슴에 맞닿은 부드러움에 그가 팔에 힘을 주고 아미의 몸을 위아래로 흔들었다. 맞닿은 피부에 열이 올랐다. 부드러운 가슴 중 딱딱해진 아미의 정점에 그의 아랫배에 힘이 들어갔다.

"수영은 내일 할까? 밤에 하는 수영은 조금 위험하거든."

환한 수영장에서 위험할 게 뭐가 있겠냐마는 세진은 그 핑계를 대고 아미를 밖으로 앉혔다. 드러난 가슴을 양팔로 가리는 아미의 옆으로 손을 짚고 단숨에 물 밖으로 나온 세진은 부끄러워하는 아미의 몸에 타월을 둘러주고 비키니 상의를 손에 들었다.

이미 무엇을 원하는지 반응을 보이고 있는 그의 몸을 본 아미가 못 본 척 고개를 돌렸다. 그런 아미를 안아 든 세진은 젖은 몸에서 물이 뚝뚝 떨어짐에도 개의치 않고 집 안으로 향했다.

"여름의 밤은 짧아."

아쉬움이 담긴 목소리는 굉장히 낮아 쉽사리 알아듣지 못했다. 하지만 등을 쓰다듬는 손길에 얼추 알아들은 아미가 그를 피해 몸을 옆으로 굴렸다. 끝까지 등에 바짝 따라붙은 세진은 손으로 그녀의 부드러움을 만끽했다.

"지금이 밤이야?"

퉁퉁 불은 목소리지만, 불만이 섞이지는 않았다. 오히려 지쳐서 힘이 없는 목소리였다. 굳이 밤을 따지지 않았던 세진 때문에 아침이 한참이나 지나서도 둘은 침대 밖으로 나오지를 못했다.

"배고파."

어느새 등줄기를 따라 입술을 내리고 있던 세진은 아미의 힘없는 목소리에 다시 등줄기를 따라 올라오며 잘잘하게 키스를 했다.

"점심 먹자."

시계를 보자 12시가 거의 다 되어가고 있었다. 아침을 놓쳤지만, 점심은 제시간에 먹을 수 있게 된 걸 감사히 여긴 아미는 재빨리 침대 밖으로 나서다가 다리에 힘이 없어 주저앉았다. 더불어 졸려서 눈이 잘 떠지지 않았다.

"졸려. 잠 와."

아미의 투정을 기쁜 마음으로 받아준 세진은 그녀를 안고 욕실로 향했다.

찌개를 끓여 점심을 해결한 두 사람은 다시 침대로 향했다. 이번에는 순순히 아미가 졸려 했기에 세진은 조용히 팔베개를 해주고 옆을 지켰다.

지이이잉. 지이이잉.

잠든 아미를 보고 있다가 자신도 잠이 들었나 보다. 끊기지 않는 진동 소리에 조심스럽게 아미의 목 아래에서 팔을 꺼내 그 자리에 베개를 놓아주고 진동의 근원지를 찾았다. 그러고 보니 어제 이곳에 온 뒤로 단 한 번도 핸드폰을 꺼낸 적이 없었다.

발신자는 태호였다. 분명 이번 주말은 푹 쉴 테니 절대 연락을 하지 말라고 부탁까지 했다. 아무리 급한 회사 일이라도 이번만은 자신을 빼달라고 절대 하지도 않던 부탁을 했다. 시계를 보니 세 시가 넘어가고 있었다. 슬슬 서울로 갈 준비도 해야 한다. 남은 시간을 다른 데에 허비하고 싶지 않아 전화를 받기 싫었지만, 결국 전화를 받았다.

"왜."

[아, 내가 전화 안 하려고 했는데 말이지. 그렇다고 아미한테 전화를 하는 것도 아닌 것 같아서.]

아미의 이름이 나오자 세진의 낮은 목소리가 높아질 뻔했다. 잠든 아미를 보고 간신히 참은 세진이 이를 악물고 물었다.

"아미는 왜."

[내일 아침에 바로 촬영장으로 가라고. 그쪽에 문제가 발생해서 며칠 더 촬영을 해야 한다네. 어제 사고가 생겨서 촬영을 다 못 마쳤대.]

"무슨 사고."

그 촬영장에, 한건우가 있는 촬영장에 다시는 아미를 보내고 싶지 않았다. 게다가 오늘이면 그곳에서 촬영이 끝나고 더는 볼 상대가 아니라는 생각에 신경을 꺼놓고 있었다.

[장비가 무너지면서 배우가 다쳤나 봐. 다행히 큰 사고는 아닌데 어제 오후부터 촬영을 못했대.]

"보니까 더는 우리가 나가 있지 않아도 되겠던데? 아니면 다른 부서를 보내던가. 아니다. 내가 내일 갈게."

[월요일은 회의 있다는 거 몰라? 다른 부서 지금 바빠서 안 돼. 내일만 부탁하자. 아니, 이건 상사로서 명령이야. 내가 오죽하면 둘이 놀러 간 거 아는데도 이렇게 전화를 했겠냐.]

앓는 소리를 하는 태호의 전화를 끊어버리고 싶었지만, 아미가

눈을 비비며 일어났다. 누구냐고 묻는 목소리에 태호라고 대답을
하자 왜냐고 물어왔다. 상황을 설명하자 아미도 떨떠름한 얼굴로
고개를 저었다.

"아미가 별로 가고 싶지 않아 해. 내가 알아서 적당히 다른 사람
보낼게."

호건을 보낼 생각으로 태호에게 단호하게 말하자 어쩔 수 없다
는 태도로 그가 물러났다. 왜 굳이 아미를 보내려 하는 것인지 의
심이 갔지만, 아미가 누구를 보낼 거냐는 질문에 전화를 끊었다.

주말이라 연락을 하기 불편했지만, 아미의 핸드폰에서 호건의
연락처를 찾아 세진은 전화를 걸었다. 그가 전화를 건 것에 놀라
고 황송해하며 호건이 쩔쩔매며 전화를 받았다. 그리고는 촬영장
에 내일 출근을 하라는 말에 더욱 어쩔 줄 몰라 하며 허둥대는 게
전화기 너머로 들렸다.

[저, 죄송한데요. 내일 연차거든요. 지금 제주도라.]

그러고 보니 연차를 내겠다고 호건이 결재판을 들고 왔을 때 그
가 사인을 해주었었다. 알겠다는 말로 전화를 끊고 세진은 낮게
한숨을 쉬었다.

여름휴가 때 여자친구와 싸워서 제대로 놀지 못했다고 들었다.
간신히 화해를 하고 이번 주말부터 연차를 낸 월요일까지 여자친
구와 제주도에 다녀오겠다고 했다. 뒤늦게 기억을 한 아미가 세진
에게 내일 자신이 가겠다는 말을 했다.

"어차피 별로 할 일도 없을 테고. 얼굴만 비치고 올게."

갑자기 무거워진 분위기에 아미가 그의 눈치를 살폈다. 그 모습

에 세진이 입매를 늘어뜨리며 아미의 어깨를 감싸 안고 침대 위로 쓰러뜨렸다.

"허아미."

"응?"

"내일만 가는 거야. 그 뒤로는 가지 말자."

무엇 때문인지는 몰라도 세진이 불안해한다는 걸 느꼈다. 그가 자신을 그곳에 보내고 싶어하지 않는다는 게 보였다. 자신도 마찬가지이다. 그곳에 가고 싶지가 않았다.

세진은 아미를 더욱 품에 끌어안았다. 아미가 답답해할 정도로. 적당히 밀어낼 줄 알았던 아미가 그의 등을 감싸자 세진은 팔에 힘을 풀었다. 그에 아미가 더욱 그를 힘주어 안았다. 그렇게 둘은 서로의 불안감을 서로의 품에 감췄다.

chapter 9

주말의 여파가 이어져 아침에 유독 일어나기가 힘들었다. 침대
와 일체가 되고 싶어하는 몸은 모친의 다정한 손길에 힘입어 겨우
침대와 인사를 했다.

촬영장과 최대한 가까운 역까지 지하철을 타고 간 다음 택시를
잡아타고 촬영장에 도착을 했다. 새벽부터 촬영을 하고 있었던 탓
에 이미 촬영장은 외부인이 철저하게 통제되고 있었다.

감독과 스태프들에게 인사를 하고 구석으로 빠진 아미는 조연
출에게 주말에 있었던 사고에 대해서 들었다. 고정되어 있던 장비
가 쓰러지면서 한건우를 덮쳤는데 다행히도 한건우가 재빨리 피
해 어깨만 타박상을 입었다고 했다. 하지만 장비가 아파트 내부의
대리석을 깼다.

손해배상에 관련해서 이야기를 해야 하는데 시안그룹 담당 책임자가 딱히 정해지지 않아 우왕좌왕했고 촬영이 지연됐다고 했다. 이 일로 촬영하는 남은 기간 동안만이라도 담당자가 있어주었으면 한다고 조연출이 부탁을 했다.

일을 정리해야 하는데 주말이라 회사는 쉬고, 담당자가 누구인지 잘 모르는 상태에서 꽤 시간이 지체되어 촬영장 분위기는 좋지 않았다. 거기다 배우가 다쳤으니 말을 하지 않아도 감독뿐만 아니라 전 스태프 모두가 꽤 예민해져 있음이 한눈에 보였다.

"오셨네요?"

부드러운 저음의 목소리에 몸을 돌리자 뒤에서 한쪽 어깨를 돌리며 몸을 풀고 있는 한건우가 서 있었다. 다친 어깨인지 안쪽에 파스가 붙여져 있는 게 살짝 드러났다.

"네. 안녕하세요."

무뚝뚝하게 대답을 했다가 아픈 듯 얼굴을 찡그리는 건우와 눈이 마주치자 마음이 약해졌다. 바로 얼굴을 풀고 건우가 웃었지만, 그를 따라 미소가 지어지지 않았다.

"다치셨다고 들었어요. 괜찮으세요?"

머뭇거리다가 묻자 건우가 웃으며 괜찮다고 대답을 했다. 더는 할 말이 없을 때 다행히도 촬영이 시작된다고 스태프가 다가와 건우를 데리고 갔다. 촬영을 지켜보다가 빠져나와 핸드폰으로 시간을 확인했다. 월요일이기에 회의가 줄줄이 잡혀 있는 세진과는 아무래도 통화가 불가능할 것 같아 문자만 남겨두었다.

딱히 할 일도 없어서 회사로 가고 싶었지만, 조연출이 틈틈이 자신이 있는지를 확인했다. 또 언제 무슨 사고가 발생할지 모르지만, 사고가 발생했을 때 최대한 빨리 해결하고 싶어하는 마음은 알겠지만, 자신도 해야 할 일이 회사에 가면 산더미처럼 쌓여 있다.

"같이 점심식사 하시죠."

핸드폰으로 동물을 도축하는 게임을 하고 있다가 갑자기 들리는 목소리에 화들짝 놀라 핸드폰을 뒤집었다. 고개를 들자 한건우가 은은한 미소를 지으며 핸드폰을 쳐다봤다. 민망해져 얼굴이 달아올라 고개를 다시 숙였다.

"심심하시죠? 오늘 하루 종일 여기 있는 거예요?"

"네. 아마도요. 벌써 점심시간인가요? 저는 나가서 먹고 올게요."

재빨리 가방을 들고 일어서서 돌아서는 아미의 팔을 건우가 잡아 세웠다. 주위의 눈을 의식해 그녀가 팔을 비틀자 선선히 놓아주었음에도 아미의 이름을 불러 가는 길을 막았다.

"아미 씨, 같이 먹어요. 설마 혼자 먹으러 갈 거는 아니죠?"

촬영 스태프가 이런 친절을 베풀었다면 기뻤겠지만, 지금 쉬는 사람들은 배우들뿐인 것 같았다. 스태프들은 아직도 분주하게 촬영장을 오가며 서로에게 소리를 치고 있었다.

"그럼, 저는 기다렸다가 스태프들하고 먹을게요."

"언제 먹을지도 몰라요. 다들 틈틈이 알아서 해결하는 경우가 많아서. 게다가 지금은 더욱 분주하거든요."

계속해서 거절을 할 명분도 없어 어쩔 수 없이 건우를 따라나섰다. 위쪽으로 올라가더니 그는 대기실로 사용하는 집 안으로 들어섰다.

"어디 갔었어?"

그의 매니저가 반기더니 뒤에 따라 들어오는 아미를 보고 입을 다물었다. 뭐냐는 듯 건우를 향해 눈빛을 보냈지만, 그는 가볍게 같이 밥을 먹을 거라며 도시락 하나를 더 요구했다.

"저, 그냥 나중에 따로 먹을게요."

매니저의 시선이 부담스러워 이대로 같이 식사를 하다가는 체할 것 같아 아미가 물러섰다. 그런 그녀의 팔을 잡아 안으로 들인 건우가 선한 미소를 지으며 자신이 혼자 먹기 싫어서 그런 거라고 모성을 자극하는 표정을 지었다.

건우의 말에 매니저는 도시락을 하나 더 챙겨온 뒤 자신의 몫을 챙겨 들고 나갔다. 매니저는 건우가 떡하니 혼자 먹기 싫어 같이 여자에게 먹자고 하는데 그 틈에 끼어서 그의 눈초리를 받기는 싫었다. 부디 다른 사람들 눈에는 띄지 않기를 바라는 마음으로 밖에서 망이나 봐야겠다는 생각으로 매니저는 나가기 직전 건우를 노려봤다.

"왜, 오늘은 혼자 오셨어요?"

"아, 어쩌다 보니 그렇게 됐어요."

낯선 남자와, 그것도 흔히 보기 힘든 배우와 단둘이 마주앉아 식사를 하려니 불편했다. 만약에 세진이 이 모습을 봤다면 하는 아찔한 생각에 수저질이 느려졌다.

"입에 안 맞아요? 그래도 도시락집 중에서는 꽤 맛있는 곳인데."

"아, 제가 아침을 많이 먹고 와서요."

거짓말이 티가 났는지 건우가 묘한 미소를 지으며 고개를 끄덕였다. 조용히 식사만 했으면 좋겠는데, 건우가 세진에 관한 이야기를 꺼냈다.

"전에 같이 오신 팀장님과는 친하신가 봐요?"

"네? 왜요?"

적당히 그렇다, 또는 같이 프로젝트를 하다 보니 어느 정도는 친하다고 둘러대면 되는데 괜스레 찔려서 '왜요.' 라는 질문이 나와 버렸다. 입을 다물었지만, 이미 새어나간 말을 도로 주워 담을 수는 없었다.

서로의 질문에 대한 답을 하지 않고 둘은 어색한 정적 속에서 식사를 이어나갔다. 반쯤 먹었을 때 아미는 결국 수저를 내려놓았다. 그 속에서도 꿋꿋하게 자신의 도시락을 다 비운 건우는 커피 한잔 어떠냐고 묻더니 자리에서 일어나 부엌 쪽으로 향했다.

뒷정리를 하는데 커피 향이 확 퍼졌다. 익숙한 향기에 마음이 조금은 가벼워졌다. 이제 식사도 마쳤으니 빨리 커피를 마시고 가야겠다는 생각으로 아미는 뜨거운 커피 잔을 받아 들었다. 뜨거운 커피보다는 아이스커피가 생각이 났지만, 입에 한 모금 머금자 그 생각은 싹 달아났다.

커피에 마음이 편안해지자 긴장했던 얼굴 근육도 풀어졌다. 허나 그 틈을 파고드는 건우의 말에 다시 얼굴 근육에 힘이 들어갔다.

"그 팀장님과 사귀세요?"

"네?"

너무 화들짝 놀래자 들고 있던 커피가 넘칠 것이 걱정되었는지 건우가 아미의 손에서 잔을 빼앗아 앞에 놓았다. 정신을 차리지 못하는 아미를 보며 절대 남을 속이거나 거짓말을 할 타입은 못 된다는 생각에 그는 속에서부터 새어 나오는 웃음을 참아냈다.

이쪽 세계에서는 서로를 속이는 얼굴로 상대를 대하는 게 일상인 곳이다. 매일 부딪히는 그런 여자들과 달리 얼굴에 확연하게 생각하는 게 드러나는 아미가 신선했다. 그래서인지 왠지 모를 심술이 나왔다. 놀려주고 싶다고나 할까. 더 자극해서 더한 신선함을 보고 싶다는 얄궂은 마음.

"두 사람 사이에 그런 분위기가 흐르던데요. 맞아요?"

"그게 무슨……. 저 그만 일어나 볼게요."

건우의 말에 더는 이 자리에 있는 것이 불편해 아미가 벌떡 일어났다. 하지만 그런 그녀를 다시 건우가 잡았다.

"아니면 두 사람 바람피우는 거예요?"

장난이라고 하기에는 건우의 표정이 '다 알고 있다.' 라는 얼굴이다. 그는 무릎 위에 손을 깍지 끼고 몸을 더 앞으로 당겨서 아미를 지그시 올려다봤다. 아미가 침을 꼴딱 삼키고 농담이 지나치다는 말을 했지만, 건우는 농담이 아닌데, 라고 낮게 읊조렸다.

"비난하려는 거 아니에요."

"지금 오해하시는 것 같아요."

"전에 제가 말했죠? 이 책하고 대본 이해가 안 간다고. 바람은 바람일 뿐이라고. 내 배역이 마음에 들지 않는다고. 그런데 촬영을 하면서 생각이 달라졌어요."

"저기, 한건우 씨. 제 말 좀 들어보세요. 저는 팀장님하고 그런 사이가……."

"쉼표도 괜찮다고 생각해요. 그래서 말인데요."

서로 자기의 이야기만 하다가 말끝을 흐리는 건우의 태도에 아미가 입을 다물었다. 지금 무슨 말을 한들 그가 자신의 말을 귀담아듣지 않는다는 걸 깨달았다.

"아미 씨한테 관심이 있어요."

무언가 이상하다. 앞에 줄줄이 늘어놓은 말과 앞뒤가 맞지 않아 한동안 아미는 그의 의중을 헤아리듯 뚫어지게 쳐다보며 머릿속을 정리해 나갔다.

그런 아미를 보고 역시나 정연하지 못한 자신의 말에 혼이 나가는 얼굴을 보자 그 어리숙한 귀여움에 건우는 웃음이 피어올랐다.

"그 팀장이라는 남자의 쉼표라는 거 알아요. 뭐, 지금은 나도 마침표를 바라는 정도로 아미 씨를 좋아하는 건 아니니까 쉼표라도 되는 게 어떤가 싶어서요. 차근차근 알아가 보자 이거죠."

"무슨…… 소리를 하시는 거예요?"

"쉼표와 쉼표끼리 만나서 어떻게 될지 궁금하지 않아요?"

아미의 얼굴이 단숨에 딱딱해졌다. 한건우의 선한 웃음이 지금은 너무나 가증스럽게 보여졌다.

"무례하군요."

굉장히 모욕적으로 다가왔다. 자신에게 바람을 피우자고 대놓고 말하는 건우가 꺼림칙해졌다.

"왜요? 어차피 지금 아미 씨는 그 남자가 쉬어가는 쉼표 아니에요? 내가 연기를 해보니까 쉼표는 꽤나 지치더군요. 아미 씨가 힘들 때 내가 보듬어주고 싶다는 거예요. 솔직히 힘들지 않아요? 그 남자의 쉼표 자리가. 아, 아니면 지금 그 남자의 여자와 아미 씨 사이에 쉼표가 찍혔어요? 그 여자와 동등한 위치에 있어요?"

날카롭게 파고드는 건우의 말이 심장을 관통했다. 너무 쓰리고 아파왔다. 자신이 세진에게 바람을 피우자고 했을 때 그도 이렇게 모욕적이었을까 하는 생각이 들었다. 그리고 뒤이은 건우의 말에 자신은 그냥 쉬어가는 쉼표라는 생각에 울컥했다. 마지막으로 그 여자와 동등한 위치라는 질문에는 대답을 할 수가 없었다. 최소한 그 여자와 동등한 위치이고, 동등하게 세진의 사랑을 받았으면 하는 바람이 있다. 아니, 조금 더 욕심이 난다. 세진에게는 자신뿐이었으면 하는 바람이.

"쉼표든, 동등하든 상관없어요. 어쨌든 둘 다 그 남자의 유일한 이 될 수는 없으니까. 이 영화의 결말 아시죠? 쉼표는 마침표가 될 수 없다는 거."

새하얗게 질린 얼굴에 건우는 입을 다물었다. 더한 말로 헤집고 싶지만, 더 했다가는 그대로 실신을 할 것 같은 얼굴이다. 아쉬운 입맛을 다시며 건우는 다시 선한 얼굴을 했다.

"제 말에 상처받지 않았으면 좋겠어요. 그냥, 나는 상황 그대로를 받아들였으면 해서예요."

"뭘 받아들여요?"

아미의 말투가 제법 날카롭게 변했다. 그를 견제하는 눈빛에는 이미 상처가 가득했다.

"내가 아미 씨한테 관심이 있다는 거. 아미 씨가 지금 무슨 상황이든 받아들일 준비가 되어 있다는 거. 힘들면 나한테 와요."

잔뜩 헤집어놓더니 마지막은 고백이다. 누가 들으면 남자가 굉장히 포용심이 있고 그녀를 한없이 사랑하는 줄 착각을 할 만한 대사이다. 게다가 그의 얼굴도 여자에게 고백하는 설렘, 긴장감, 진심이 담겨 있었다.

"자신의 배역에 꽤나 푹 빠지셨네요. 감독이 보면 좋아하겠어요. 하지만 영화는 영화일 뿐. 착각하지 말아요."

꽤 신랄한 말투에 건우의 표정이 깨졌다. 한 방 먹이고 아미는 당차게 일어나 그 집을 빠져나갔다.

"크큭. 하하하하."

쾅 닫힌 문소리가 들리고 이내 건우의 입에서 웃음이 터져 나왔다.

"착각은 착각일 뿐이라. 정말?"

건우의 눈에는 이채가 감돌았다. 꽤 흥미로운 여자의 등장에 그의 몸이 흥분으로 날뛰었다.

더 '그 여자와 마주하고 싶다.' 라는 생각이 들었다. 처음에는 영화 속 자신의 배역과 닮은 여자라서 눈길이 갔는데, 마주하고 보니 생각이 달라졌다.

확실히 자신의 배역과는 닮은 듯하지만 다르다. 꽤 매력적이다. 한심하고 매력이라고는 눈곱만큼도 느껴지지 않던 자신의 배역이 조금은 마음에 들었다. 자신의 배역에 약간만 변화를 주면 더 괜찮아질 것 같다. 아미와 대화를 하는 도중에도 몇 번씩 그동안 힘들었던 캐릭터 분석을 했다.

오랜만에 그의 눈길을 제대로 끄는 여자가 나타났다. 이게 과연 진짜 여자로서의 관심일지, 아니면 그냥 단순한 흥미일지 조금은 헷갈리지만.

"뭐, 계속 보다 보면 알겠지."

둘 중 무엇이든 상관없다. 여자로서의 관심이라면 꼬셔서 적당히 데리고 즐기면 될 것이고, 단순한 흥미라면 적당히 찔러보면서 반응을 즐기면 그만이다. 더불어 자신의 연기에도 도움을 받고.

"너 무슨 일 있었어?"

매니저가 들어오면서 그를 다그쳤다. 하기야 아미가 무서운 기세로 여기를 나갔으니 매니저가 걱정할 만도 하다.

"그냥. 작업 좀 걸었는데, 저러네. 내가 그렇게 매력이 없나?"

"뭐? 너 지금 얼마나 중요한 때인지 몰라? 이제 막 인지도 쌓기 시작했다고."

"알아. 그러니까 형이 협조 좀 해줘."

겨우 이 바닥에서 얼굴을 알리기 시작했는데 연애라니. 매니저는 머리를 감싸 쥐고 그를 말리려 했지만, 건우의 얼굴은 단호했다. 일단은 건우가 제정신을 차릴 때까지 손발을 맞춰주는 수밖에 없다.

"조심해라, 너."

모든 게 함축되어 있는 경고를 하고 매니저는 그를 두고 나섰다. 더 그 얼굴을 보고 있다가는 욕이 한 바가지 쏟아질 것 같아서.

얼굴이 하얗게 질린 게 많이 안 좋아 보였는지, 지나가던 스태프들이 한 번씩은 멈춰 서서 아미를 쳐다봤다. 그들은 툭 하고 건들면 그 자리에서 쓰러질 것 같아서 괜찮냐는 말 한마디 묻지 못했다. 핸드폰을 부서져라 꽉 쥐고 벽에 서 있는 아미를 피해 다들 조심스럽게 움직였다.

촬영이 다시 시작되고 한건우가 모습을 드러냈을 때 아미는 그대로 피해서 밖으로 빠져나왔다. 틈틈이 그녀가 있나 확인을 하던 조연출도 다시 바빠지고 촬영에 집중하고 난 뒤에는 그녀가 있든 없든 상관하지 않았다.

밖으로 나오자 안과 달리 후덥지근한 날씨에 절로 들이쉬는 숨이 커졌다. 등줄기를 타고 쓱 내려가는 땀방울에 흠칫 몸이 떨렸다. 근처 아무 벤치에 앉아 더위와 맞서 싸우며 한참을 멍하니 시간을 때웠다.

머릿속이 복잡해서 무슨 생각을 어떻게 해야 하는지 잡히지 않아 그냥 앉아 있었다. 차근차근 생각을 해나가야 하는데 그대로 사고는 정지해 버렸다.

한참을 앉아 있었다. 저녁시간이 되고 어둑해졌음에도 촬영은 끝날 기미가 보이지 않았다.

세진의 목소리라도 듣고 싶어 전화를 했는데 통화가 되지 않았다. 무슨 일이 있나 싶어서 회사로 전화를 했더니, 비상이 걸려서 다들 회의에 소집이 됐다는 말을 들었다.

"여기 있었어요? 한참 찾았네."

가로등 불빛만이 길을 밝히는데, 그것을 뚫고 한건우가 걸어왔다. 달갑지 않아 바로 일어나 그를 최대한 멀리 지나쳤다. 혹여 또 잡힐까 싶어서.

"오늘은 촬영 끝났어요. 퇴근 안 하세요?"

대답 없이 자신을 무시하고 지나치는 아미를 뒤따라 걸으며 난감한 얼굴을 했다. 건우는 설마하니 이렇게 피할 줄은 몰랐다.

아니, 이래야 정상이려나.

"데려다 줄게요. 늦었어요."

데려다 준다는 말에 아미가 날을 세우며 고개를 저었다. 그를 거부하는 얼굴에도 건우는 아미에게 다가갔다.

"가요. 어디에 살아요?"

촬영장 마무리도 다 한 것인지 스태프들이 우르르 쏟아져 나왔다. 두 사람이 이야기하고 있는 모습에 다들 걸음을 늦추고 그들을 주시를 했다.

"형! 우리랑 가는 쪽이 같은데. 데려다 드리자."

매니저를 불러 아미를 데려다 주자는 그의 어투에는 아무런 사심이 없다는 듯, 하지만 친절함이 배어져 있었다. 다른 사람들이 보고 있는 상황에서 단칼에 거절을 하기 어려워졌다. 적당하게 돌려서 거절을 하려는데, 매니저가 이 이상 다른 사람들에게 노출이 되면 안 되겠다 싶었는지 다가왔다.

"아, 그러지 않아도 가는 길이 같아서 내가 같이 가자고 했었어.

가요, 허 대리님. 차 없다고 하셨잖아요."

마치 먼저 자신이 데려다 주려고 했다는 걸 어필하며 매니저가 사람들의 시선을 끌어다 모았다. 일반 사람들끼리의 일에는 관심이 없기에 다들 다시 제 갈 길을 갔다. 아미가 분하고 난감함에 입술을 깨물자, 건우는 입매를 비틀며 먼저 몸을 돌려 걸어갔다.

"저, 혼자 갈게요."

"그냥 가시죠."

매니저가 사람들의 눈치를 살피며 자신을 잡았다. 한숨을 내쉬고 결국에는 그들을 따랐다. 매니저와 코디네이터가 앞에 타자 어쩔 수 없이 아미는 건우와 뒤에 올랐다. 연예인이 타고 다니는 차로 유명한 벤은 굉장히 넓고 자리도 많았다. 건우와 떨어져 앉은 아미는 매니저에게 대충 위치를 알려주었다.

"그러지 말고 아파트 앞까지 데려다 드릴게요."

"아니요. 괜찮아요."

건우에게 집까지 알려줄 마음이 추호도 없어 고개를 돌려 더는 말을 하고 싶지 않다는 걸 표시했음에도 건우는 계속해서 물어왔다. 결국에는 매니저가 포기한 어투로 어느 아파트에 사냐고 물었다. 옆에 앉은 코디네이터가 세 사람의 눈치를 보다가 입을 열었다.

"우리 건우 오빠가 성격이 원래 다정해서 그래요. 꼭 사는 곳 앞까지 데려다 줘야 마음이 편하대요."

자신이 맡고 있는 배우라서 그를 감싸는 것치고는 그녀의 얼굴에는 꽤나 진실성이 담겨 있었다. 눈 또한 거짓이 담겨 있지 않았다.

자신을 제외하고 세 사람이 그렇게 강요를 하자, 아미는 결국 아파트까지 말을 했다.

다행히 가는 길은 조용했다. 건우는 피곤한지 의자를 뒤로 젖히고 눈을 감았고, 코디네이터는 핸드폰으로 무언가를 계속해서 검색을 했다. 당연히 매니저는 운전에 집중을 하느라 조용했다.

깜깜한 밖을 보며 아미는 어서 빨리 집에 가서 눕고 싶은 생각만 간절했다. 빠르게 지나가는 불빛이 드물었다가 이내 곧 번화가로 접어들었다. 늦은 밤이지만 많은 차들로 속도는 좀처럼 나지 않았고, 겨우 그녀의 아파트 앞에 도착을 했다.

"다 온 거야?"

감고 있던 눈을 뜨고 의자를 바로 세우는 건우가 매니저에게 물었다. 그의 눈에는 피곤함이 가득했고, 핏줄이 서서 꽤 위험해 보였다. 아니, 아미의 눈에만 그렇게 보였다.

"그럼, 가보겠습니다. 데려다 주셔서 감사합니다."

딱 누구를 지정해서 하는 인사가 아닌지라 적당한 위치에 고개를 숙여 인사를 한 아미가 문을 열려고 하는데, 뒷좌석에서 모자를 찾아 푹 눌러쓴 건우가 뒤따라 내리려는 듯 움직였다.

"왜 그러세요?"

최대한 문에 붙은 아미가 경계를 했다.

"늦었잖아요. 집 앞까지 데려다 줄게요."

인근 상가 사람이나 주차할 곳을 찾지 못한 사람들이 아파트 안에 불법주차를 하는 경우가 많았다. 특히나 눈이나 비가 오면, 지하 주차장만 있는 아파트에는 차가 붐볐다. 이에 차단기를 설치하고, 전자키를 부착하지 않은 차는 진입이 불가하도록 했다.

당연히 건우의 매니저는 지하 주차장으로 들어가지 못하고 입구에 세웠다. 다 왔으니 괜찮다고 했음에도 건우는 한사코 집 앞까지 데려다 주겠다고 나섰다.

"괜찮다니까요!"

결국 아미의 입에서 짜증이 섞인 목소리가 튀어나왔다. 코디네이터는 왜 그러는지 모르겠다는 표정을 지었고, 매니저는 피곤한 얼굴로 차의 시동을 껐다.

"넌 여기에 있어. 내가 갔다 올 테니."

계속해서 이러다가는 싸움이 날 것 같아 아미는 문을 열고 내려버렸다. 매니저가 뒤따라가는 걸 확인한 뒤에야 건우는 쓰고 있던 모자를 벗고 다시 의자를 젖히고 누웠다. 그리고 얼굴을 모자로 가렸다.

"이상하게 생각하지 마세요. 건우는 정말로 걱정이 돼서 그러는 거니까."

매니저가 그를 옹호하는 말을 했다. 뭐가 걱정이 돼서 저러는 거냐고 이해를 하지 못하는 아미의 얼굴에 매니저가 고민을 하다가 입을 열었다.

"여동생이 하나 있었어요. 건우는 항상 여동생을 집 안까지 데려다 줬어요. 아주 애지중지했죠. 바로 전 드라마 촬영을 하는 어느 날은 바빠서 여동생을 집 앞까지 데려다 주지 못하고 그냥 입구에서 내려줬었어요."

뜬금없는 이야기에 아미는 걸음을 멈추고 매니저의 얼굴을 올려다봤다. 매니저는 말을 하고 있음에도 이걸 말해도 되나 하는 얼굴이었다.

"사고가 났어요. 집에 도둑이 들었었어요. 그 도둑이…… 건우 여동생을 해쳤어요."

"아……."

전혀 생각지도 못한 이야기가 나왔다. 놀라서 자연스레 벌어지는 입을 손바닥으로 막으며 아미는 차가 주차된 곳을 흘끗 쳐다봤다.

"그 일로 죄책감에 사로잡혔어요. 드라마 초반이라 어떻게든 배역을 뺄 수도 있었지만 하차를 하지 않았어요. 여동생이 꼭 드라마가 잘돼서 성공했으면 좋겠다고 입버릇처럼 이야기를 했거든요."

"여동생은 어떻게 됐는지 물어도 될까요?"

매니저는 대답 없이 하늘을 한 번 쳐다봤다. 그걸로 대답을 들은 아미는 짠해져 오는 마음에 가슴을 손바닥으로 눌렀다.

"아미야."

낯익은 목소리에 아미는 고개를 돌렸다. 세진이 그녀를 부르며 성큼성큼 다가오고 있었다. 그러다 앞에 선 남자의 얼굴을 확인하고는 의문스런 얼굴을 했다.

"아, 안녕하세요. 혹시 시안그룹 기획부 팀장님 아니십니까."

전에 촬영장에서 인사를 했던 세진이 다정스럽게 아미를 부르고는 그녀의 허리를 감싸 안는 걸 보고 매니저는 눈을 돌렸다. 임자가 있는 여자였다는 걸 확인하자 안심이 되었다. 그대로 두 사람에게 인사를 한 매니저는 가벼운 마음으로 걸어갔다.

"어떻게 된 거야. 전화도 안 받고."

"전화? 아, 핸드폰 가방에 넣어뒀는데. 미안. 몰랐어."

급히 핸드폰을 찾아 꺼내자, 세진에게서 부재중 전화가 몇 통와 있었다.

"저 사람은 뭐야? 그 남자 매니저 아니야?"

"아, 데려다 주셨어."

구구절절 설명을 하자니, 낮에 건우와 있었던 일부터 해야 할 것 같았다. 당연히 해야 하지만, 한편으로는 하지 않아야 한다는 생각이 들었다. 그래서 단순히 데려다 준 거라고 말을 하고 아미는 그의 품에 안겼다.

그제야 몸의 긴장이 풀렸다. 다정스레 등을 쓰다듬는 손길에 절로 눈에 물기가 차올랐다.

"전화도 안 받고."

"미안. 회의가 그렇게 길어질 줄은 몰랐어."

아미는 괜스레 투정을 부려보았다. 당연히 세진은 그 투정을 받아주며 그녀를 달래주었다.

"무슨 일 있었어?"

"나 저 영화 개봉해도 절대 보지 않을래."

무슨 일이 있었다는 걸 직감한 세진이 재차 물었지만, 아미는 입을 꾹 다물었다. 그저 자신의 품 안으로 파고드는 아미를 그는 한참 동안 품어주었다.

시안아파트에서의 촬영도 끝났으니 더 이상은 한건우와 마주치지 않을 거라 생각을 했다. 어차피 서로의 연락처를 알고 있던 것도 아니고, 물론 전에 매니저에게 명함을 줬던 게 걸렸지만 그 매니저의 태도를 보면 자신의 명함을 한건우에게 주지 않을 거라 생각을 했다.

하지만 의외의 장소에서 한건우를 마주쳤다. 그것도 여름이 지나 가을로 접어드는 지금. 이제는 한낱 해프닝으로 생각될 만한 시간이 흐른 지금.

금요일 저녁. 퇴근을 하고 아민의 Bar로 향했다. 툭 하면 세진을 금요일부터 주말을 껴서 출장을 보내는 태호에게 한바탕 곱지 않은 단어가 담긴 문자를 폭탄으로 보내주고 외로움을 풀고자 아민의 Bar로 갔다.

"어? 허 대리님."

마치 잘 걸렸다는 어투로 능글맞은 목소리에 고개를 돌리고 싶지 않았지만, 결국 아민은 입가에 미소를 띠우고 고개를 돌렸다. 떡하니 직급까지 붙이는 걸 보니 회사 관계자들도 같이 있을지도 모른다는 생각이 들었기 때문이다.

"어?"

태호와 먼저 눈을 마주치고 일행이 누구인지 둘러보는데 한건우와 눈이 마주쳤다. 그의 옆에는 매니저도 있었고, 처음 보는 사람이 태호의 옆에 앉아 있었다. 어서 이쪽으로 오라는 손짓에 걸어가자 눈치껏 직원이 의자를 가져다주었다.

어쩌다 보니 제일 상석에 자리를 하게 되었다. 그녀의 오른쪽으로는 태호와 모르는 남자가, 왼쪽으로는 한건우와 그의 매니저가 앉아 있었다.

"이쪽은 촬영장에서 봤으니 알 테고. 이쪽은 Tesoro엔터테인먼트기획사 유이건 대표. 이쪽은 우리 기획부 2팀의 허아미 대리님."

어색한 눈초리로 한건우와 그의 매니저와 인사를 한 뒤, 유이건 대표와 가볍게 악수를 했다. 주문도 하지 않았음에도 그녀가 즐겨 마시는 칵테일이 바로 나왔다. 익숙하게 태호가 그녀의 앞에 안주를 옮겨주고 포크까지 챙겨주었다.

"두 분이서 친하신가 봐요."

그 모습을 조용히 보고 있던 건우가 물었다. 딱 봐도 그냥 회사 상사와 직원의 관계가 아니다. 어느 회사 이사가 일개 대리를 저렇게나 챙긴단 말인가. Bar에 아미가 들어왔을 때 먼저 그녀를 발견한 사람은 건우다. 그가 아는 체를 해야 하나 말아야 하나 고민하는 사이 태호가 먼저 그녀를 불렀다.

"아, 회사 내에서는 비밀인데. 여기는 뭐, 회사 내부 사람이 없으니까. 아미가 제 사촌동생의 친구의 누나야. 이렇게 설명하려니까 복잡하네."

얼추 알아듣기는 하겠지만, 간단한 관계가 아닌지라 다들 머릿속으로 한 번씩 더 태호의 말을 굴려가며 이해를 했다.

"그러니까, 저기 저 남자가 여기 사장이거든?"

아민을 가리키는 손짓에 따라 모두의 시선이 옮겨갔다. 자신에게 향하는 시선에 아민이 뭐냐는 듯 누나를 쳐다봤지만, 딱히 해 줄 대답이 없어 아미는 어깨만 으쓱거렸다.

"저 남자의 친구가 내 사촌동생. 그리고 저 남자의 누나가 여기 있는 허아미 대리."

"아하."

이건의 입에서 알겠다는 소리가 나왔고, 건우는 흥미로운 시선으로 아민과 아미를 번갈아 봤다. 자세히 보니 남매 소리를 들을 정도로 꽤나 닮았다. 앞으로 이 Bar에 자주 오게 될 것 같은 기분에 건우는 호의적인 얼굴로 아민과 눈을 맞췄다.

다행히 세진과 그녀와의 관계까지는 밝히지 않은 태호가 어색해하는 아미에게 말을 걸었다.

"혼자 왔어?"

누구 때문에 혼자 왔는지 모르겠냐고 쳐다보자 태호가 괜히 말을 걸었다는 생각을 하며 화제를 돌렸다.

이야기를 들어보니, 이건과 태호는 친구 사이고 건우는 이건의 소속배우인 듯했다. 어떻게 이 자리에 자신이 끼게 되었는지 모르겠지만, 아미는 그저 빨리 집으로 가고 싶었다.

"이런. 나 먼저 가봐야겠다."

아직 신혼이라며 아내를 보러 간다고 먼저 일어선 이건의 자리로 태호가 옮겨 앉고, 태호의 자리에 아미가 앉았다.

한건우와 마주 보게 되자 한 모금 마신 칵테일이 얹히는 기분이 들었다.

적당한 이야기가 오가고, 아미는 때를 보다가 잠깐 아민에게 이야기할 게 있다며 양해를 구하고 자리에서 일어났다.

"왜?"

자신에게로 다가오는 누나를 향해 아민이 빨리 말하라는 어투로 물었다. 앞에 앉은 여자 손님과 더 이야기할 게 남았는지 아민의 눈빛이 다급했다. 어쩔 수 없이 뒤에 앉은 태호의 눈치를 보다가 아민이 사용하는 사무실로 가겠다는 말을 하고서는 걸음을 옮겼다.

적당히 사무실에서 쉬다가 아무도 모르는 틈에 빠져나가면 될 듯싶었다. 한동안 오지 않으면 찾지 않을지도 모른다. 태호의 성격에 집이 이 근처니 어련히 잘 갔을까 하며 넘어갈 확률이 크다. 하지만 혹여 전화까지 해서 찾을지도 모르니 조금은 기다려 보기로 했다.

"세진이한테 전화나 해볼까."

설마 이 시간까지 일을 하지는 않을 테니 핸드폰을 꺼내 전화를 걸었다. 사무실 안은 시계가 전자시계라 초침이 움직이는 소리도 없어 적막했다.

[여보세요.]

"나야. 뭐 하고 있어?"

[씻고 쉬고 있어. 숨Bar라며. 태호 형이랑 같이 있어?]

"어떻게 알았어? 왔다가 우연히 마주쳤어."

[아민이한테서 먼저 전화가 왔었어.]

그새 고스란히 전했나 보다. 이렇게 되니 마치 그녀가 세진의 눈을 피해 노는 것 같은 찜찜한 기분이 들었다. 그 기분은 다음에

이어진 세진의 말에 더욱 커졌다.

[한건우도 있다면서.]

"아, 응. 불편해서 나왔어. 지금 아민이 사무실이야."

세진이 아무런 말도 하지 않자 아미는 초조해졌다. 우연히 어쩔 수 없이 같이 자리를 하게 된 것인데 마치 잘못을 하는 기분이 들었다.

[아미야, 빨리 집에 들어가. 들어가서 다시 전화하자.]

세진은 아미가 건우를 불편해하는 것도 마음에 들지 않았다. 아미가 건우를 의식하지 않았으면 했다.

분명 한건우가 아미에게 관심을 가지고 접근을 하는 것 같아 신경이 쓰였다. 배우라는 직업이 일반인들에게는 먼 존재라 생각을 하고, 이제는 마주치지 않을 거라 생각을 했는데 의외의 복병이 태호의 인맥이라니.

세진은 핸드폰을 쥔 손을 얼굴 위로 올려 눈을 가렸다. 그대로 아미에게서 다시 연락이 올 때까지 기다릴 듯이.

세진과의 전화를 끊고 바로 핸드백을 들고 사무실을 빠져나왔다. 막 가게를 나와 내려가는 계단으로 향하는데 누군가가 뒤에서 자신의 팔을 잡았다.

"집에 가요?"

건우의 목소리에 힘을 주고 그의 손을 쳐냈다. 꽤나 격한 반응에 건우도, 아미도 놀랐다. 허공에 쳐진 손을 꽉 주먹을 쥐었다 편 건우가 아미의 표정을 살폈다.

"이런. 나 완전히 찍혔나 봐요?"

"먼저 가보겠습니다."

"그 말. 가보겠다는 말을 아미 씨한테 가장 많이 들은 것 같아요. 그렇게 나랑 있기 싫어요?"

상처를 받았다는 얼굴에 속을 아미가 아니다. 이미 그가 얼마나 지독한 남자인지 겪어봤다. 남을 아무렇지도 않은 얼굴로 헤집고 상처를 줬던 남자다.

조도가 낮은 조명 아래에서 두 사람은 아무 말 없이 서 있었다. 아미가 대꾸조차 하지 않자 건우도 말을 잇기가 힘들었다.

"데려다 줄게요. 늦었어요."

"늦지 않았어요."

또 데려다 주겠다고 실랑이를 벌이다가 아미는 뒤늦게 건우의 여동생 이야기를 떠올렸다. 그 일을 아는 척해야 하는지 말아야 하는지 고민을 했다.

"그 남자가 데리러 와요? 매니저가 그날 만났다고 하던데."

정확하게 매니저가 그 팀장이라는 남자와 사귀는 것 같다고 했다. 그러니 헛물 그만 켜라고. 알고 있다고 대답을 했는데 모자를 얼굴 위에 올리고 있어서인지 그의 말을 잘 듣지 못한 매니저가 그대로 차를 출발시켰었다.

"같은 아파트에 살아요."

"흐음. 그래서 데리러 온대요?"

출장을 간 세진이 데리러 올 수 있을 리가 없다. 데리러 온다고 거짓말을 하려 했지만, 건우의 얼굴을 보니 속아 넘어가지 않을 것 같았다. 그는 왼손에 들고 있던 모자를 푹 뒤집어쓰고 앞서 걸었다. 뒤에서 발을 동동 구르다가 아미가 따라나섰다. 어쨌든 집에 가야 했기에.

막상 나왔지만, 길을 모르는 탓에 아미가 앞서 걷게 되었다. 혹여 누군가가 건우를 알아보면 어쩌나 걱정이 되었지만, 다들 자기 갈 길을 가느라 바빠서 주위 사람을 세심하게 살펴보는 사람들은 없었다.

"오늘은 데려다 준다고 해도 거절 안 하네요? 아, 했구나. 적당히 거절을 하고 받아들이네요?"

빈정거리는 것이 아닌, 정말로 궁금해하는 어투였다. 대화를 하기 싫어 아미는 그가 입을 다물 만한 대화를 끄집어냈다. 상처를 건드리는 것 같아 께름칙했지만 조용히 해줬으면 하는 바람으로 이야기를 꺼냈다.

"매니저님께 들었어요. 여동생 이야기."

모자 아래로 유일하게 드러난 턱이 단단해졌다. 이를 악무는지 힘이 들어간 턱에 아미는 살짝 겁이 났다. 하지만 그 뒤로 바람대로 건우가 입을 열지 않자 다행이라는 생각이 들었다.

아파트 단지 안으로 들어섰을 때 건우가 단지 안에 있는 놀이터로 향했다. 집으로 향하던 발걸음을 멈추고 아미는 고민을 하다가 결국 그가 앉은 벤치로 향했다.

"데려다 주셔서 감사합니다."

살짝 고개를 숙여 인사를 한 뒤 몸을 돌렸다. 뒤에서 달칵 소리와 함께 매캐한 담배 연기가 풍겼다. 슬쩍 뒤를 돌아봤을 때 하늘을 보며 담배를 빨아들이는 건우가 보였다. 하늘하늘 담배 연기가 허공을 가르고 그가 다시 담배를 빨아들었다. 그 모습이 가는 발길을 잡았다.

"한지우. 그 애 이름은 한지우예요."

고해성사를 하듯 낮고 음습하게 울리는 목소리에 아미가 몸을 돌려 그를 똑바로 쳐다봤다.

"드라마에 조연은 처음이라 들떴어요. 어떻게든 완벽하게 연기를 하고 싶어서 대본도 너덜너덜해질 정도로 보고 또 봤어요."

쓰고 있던 모자를 벗어 옆에 놓아둔 그가 아미를 쳐다봤다. 꽤 복잡한 얼굴은 어디서부터 이야기를 해야 할지 갈피를 잡지 못하겠다는 듯 힘겨워 보였다.

"여동생이 더 좋아했는데. 그러니까 가족이 여동생 하나뿐이라 꽤 애지중지했거든요, 제가."

앞뒤가 맞지 않는 이야기였지만, 전처럼 이해를 하지 못할 정도는 아니었다.

"연기연습 때문에 딱 한 번 그냥 아파트 입구 앞에서 내려줬어요. 빨리 연습실로 가라고 등을 떠미는 지우의 손길에 못 이기는 척 차에 올랐어요. 마음이 급했거든요. 첫 대본 리딩 때 많이 혼이 나서."

그날을 떠올리는 건우의 얼굴에는 자괴감이 가득했다.

"강도였어요. 하필 그날. 문을 열고 들어갔을 때 강도가 갑자기 지우를 덮쳤고 칼로 찔렀대요. 경찰의 전화를 받고 병원으로 갔을 때 지우는 이미……."

그가 북받쳐 오는 감정을 삭이는 듯 헛기침을 하고 갈라지는 목을 가다듬었다.

"장례식을 마치고 그 새끼를 죽이고 모든 걸 놓아버릴까 했는데 형이 일으켜 세웠어요, 억지로. 하늘에서 지우가 보고 있다고. 꼭 성공하라고."

　슬퍼할 틈도 없이 드라마 촬영에 들어갔고, 오기로 버텼다. 어떻게든 꼭 성공한 모습을 지우에게 보여줘야 한다는 생각으로 악착같이 연기를 했다. 그리고 성공을 했다. 보란 듯이.

"그 자식 첫 재판에서 무기징역을 받았어요. 그런데 재심이 열렸어요. 미친 새끼. 정신병을 앓고 있었다고 하더군요. 계속해서 그 새끼 재판에 참여했어요. 그 새끼가 감형이 되고 병원으로 수감이 되거나 한다면 정말로 죽여 버리겠다고."

　그의 얼굴이 고통으로 일그러졌다. 눈에는 광기가 서늘하게 어렸다. 그의 주위의 온도가 급격하게 하강했다. 그 영역 안에 발을 들여놓고 있던 아미도 서늘함에 몸을 떨었다.

"뭐, 마지막 재판에서도 무기징역을 받았어요. 그런 새끼는 사형을 받아야 하는데. 그날 난 지옥을 오가는 기분인데도 친구의 딸 돌잔치에 갔어요. 거기서 미칠 것 같은 기분에 술만 계속해서 들이켰어요."

　돌잔치라면 그를 처음 만났던 혜은의 딸 돌잔치를 말하는 것 같았다.

"술에 취한 정신으로 형이 데리러 오는 걸 기다리면서 지우가 너무 보고 싶어 문자를 보냈어요. 어차피 없어진 번호라 기대도 안 했는데 답장이 왔어요."

갑자기 머릿속을 지나가는 생각에 아미는 핸드백 안에 있는 핸드폰을 움켜쥐었다.

"위로를 받았어요. 처음에는 술에 취해서 꿈을 꾼 거라 생각을 했는데 다음날 보니 문자는 그대로 남아 있더라고요. 그리고 한 달쯤 뒤에 술을 마시고 또 보냈는데 또 답장이 왔어요."

건우는 뚫어지게 아미를 쳐다봤다. 이제야 조금은 감이 잡히는지 아미의 얼굴에는 혼란스러움이 깃들었다. 건우는 주머니에서 핸드폰을 꺼내 번호를 누르고 통화버튼을 눌렀다. 곧이어 아미의 가방에서 진동이 울렸다. 아미는 그 진동을 죽이듯 핸드폰을 더 움켜쥐었다.

"전화 안 받아요? 전화 오는데."

받기 싫다는 듯 고개를 흔드는 아미의 앞에 걸어간 그가 가방 안에 넣고 있는 그녀의 손을 꺼냈다. 핸드폰이 딸려 나오자 직접 통화버튼을 누르고 귀에 대어주었다.

"그 상대가 누군지 진짜 궁금했어요."

건우의 목소리가 앞에서도 들리고 동시에 핸드폰 너머로도 들렸다. 마치 이명처럼.

"이런데도 우리가 인연이 아닐까요?"

아미는 그대로 몸을 돌려 도망가듯이 멀어졌다. 몸이 본능적으로 건우가 말하는 인연에서 벗어나라고 움직였다.

아파트 안으로 사라지는 아미를 유심히 쳐다보던 건우는 양손에 들린 핸드폰을 보다가 피식 웃었다.

무언가가 응어리가 풀리는 기분이다. 지우의 이야기를 그 누구에게도 한 적이 없었다. 지우가 너무 그리워 미칠 것 같으면 혼자 술을 마시며 그리워했다. 하나뿐인 여동생을 그렇게 혼자 그리워했다.

지우는 그에게 있어서 삶의 목표였다. 둘뿐이기에 서로만 의지를 했다. 그런 여동생을 잃은 그 상처를 남에게, 완전한 타인에게 꺼내어놓는 것만으로도 이렇게 치유가 될 줄은 몰랐다. 마음이 가볍다. 반면, 도망가 버린 아미가 야속하게도 느껴졌다.

끊긴 전화가 울렸다. 이번에는 자신의 핸드폰이 진동을 울렸다.

매니저가 찾자 건우는 어딘가에 있을 아미를 생각하며 아파트 전체를 훑고 몸을 돌려 다시 Bar로 향했다.

집으로 돌아온 아미는 핸드폰을 건우에게 받지 못했다는 걸 깨닫고 자신의 멍청함에 머리를 감싸 쥐었다.

세진이 전화를 기다리고 있을 거라는 생각에 마음이 급해졌다. 그렇다고 자신의 핸드폰에 전화를 해서 다시 건우를 만나 핸드폰을 돌려받을 자신도 없다. 마음이 복잡해졌다. 도대체 무슨 이야기를 듣고 온 것인지. 그 문자에 답장을 해줬던 자신이 한탄스러웠다.

흔히 그럴 수도 있지. 그런 경우는 빈번해, 라고 넘어갈 만한 수준을 넘어섰다. 소름이 끼쳤다. 한건우와의 일이.

"아, 전화."

집에 있는 무선전화를 방으로 가져와 세진의 번호를 꾹꾹 눌렀다.

[아미?]

발신자에 핸드폰 번호가 아닌 집 번호가 떠서 의아했는지 세진이 바로 확인을 하듯 전화를 받았다.

"응. 나. 내일 언제 와? 아, 내일 못 오나? 언제 와?"

아미의 다급한 질문에 소파에 길게 누워 있던 세진은 몸을 바로 했다. 예감이 좋지 않았다. 아미의 목소리가 떨리고 있었다.

"내일 일 마무리되는 대로 갈게. 무슨 일이야."

[아, 아니. 그냥. 보고 싶어서.]

심각해지는 세진의 목소리에 아미가 우물쭈물 대답을 회피했다. 말을 하라고 다그쳐도 말하지 않을 것이다. 눈앞에 없어서 이렇게 목소리만으로는 아미에게 무슨 일이 있었는지 가늠하기가 힘들다. 실상은 의심이 가는 하나가 있다. Bar에서 한건우를 만났다는 게 계속해서 걸린다.

"말해. 무슨 일 있잖아. 한건우야?"

아미가 입을 다물었다. 그사이에 한건우가 아미에게 무슨 짓을 한 것인지. 당장이라도 아미에게 가기 위해서 세진은 몸을 일으켰다. 직접 눈으로 확인을 해봐야 안심이 될 것 같았다.

"기다려. 갈게."

그 말에 아미가 화들짝 놀라며 다 말하겠다고 소리쳤다. 움직이던 몸을 멈추고 세진은 아미가 말을 하기를 기다렸다.

아미는 한건우와의 일에서 촬영장에서의 일을 빼고 그의 여동생 일과 문자 이야기만을 했다. 그 이야기를 듣고 세진은 말을 잃었다. 무슨 영화로 써먹어도 될 법한 이야기다. 아미와 한건우의 그런 묘한 인연에 세진은 눈앞이 암담해졌다. 생각 그 이상이다.

"그래서 핸드폰이 그 자식한테 있다고? 전화하지 마. 내가 받아다 줄 테니."

한 번 만나서 확실히 해두어야겠다는 생각에 세진은 차근차근 머릿속을 정리해 나갔다. 반면, 세진이 건우를 만나 혹여 촬영장의 일까지 듣게 될까 봐 겁이 난 아미가 자신이 만나겠다고 했다가 세진의 화를 돋웠다. 그런 일이 있으면서도 또 한건우를 만나고 싶냐고 화를 내는 세진에게 전부 다 설명을 하지 못하고 입을 꾹 다물자, 오해를 한 그가 화를 내고 전화를 끊었다.

엉망으로 끊겨 버린 전화에 아미는 그대로 침대 위로 엎어졌다.

세진과 싸워 버렸다. 건우의 일로.

아미의 베개가 조금씩 젖어들었다.

"얼굴이 왜 그래? 울었어?"

아침에 일어나 나왔을 때 욕실에서 나오던 아민이 누나의 얼굴을 보고 놀라 눈을 동그랗게 떴다. 눈이 퉁퉁 불어서 앞이 제대로 보일까 싶을 정도였다.

"신경 꺼."

"뭐야. 진짜 울었어? 왜? 무슨 일 있었어? 혹시 세진이랑 싸웠어? 어제 태호 형이랑 같이 술 마셔서? 아 씨. 내가 괜히 연락한 거야?"

태호가 아닌 한건우가 문제였지만, 시초는 아민의 연락이라고 볼 수도 있다. 생각해 보니 아민이 얄미워 그에게 달려들어 있는 대로 주먹과 발로 때리자 아민이 '나 죽었소.' 하는 얼굴로 급소를 피해 맞았다.

"어차피 금방 풀 거면서. 참, 핸드폰 저기 거실 테이블 위에 있어."

금방 풀릴지가 의문이다. 이대로 헤어지게 되면 아민을 회로 떠 버리겠다는 무시무시한 상상을 하다가 뒤이은 말에 거실 테이블을 쳐다봤다. 정말로 핸드폰이 테이블 위에 있었다. 한건우에게 있어야 할 핸드폰이.

"어떻게 된 거야?"

"어제 놓고 간 거 아니었어? 한건우가 누나가 놓고 간 것 같다고 주고 가던데."

"아, 다행이다."

십년감수한 기분으로 핸드폰을 들고 아미는 주저앉았다. 한시름 덜었다는 생각에 힘이 쭉 빠졌다. 어제 울면서 기도를 한 보람이 있다.

세상을 구원받은 얼굴을 하고 있는 누나를 보고, 핸드폰을 잃어버렸다가 찾아서 저러는 거라 생각을 하며 아민은 마저 외출 준비를 했다.

세수를 하고 시간이 조금 흐르자 부었던 눈이 조금씩 가라앉았다. 핸드폰 배터리를 갈고 가장 먼저 한 일은 한건우의 문자와 기록을 지우는 거였다. 그리고는 세진에게 전화를 해야 할지 고민을 했다. 그 고민이 삼십 분을 지나갈 때 핸드폰이 울렸다.

"여보세요."

익숙한 목소리에 세진이 대답을 하지 않았다.

[뭐야. 만났어?]

세진의 목소리가 딱딱했다. 하기야 한건우에게 핸드폰이 있을 거라고 믿고 있던 세진이기에 그가 오해할 만도 하다.

"아니야, 아니야. 아민이가 받아줬어. 아민한테 맡겼대."

[알았어.]

짧은 대답과 함께 전화가 끊겼다. 순간 이건 뭔가 하는 생각에 아미는 머리가 멍해졌다. 여직 세진의 화가 풀리지 않았음을 깨닫고 아미는 절망에 빠졌다.

조금씩 그와의 관계가 삐거덕거리고 있다는 생각에 불안해졌다. 건우의 말이 머릿속에 맴돌았다. 쉼표는 마침표가 될 수 없다는 말이.

chapter 10

이거는 뭐 화해를 했다고 할 수가 없었다. 둘 사이에 없었던 미묘한 거리가 생겼다. 일요일에 만나서 영화도 보고 레스토랑에 가서 식사도 했다. 세진이 평소와 다를 바 없이 행동을 했지만, 문득 가라앉은 눈동자가 자신을 향해 있을 때마다 서글퍼졌다. 그런 눈으로 자신을 바라보며 무슨 생각을 하고 있는지 두려웠다.

"하아."

"허 대리님, 어디 안 좋으세요? 왜 계속해서 한숨을 쉬세요."

호건이 보고서를 작성하다 말고 아미에게 물었다. 일정한 간격으로 계속 들리는 한숨에 이제는 호건마저도 아미의 타이밍에 맞춰 한숨이 나올 지경이다.

자신의 질문에 흘끗 쳐다보기만 할 뿐 대답 없이 아미가 턱을

괴고 모니터만 노려봤다.

"핸드폰 번호를 바꿔야겠다."

"핸드폰 새로 사시게요? 바꾼 지 얼마 되지도 않았잖아요."

아직은 최신형에 속하는 핸드폰을 바꾼다는 말에 호건이 바짝 붙었다. 이미 두 차례나 핸드폰을 잃어버려서 통신사에서 공짜로 준 자신의 핸드폰을 생각한 호건은 눈을 반짝거렸다. 통신사에서 무료로 준 핸드폰은 어디에서건 꺼내놓으면 유물취급을 받을 정도로 오래된 기종이라 창피해서 항상 주머니에 감춰두듯 가지고 다니고 있었다.

"혹시 바꾸실 거면 그 핸드폰 저한테 싸게 파시면 안 돼요?"

군침을 흘리는 호건에게 흔쾌히 고개를 끄덕이자 그가 어떤 핸드폰으로 바꿀 거냐며 인터넷을 켜고 가격을 검색했다. 마치 자신의 핸드폰을 바꿀 듯 최근에 잘 팔리는 기종 세 개를 비교해 가며 하나를 추천하기까지 했다.

"대리님, 꼭 그 핸드폰 저한테 파세요."

그러지 않아도 호건은 여자친구가 핸드폰을 새로 사라고 짜증을 냈다. 남들보다 뒤처져 보이는 게 싫은지 티를 팍팍 내는 게 여간 신경 쓰이는 게 아니었다. 새로 사려고 마음을 먹었지만, 매월 빠져나가는 잃어버렸던 두 개의 핸드폰 할부금이 만만치 않았다.

불쌍한 얼굴로, 그리고 기대감이 넘치는 눈빛의 호건을 보자 이왕 이렇게 된 거 번호만 바꿀 게 아니라 아예 핸드폰을 새로 사는 것도 괜찮을 거라는 생각에 아미는 돌아오는 주말을 디데이로 정했다.

"아이고, 덥다."

가을로 접어드는 지금, 서서히 일교차가 커지고 있음에도 안 과장은 이마에 맺힌 땀을 닦으며 사무실로 들어왔다. 꽤 길게 이어진 회의에 지친 것인지 안 과장의 얼굴에는 피로가 덕지덕지 붙어 있었다.

"잠깐 주목!"

전달사항이 많지 않아, 안 과장은 회의실에서 모이는 것보다는 그냥 지금 사무실에서 자신에게 집중할 것을 요구했다.

모두가 안 과장을 향해 몸을 돌리고 사무용 다이어리와 펜을 집어 들었다. 토씨 하나 빼먹지 않고 받아 적을 준비가 되어 있다는 듯이 눈빛을 빛내며.

"이번 주말에 팀장님 귀국하시고, 다음 주에 바로 출근을 하신다고 하셨어요. 생각보다 일이 잘 풀렸다고 하네요."

안 과장의 말에 다들 겉으로는 다행이라는 듯 미소를 띠었지만, 속으로는 팀 내에서 가장 어려운 상사가 돌아온다는 사실에 아쉬운 한숨을 쉬었다. 아무리 1팀의 차 팀장이 그들을 컨트롤했다고는 하나, 사무실이 달랐기에 그동안 자유로운 점이 없지 않아 있었다.

"그리고, 허 대리랑 호건 씨는 이번 목요일에 출장. 부산지사로. 일박 이 일."

이제는 호건과 어디를 간다는 게 익숙해졌다. 표면뿐인 사수와 부사수 관계였는데 유독 요즘 들어 같이 다니는 횟수가 잦아졌다. 일박 이 일이라는 말에 좋아해야 할지 말아야 할지 묘한 얼굴로 두 사람은 안 과장을 바라봤다.

"차 팀장님도 같이 가시는 겁니다."

아미와 호건의 얼굴이 동시에 굳어졌다. 호건이야 불편한 상사와 같이 동행하는 것 때문이지만, 아미의 경우는 달랐다. 두 사람 사이가 예전 같지 않아 기쁘지만은 않았다.

불투명한 막이 두 사람 사이를 가로막고 있는 듯했다. 불투명한 막 사이로 서로가 보이기는 하지만, 확연하게 보이지 않는. 그래서 두렵기까지 하는 그런 불투명한 관계.

퇴근 때까지 겨우 제출해야 할 보고서를 완료하고 사람들의 눈을 피해 세진의 차에 올랐다. 차에 올라타면서부터 그의 눈치를 보기 시작했다. 그걸 아는지 모르는지 세진은 저녁을 어떻게 할까 하며 핸들을 손가락으로 툭툭 두드렸다.

언뜻 보면 라디오에서 흘러나오는 잔잔한 노래를 따라 리듬을 타는 것 같지만, 어긋나는 박자에 그가 의미 없이 손가락을 움직이는 걸 알 수 있었다.

"이번 주 목요일에 출장 가는 거 들었어."

"아, 우리는 주말까지 쉬다 올까? 어때?"

때마침 정지신호에 맞춰 세진이 차를 세우며 물었다. 빨간 빛이 차 위에 드리워졌다. 앞 차의 브레이크 등에서 쏟아지는 불빛을 피해 눈을 돌려 그를 바라봤다.

"그럴까?"

기대가 된다는 듯 미소를 지었지만, 세진은 그녀의 얼굴을 보고 고개를 돌렸다. 기대보다는 다른 무언가가 섞인 눈빛. 세진은 조금씩 자신이 초조해지는 걸 느꼈다.

그는 태호를 통해 한건우의 연락처를 알아냈다. 당장 만나서 뭘 어쩌겠다는 게 아니다. 오히려 그것이 역효과를 낼지도 모른다. 조용히 아미의 뒤에서 그녀를 믿고 기다리면 된다고 머리로는 생각을 하지만, 마음은 그렇지가 않았다.

한건우와 있었던 일을 아미에게 들었지만, 감추고 있는 게 더 있다는 걸 직감했다. 눈을 피하는 모습. 아미가 한건우와의 인연에 의미를 부여하고 있는 게 아닐까 하는 생각이 들었다.

혹여 한건우에게 끌리고 있는 것이 아닌지. 그게 미안해서 자신과 눈을 마주치지 못하는 것인지. 이미 그녀의 마음속에서 자신이 조금씩 지워지고 있는 건 아닌지 불안하고 두려웠다. 확실히 한건우는 남자가 봐도 매력적이었다. 사람들에게 모습을 드러내고 사랑을 받는 직업을 갖고 있는 남자다.

자꾸만 생각이 이상한 데로 흐른다.

출장 경비에 주유비가 지원이 되기에 호건은 자신의 차도 가지고 가겠다고 했다. 세진은 어차피 자신은 주말까지 쉬다가 올 거라면서 호건에게 편할 대로 하라고 했다. 이렇게 되자 아미는 누구의 차를 타고 가야 할지 갈팡질팡했다. 세진이 딱히 아무런 말을 하지 않고 먼저 자신의 차에 올랐다.

"대리님, 안 가세요? 어서 타세요."

호건이 운전석을 열며 아미를 불렀다. '삑.' 하고 트렁크까지 열어주는 탓에 아미는 짐을 호건의 차에 싣고 보조석에 올랐다.

아미가 호건의 차에 오르는 걸 사이드미러로 확인하는 세진의 얼굴은 감정이 실리지 않았으나, 서서히 감았다 뜨는 그의 눈에는 실망감이 깃들었다. 천천히 시동을 건 그는 사이드미러에서 눈을 떼고 정면을 주시했다. 그리고 먼저 출발을 했다.

세진의 차를 뒤따라 호건의 차도 회사를 빠져나왔다. 최신 곡을 다운 받았다며 음악을 크게 트는 호건에게 조용히 가자고 말을 하려다 아미는 홀로 잠을 청하기로 했다. 세진과의 불안한 관계 때문인지 그동안 잠을 잘 자지 못한 몸이 흔들리는 차 안에서 서서히 묵직해졌다.

잠을 자고는 있으나 차가 잠깐 멈춰 서는 것과 호건이 영수증 처리를 위해 하이패스가 아닌 통행권을 끊는 소리, 호건이 아는 노래에 흥얼거리는 소리, 가끔씩 울리는 전화 소리가 모조리 귀에 들어왔다.

몸은 잠이 들었으나 정신이 깨어 있어 더욱 피곤하게 느껴졌다. 중간 지점에서 만나 쉬기로 했던 휴게소에 들어서기 전 아미는 결국 선잠에서 깨어났다.

"와, 어떻게 알았어요? 그러지 않아도 깨우려 했는데."

먼저 앞서 간 세진의 차를 찾는 듯 호건이 고개를 쭉 빼고 주위를 두리번거리다가 적당한 곳에 차를 세웠다.

"이상하다. 차 팀장님이 먼저 가셨는데. 우리가 빨리 도착한 걸까요?"

"글쎄."

뻑뻑한 눈을 여러 번 감았다가 떴다. 모래가 굴러다니는 듯 꺼끌함이 느껴져 눈에 눈물이 고였다.

화장실에 들러 손만 씻고 거울을 보았을 때 시뻘건 핏줄이 눈에 줄기를 치고 있었다. 눈은 충혈이 되어 빨갰다.

화장실에서 나오자 호건이 핸드폰을 공손히 들고 통화를 하고 있었다. 아미를 확인하더니 군것질을 파는 곳으로 손가락을 가리켰다.

"뭐 먹게? 도착하면 점심 먹을 텐데."

"차 팀장님은 먼저 휴게소에 들렀다가 가셨대요."

입맛이 없어 대충 쭉 늘어선 가게를 보던 아미가 호건의 말에 획 고개를 돌렸다.

"방금 통화 차 팀장님이었어?"

"네. 차 팀장님이 부산지사에 아는 사람이 있다면서 그 사람과 같이 밥 먹을 테니 우리 둘이서 점심 먹으라고 하시던데요? 식사비는 나중에 영수증 처리한다고 일단은 사비로 먹으래요."

아미의 눈이 파르르 떨렸다. 그녀의 몸에 힘이 쭉 빠졌다.

부산에 아는 사람이 누가 있던가 곰곰이 세어보다가 문득 그녀가 떠올랐다. 세진의 그녀. 분명 부산지사에서 일을 한다고 했다. 그러고 보니 세진은 그 여자와 부산 출장이 잦았을 때 만났고, 장거리 연애를 하고 있었다.

그 여자를 만나러 가기 위해 휴게소에서 기다리지도 않고 먼저 가버린 걸까 하는 생각에 먹먹해졌다. 속이 뻥 뚫린 듯 허했다. 쓰라림에 신물이 올라왔다. 온몸이 몸살에 걸린 듯, 두드려 맞은 듯 아파왔다. 모든 고통이 한꺼번에 밀려오는 듯했다.

"대리님?"

"나 먼저 차에 가 있을게."

안색이 파리한 아미를 보고 호건이 차 키를 쥐어주었다. 약이라도 사다 드릴까, 라고 묻는 호건에게 손을 내저은 아미는 간신히 다리에 힘을 주고 차로 향했다.

뒷좌석에 올라탄 아미는 그대로 쓰러지듯 누워 얼굴을 가렸다. 눈물이 쏟아질 것 같아 이를 악물었다. 주머니에서 핸드폰을 꺼내 잠금 화면을 해제하자 세진의 옆모습이 화면 가득 채워졌다. 전에 둘이서 놀러 갈 때 그녀가 찍었던 사진이다.

"대리님, 괜찮아요?"

호건이 차에 올라타며 아미를 살폈다. 가까스로 일어나 의자에 기댄 아미가 호건에게 고개를 끄덕여 보인 후 보조석에 옮겨 앉기 위해 차 문을 열었다.

"그냥 거기에 타세요. 편하게 누워서 가세요. 안색이 안 좋아요."

그 호의를 거절할 힘이 없어 아미는 그대로 다시 문을 닫고 누웠다. 최대한 부드럽게 시동을 걸고 호건은 서서히 차를 출발시켰다.

"가서 쉬실래요? 차 팀장님께 제가 잘 말씀드릴게요. 호텔에서 쉬세요. 회의 내용은 제가 잘 정리해서 보고 올릴게요."

"아니야. 괜찮아. 그냥 잠깐 멀미했나 봐."

그 뒤로 가는 길은 조용했다. 호건은 노래 소리를 최대한으로 줄이고 운전을 했다. 틈틈이 백미러로 아미를 확인을 했지만, 누위 있는 아미가 보이지 않았다. 통행료를 내기 위해 잠깐 정차를 했을 때 고개를 돌려 호건은 아미의 안색을 살폈다. 하지만 팔로 얼굴을 가리고 있어서 괜찮아졌는지 확인을 할 수 없었다.

"대리님, 다 왔어요. 식사는 어떻게 할까요?"

부산지사 앞 주차장에 주차를 한 호건이 조심스럽게 아미를 불렀다. 팔에 힘을 주고 자리에서 일어난 아미는 작은 목소리로 먹어야지 하며 차에서 내렸다. 회의가 시작하기 전 미리 내용을 확인을 해야 했기에 멀리 가지 않고 두 사람은 근처 식당에서 점심을 해결했다.

부산지사에 들어갈 때 경비원에게 신분 확인을 하고 회의 장소로 향했다. 회의실에는 아는 사람과 먼저 점심을 먹겠다던 세진이 한 여자와 다정하게 대화를 나누고 있었다.

자신과 호건이 등장하자 두 사람은 대화를 멈췄다. 언뜻 듣기에 두 사람은 굉장히 친밀하게 대화를 나누고 있었는데, 갑자기 대화를 뚝 끊고 사무적인 어투로 이야기를 했다.

"이쪽은 기획부 1팀의 허아미 대리님. 그리고 기호건 사원. 이쪽은 부산지사 기획부 신주연 과장님이세요. 인사들 하세요."

세진이 가운데에서 서로를 소개했다. 단발머리의 여자는 굉장히 인상적인 여자였다. 일자형 눈썹과 긴 속눈썹, 높은 콧날과 붉은 립스틱이 발라진 입술. 전체적으로 도도함이 물씬 풍기는 얼굴이다. 거기에 꽉 끼는 원피스를 입은 여자는 나올 데는 나오고 들어갈 데는 들어간 자랑할 만한 몸매를 가지고 있었다. 옆에서 호건이 감탄사를 내뱉었다.

본능적으로 알아차렸다. 이 여자가 세진의 그녀임을. 속이 울렁거렸다. 입을 열면 그대로 무언가가 쏟아질 것 같았다.

"신주연입니다."

곧게 뻗어진 손은 하얗고 가늘었다. 손톱은 짧게 다듬어졌고 투명 매니큐어가 발라져 있었다. 머리부터 발끝까지 일부러 꾸민 곳이 없음에도 여자에게서는 당당함이 드러났다. 예전에 아민에게서 듣기로는 세진과 동갑이라고 들었었다. 자신보다 어림에도 과장이라면 능력도 빠지지 않는다는 것일 터. 또 한 번 속이 아렸다.

"허아미입니다."

한참을 쳐다본 탓에 타이밍을 놓쳐 분위기가 이상해져 버렸다. 정신을 차리고 손을 마주 잡고 통성명을 했다.

주연은 미소를 지으며 호건에게도 손을 뻗었다.

"기호건입니다. 저희 대리님이 오면서 멀미를 하셔서 몸이 좋지 않으세요."

혹여 주연이 기분이 상했을까 싶어 호건이 아미를 두둔했다. 주연은 이해한다는 듯 또 미소를 지었다.

세진의 시선이 느껴졌다. 호건의 말 때문인지 자신을 세세하게 살피는 시선이 느껴졌다. 지금 옆에 그 여자가 있는데 왜 자신을 쳐다보는 것인지.

"괜찮습니까."

세진의 물음에 주연도 아미에게 다시 시선을 돌렸다.

"괜찮습니다."

두 사람의 시선에 아미는 고개를 들 수 없었다. 왠지 주연을 올려다보면 비난 섞인 눈이 자신을 노려보고 있을 것 같았다. 그리고 세진이 다 알면서 시작했던 거 아니냐는 빈정이 섞인 눈으로 자신을 비웃고 있을 것만 같았다.

세진과 그 여자가 함께 있는 모습을 보고 아미는 온몸이 난도질당하는 느낌에 사로잡혔다.

인사를 나누고 모두가 의자에 앉자, 바로 회의가 진행이 되었다.

부산지사에서 중소기업과 합작하여 진행한 정부과제가 마무리 단계에 접어들면서 제품인증까지 받았다고 했다. 조도와 색온도를 사용자가 직접 조절하는 조명을 시안아파트에 설치를 하기 위한 회의였다.

과제 보고에서 꽤 긍정적인 결과를 받았고, 실제로도 테스트를 진행을 했을 때 꽤 좋은 반응을 얻었다고 했다.

직접 제품을 회의실에 설치를 해서 작동까지 해보고 난 뒤 모두의 얼굴에는 만족스러운 미소가 지어졌다.

"조금 쉬었다가 하죠."

두 시간가량이 훅 지나갔다. 호건은 담배 생각이 간절한지 주연에게 흡연 구역을 묻고 재빨리 회의실을 빠져나갔다. 주연은 주섬주섬 자료를 모으더니 세진에게 친근하게 물었다.

"커피? 건너편 카페에서 파는 아메리카노 좋아했잖아요."

세진이 고개를 끄덕였다. 두 사람만이 아는 이야기에 아미가 끼어들 자리는 없어 보였다.

"대리님은요? 제가 쏠게요."

"전 괜찮습니다."

속이 좋지 않은데 커피가 들어갈 리가 없다. 더군다나 주연이 사주는 커피는.

주연이 회의실을 나가자 회의실 안에는 아미와 세진만이 남았다. 평소라면 몰래 오고 갔을 대화로 속닥거림이 회의실을 가득 채웠을 텐데, 지금은 서로가 내쉬는 숨소리만이 미약하게 울렸다.

"괜찮은 거 맞아?"

"응."

"안 괜찮잖아. 왜 그래."

"그냥 멀미했을 뿐이라니까."

"생전 안 하던 멀미를 왜 하냐고. 무슨 일이야."

계속해서 무언가를 숨기는 태도에 세진도 슬슬 화가 치밀어 올랐다. 더는 참기에는 한계에 도달할 것 같았다. 크게 숨을 들이쉰 세진은 아미의 옆으로 자리를 옮겼다.

"아미야."

살짝 잡은 얼굴이 뜨거웠다. 혹시나 싶어 이마의 열을 체크한 세진의 눈이 커졌다. 얼굴이 붉어지지 않아 몰랐는데, 아미의 몸에 열이 나고 있었다.

"너 열나잖아."

세진이 이마와 볼을 몇 차례 더 열을 잰 뒤 목에도 손등을 가져 갔다. 목은 더 뜨거웠다. 그리고 목뒤는 식은땀으로 머리카락이 붙어 잘 떨어지지 않았다. 급한 손길로 아미의 머리카락을 손으로 모아 자신의 왼손에 감겨진 머리끈으로 묶은 세진은 주머니에서 손수건을 꺼내 땀을 닦아냈다.

"안 되겠다. 병원에 가자."

"병원까지 안 가도 돼. 그냥 호텔에 가서 쉴래."

아미의 거절에도 세진은 자리에서 일어나 그녀의 팔을 잡아당겼다. 힘에 부친 아미가 그대로 딸려서 일어났다. 세진이 힘없이 흔들리는 아미를 부축을 하고 나가려는데 호건이 회의실 문을 열고 들어왔다.

"어? 어디 가세요?"

당황한 아미와 달리 세진은 침착하게 대응을 했다.

"허 대리님이 몸이 많이 좋지 않아 병원에 가려던 참입니다."

"대리님, 괜찮으세요? 많이 안 좋으셨으면 말씀을 하시지 그랬어요."

호건이 허둥지둥 아미의 옆에 서서 그녀를 부축하려 한 순간, 세진이 아미를 잡아당겨 자신에게 기대게 했다. 민망해진 손을 허공에 띄운 채 세진을 멍하니 쳐다보던 호건은 등줄기를 타고 오르는 한기에 시선을 피했다.

분명 자신을 노려봤다. 차 팀장님이.

"호건 씨, 부탁인데 나 호텔에 데려다 주라."

"네? 네."

세진의 손을 거두고 아미가 호건에게 부탁을 했다. 순식간에 굳어지는 얼굴로 아미를 쳐다보는 세진의 모습에 호건은 침을 꼴딱 삼키고 빠르게 머릿속을 회전시켰다.

허나 아귀가 잘 맞아떨어지지가 않았다. 도대체 무슨 상황인지. 분명 두 사람 사이에 어떠한 기류가 흐르고 있다.

"어? 다들 왜 일어서 계세요?"

주연이 들어와 커피를 세진에게 건네주고 두 잔이 담긴 종이박스를 테이블 위에 올려두었다. 호건이 마실 커피와 아미가 마실 차였다.

"아, 대리님이 갑자기 많이 안 좋아지셔서요."

"호건 씨는 허 대리님 호텔에 모셔다 드리세요. 바로 이 근처입니다."

주연이 오자 바로 호건에게 자신을 맡겨 버리는 세진의 태도에 아미는 입술을 깨물었다. 아미를 부축하고 나온 호건은 엘리베이터에 올라 아미의 얼굴을 살폈다.

"저, 대리님. 많이 아프세요?"

고개를 들었는데, 호건의 얼굴이 흐릿하게 보였다. 그제야 자신이 울고 있음을 깨달았다.

자신의 손을 내치고 호건에게 부탁을 하는 아미에게서 명백한 거절 의사를 받았다. 아미가 그를 거절했다. 단호하게. 손에 힘이 들어갔다. 그대로 아미를 부축하고 있는 호건에게 주먹이 나갈 뻔했다. 아무런 죄가 없는 호건에게 말이다.

도저히 모르겠다. 왜 계속해서 자신을 피하고 거절을 하는지. 혹여 저번 주에 자신이 전화에 대고 소리를 쳤던 일 때문은 아닐까 생각을 했지만, 연애를 하다 보면 싸울 수도 있다. 그 싸움의

원인이 한건우라는 것이 걸리기는 하지만.

설마, 정말 한건우 때문일까.

속에서 화가 치밀었다. 왜 아미는 항상 자신만을 바라보지 않는지. 왜 시선을 돌리는지 화가 났다. 그리고 원망스러웠다.

"괜찮아? 허 대리님이랑 무슨 일 있지?"

"뭐가?"

아무도 없기에 전처럼 편하게 말이 나오는지 주연이 그에게 반말로 물었다. 그에 세진도 말을 놨다.

"허 대리님이랑 사귀는 거 아니야?"

"어떻게 알았어?"

짧지 않은 시간 동안 장거리 연애를 했다. 장거리라는 특성상 자주 만나지는 못했지만, 크게 싸운 적이 없는 편한 사이였다. 서로에게 바라는 게 많지 않아서였을지도 모른다.

괜찮은 만남이라고 생각을 했지만, 주연은 달랐다. 시간이 지나자 서로에게 열정이 없는 만남은 시간 낭비라며 주연이 먼저 이별을 선언했다. 그에 세진도 고개를 끄덕였다. 딱히 서로에게 아쉬울 것이 없는 관계. 길게 이어질 수 없는 관계였다. 좋게 헤어졌기에 오랜만에 만났을 때는 반가움도 있었다.

주연이 눈치가 빠르다는 건 알고 있었지만, 단 두 시간 만에 알아차릴 줄은 몰랐다. 몇 번이나 같이 있었던 호건은 전혀 눈치를 차리지 못하고 있다. 그만큼 완벽하게 남들과 같이 있을 때에는 아미를 부하직원으로 보고 있었다고 생각을 했는데 주연이 그걸 꿰뚫었다.

"머리끈. 그거 보고 알았어."

"머리끈?"

주연이 비워진 그의 왼쪽 손목을 가리켰다. 항상 그의 왼쪽 손목을 차지하고 있던 머리끈이 지금은 없다. 그리고 머리를 풀고 있던 여자가 잠깐 자리를 비운 사이 머리를 묶고 있었다.

"당신, 내가 머리끈 좀 달라고 했을 때 절대 준 적 없잖아. 없으면 허전하다고. 그런데 주인이 따로 있었나 봐?"

조금은 질투가 났다. 하지만 이미 끝난 관계이기에 이제 와 질투를 해봐야 무슨 소용이겠는가. 그냥 예전에 만났을 당시 어떤 여자보다 뒤처져 있었구나 하는 생각에 조금 자존심이 상했을 뿐이다.

"그런데 당신이 가봐야 하는 거 아니야?"

세진의 얼굴에 상관 말라는 방어가 씌워졌다. 커플의 싸움에 끼어들어 충고를 하거나 개입할 생각은 없기에 주연은 그냥 어깨를 으쓱거리는 것으로 마무리를 지었다.

어정쩡하게 중단된 회의는 호건이 돌아오고 나서야 진행이 되었다. 허나, 세진은 회의에 집중을 할 수가 없었다. 적당히 회의에 참석하는 모양만 갖추고 있다가 그만 정리를 하고 저녁을 먹으러 가자는 주연의 제안에 자리에서 일어났다.

서울 본사에서 왔다는 소식에 부산지사 간부들이 저녁식사에 초대를 했다. 서울 본사 직원이라기보다 시안그룹 회장의 조카가 왔다고 인지를 한 간부들은 식사 내내 그의 비위를 맞추기 위해 노력했다. 뻔히 보이는 그 모습에 입안이 쓴 세진은 그 뒤에 2차를 권하는 그들에게 내일도 있을 회의 때문에 일찍 쉬겠다며 자리를 빠져나왔다.

호건은 주연의 팀원들과 가볍게 술을 한잔하겠다며 그들을 따라나섰다. 겨우 혼자가 된 세진은 복잡한 머리를 탈탈 털어버리고 아미에게 가져다줄 죽을 사서 호텔로 향했다.

잠깐 틈이 생겼을 때 했던 통화에서 아미가 이미 전화로 룸서비스를 시켜 죽을 먹었다고 했지만, 눈앞에 없었기에 확신이 서지 않는다. 게다가 엄살이 심한 아미가 아팠던 것을 계속해서 참았다는 게 마음에 걸렸다.

길게 늘어선 복도에는 다른 인기척이 없었다. 양쪽으로 나열된 수개의 룸을 지나 세진은 아미가 사용하는 룸 앞에 서서 초인종을 눌렀다. 그의 얼굴을 확인한 것인지 바로 문이 열렸다.

"아직 옷도 안 갈아입었어?"

"응."

힘없는 목소리에 세진의 미간이 좁혔다. 안으로 들어서면서 아미의 이마를 손바닥으로 짚으면서 열을 잰 세진은 곧장 소파에 앉히고 죽을 꺼냈다.

"입맛 없어."

"먹고 약 먹자. 뭐 더 필요한 것은 없어?"

서먹한 분위기 속에서 아미는 세진의 눈치를 살폈다.

혹시나, 오늘은 그 여자와 시간을 보내지 않을까 하는 생각에 기대감을 죽이고 있었다. 아픈 자신을 내버려 둘 수 없어 어쩔 수 없이 온 것은 아닌지 하는 생각이 든다.

"호건 씨는?"

주연에 대해서는 묻지 못하고 괜히 호건을 걸고넘어졌다. 아마 술 한잔하러 갔을 거라고 대답을 한 세진은 손수 죽을 떠서 아미의 입으로 가져갔다. 먹지 않겠다고 고개를 저었지만, 엄한 얼굴은 받아먹을 때까지 손을 내리지 않겠다는 의지가 담겨 있었다.

어쩔 수 없이 몇 차례 받아먹은 아미는 적당한 때에 그만 먹겠다며 손을 내저었다. 아미가 먹은 양을 가늠한 세진은 숟가락을 내려놓고 미지근한 물을 떠와 약 봉지를 텄다.

"병원에 갔으면 더 좋았을 텐데. 일단 먹고 그래도 안 좋으면 병원에 가자."

약국에서 사온 약을 먹이는 데에 약간의 미안함이 생겼다. 억지로라도 병원에 데려갔어야 했다. 싸움에 대한 앙금이 남았더라도, 아미가 최우선인데 멍청한 짓을 했다.

약을 먹은 아미가 쉬겠다며 방으로 향했다. 조용히 따라 들어간 세진은 침대에 걸터앉은 아미가 자신을 쳐다보자 한숨을 속으로 삼키며 입매를 늘였다.

"씻고 자야지. 갈아입을 옷은?"

거실에 있는 캐리어를 가지고 와 갈아입을 옷을 챙겨주는 그를 물끄러미 쳐다봤다. 아무렇지도 않게 속옷까지 꺼내 겉옷 사이에 넣어 챙겨주는 세진에게 손을 뻗었다. 그러자 그가 자신의 앞으로 와 허리를 낮춰 시선을 맞춰주었다.

"왜?"

말없이 세진의 넥타이를 풀고 그의 와이셔츠 단추를 풀어 내려갔다. 그녀가 하는 걸 가만히 지켜보던 세진은 마지막 단추까지 풀어내는 아미의 손을 잡았다.

"안아줘."

아미의 목소리가 떨렸다. 축축해지는 손바닥의 열기에 세진이 고개를 저었다.

"너 지금 아프잖아."

그를 올려다보는 아미의 얼굴이 애처로웠다. 아미가 세진의 손에서 벗어나 그의 목을 끌어당겼다. 그대로 침대 위로 누워 버리는 탓에 세진이 그녀의 위에 올라타는 자세가 됐다. 간신히 팔로 지탱해 아미에게로 향하는 무게감을 줄인 세진이 자신의 목에 감긴 팔을 풀어내려 움직였다.

"응? 안아줘. 싫어?"

어떻게 싫겠는가. 풀어 내린 손을 움직여 그의 몸을 더듬는 탓에 세진의 숨도 조금씩 거칠어졌다. 아미를 기억하는 몸이 그녀의 손길에 반응을 보였다. 너무 쉽게 무너지는 자신을 추스르던 세진은 입을 맞춰오는 아미에게 결국 굴복했다.

자신의 혀를 감아오는 아미의 혀를 조심스럽게 감싸고 키스를 돌려주며 세진은 그간의 그가 보였던 행동에 대한 미안함을 전했다. 싸우고 난 뒤, 살뜰히 챙겨주지 못한 점과 그녀를 믿지 못했던 점에 대한 무언의 사과를 했다.

"아미야."

자신을 부르는 허스키한 목소리에 아미의 눈가가 파르르 떨렸다. 옷이 몸에서 떨어져 나가고 그 자리는 세진의 손과 체온이 채웠다.

열이 오른 아미의 체온이 자신보다 높게 느껴지자 세진은 움직임을 멈추고 고개를 들어 아미의 얼굴을 확인했다. 열에 달아올라 빨갛게 물든 얼굴과 몸이 걱정이 되었다.

"괜찮겠어?"

지금은 아미를 배려할 수 있지만, 조금 더 이성이 흐트러지면 그 배려는 온데간데없이 사라지고 없을지도 모른다. 고개를 끄덕이며 아미는 그의 얼굴을 끌어 내렸다. 가슴에 닿는 숨결에 허리를 휘며 아미는 세진의 어깨를 부여잡았다. 단단한 그의 등을 훑던 손은 그가 조금씩 아래로 내려감에 따라 그의 머리카락을 헤집었다.

천천히 자신의 안을 채우는 세진의 온기에 아미는 숨을 죽였다. 끝까지 밀고 들어온 세진이 서서히 속도를 올렸고 이내 흔들리는 아미의 어깨를 부여잡고 빠르게 움직였다.

"하앗. 응."

귓가에 들리는 아미의 신음 소리가 기폭제가 되어 그가 폭발했다. 거친 움직임에 아미가 그의 어깨를 잡고 버티려 했지만, 결국 속도를 잃어버리고 그에게 휩쓸려 흔들렸다.

버거워하는 아미의 얼굴에 그가 몸을 돌려 등을 침대에 대고 아미를 자신의 위로 올려놓았다. 잠깐의 시간 동안 그 체위에 익숙해지도록 천천히 움직이던 세진은 아미가 자신의 어깨를 잡고 그에게 맞춰 움직이자 상체를 일으켜 마주 보고 앉았다. 그리고 깊은 키스와 함께 두 사람은 함께 움직였다.

몸을 덮고 있던 이불이 걷혀졌다. 엎드려 있던 몸도 같은 손길에 돌려졌고 단단한 팔이 그녀를 안아 들었다. 그의 걸음에 맞춰 몸이 흔들렸다. 물소리가 들렸고, 따뜻한 물이 아미의 몸에 닿았다.

"졸려."

"자."

따뜻한 물속에서 그보다 더 포근하게 느껴지는 세진의 품에 안겨 아미는 다시 눈을 감았다. 어깨부터 등줄기를 따라 허리까지 쓸어내리는 손길에 간지러워 살짝 몸을 움찔거렸지만, 이마에 닿는 뜨거운 입술에 서서히 몸을 풀었다.

가운을 입히고 이불을 목까지 덮어주고 그 옆에 앉아 세진은 아미를 내려다보았다.

다행히 열이 내려가고 정상체온으로 돌아온 것 같아 안심을 했다. 쌕쌕거리며 자는 아미의 손을 잡아 꽉 쥐었다가 놓았다. 왼손의 네 번째 손가락 마디를 하나씩 훑다가 가장 안쪽의 사이즈를 가늠했다. 커플링 정도는 괜찮지 않을까. 자신의 것이라고 남들에게 보여주고 싶었다.

입사 때부터 자신과 아는 사이임을 밝히는 것을 꺼렸기에 비밀로 했지만, 서서히 자신들의 관계를 밝힐 때도 된 것 같다.

솔직히 말해 세진은 아미의 옆을 차지했음에도 불안했다. 그를 남자로 보지 않았던 세월이 그를 불안하게 했다. 뒤늦게 남자로서 인식을 해주었다지만, 그러지 않았던 세월이 더 많았다. 아미에게 남자로서의 매력이 없었다는 말이 아니겠는가. 그래서 갑자기 나타난 한건우에게 겁을 먹었다. 맞다. 매력적인 남자가 나타나자 그는 겁을 먹었다. 아미가 떠날까 봐. 그래서 아미에게 화를 냈다. 자신의 겁을 화로 돌려서 표현했다.

새벽 세 시가 넘어가자 세진은 입었던 옷을 다시 걸쳤다. 넥타이는 손에 들고 단추 몇 개는 잠그지 않았다. 가볍게 아미의 이마에 키스를 한 세진은 자신의 룸으로 가기 위해 방을 나섰다. 옷이라도 갈아입고 다시 와야 할 것 같아 그는 서둘렀다.

아미의 룸에서 나오면서 키를 뽑아 든 세진은 자신이 사용하기로 한 옆 룸으로 향했다. 옷만 갈아입고 다시 아미의 룸으로 들어간 그는 누군가가 자신을 지켜보고 있다는 걸 미처 알아차리지 못했다.

"차 팀장님이 왜……."

꽤 분위기가 좋아 술자리는 계속해서 이어졌다. 3차까지 갔다가 마지막으로 노래방까지 찍은 호건은 피곤함이 몰려왔지만, 노래방에서 술이 깨버려서 정신은 멀쩡했다. 혹여 세진과 같은 룸을 쓰게 되는 건 아닐까 조금 부담을 가졌는데, 각기 룸이 따로 준비되어 있었기에 부담 없이 놀았다. 아미와 세진의 마주 보는 룸의 문을 열고 들어선 호건은 문을 닫고 걸어 들어가려는데 뒤에서 잡아당기는 힘에 걸음을 멈췄다.

문틈에 옷이 끼여 살짝 문을 열었는데 앞문이 열리는 기척이 들렸다. 이 시간에 아미가 어디를 가는 건가 싶어 열린 문틈으로 밖을 내다보았다.

분명 아미가 자고 있을 방인데, 남자가 나왔다. 잘못 본 것인가

싶어서 눈을 비비고 재빨리 그 남자를 스캔했다. 넥타이를 손에
감아쥐고 셔츠 단추가 풀려 쇄골과 가슴을 살짝 드러낸 남자는 놀
랍게도 세진이었다.

세진이 아미의 룸에서 나왔다는 것에 놀라 호건은 그대로 문손
잡이를 잡고 서 있었다. 자신의 룸으로 들어갔던 세진이 옷을 갈
아입고 다시 아미의 룸으로 들어가는 것까지 확인을 한 호건은 벌
어진 입을 다물 줄 몰랐다.

"두 사람이 설마?"

아미와 세진이 저 룸 안에서 무엇을 했을지 상상을 하던 호건은
머리를 흔들며 자신의 머리를 때렸다. 그만 상상을 하려 해도 머
릿속은 제 마음대로 상상을 했다. 호건은 정신을 가다듬고 룸 안
으로 들어와 거실을 왔다 갔다 하며 다시 생각을 했다.

흐트러진 옷차림의 세진이 아미의 룸에서 나왔다. 그리고 세진
은 옷을 갈아입고 다시 아미의 룸으로 들어갔다.

호건은 다리가 아파와 소파에 주저앉았다. 깬 술이 다시 올라오
는 듯 머리가 흔들거리고 두통까지 일어 소파에 누었다. '두 사람
이 어떻게.'라는 의문으로 몸부림을 치던 호건은 궁금함에 끝내
잠을 이루지 못했다.

chapter 11

다음날 아침, 호건은 룸에서 나서기 전 문을 살짝 열어 사방을 살핀 뒤 재빨리 나왔다. 혹여 아미의 룸에서 나오는 세진과 마주칠까 봐. 그리고 다시 룸에 들어가는 일이 없도록 짐을 모조리 들고 내려와 차에 실었다. 아미에게 먼저 가서 기다리겠다고 문자를 보낸 뒤 호건은 부산지사로 향했다.

"왔어요?"

"아, 네⋯⋯."

두 사람을 피한 보람도 없이 호건은 회의실에 들어서자마자 세진과 아미와 마주쳤다. 자신보다 일찍 와 있는 모습에 그는 입을 떡 벌린 채 문 앞에 서 있었다.

'도대체 언제 둘이?'

또 반복되는 궁금증에 툭 까놓고 물어볼까 하면서 호건은 두 사람의 분위기를 살폈다. 같이 밤을 보낸 남녀라 하기에는 오고 가는 시선이 없었다. 분위기 자체도 너무 산뜻해서 새벽에 본 것이 헛것은 아닌가 싶을 정도였다.

하지만 호건이 느끼지 못하는 무언가를 두 사람은 주고받고 있었다. 두 사람 사이의 신경전이 조금은 느슨해졌다. 그러나 아미는 곧 들어서는 주연을 보고 다시 얼굴이 하얗게 질려갔다.

서울로 올라가야 하기에 짧은 회의를 마치고 정리를 했다. 마지막으로 검토할 것이 있다며 세진의 옆으로 옮겨간 주연이 프린트된 종이 하나를 가지고 같이 보면서 이야기를 나누었다. 그 모습이 무척이나 어울려 아미는 고개를 돌렸다. 그 모습을 보고 있던 호건은 혹여 아미가 질투를 하는가 싶어서 쓸데없는 말을 했다.

"두 사람이 선남선녀인데도 같이 있으니까 별로네요."

"왜, 선남선녀가 같이 있으니 보기 좋은데, 뭘."

호건은 자신이 말을 잘못 꺼냈다는 걸 인지하고서는 재빨리 수습을 하려 했으나, 아미가 먼저 인사를 하고 회의실을 나가 버렸다. 뒤따라 나온 호건은 자신의 실수를 만회하기 위해 머리를 굴렸다. 그러다 좋은 생각이 떠오르자 호건은 회심의 미소를 지었다.

로비에서 10여 분을 기다리고 있자 세진이 내려왔다. 차로 향하면서 슬쩍 눈치를 본 호건이 너스레를 떨며 아미에게 말했다.

"아, 저는 호텔에서 짐을 다 빼왔는데. 괜찮다면 먼저 올라가 봐도 될까요? 차 팀장님, 저희 대리님 좀 부탁드릴게요. 제가 결혼식 때문에 바로 서울로 못 갈 것 같아서요."

어차피 회사로 복귀를 하지 않고 퇴근을 해도 된다는 지시가 있었기에 호건은 그것을 활용했다. 있지도 않은 결혼식 핑계를 대며 난처한 얼굴을 하자 세진이 고개를 끄덕였다.

"우리는 호텔에 들러 짐을 챙기고 올라가겠습니다. 먼저 올라가세요."

'우리는?'

저희도 아닌 무려 우리다.

마치 자신이 두 사람을 이어준 것 마냥 흐뭇한 미소를 지은 호건은 재빨리 자신의 차에 올라 시동을 걸었다. 사이드미러로 그들이 보이지 않을 때까지 확인을 한 호건은 오면서 들었던 노래를 크게 틀고 흥얼거렸다.

"가자."

어떻게 호건을 따로 보내나 내심 고민을 하고 있었는데, 알아서 떨어져 주니 고마웠다. 한 가지 걸리는 것은 호건이 마지막에 지은 미소다. 자신과 아미를 번갈아 보며 짓는 미소가 '나는 다 알고 있소.' 하는 느낌을 주었다.

뭐, 상관은 없겠지마는.

호텔로 가서 각자의 룸으로 들어가 짐을 쌌다. 얼마 되지 않는 짐이기에 두 사람은 금방 짐을 들고 나왔다. 조용한 복도에 서서 아미를 기다리던 세진은 룸에서 나오는 그녀의 손에서 가방을 받아 들고 앞서 걸었다.

호텔을 벗어나자 홀가분해졌다. 이제는 일에 얽매이지 않고 휴일까지 즐길 생각이다.

"어디로 가?"

"펜션 예약해 놨어."

펜션을 따로 예약해 놓았다는 말에 조금은 안도감이 들었다. 묵었던 호텔에서 꽤 떨어진 곳으로 향할수록 불편했던 마음이 조금씩 풀어졌다. 하지만 완전히 해소가 된 것이 아니다. 무언가가 가슴을 내리누르고 목을 잡아 비틀어서 숨도 못 쉬게 만드는 것 같았다. 그게 죄책감에서 비롯된 걸 알지만, 아미는 애써 모르는 척했다.

한번 싸우고 나자 기력이 쇠진했다. 세진과의 감정싸움이 너무 힘들었다. 하지만 이대로 가다가는 언젠가는 끝이 보일 거라는 걸 알고 있다. 분명 자신은 지치겠지. 지금도 더 원하고 있는데, 그 마음이 커지는데 어떻게 지치지 않겠는가. 세진이 자신의 장단에 맞춰 모든 걸 주지 않는 한에는 불가능하다. 하지만 세진은 그를 주어야 할 여자가 따로 있다.

"아직 몸이 안 좋아?"

걱정 어린 눈길에 작게 고개를 흔들었다. 굽은 길을 달려 펜션이 쭉 늘어선 곳에 당도했다. 꽤 많은 펜션들이 들어와 있었으나, 최대한 자연을 훼손하지 않아 보기만 해도 기분이 상쾌해졌다. 덩달아 가을이 왔음을 알리는 단풍나무도 보였다.

키를 받고 들어간 펜션은 복층구조로 침대는 계단 위에 있었다. 특이한 것은 위에 남은 공간에 그물이 쳐져 있었다. 마치 해먹을 걸어놓은 것처럼.

"저기 올라가도 되는 걸까."

올라가라고 만들어놓았다는 걸 알지만, 세진은 높이를 가늠하더니 고개를 흔들었다. 혹여 끈이 끊어질 위험성이 있기에.

늦은 점심을 해결하기 위해 두 사람은 밖으로 나왔다. 근처 식당에서 점심을 먹고 소화도 시킬 겸 바다 쪽으로 걸었다. 이름 모를 작은 해변에는 사람들이 몇 있었다. 하지만 여름이 지나 가을에 들어서인지 물에 들어간 사람은 없었다. 간혹 가다가 남녀가 신발을 벗고 발만 담그고 있는 모습이 보였다.

세진과 바다를 걷자 그날이 떠올랐다. 세진을 처음으로 남자로 인식하게 된 그날. 하늘을 올려다봤다. 그날처럼 비가 올 것 같지는 않았다. 잠시 눈을 감자 그날로 돌아갔다. 그날처럼 파도가 치는 바다. 오고 가는 사람들 소리. 물에 발을 담그고 물장구를 치는 소리.

"아미야."

똑같이 그녀를 부르는 목소리가 들렸다. 하지만 그날처럼 몸을 때리는 비가 내리지 않았다. 눈을 뜨자 세진이 그녀를 향해 손을 뻗었다.

"그날 반했어."

"응?"

뜻 모를 말에 세진이 한쪽 눈썹 끝을 올리며 물었다. 다시 그날로 돌아간다면, 그에게 다른 식으로 고백을 하고 싶다. 모든 걸 지우고 다시 시작을 하고 싶은 욕망이 치솟았다.

"우리 소원 들어주기 게임할래?"

"뭐 하고 싶은 거 있어? 말해봐."

세진이 게임 같은 걸 하지 않아도 들어줄 테니 말해보라 했지만, 입이 떨어지지 않았다. 원하는 걸 말했다가 혹시나 그가 그럴 수 없다고 하면 어떡하겠는가. 그래서 정당하게 게임을 해서 이겨서 꼭 소원을 들어줘야 한다고 떼라도 쓰고 싶었다.

기어코 게임을 하겠다는 아미의 얼굴은 초조함이 가득했다. 바닥을 훑은 아미가 막대기 하나를 집어 들더니 그곳에 무릎을 굽히고 앉았다. 막대기를 세우고 그 주위로 높게 흙을 쌓아 올리더니 그를 향해 손짓을 했다.

"진 사람이 이긴 사람 소원 들어주기."

막대기를 감싸고 있는 흙을 번갈아 가져가다가 막대기를 넘어뜨리는 사람이 지는 게임.

막대기에 집중을 하듯 노려보는 눈빛이 심상치가 않았다. 먼저 흙을 가져가는 아미를 따라 조금씩 손으로 흙을 자신 쪽으로 끌어모았다.

두 사람의 앞에는 조그맣게 흙으로 산이 만들어졌다. 세진이 다시 흙을 가져갔고, 막대기는 넘어지지 않았다. 막대기를 지지하고 있는 흙의 양이 줄어들수록 아미의 얼굴이 흐려졌다. 툭 건드리면 울 것처럼.

아미가 흙을 가져가고 다음 순번 때 세진은 실수인 척 흙을 가져가다 손가락으로 막대기를 툭 건드렸다. 막대기가 스르르 흙을 타고 미끄러지더니 쓰러졌다. 완전하게 바닥에 누워 버린 막대기를 보고 세진은 양손을 탈탈 털었다.

이제 소원을 말해보라고, 그렇게 간절하게 원하는 소원이 뭐냐고 눈으로 물었다.

손에 흙을 묻힌 채 아미는 무릎에 얼굴을 묻었다. 앞에 쌓아진 흙을 발로 흩트리고 조금 더 가까이 다가간 세진은 아미의 손을 탈탈 털었다.

"말해봐. 졌으니까 소원 들어줄게."

"……랑 해줘."

"뭐라고?"

얼굴을 무릎에 묻고 있어서 목소리가 잘 들리지 않았다. 세진은 아미의 어깨를 잡아 바로 세웠지만, 아미가 고개를 계속해서 숙여 얼굴을 마주 볼 수가 없었다. 손에 묻은 흙 때문에 손등을 아미의 턱에 대고 힘을 주어 얼굴을 들어 올렸다.

"아미야."

아미는 울고 있었다. 턱 끝에 눈물이 고일 정도로 흥건하게 얼굴이 젖어 있었다. 세진은 숨을 멈췄다.

저렇게 울 정도로 원하는 소원이 무엇일까. 쉽게 말할 수 없는 소원이. 혹여 헤어져 달라는 말은 아닐까. 두려웠다.

하지만 설령 헤어지자고 해도 아미가 울음을 멈추고 웃을 수 있다면 들어주어야 한다.

"말해. 뭐든지. 다 들어줄게."

울컥 감정이 치솟았다. 그도 울고 싶었다. 다가오는 끝이 보이는 것 같았다. 어젯밤의 사랑이 마지막이었을지도 모른다.

"나만 사랑해 줘. 흐윽. 나만. 나만 사랑해 달라고!"

갑자기 달려들어 자신의 가슴을 주먹으로 내려치며 울부짖는 아미가 당황스러워 할 말을 잃었다. 지나가던 사람들이 자신을 향해 손가락질을 했다. 마치 자신이 나쁜 짓을 저질렀다는 듯이. 정지했던 사고가 천천히 돌아갔다.

'아미는 자신만 사랑해 달라고 했다. 남들이 들으면 그가 바람을 피우고 있다고 오해를 할…… 오해? 바람?'

"허아미, 너 설마."

세진은 낮은 신음 소리를 냈다. 욕지기가 치밀어 올랐다.

처음에는 바람을 피우자는 아미가 괘씸해서였고, 그 뒤로는 말을 할 타이밍을 놓쳤다. 그리고 나중에 가서는 아예 잊어버렸다. 아미와 있는 시간이 너무 행복해서 다른 생각을 하지 못했다. 아미에게 주연과 헤어졌다는 걸 말하지 않았다는 걸 잊어버렸다.

"아미야, 나 좀 봐봐. 안 되겠다. 일단 돌아가자."

이곳에서 할 이야기가 아니기에 세진은 펜션으로 발걸음을 돌렸다. 끅끅대는 아미가 잘 걷지 못하자 억지로 자신의 등에 업고 뛰었다. 짧지 않은 거리를 뛰어서 선선한 바람에도 땀이 흘렀다. 등에 얼굴을 묻고 울고 있는 아미의 눈물이 더해져 등이 축축했다.

펜션으로 들어와 소파에 앉히고 미지근한 물을 가져온 세진은 아미가 진정될 수 있을 때까지 기다렸다. 그동안 끊임없이 자신을 욕하면서.

"아미야, 말하지 않은 게 있어."

흠칫 떠는 아미가 눈을 피하자 세진은 얼굴을 감싸고 자신을 향해 돌렸다.

"후우. 미안해. 이건 내가 백번 잘못했어."

이 상황에서 미안하다는 말에 아미는 또다시 눈물이 차올랐다.

뻔했다. 사랑해 달라는 말에 대한 대답이 미안해라니. 듣기 싫어 손을 치우라고 고개를 흔들었지만 세진은 손에서 힘을 빼지 않았다.

"나 헤어졌어. 너랑 만나기 전부터 이미 혼자였다고."

요리조리 그의 손을 피해 달아나려 흔들리던 고개가 멈췄다. 연신해서 그의 입에서 헤어졌다는 말이 흘러나왔다. 귓가에 윙윙 소리가 와 닿지 않았다. 마치 물속에 들어가 있는 것처럼.

"뭐라고?"

"이미 헤어졌어. 미안해. 말을 했어야 했는데."

물속에서 빠져나오자 뚜렷하게 목소리가 들렸다. 세진의 말이 머릿속을 돌아 간신히 뇌에 닿았다. 그리고 조금씩 분노가 차올랐다.

차갑게 식은 얼굴은 이미 눈물이 멎었고 그 눈은 그를 찢어발기듯이 노려봤다.

"이미 헤어졌다고? 말을 했어야 했다고? 왜! 왜 속였는데! 왜!"

그동안의 자신이 한 고민과 마음고생이 한순간에 물거품이 되었다. 포르르 물거품이 되어버리더니 표면에 닿아 팍 터졌다.

"속이려 한 게 아니라. 잠깐만 내 말 좀 들어봐. 응?"

"너 나 가지고 놀았니?"

"이야기가 왜 그렇게 되는 건데. 아니야. 아미야, 진정하고 내 말 좀 들어보라니까."

사랑했다고 했던 자신의 입을 꿰매고 싶었다. 세진이 자신에게 이럴 줄은 몰랐다. 그가 자신을 가지고 놀았다.

세진을 향한 실망감에 이미 자신이 느끼는 대로 생각을 하는 아미는 걷잡을 수 없었다. 자신에게로 다가오는 세진을 밀치고 떠밀고 아미는 펜션을 박차고 나가려 했다. 세진이 간신히 붙잡았지만, 아미는 세진의 팔을 할퀴고 물어뜯으면서 벗어나려 했다. 결국 세진이 양팔을 잡아 움직이지 못하게끔 하고 아미를 억지로 소파에 내리눌렀다.

"비켜. 갈 거야."

"어딜 가겠다는 거야."

두 사람의 호흡이 거칠었다. 크게 들썩이는 가슴이 맞닿았다. 세진이 힘을 빼고 아미의 위로 몸을 묻었다. 서로의 체온이 닿고, 심장박동 소리가 서로에게 맞춰 뛰었다.

"아미야, 그런 게 아니야. 결단코 널 가지고 논 적이 없어. 왜 말을 그렇게 해."

세진의 목소리에 고통이 담겨 있었다. 자신의 진심을 알아주지 않는 아미가 야속하기도 했지만, 그의 잘못인 건 틀림없기에 왜 자신을 믿지 못하냐고 따져 물을 수도 없었다. 이미 아미는 그가 속였다고 생각하고 있기에.

"난, 내가……. 내가 무슨 생각을 했는지……."

아미는 끝내 말을 잇지 못했다. 그동안 자신이 어떤 생각을 했는지, 어떤 죄책감에 빠져 있었는지 말을 할 수가 없었다.

무섭고 서러워서가 아닌, 자신이 택했던 것이기에 근본적으로 세진을 탓할 문제가 아니었다. 그렇다고 해서 자신을 탓할 용기도 없다. 그래서 세진을 탓했다. 모든 복잡한 심경이 한꺼번에 터져 갈피를 잡을 수가 없었다.

"나, 집에 가고 싶어."

더 이상 세진과 같이 있는 게 무의미해졌다. 혼자 있고 싶다.

아미는 얼굴이 일그러지는 세진을 끝내 외면했다.

이야기 좀 하자고 애원을 해도 아미는 끄떡도 없었다. 핏기가 가신 얼굴로 집에 가고 싶다는 아미를 데리고 결국 밤중에 서울로 향할 수밖에 없었다.

창 쪽으로 고개를 돌리고 내내 말이 없는 아미의 눈치를 살피다가 어떻게든 말 한마디를 붙여보려 휴게소에 들러 화장실에 가지 않을 거냐고 물었다. 대답도 반응도 없는 아미의 모습에 새어 나오는 한숨만 꾸역꾸역 집어넣고 다시 시동을 걸었다.

뻑뻑한 눈과 답답한 가슴에 그도 기력이 다했다. 무거운 정적 속에서 서울 톨게이트를 지났을 때, 그 정적을 깨는 신음 소리가 들렸다. 흘깃 아미의 얼굴을 쳐다본 세진은 놀라서 갓길에 주차를 했다.

"아미야, 아미야?"

조심스럽게 이름을 부르다 머뭇대며 아미의 어깨를 잡아 살짝 흔들었다. 아주 작은 힘에도 아미의 몸이 옆으로 기우뚱거려 그는 얼른 벨트를 풀고 아미에게 바짝 다가갔다.

언제부터 이랬던 것인지, 분명 마지막 휴게소에 들렀을 때만 해도 괜찮았다. 그런데 아미는 땀을 흘리면서 신음을 흘리고 있었다.

"아미야? 정신 좀 차려봐."

볼을 살짝 두드리며 눈을 떠보라 해도 아미는 끙끙거리며 아픈지 미간을 찌푸렸다. 급히 세진은 근처 병원 응급실로 향했다.

얼마나 급하게 주차를 했는지, 차는 주차 선을 넘어 두 칸을 차지했지만, 세진은 다시 주차할 겨를이 없어 바로 아미를 안고 병원으로 들어섰다. 마침 지나가던 간호사를 붙잡고 의사를 불러달라고 다급하게 외쳤다. 간호사를 따라 응급실로 들어서서 침대 위에 아미를 올려놓은 세진은 급히 달려온 의사에 밀렸다.

"환자가 원래부터 지병이 있었나요?"

의사의 질문에도 멍하니 아미만 바라보던 세진은 간호사가 재차 질문을 하자 아니라고 답을 했다. 몇 차례 질문을 하던 의사가 아미에게 청진기를 가져다 대고 검사를 하더니 간호사에게 지시를 했다.

"저기, 괜찮나요?"

"네. 링거를 투여할 겁니다. 단순한 몸살로 보이는데, 혹시 환자가 최근에 무리를 하거나 스트레스받는 일이 있었습니까?"

세진은 고개를 떨궜다. 혹시 모르니 더 자세한 검사를 원한다면 아침에 입원 수속을 밟으라는 말을 남기고 의사는 급히 떠났다.

아침이 오기까지 뜬눈으로 밤을 지새운 세진은 입원 수속을 밟고 아민에게 연락을 취했다.

세진에게 연락을 받고 아민은 급히 병원으로 왔다. 누나가 쓰러졌다는 말보다 너무 고통스러운 세진의 목소리에 신호위반을 하고 달려왔다. 혹시나 무슨 사고가 난 건 아닌지 문을 벌컥 연 아민은 세진을 지나쳐 누나에게 달려가 상태를 살폈다.

왼쪽 팔에 링거를 꽂은 아미는 살짝 창백해 보였지만, 그 외에는 상처 난 곳도, 붕대를 감고 있는 곳도 없었다. 안도의 한숨을 쉰 아민은 세진에게 무슨 일인지를 묻기 위해 뒤돌았다가 세진의 얼굴을 보고 멈칫했다.

옷은 구겨져 있었고, 눈은 핏발이 서서 괴기스럽게 보였다. 그토록 잘난 얼굴이 한순간에 이렇게 망가질 수 있다는 사실에 놀라웠다.

"무슨 일이야?"

"나 때문이야."

뭐냐고, 무엇 때문에 누나가 병원에 입원을 했냐고 물어도 세진은 묵묵부답이었다. 답답한 아민이 그의 어깨를 잡고 흔들자 이를 악물고 있던 세진이 사과를 했다. 미안하다고. 그게 누나를 향한 것인지, 아니면 자신에게 하는 것인지 알 수가 없어 아민은 숨을 가다듬고 다시 물었다.

"뭐가 미안한데."

"내가 말을 안 했어."

"뭐를? 누나랑 싸운 거야?"

세진은 아민에게 고했다. 왜 아미가 쓰러졌는지를. 자신이 무엇을 속였는지를.

솔직히 처음에는 아미가 괘씸해서 말을 하지 않았다. 그 뒤에는 타이밍을 놓쳤고 아예 잊어버렸다. 아미가 어떠한 내색을 하지 않았기에 헤어졌다고 말을 하지 않았다는 걸 쉽게 잊었던 거다. 잊어버렸다고 변명을 할 수도 있겠지만, 처음에 가졌던 마음이 있었기에 세진은 변명조차 하지 않았다.

"너, 이 새끼. 우리 누나 가지고 놀았냐?"

세진이 그럴 리가 없다고 분명 무슨 이유가 있을 거라는 걸 알지만, 아민은 세진 때문에 쓰러진 누나를 보자 눈이 휙 돌아갔다. 가족 앞에서 친구고 뭐고 없었다. 세진의 멱살을 잡고 흔들던 아민은 주먹을 휘둘렀다.

아민의 주먹을 맞고 바닥으로 내동댕이쳐진 세진은 찢어진 입 안에서 배어 나오는 피를 뱉어내고 자리에서 일어났다. 다시 그에게 달려들던 아민은 그를 말리는 작은 목소리에 날리던 주먹을 멈췄다.

"뭐, 하는 거야."

한껏 가라앉은 목소리에 두 사람은 동시에 고개를 돌렸다. 아민이 먼저 움직여 아미의 곁으로 갔고, 세진은 몇 걸음 떨어진 곳에서 남매를 바라봤다.

"누나, 괜찮아? 어디 아프거나 하지는 않아? 쓰러졌던 거는 기억나?"

몇 차례 고개를 끄덕인 아미는 세진을 올려다봤다. 불안하게 흔들리는 눈과 마주치자 아미는 눈을 감아버렸다.

"병원이야? 나 집에 갈래."

또 집에 가겠다고 고집을 피우는 아미를 아민이 간신히 말렸다. 링거만 다 맞으면 가자고 그녀를 말린 아민은 세진을 밖으로 몰아냈다. 가지 않겠다고 버티던 세진은 이야기 좀 하자는 아민에게 결국 끌려 나왔다.

잘 피우지 않던 담배가 주머니에 있을 리가 없었다. 편의점에서 담배를 사고 흡연구역으로 향한 아민은 세진에게도 담배를 건네주었다. 불을 붙이는 걸 거절한 세진은 손가락에 담배를 끼우고 벽에 기대어 섰다. 아슬아슬하게 세진의 손가락 사이에 걸려 흔들리는 담배를 보며 아민은 담배 연기를 흘려보냈다.

"말해봐. 더 할 말 없어?"

잘못은 잘못이다. 하지만 변명도 하지 않는 세진이 야속했다. 그럼에도 더는 세진에게 화를 낼 수 없던 것은 침대에 누워 있는 누나보다 더 상태가 나빠 보이는 그의 모습 때문이었다. 침대에 누워서 링거를 맞아야 할 사람은 세진이어야 할 것 같았다.

담배를 태우고 막 흡연구역을 나가려는데 세진이 또 사과를 했다.

"그건 누나한테 해라, 인마."

얼굴을 가리며 고개를 숙이는 세진에게 힘을 내라고 응원을 해주고 싶었지만, 그러기에는 누나가 걸렸다. 그동안 속앓이를 했을 누나가.

꽤 오래 자리를 비운 듯해 다시 병실로 향한 두 사람을 아미는 외면했다. 들어오자마자 세진과 이야기 좀 하라는 아민까지 외면한 아미는 퇴원을 해도 괜찮다는 의사의 말에 그녀를 부축하려는 세진의 손길을 내치고 아민의 차를 타고 집으로 돌아갔다.

황망하게 내쳐진 손을 꽉 주먹을 쥔 세진은 이미 보이지 않는 아민의 차를 찾으려는 듯 한참을 쳐다봤다.

주말 동안 세진은 아미와 연락을 하기 위해 갖은 애를 썼다. 아민을 통해서 연락을 해보려고도 했지만, 도통 아미는 그를 보려고 하지 않았다. 집에 찾아가려고까지 했으나, 부모님들이 계시다는 아민의 말에 집 앞까지 갔다가 다시 돌아왔다.

월요일에 아미를 데리러 가려 했지만, 이미 출근했다는 말에 세진은 홀로 출근을 했다. 회사에서 마주쳐도 쌩쌩 지나치는 태도에 세진은 몇 번이고 업무적인 일을 핑계로 아미에게 말을 걸어보려 했으나, 그때마다 아미는 옆에 있는 동료에게 말을 걸거나 급한 일이 있다며 그를 피했다.

이제는 회사에서 세진을 마주칠 기회가 적어졌다. 브라질로 출장을 갔던 팀장이 돌아왔고, 세진과 함께했던 프로젝트는 막바지에 접어들었다. 실상은 거의 할 일이 없게 돼버렸다. 아파트 분양이 시작되었고, 반응은 뜨거웠다. 영화 촬영 홍보 덕분에 빠른 시간에 거의 분양이 끝나갔고 이 시점에 더는 할 일이 없다는 건 당연한 거다.

"대리님, 문자."

멍하니 모니터를 보는데 호건이 그녀의 어깨를 살짝 건드렸다. 주말에 아팠다고 하더니, 금요일이 된 지금도 아미의 안색은 나빴다. 파리해진 얼굴에 건조한 피부를 보고 누가 연애하는 여자라고 보겠는가. 호건은 그 얼굴에 정말 자신이 오해했을지도 모른다는 생각을 했다.

혹여 출장지에 가서 아팠던 아미가 자신이 술을 마시고 있다는 걸 알고 세진에게 도움을 요청했다던가 하는 생각을 했다. 그러다가 지나가면서 마주친 세진의 얼굴도 꽤나 상한 걸 보고 그건 아니라는 확신이 들었다. 옆에 있던 아미에게 할 말이 잔뜩 있는 눈으로 그녀를 쳐다보다 결국 안타까운 시선으로 변하는 걸 보았다.

"아, 고마워."

전화기를 들고 문자를 확인하는 아미를 보며 묘한 신음 소리를 낸 호건은 두 사람 일은 두 사람이 해결하는 길밖에 없기에 한숨을 쉬고 자신의 업무에 집중을 했다.

처음 보는 번호였다. 하지만 문자의 내용을 보자 누구에게 왔는지 알 수가 있었다. 번호가 바뀌었는지 차단되지 않는 번호로 한건우가 문자를 보내왔다.

「오늘 촬영 비는데 잠깐 나 좀 보죠? 전에 빚진 것도 있는데.」

이제는 죽은 여동생이 아닌 자신에게 보낸 문자를 보고 탄식이 나왔다. 더 이상은 마주치고 싶지 않은 남자의 연락이 반가울 리가 없다. 번호를 바꾸려 했는데, 주말에 아파 버리는 바람에 집 밖으로 나가지를 못했다. 사실은 집 밖에서 기다리고 있는 세진을 피했다는 게 정확하다.

문자에 적힌 빚이 누가 진 빚인지 알 수가 없었다. 언뜻 보면, 그녀가 그에게 진 빚이 있으니 갚으라는 것처럼 읽혀졌다. 하지만 그녀가 진 빚은 없다. 그렇다고 해서 그가 그녀에게 진 빚도 없다.

결국 아미는 답장을 보냈다. 누가 진 빚을 말하는지.

「핸드폰 내가 동생한테 맡겼잖아요. 잃어버린 물건 찾아줬는데 안 고마워요?」

뻔뻔해도 정도가 있지. 자신이 한 행동을 생각지도 않는 남자의 태도에 화가 치밀었다. 그냥 무시하자는 생각에 마찬가지로 번호를 차단했다.

"대리님, 전화."

이번에도 호건이 알려주었다. 번호만 뜨는 전화에 아미는 핸드폰을 들고 사무실 밖으로 나왔다. 휴게실로 향하면서 목소리를 가다듬은 그녀는 사무적인 말투로 전화를 받았다.

"여보세요."

[내 번호 차단한 거죠? 이런. 내가 그렇게나 껄끄러워요?]

이번에는 누구 핸드폰으로 연락을 한 것인지, 한건우였다. 문자에 더는 답장이 없다면 연락을 하지 말아줬으면 하는데 이 남자는 그럴 생각이 없나 보다. 껄끄러워한다는 걸 잘 알고 있으면 그만 끊자고 하고 싶은데 호건이 말을 이었다.

[만회할 기회를 줘요. 곰곰이 생각해 보니 내가 잘한 건 없더군요. 사과할 기회라도 줘요.]

상대가 이렇게 먼저 수그리고 나오니 할 말이 없어졌다. 배운

지성인으로서, 그리고 많은 풍파를 겪은 어른으로서 의연하게 넘어가고 싶지만, 지금 세진과의 관계에 아미는 지쳐 있었다.

생각해 보니 세진이 자신을 속인 것도 문제지만, 이 남자도 문제다. 이 남자의 말로 더욱 상처를 받고 혼란스러웠었다. 자신의 약점을 캐치하고 그것을 교묘하게 이용한 남자다.

"사과 받은 걸로 할게요."

더는 만나야 할 이유가 없다.

아미의 칼 같은 거절에 낮은 숨을 내쉰 건우가 난감하게 웃고는 마지막 말만 하고 전화를 끊었다.

[그 Bar에서 기다릴게요. 퇴근하고 와요. 올 때까지 기다릴 테니.]

영화 촬영에 한창 바쁠 사람이 기다리고 있겠단다. 그녀와는 이제 관계없는 사람이니, 아니, 애초에 관계가 없던 사람이니 그의 사정을 봐줄 마음도 없다.

"기다리든지 말든지."

이미 끊긴 전화에 툭 말을 내던지고 돌아서던 아미는 막 휴게실로 들어오는 남자를 보고 뒷걸음질을 쳤다.

회의가 있어 사무실을 나온 세진은 휴게실 쪽으로 걸어가는 아미를 보고 따라나섰다. 손목에 걸린 시계를 보니, 아직 여유가 있었다. 짧은 통화를 마친 아미가 뒤돌아 그를 보고 뒷걸음질 치는 모습에 세진은 미간을 좁혔다. 명백하게 그를 거부하는 모습에 입안이 썼다.

"누가 기다려?"

"아무것도 아닙니다."

깍듯이 인사를 하고 자신을 지나치는 아미의 팔을 잡아 돌린 세진은 휴게실 문을 닫고 그 문으로 아미를 밀었다. 자신의 어깨를 밀치는 손을 잡아 끌어 내리고 아미의 어깨에 얼굴을 묻었다.

세진의 향기가 훅 치미더니 뜨거운 입김이 쇄골 언저리에 닿았다. 반사적으로 몸을 움찔거리자 세진이 그녀의 향기를 들이마시듯 더욱 얼굴을 묻고 숨을 들이마셨다.

"하아. 아미야, 잘못했어."

변명할 줄도 모르는 세진은 잘못했다는 말 말고는 입을 닫았다. 더 해야 하는 말이 있다는 걸 알면서도 어떻게 표현을 해야 할지 몰랐다. 아미를 향한 자신의 마음을 갖은 미사여구를 붙여 표현을 하고 싶었다.

세진의 약한 모습에 순간 마음이 흔들렸다. 허나 그를 밀어냈다. 순순히 뒤로 물러난 세진이 손을 내밀었다가 다시 거두었다. 휴게실 문을 열고 사무실로 향하는데 언뜻 자신의 이름을 부르는 목소리가 들렸다. 돌아볼까 하다가 사무실에서 나오는 직원과 마주치자 그냥 걸었다.

오후 내내 회의로 자리를 비웠던 주 팀장이 퇴근을 20분 남기고 돌아왔다. 기가 다 빨린 듯 어깨를 축 늘어뜨린 주 팀장은 시간을 확인하고는 고민을 했다.

"불금인 거 아는데. 최대한 일찍 끝낼 테니 회의하죠."

결심을 한 듯 단호하게 말을 마친 주 팀장은 팀원들의 원망스러운 눈빛을 외면하고 먼저 자리를 떴다. 이미 가방만 들고 나갈 수 있도록 퇴근 준비를 했던 직원들은 시계를 보며 다들 짜증을 속으로 삭였다. 하지만 어쩌리오. 까라면 까야 하는 곳이 직장인 것을.

다들 똑같은 모양의 다이어리와 볼펜을 가지고 회의실로 모였다. 긴 시간 동안 회의를 하고 왔기에 주 팀장의 입에서는 쉴 새 없이 업무지시가 쏟아져 나왔다. 자신이 해야 할 업무들을 각각 받아 적으면서 직원들은 어서 빨리 회의가 끝나기만을 바랐다.

"참, 약 2주 뒤에 1팀의 차 팀장님께서 브라질로 장기출장을 가십니다. 세 달 정도를 계획하고 있는데, 아시다시피 전에는 저하고 1팀의 이 과장님이 다녀왔습니다. 이번에는 차 팀장님과 우리 팀에서 한 명이 다녀와야 할 것 같습니다. 강제적인 것보다는 지원자를 받을 테니 주말 동안 잘 생각해 보세요."

주 팀장은 강제적으로 한 명을 보내는 것보다는 우선은 지원자를 받기로 했다. 나가고 싶어하는 사람이 없다는 걸 잘 알기에 결국에는 강제적으로 한 명을 보내게 될 테지만, 혹시나 하는 마음에서 아직 결정을 내리지는 않았다.

주 팀장의 말에 다들 눈치만 보다가 회의실을 나섰다. 가정이 있는 가장들이나 싱글인 사람들도 나가기를 꺼려하는 것은 마찬가지였다. 특히나 이제 막 연애를 시작한 사람일수록.

아미 또한 심란했다. 이 상황에서 세진이 멀리 떠난다는 말에 아미는 눈앞이 깜깜해졌다. 왜 어째서 그가 가는 것인지 원망을 했다.

퇴근을 하려는데, 세진에게서 문자가 와 있었다. 만나서 이야기 좀 하자는 문자에 아미는 입술을 잘근잘근 씹었다.

"들어보니까 차 팀장님이 자진해서 가시는 거래요. 원래는 우리 팀장님이 또 가시기로 되어 있었다던데."

주섬주섬 가방에 물건을 담고 있는 아미에게 호건이 비밀을 이야기하는 듯 조용히 속삭였다.

"자진했다고?"

고개를 끄덕인 호건이 먼저 가보겠다며 인사를 하고 사무실을 빠져나갔다. 호건이 한 말을 되씹으며 아미는 이마를 감싸 쥐었다.

싸운 상황에서 해외로 장기출장을 가겠다고 자진한 그의 의도가 무엇일지를 곰곰이 생각했다. 아무리 생각을 해봐도 결론은 하나로 통했다.

'이별.'

자신과 끝까지 해볼 마음이 있다면 이렇게 그녀를 두고 가지 않을 것이다. 혹여 오늘 이야기를 하자는 문자도 이것 때문이 아닐까 하는 생각이 들었다. 잘못했다고 한 사과가 생각이 났다. 그는 어떠한 변명도 없이 그의 잘못을 깔끔하게 인정을 했다. 그게 더욱 자신을 화가 나게 하고 서운하게 했다는 걸 모르는 걸까.

고작 일주일을 버티지 못하고 포기하고 도망가려는 세진에게 욕이 나왔다.

"나쁜 자식."

텅 빈 사무실에 오래토록 화를 삭인 아미는 마지막으로 불을 끄고 사무실을 나섰다.

만나자는 문자에 거절을 한 아미는 회사를 빠져나왔다. 택시를 잡아타는데 전화가 울렸지만 무시를 하던 그녀는 백미러를 통해 흘끗거리는 기사의 눈에 결국 핸드백에서 거친 손길로 핸드폰을 꺼냈다.

세진일 거라 생각을 했지만, 뜬 번호는 저장되지 않은 번호였다.

"여보세요."

[좀 오죠? 실은 새벽에 촬영이 있어서 오래 못 기다려요.]

진짜로 기다리고 있었나 보다. 그러지 않아도 화가 나고 짜증이 났는데 너 오늘 잘 걸렸다는 생각으로 아미는 Bar로 향했다. 욕한 바가지를 쏟아주고 어쭙잖은 인연을 끝내자는 생각으로 그녀는 한건우의 앞에 앉았다.

"와, 기세 장난 아니네요."

여유로운 미소로 아미를 맞이한 그는 누가 봐도 공손한 태도를 일관했다.

"미안해요. 제가 도가 지나친 부분이 있었어요. 사과할게요."

그가 사과를 하든 말든, 받아줄 마음이 없는 아미는 차가운 물 한 잔을 마시고 탕 하고 테이블 위에 올려두었다.

"그럼 이제 더는 보지 말죠. 우리는 인연이 아니에요. 어쩌다가 문자 하나를 잘못 주고받은 것뿐이에요."

"냉정하네요. 난 그 문자로 살았는데."

그 문자가 꽤 큰 위로가 되었던 건 사실이다. 위로를 받았다면 고마워하고 보답을 했어야 하는데 그는 엇나갔다. 그 파장이 꽤 크게 왔다.

"내가 진짜로 싫어요? 나 아미 씨한테 관심 많아요. 여자로서. 그래서 이전의 일은 다 지우고 다시 시작하고 싶어요."

"꿈도 크시네요. 싫어요."

내일 당장 핸드폰 번호를 바꾸겠다는 결심을 한 아미는 자리에서 일어나 뒤돌아 걸어갔다. 곧 팔에 힘이 느껴졌고 그 힘에 걸음을 멈춰야 했다. 한건우가 잡고 있는 팔을 보다 아미는 옆에서 들리는 목소리에 고개를 더욱 숙였다. 누군가가 한건우를 알아봤고 그 웅성거림은 조금씩 커졌다.

"뭐 하는 짓이에요. 사람들이 다 쳐다보잖아요."

"뭐, 기사 나겠죠. 연애한다고."

"누가 누구랑 연애를 한다는 거예요!"

낮게 항의를 하던 목소리는 뒤이은 목소리에 묻혔다.

"누가 당신이랑 연애를 해."

숙인 고개를 들자 세진의 얼굴이 들어왔다. 딱딱하게 굳은 얼굴에는 화가 담겨 있었다.

"앗!"

갑자기 움직인 세진이 잡힌 팔을 잡아당겼고, 한건우에게서 풀려남과 동시에 팔에는 두 개의 빨간 자국이 남았다. 아미가 아파했음에도 세진은 한건우만 노려볼 뿐 아미에게 시선을 주지 않았다.

"누나."

언제 온 것인지 아민이 아미의 뒤에 섰다.

"호오. 보기보다 인기가 많았네요. 세진이 저 녀석 화내는 거 오랜만에 본다."

아민 말고도 다른 남자가 뒤에 섰다. 구경을 하듯 팔짱을 교차해 낀 그는 아민과 세진의 대학 동창인 서겸이었다.

아미에게서 연이은 거절을 당한 세진은 서겸의 연락을 받고 아민의 Bar로 왔다. 아미와 틀어진 관계에 아민이 위로해 주겠다며 먼저 술을 사겠다고 했고, 오랜만에 서겸도 같이 부른 것이다.

긴 회의에서 태호가 브라질 출장을 자기 멋대로 그에게 다녀오라고 했다. 사람들이 있어서 화를 꾹 참고 그는 못 간다고 단호하게 말을 했다. 그런데 태호가 2팀의 한 명과 같이 다녀오라며 슬슬 꼬드겼다. 잠깐 쉬는 타임에 아미랑 같이 다녀오면 될 것 아니냐고 태호가 말을 했고, 그는 고개를 저었다. 타지까지 가서 아미가 고생하는 걸 볼 생각은 추호도 없기에. 하지만 계속되는 태호의 꼬드김에 넘어갔다. 어차피 주 팀장이 기반을 다 다져 놔서 힘들지는 않을 거라고. 가서 둘이서 놀면서 일을 하라는 말에 평소의 그답지 않게 혹했다. 결국 회의가 다시 시작이 되었을 때 자신이 다녀오겠다고 손을 들었다.

출국하기 전까지 어떻게든 아미의 마음을 다시 돌려야 했기에 그는 조급해졌다. 오늘 약속도 깨고 아미를 억지로 보러 가려 했지만, 오랜만에 보는 서겸이 약속을 깨면 친구도 아니라고 으름장을 놓는 바람에 어쩔 수 없이 이곳에 온 것이었다.

"나 갈게."

두 남자가 싸우든 말든 아미는 먼저 몸을 돌렸다.

"어딜 가."

세진이 잡아 세우며 설명을 해보라는 듯 그녀를 노려봤다. 왜 자신과의 만남은 거절을 했으면서 한건우와 같이 있는 것인지. 비난이 섞인 눈에 아미는 그의 팔을 떨어뜨렸다.

"무슨 상관인데."

딱딱해진 얼굴에 표정마저 사라졌다. 그 자리에 굳어버린 세진을 뒤로하고 아미는 Bar를 빠져나갔다.

"이런. 오늘 한 여자한테서 여럿 시련당하네."

한건우는 조금씩 사람들이 핸드폰을 꺼내 들자 선글라스를 꺼내 쓰고 아미를 따라나서려 했다. 그런 그를 세진이 잡아 세웠다.

"이야기 좀 하죠. 그러지 않아도 한번 찾아갈까 했는데."

"그러죠."

여자가 빠지고 두 남자의 싸움에 아민과 서겸은 자리를 비켜주었다. 구석진 자리에 마주 보고 앉은 세진과 건우는 서로를 탐색하듯 훑어보았다.

"아미는 제 여자입니다. 그러니 더 이상의 관심은 끊어주시죠. 임자 있는 여자에게 지나친 관심은 실례 아닙니까."

"어차피 쉼표 아닙니까?"

"무슨 소리입니까."

다 알고 있다는 듯 빈정거리는 말투에 세진이 낮은 한숨을 쉬었다. 왜 한건우가 이리 나오는 지 조금은 눈치를 챘다. 어떻게 된 일인지는 잘 모르겠지만, 그도 아미와 같은 오해를 하고 있다.

"아미와 저와의 일입니다. 그리고 쉼표라니요. 마침표입니다."

세진의 말에 여유롭게 미소를 짓고 있던 건우의 입매가 굳어졌다. 세진의 목소리에는 힘이 담겨 있었고, 한 치의 거짓도 담겨 있지 않았다.

"아미가 오해한 것입니다. 처음부터 아미 말고는 없었습니다."

왜 이런 이야기를 한건우에게 하고, 왜 그의 오해를 풀어주어야 하는지 세진은 당장 이 자리를 박차고 나가고 싶었지만 꾹 참았다. 이렇게 한건우를 떨어뜨릴 수 있다면 버텨야 한다.

건우는 머리를 굴렸다. 당당하지 못한 세진과 아미의 만남에 일침을 놓고 훼방을 놓으려 했는데, 그럴 수 없게 되었다. 그렇다면 정면 돌파밖에 남지 않았다.

"아미 씨한테 관심 있습니다. 뭐, 쉼표가 아니었다니 조금은 아쉽군요. 그렇다고 해서 골키퍼가 있다고 골이 안 들어가는 것도 아니고."

식상한 멘트에 고작 그거냐는 듯 세진이 입술 한쪽 끝을 올리고 웃었다. 그 미소에 건우는 속이 뒤집혔다.

"제가 보통 골키퍼하고는 달라서. 그리고 아미는 저밖에 없습니다. 아실 텐데요. 그쪽이 오해했던 거. 아미는 그런 선택을 할 만큼 저를 사랑합니다."

이 말은 하고 싶지 않았지만 세진은 두 눈을 꽉 감고 말을 했다. 차마 쉼표라든가 바람이라는 말까지는 나오지 않았다. 다시 눈을 뜬 세진은 건우를 뚫어져라 쳐다봤다. 그리고 말했다.

"혹여 그쪽이 아미에게 진심이었다면, 한 치의 다른 감정이 섞이지 않고 온전하게 아미를 좋아했다면, 아미를 행복하게 해줄 남자였다면 저는 일말의 고민도 없이 물러섰을 겁니다. 하지만 그쪽은 아니에요."

한건우는 말을 잃었다. 세진의 말이 맞다.

아미는 고통스러울 걸 알면서도 쉼표를 택했다. 건우는 생각했었다. 아미만이 진심이라면 그 관계는 깨어질 수밖에 없다고. 그래서 그 틈을 파고들었던 거다. 하지만 실상은 아니었다. 세진도 진심이었고 애초에 쉼표는 없던 관계다. 그의 계획에 큰 오류가 발생했다.

"그럼 저는 이만. 아미를 달래주러 가야 하거든요."

당당하게 아미를 만나러 가겠다며 일어서는 세진에게 한 방 먹은 건우는 쓰디쓴 침을 삼켰다.

당당한 걸음으로 걸어오는 세진을 아민이 붙잡았다. 서겸도 흥미진진한 눈으로 세진을 쳐다봤다.

"무슨 이야기했어?"

"후우. 미안하다. 먼저 가볼게. 아미 좀 만나야겠어."

"어? 간다."

서겸의 손가락이 향하는 곳으로 시선을 던지자 선글라스를 쓴 한건우가 Bar의 문을 열고 나가고 있었다. 저 뒷모습을 더는 볼 수 없기를 바랐다. 부디 말귀를 잘 알아먹는 사람이기를.

"어차피 가봤자 누나가 너 안 만나줄 것 같은데."

"그래. 술이나 먹자. 아민이가 쏜단다."

"돈도 많은 새끼가."

토닥거리는 두 사람에게 붙잡힌 세진은 아미에게 마지막으로 문자를 보냈다. 답장이 그가 아닌 엉뚱하게 아민에게 왔다. 아민을 통해 또 거절을 당한 세진은 허탈한 웃음과 함께 자리에 앉아 말없이 술잔을 기울였다.

chapter 12

"누나, 나 좀 보지?"

어깨를 잡고 흔드는 완력에 아미가 뒤집어쓰고 있던 이불을 젖히고 벌떡 일어났다. 하나뿐인 동생을 눈으로 회를 뜰 듯 날카롭게 노려보다가 다시 이불을 뒤집어쓰려 했지만, 아민의 손에 잡힌 이불이 딸려오지 않았다.

"아, 진짜! 이야기 좀 하자고. 죽어라 세진이를 피해 다니더니 나도 피하냐?"

깜깜했던 하늘이 푸르스름한 빛이 될 때까지 술을 마시고 취해서 몸도 가누지 못하는 세진을 집에다 던져 놓고 온 지 약 세 시간이 지났다. 잠깐 눈 좀 붙이다가 외출한다는 부모님의 인사에 일어나 바로 아미의 방으로 쳐들어왔다. 물론 잠겨 있었지만, 보조

키를 찾아 동의도 없이 문을 따고 들어온 참이다.

"내 누나지만, 너무하는 거 아니야? 지금 세진이는 죽을 맛이던데."

훌훌 털어버리고 해외로 갈 생각을 하는 사람이 무슨.

속으로 빈정거리면서도 세진이 얼마나 괴로워하는지 아느냐, 용서해 줘라. 일부러 그런 거 아니더라. 세진이가 얼마나 누나를 좋아했는지 아냐 등등 말을 쏟아내는 아민을 그냥 물끄러미 쳐다봤다.

"아, 진짜. 그 녀석이 몇 년을 누나를 짝사랑했는데! 진짜 너무한 거 아니야?"

"너는 잘 알지도 못하면…… 뭐? 짝사랑?"

그만하라고 화를 내던 아미는 동생의 말에 눈을 동그랗게 떴다. 그 모습을 보던 아민은 자신의 머리를 박박 긁으며 쓸데없이 과묵한 친구를 욕했다. 이런 답답한 사람이 자신의 친구라는 사실에 더 답답해하며 가슴을 주먹으로 쳤다.

"진짜 차세진 이 자식 아무것도 말 안 했네. 걔 누나가 첫사랑일걸. 고등학생일 때 첫눈에 반했대. 계속해서 누나를 좋아했다고. 인간적으로 눈치챌 만도 하지 않냐? 걔가 누나 때문에 별짓을 다 했는데."

"뭐라는 거야."

의심이 가득 담긴 눈초리에 결국 아민은 세진을 대신해 그의 마음을 고백했다. 언제부터 좋아했는지, 얼마나 그가 애태웠는지. 그리고 아미가 고백을 했을 때, 정확히는 바람을 피우자고 했을 때 세진이 얼마나 황당해하고 괘씸해했는지. 더불어 세진이 처음에는 말을 하지 않았을망정, 곧 밝히려 했었고 시간이 지나면서 그걸 잊어버렸다는 말도 했다.

설마하니 아미가 괴로워하고 있을 거라고는 생각도 못했다고 했다. 아미가 말을 한 적이 없었고, 거의 매일을 만나다시피 했으니 아미가 그런 생각을 하고 괴로워하고 있을 줄은 몰랐다고.

어제 술에 취해서 내내 굳게 다물고 있던 입을 연 세진은 주절주절 모든 것을 다 쏟아내었다. 들을수록 아주 가관이었다. 특히나 아미를 좋아하면서 그녀의 마음에 들기 위해 했던 일들과 그로 인해 겪었던 그의 심정이. 오죽했으면 서겸이 그 정성이면 나라도 구했을 거라고 빈정거렸겠는가.

"날 좋아했다고?"

"못 믿겠으면 말아! 사람이 어째 믿음이 없어. 둘이 진짜 헤어지든 말든 알아서 해."

아미가 도무지 믿지를 못하자 답답함을 못 이겨 결국 아민은 짜증을 내고 누나의 방을 나가 버렸다. 벙쪄서 아민이 한 말을 곱씹던 아미는 벌어지는 입을 손으로 막고 새어 나오는 비명을 삼켰다.

간신히 정신을 차리고 그동안의 세진을 떠올렸다. 단 한 번도 그가 자신을 좋아한다는 걸 느낀 적이 없었다. 그 정도로 세진이 티를 내지 않았다고는 하기엔, 아민은 이미 알고 있었던 눈치인 것 같았다. 아민이 유독 촉이 좋은 것일까, 아니면 자신이 둔한 것일까. 혹시나 싶어서 아미는 세련에게 전화를 걸었다.

[응, 언니. 아팠다고 들었는데. 괜찮아?]

"아, 괜찮아. 그보다 너 알고 있었어?"

[뭘?]

세진이 오랫동안 짝사랑을 했던 걸 알고 있었냐고 묻고 싶었지만, 입이 떨어지지가 않았다.

[뭔데? 언니, 나 바빠. 빨리 이야기해.]

곧 전화가 끊어질 것 같아 아미는 눈을 꼭 감고 말했다. 세진이 그녀를 오랫동안 짝사랑해 왔던 걸 알고 있느냐고.

[응. 알고 있었어. 그래서 언니한테 고백하라고 부추긴 거지. 오빠가 만나던 여자와 헤어지고 언니를 택할 확률이 백퍼센트였으니까. 아 참, 내가 그때만 생각하면 진짜 황당해서 웃는다니까. 어떻게 바람을 피우자고 해? 그냥 좋게 좋아한다고 하면은 오빠가 어련히 잘 알아서 그 여자랑 헤어졌을까. 아, 어차피 언니 고백받기 전에 헤어졌으니 상관없나?]

"너 그것도 알고 있었어?"

[응. 그야 당연…… 뭐야, 뭔가 이상한데?]

자신만 모르고 모든 사람들이 다 알고 있었다. 순간 머릿속이 하얘졌다. 세련이 뭐라 뭐라 더 말을 하는데도 아미는 그냥 전화를 끊어버렸다. 머릿속이 뒤죽박죽이다.

정리를 해보면, 세진은 오랫동안 자신을 짝사랑해 왔고 그것도 모르고 자신은 바람을 피우자고 했다. 다시 생각해 보니 그런 고백을 받았던 세진이 얼마나 황당했을까. 확실히 알아보지 않고, 세진에게 묻지도 않고 혼자서 북 치고 장구 치고 쇼를 했다.

몇 차례 다시 울리는 전화가 세련일 것임이 분명하기에 아미는 전화를 받지 않았다. 그러다가 세련에게 왜 말을 해주지 않았냐고 따지기 위해 울리는 전화를 받았다.

"야! 너는 애초에 좋아했다고 말을 해줬어야지!"

[흐음. 애초부터 아미 씨한테 관심이 있다고 말을 했어야 했나요?]

웃음기 가득한 말에 아미는 굳어버렸다. 당장 전화를 끊고 핸드폰 번호부터 바꿔야 할 듯싶었다.

[나 촬영이 저녁으로 미뤄졌거든요. 만나죠. 여기 아미 씨 집 근처 카페인데. 기다릴게요.]

툭 끊긴 전화를 노려본 아미는 당장 핸드폰 번호를 바꾸러 나가기 위해 주섬주섬 일어나 화장실로 향했다. 화장실로 가던 중 소파에 누워 있는 아민을 불렀지만, 무시를 하듯 대답도 없는 태도에 그냥 화장실로 들어갔다.

잡념을 털어버리듯 박박 머리를 감고 나자 두피가 아려왔다. 괜히 자신의 몸에 성질을 내봤자 제 손해라는 걸 배우고 탈탈 머리를 털며 나오는데 아민이 화장실 문 앞에 턱 하니 팔짱을 끼고 서 있었다.

"왜?"

"한건우랑 무슨 사이야? 내가 이것까지는 관여 안 하려고 했는데 말이지."

"관계는 무슨. 비켜."

갑자기 한건우에 대해 묻는 아민을 어깨로 밀치고 방으로 들어섰다. 방까지 따라 들어오는 아민의 코앞에서 문을 탁 닫았다.

"야! 방금 한건우가 전화……."

"시끄러워! 한마디만 더 해봐."

한건우에 대해서 듣기 싫은 아미는 소리를 지르고 헤어드라이어를 켰다. 문도 닫혔고, 웅웅 바람 소리에 아민의 목소리가 잘 들리지 않았다. 한참을 떠들어대던 아민의 목소리가 들리지 않을 때쯤 머리가 다 마르자 그녀는 외출 준비를 했다.

"누나, 잠깐 이야기 좀 해."

방문을 열고 나오는 아미를 졸졸 따라다니던 아민은 듣기 싫다는 듯 귀를 막아버리는 누나의 태도에 말을 하지 못했다. 신발을 신은 아미가 급히 현관문을 열고 나가 버리자 땅을 발로 구르며 성질을 낸 그는 전화기를 집어 들었다.

"아, 이 새끼. 술을 작작 처마셨어야지. 일어나서 전화 받아라. 지금 잘 때가 아니다."

아미가 씻는 사이에 그녀의 핸드폰이 울려서 아민이 대신 전화를 받았다. 깜빡하고 카페 이름을 말해주지 않아서 다시 전화를 했다는 한건우의 말에 아민은 화가 치솟았다. 그렇게 세진의 마음에 대해서 구구절절 말을 해주었음에도 한건우를 만나려고 하는 누나의 태도에 짜증이 났다. 정말 핏줄이 아니면 한 대 때려주고 싶을 지경이다.

밖으로 나오자 새파랗고 높은 하늘에 기분이 조금은 나아졌다. 복잡한 머릿속도 하늘색처럼 푸르게 맑아지는 기분이다. 곧장 근처 핸드폰 매장으로 간 아미는 호건이 추천을 해주었던 기종들 중 하나를 골랐다. 번호를 새로 하기 위해 가입도 새로 했다.

월요일 오전까지는 기존의 번호와 핸드폰을 쓰고, 개통은 월요일부터 된다는 판매원의 설명에 과감하게 사용하던 핸드폰을 중지시켰다. 마음먹은 김에 확실히 해두고 싶었다.

직원이 바뀐 기종에 사진과 연락처를 옮겨주는 동안 의자에 앉아 기다렸다. 생각보다 꽤 시간이 걸려 한참 뒤에야 가게를 나올 수 있었다.

바로 집으로 향하려다가 발길을 돌려 근처 공원으로 향했다. 벤치에 앉아 지나가는 사람들 구경을 했다. 주말이라서인지 가족들이 많이 보였고, 커플도 꽤 보였다. 더위가 지나가고 가을이 된 지금, 공원에서 나들이를 하기에는 더없이 좋은 날이다. 서로 팔짱을 끼고 손을 잡고 걸어가는 남녀를 보자 자연스레 세진이 떠올랐다.

딱 하나, 세진이 말을 해주지 않아 마음고생을 한 것 외에는 나쁜 게 없었다. 세진은 연인으로서는 굉장히 큰 점수를 받을 만했다. 언제나 그녀를 우선시했고, 그녀의 기분을 살피며 세심하게 행동을 했다. 남들에게 사랑받았다고 당당하게 말할 수 있었다. 그러니 초반에 자신도 잊고 있었다. 바람을 피우자고 했던 거를.

누가 먼저 잘못을 했고, 누구의 잘못이 큰지 따지는 게 무의미하게 느껴졌다. 사실은 변함이 없으니까. 자신은 세진을 사랑하고 있고, 세진도 마찬가지이다. 당사자에게 직접 듣지는 않았지만, 주변 모두가 그렇다고 한다. 특히, 아민이 술에 취해 고해성사하는 세진에게 듣고 말을 해주었으니 확실하다.

첫 단추가 잘못 끼워졌으니, 다시 풀고 끼우면 된다. 첫 단추가 잘못 끼워져 엉망인 채로 다녔다고 해도 나중에 가서 단정하게 다시 단추를 끼우면 된다.

세진이 너무나 보고 싶어졌다. 곰곰이 생각해 보니 시간이 아까웠다. 진즉에 세진의 마음을 알아챘다면, 서로가 다른 상대자를 만나서 시간낭비를 하는 일은 없었을 거다. 그리고 이런 일도 발생하지 않았을 거다.

세진과 차분히 이야기를 나누어야겠다는 생각이 든 아미는 벤치에서 일어나 아파트로 향했다.

시원한 날씨, 따뜻한 햇살. 그리고 청량한 공기. 완벽한 날씨는 고백하기 좋은 날이다. 아파트에 가까워질수록 가슴이 설레고 떨렸다.

"어디 다녀와요?"

막 아파트 단지 내의 놀이터를 지나는데 그녀를 막아서는 목소리가 들렸다. 걸음을 멈추지 않아야 하는데 멈춰 버렸다. 탁탁 발끝으로 바닥을 차다가 몸을 돌렸다. 예전에 앉아 있던 자리에 한건우가 앉아 있었다. 모자를 눌러쓰고 선글라스까지 썼지만, 못 알아볼 정도는 아니었다.

"촬영 안 해요?"

"기다리는데 안 와서 한번 와봤어요. 봐요. 딱 만나잖아요. 우리는 인연이라니까요."

그 인연은 처음부터 없었던 인연이라고 말을 해봤자 한건우는 들은 척도 하지 않을 것이다. 가만 보면 자기중심으로 세상이 돌아간다고 생각을 하며 사는 것 같았다. 한마디로 자의식이 강한 사람.

"얼굴 봤으니 갈게요. 실은 무단으로 나온 거라 매니저가 난리 났거든요."

"진짜 나한테 왜 이래요?"

"아, 쉼표가 아니었다면서요? 들었어요."

남은 진지한데 이 남자는 딴소리를 하며 여유가 넘쳐흐른다. 그랬기에 자신에게 관심이 있다고 다가오는 남자를 믿을 수가 없다.

"나 진짜로 좋아하는 거 아니잖아요."

"그걸 어떻게 알아요? 내 마음을?"

"진짜로 좋아한다면 그럴 수 없어요. 어떻게 좋아하는 사람에게 상처를 주고 그래요."

비난이 담긴 어조에도 건우는 미소를 잃지 않았다.

"좋아한다고는 안 했어요. 관심 있다고 했지."

"그 관심 싫어요, 저는. 한건우 씨의 관심거리가 되고 싶지 않아요. 정말 정중하게 거절할게요."

건우는 쓰고 있던 선글라스를 벗었다. 밝은 빛이 눈 안으로 가득 들어오자 눈이 아렸다. 이상하게 눈처럼 마음도 아렸다.

뭐랄까. 허무함? 허전함? 가슴이 허했다. 이게 여자에게 받은 거절 때문에 자존심이 상해서인지도 모르겠다. 이렇게나 딱 잘라 거절을 당하는 기분은 더러웠다. 허리까지 숙여가며 거절을 하는 모습에 그도 장난기를 버렸다.

"흐음. 저 생각보다 끈질겨요."

"그래 보여요. 그 끈기 영화에 쏟으세요."

"뭐, 오늘은 이만 퇴장하죠. 매니저한테서 계속 전화가 오네요."

실은 살짝 민망함도 들었다. 거리를 두는 여자 앞에 서 있는 것도 못할 짓이라는 생각에 매니저 핑계를 댔다.

가볍게 손을 흔들고 다시 선글라스를 쓰고 멀어져 가는 한건우의 뒤를 바라봤다. 속이 후련했다. 핸드폰 번호도 바꾸었으니, 더는 그와 연락이 될 일도 없을 거다.

한건우가 보이지 않자 아미도 몸을 돌렸다. 한 걸음 떼려던 찰나, 매섭게 노려보는 시선에 두 발이 꽁꽁 얼어붙었다.

"세진아."

"하, 또 한건우네."

집까지 찾아온 아민이 그를 깨워서 아미에게 한건우가 만나자고 했다는 말을 했다. 이미 아미가 나간 지 꽤 됐다며 어서 찾으러 가라는 말에 세진은 간신히 세수만 하고 정신을 차린 뒤 집을 나섰다. 아민이 알려준 카페에 갔지만, 아미는 그곳에 없었다. 미친 듯이 여기저기 모든 카페를 뒤지고 갈 만한 곳을 다 뒤진 뒤 아파트로 돌아오는데 그곳에서 아미를 봤다. 한건우와 마주 서서 이야기를 나누는 아미를.

정말로 같이 있는 모습에 눈이 뒤집혔다. 한순간도 시선을 돌리지 않고 대화를 하는 두 사람의 사이에 그가 낄 자리가 없어 보였다. 다리가 굳어버려서 멀리서 가만히 지켜볼 수밖에 없었다.

핏발이 선 두 눈으로 아미를 노려보던 세진은 몸을 돌렸다. 뒤에서 다다다 발소리가 들리고 그를 붙잡는 손길을 세진은 쳐냈다. 처음으로 내쳐진 손을 부여잡고 놀란 눈으로 자신을 올려다보는 눈에도 그는 멈추지 않고 걸어갔다.

세진이 멀어지는 동안 꼼짝 않고 가만히 서 있었다. 새빨갛게 달아오른 손등이 아팠다. 그보다 자신을 차갑게 내려다보는 시선에 겁이 났다. 그래서 붙잡지도 못했다.

상황이 바뀌었다. 세진이 아미를 피해 다녔다. 회사에서 마주치면 먼저 시선을 돌리는 사람이 아미에서 세진으로 바뀌었다.

수요일이 될 때까지 아직 바뀐 번호를 세진에게 알려주지를 못했다. 바뀐 번호로 먼저 세진에게 전화를 건다면 저장되지 않은 번호이기에 받을 테고, 바뀐 번호를 자연스럽게 알려줄 수 있지만 그러지 않았다.

대화를 나누고 싶었다. 이쯤 되자, 세진이 이야기 좀 하자고 했을 때 왜 그리 냉정하게 대했는지 후회가 되었다. 고스란히 그대로 자신이 당하고 있는 중인지라 항의도 못하고 있다.

"참, 브라질 출장은 모두 1팀에서 가기로 했습니다. 1팀의 이 과장님이 또 나가겠다고 자진하셨다고 합니다."

주 팀장의 말에 몇몇은 안도의 숨을 내쉬었다. 반면 회의 내내 딴생각에 잠겨 있던 아미는 뒤늦게 주 팀장의 말을 듣고 입술을 잘근잘근 깨물었다.

세진이 브라질로 출장을 가기로 됐던 걸 잊고 있었다. 정말 되는 일이 하나도 없다.

"저, 괜찮으세요?"

옆에 앉아 있던 호건이 주 팀장의 눈치를 살피며 조심히 물었
다. 당연히 아미가 같이 가는 줄 알고 있었기에 호건은 변동된 사
항에 아미의 안색을 살폈다.

"뭐가?"

"브라질 출장, 대리님이 가실 줄 알았거든요."

"내가? 왜?"

"왜라니요. 당연히 차 팀장님이 가시니까……."

세진의 이야기가 나오자 다이어리에 고정하고 있던 아미의 시
선이 호건에게로 돌아갔다. 호건이 말끝을 얼버무리자 아미는 눈
을 가늘게 떴다. 마침 끝난 회의에 아미는 호건을 휴게실로 끌고
갔다.

"차 팀장님이 처음에는 안 간다고 버티시다가 우리 팀에 한 명
과 같이 간다는 말에 가시겠다고 말을 바꾸셨대요. 그래서 당연히
대리님하고 가시는 줄 알았죠."

"안 간다고 했었다고? 그러다가 말을 바꿨다고? 너 그런 이야
기 없었잖아. 차 팀장님이 자진했다고만 했잖아. 그리고 왜 내가
당연히 가?"

"아, 저도 나중에 전말을 다 들었어요. 두 분 사귀시는 거 아니
었어요?"

화들짝 놀란 아미는 호건에게 바짝 다가가 그의 입을 막았다.
아무도 없는 휴게실을 휙휙 둘러본 아미는 어떻게 알았냐고 물

었다.

부산으로 출장을 갔을 때 새벽에 차 팀장님이 대리님의 룸에서 나오는 걸 봤다고는 차마 말하지 못하고 그냥 대충 눈치로 알아챘다고 말한 호건은 비밀로 하겠다며 검지를 세워 입에 가져다대며 '쉿.' 했다.

"괜찮으세요? 세 달이나 떨어져 계셔야 하는데. 말이 세 달이지 더 길어질 수도 있대요."

"안 괜찮아. 그러니 조용히 해."

아니라고 발뺌을 할 기력도 없어 아미는 그냥 수긍을 하고 먼저 휴게실을 빠져나왔다. 사무실로 돌아왔을 때 그녀의 책상에 플라스틱의 네모난 불투명한 상자가 놓여 있었다.

"아, 자기 번호 바뀌었잖아. 명함 새로 나왔어."

정 대리가 자신이 핸드폰 번호를 바꾼 탓에 인사부에서 새로 명함을 만들어다 놓고 갔다고 했다. 명함 한 장씩 팀원들에게 다시 돌리고 퍼뜩 든 생각에 명함을 가지고 1팀으로 향했다.

"어? 어쩐 일이세요?"

복합기 앞에 서서 복사를 하고 있던 박 대리가 아미에게 물었다. 무슨 일인지 도와주겠으니 말을 하라는 박 대리에게 핸드폰 번호가 바뀌었다며 명함을 건네주었다. 세진의 사무실 쪽으로 향하면서 몇 명의 사람들에게도 명함을 준 아미는 세진의 사무실 문앞에 섰다. 호흡을 가다듬고 똑똑 노크를 하자 안에서 세진의 목소리가 들렸다.

3초의 시간을 재고 문을 열고 들어섰다. 다시 문을 닫을 때까지 세진은 고개를 들지 않았다. 아미가 책상 앞에 다다라서야 그는 고개를 들었고, 아미를 확인한 세진은 다시 고개를 숙였다.

"무슨 일입니까."

얼굴도 보지 않은 채 바쁘니 용건만 말하고 가라는 그의 태도에 아미는 주춤했지만 한 걸음 더 앞으로 다가갔다.

아미는 세진이 보고 있던 파일 위에 명함 한 장을 놓아두었다. 세진은 사각의 작은 종이를 본체만체하다가 들고 있던 펜을 내려놓고 그 종이를 집어 들었다.

"뭡니까."

왜 갑자기 명함을 주는 것인지 세진은 한쪽 눈썹을 치켜세우고 아미를 쳐다봤다. 두 손을 마주 잡고 있던 아미는 갑자기 그와 눈이 마주치자 놀라 눈을 몇 차례 깜빡거렸다.

"핸드폰 번호 바꿨어."

아미의 말에 세진은 시선을 내려 바뀐 번호를 눈으로 읽었다. 처음 보는 번호는 낯설면서도 낯익었다. 뒤에 네 자리의 번호가 그와 같은 번호였다.

"나 한건우 씨랑 정말 아무것도 아니야."

아무 말도 하지 않는 세진의 태도에 말문이 턱 막혀 버렸다. 불현듯 서러움이 복받쳤다. 잊고자 했던 그에 대한 원망이 쏟아져 나올 것 같아 입을 다물었다.

감정을 추스르듯 천장을 보며 숨을 가다듬던 아미는 고이던 눈물이 마르자 다시 고개를 내려 세진을 보며 희미하게 미소를 지었다.

"바쁘실 텐데, 그럼 일 보세요."

"허아미."

막 손잡이를 잡았을 때 세진이 낮게 그녀를 불렀다. 바뀐 명함을 손가락으로 만지작거리던 그는 돌아보는 아미에게 말했다.

"저녁에 숨Bar에서 보자."

울컥 무언가가 올라오자 아미는 고개만 끄덕이는 것으로 대답을 했다.

문이 닫히고 아미가 사라지자 세진은 의자에 기대앉아 팔을 올려 눈을 가렸다.

두 눈이 시큰거렸다. 아미가 번호를 바꿨다. 명백히 한건우와의 인연을 끊었다고 보여줬다. 그러자 미안함이 들었다. 아미의 잘못이 아닌데.

세진은 바뀐 번호를 다시 눈으로 읽다가 그 명함에 입을 맞췄다. 마지막 네 자리를 그의 번호와 같은 번호로 바꾼 아미가 사랑스러워서 그녀의 이름 위에 입을 맞췄다.

심장이 아직도 빠르게 뛴다. 세진이 이름을 불러주고 이곳에서 보자고 했을 때부터 진정이 되지 않았다. 심호흡을 하고 Bar의 유리문을 열자 아민이 아는 체를 했다.

"왜 왔어?"

아직 누나에게 감정이 남아 있는 아민이 삐뚜름한 시선으로 아미를 내려 보며 들고 있던 술을 스툴에 내려놓았다. 터덜터덜 아민의 앞으로 걸어간 아미는 차가운 물 한 잔을 요구했다.

가장 구석진 공간으로 걸어가 앉은 아미의 앞에 탁 하고 물 잔을 내려놓은 아민이 휙 돌아서더니 말도 없이 갔다. 그러든 말든 신경 쓸 겨를이 없는 아미는 거울을 꺼내 꼼꼼하게 얼굴을 살폈다.

딸랑.

문이 열리는 작은 소리가 나자 저도 모르게 엉덩이가 들썩거렸다. 여자 두 명이 들어오자 아미는 실망을 하고 살짝 들어 올렸던 엉덩이를 내렸다. 떨리는 두 손으로 물 잔을 집어 들어 긴장해서 바싹바싹 말라오는 입을 적신 뒤 시간을 확인했다.

몇 차례 더 문이 열리고서야 세진이 안으로 들어섰다. 아민에게 살짝 손을 들어 인사를 한 그는 아미에게로 곧장 걸어와 앞에 앉았다.

아민이 적당히 알아서 칵테일 두 잔을 앞에 놓아줄 때까지 두 사람은 말없이 서로를 응시했다. 누가 먼저 입을 여는지 내기라도 하듯이.

"저기. 그날은 일부러 만나려고 했던 거 아니야. 만나자고 연락이 온 건 맞는데, 난 핸드폰을 새로 바꾸려고 나갔던 거야. 그 사람이 집 앞까지 와서 기다리고 있을 줄은 몰랐어. 정말이야."

아미가 먼저 입을 열었다. 세진은 잠시 눈을 길게 감았다 뜨는 마른세수를 했다. 낮은 조도의 조명 아래 음영이 진 얼굴은 그를 낯설게 만들었다. 곰곰이 생각을 하는 듯 시선을 아래로 내리고 손가락을 까딱거리던 세진이 고개를 들어 아미를 응시했다.

"미안해."

많은 뜻으로 이해되게 만드는 말을 내뱉은 세진은 낮은 한숨을 쉬었다. 그가 내뱉은 말이 순수한 사과일지, 아니면 헤어지기 전 하는 사과일지 가늠이 되지 않았다. 분위기상, 갑작스런 사과가 이별을 예감하게 했다.

이별을 맞이한 게 처음은 아니지만, 이렇게 북받쳐 오르는 건 처음이다. 세상이 무너지는 기분. 곧 죽을 것처럼 호흡이 흐트러 지고 눈앞이 아찔했다.

"저기, 세진아. 한 번만 다시 생각해 주면……."

세진이 손을 들어 그녀의 말을 막았다. 그리고는 입매를 늘였 다. 자조적인 미소에 아미는 입을 닫았다.

"내가 다 잘못했어. 꼴사납게 질투를 했어. 널 의심한 게 아니라 질투를 했던 거야. 네가 다른 남자와 이야기하는 것조차도 싫었 어. 그래서 그런 거야."

탁 하고 몸에 힘이 빠진 아미는 멍하니 그를 바라봤다. 조곤조 곤 고해성사를 하듯 낮은 목소리가 또 들려왔다.

"미안하다. 네가 변명하게 만들어서. 다 내 잘못인데. 애초에 바람이 아니라 사랑이라는 걸 말하지 않은 내 잘못이야."

"사랑?"

멍해진 정신이 사랑이라는 단어에 확 깼다. 눈앞이 흐렸다. 눈 물이 시야를 가렸고 깜빡이는 순간 탁 트이는가 싶더니 다시 흐려 졌다. 작은 소음이 들리는가 싶더니 옆자리가 살짝 가라앉고 온기 가 느껴졌다. 그 온기가 어깨에 닿았고, 이내 얼굴이 단단하지만 따스한 곳에 닿았다.

"사랑해."

귓가에 달콤한 목소리와 함께 쪽 소리가 들렸다. 그제야 아미는 그의 품에 온전히 안겼다. 분명 행복한데 자꾸 눈물이 나왔다. 토닥토닥 등을 두드리는 손길에도 진정이 되지 않았다.

훌쩍훌쩍대며 고개를 들자 세진이 아미의 이마와 눈가에 자잘하게 입을 맞췄다. 여직 잘게 떨면서 울음을 삼키는 모습에 그의 마음이 짠해졌다.

"아주 대단한 커플 나셨네."

빈정거리는 목소리와 함께 곽티슈가 테이블 위에 놓였다. 세진이 고개를 들었을 때 빈정거리는 말과 달리 흐뭇한 미소를 짓고 있는 아민이 눈에 들어왔다.

"오늘 장사 망칠 셈이야? 데리고 가 어서."

티슈를 뽑아 두 번을 접어 툭툭 두드리며 아미의 얼굴을 닦아준 세진은 아민에게 민망한 웃음을 보인 뒤 아미를 데리고 Bar를 빠져나갔다.

가게 앞에 주차한 차에 아미를 태우고 그는 잠깐 하늘을 올려다봤다. 아미가 울 때 울컥했던 마음을 잠시나마 달래고 그도 차에 올라탔다. 집에 도착할 때까지 왼손으로만 핸들을 잡고 운전을 하고 오른손은 아미의 두 손을 잡고 놓지 않았다.

처음으로 싸우고 난 뒤 화해를 하는 커플의 모습이 이러할까. 민망하기도 하면서도 부끄럽고, 또한 같이 있기에 설레는 마음. 세진의 집에 들어설 때까지 잡은 손을 놓지 않았지만, 약간의 거리를 두고 서서 민망함을 달랬다.

"내일 연차 쓰자."

"응?"

신발을 벗고 집 안에 들어섰을 때 세진은 잡은 손을 당겨 아미를 품에 안았다. 목덜미로 얼굴을 내려 한껏 그녀의 향을 음미한 그는 혀로 살짝 목덜미를 핥았다. 어깨를 올리며 미약하게 반응을 보이는 아미를 안아 올리고 성큼성큼 침실로 향했다.

"내일 아침까지. 그리고 계속 같이 있고 싶어."

침대 위로 아미를 내려놓은 세진은 허리를 세운 뒤 자신이 입은 와이셔츠의 단추를 풀었다. 소매 단추까지 풀고 옷을 벗은 그는 허리띠를 풀고 마저 탈의를 했다.

그 모습을 지켜보다 허리띠에 손이 가는 걸 본 아미는 고개를 떨궈 바르르 떨었다.

커다란 손이 목 언저리에 닿자 움츠러든 그녀가 귀여운지 세진이 낮게 웃었다. 그의 단추보다 작은 블라우스 단추에 애를 먹은 것도 잠시, 단추를 다 풀었을 때 세진의 입에서는 신음이 흘러나왔다.

조금씩 거칠어지는 자신의 호흡을 가다듬고 옷을 아미의 어깨 뒤로 젖혔다. 팔을 빼내려고 애쓰는 아미를 슬쩍 쳐다본 뒤 자신을 유혹하는 쇄골로 입술을 내렸다. 움푹 파인 곳에 혀로 핥고 여린 쇄골을 이로 잘근 깨물자 아미가 숨을 들이쉬는 게 느껴졌다. 잡고 있던 옷을 놓아주자 아미가 금세 팔을 꺼냈다.

바닥으로 옷을 밀어 떨어뜨린 세진은 아미의 등 뒤로 오른손을 옮겨 얇은 끈 나시를 들췄다. 손바닥으로 등을 쓸어 올리다 그의 움직임을 방해하는 브래지어 끈을 풀었다.

가슴을 압박하던 브래지어가 느슨해지는가 싶었더니 세진의 손이 또 다른 압박감을 주었다. 무례한 그의 왼손은 거리낌 없이 자신의 오른쪽 가슴을 살짝 쥐었다 놓는 걸 반복했다. 그의 손바닥에 정점이 쓸렸고, 자극을 받은 그 부분이 단단해졌다. 어느새 세진의 입술은 가슴 쪽으로 향하고 있었다.

"하아······. 하아······."

뜨거운 입술이 닿은 곳이 화인이 남겨지는 듯 달아올랐다. 세진이 피부를 빨고 깨물며 주는 자극에 은밀한 곳으로 열기가 흘렀다. 어쩔 바를 모르겠다는 듯 달싹이는 그녀의 몸에 그가 잠시 몸을 떼더니 한 번에 끈 나시와 브래지어를 벗겼다.

천천히 가슴으로 밀어 침대에 눕히고 아미를 내려다 봤다. 들썩이면서 흔들리는 가슴이 그를 유혹했다. 입에 침이 고이고 기대감에 부푼 몸이 고통 비슷한 느낌을 주며 어서 빨리 그녀를 취하라는 신호를 보냈다. 스커트를 내리고 마지막 천까지 벗긴 그는 자신의 브리프도 벗어 바닥으로 떨어뜨렸다.

하얗고 부드러운 나신 위에 단단한 나신이 겹쳐졌다. 그의 목을 감싸고 허리를 들어 올려 온 피부를 맞대오는 아미의 허리를 잡은 단단한 손이 더욱 끌어당겨졌다.

"키스해 줘."

요부처럼 눈을 가늘게 뜨고 혀를 내밀어 입술을 축이는 모습에 세진의 눈가가 붉어졌다. 아미의 뒷덜미를 감싸고 그가 얼굴을 내려 거칠게 그녀의 입술을 가르고 들어왔다. 혀가 온 입안을 헤집자 아미의 목 안에서 갸르릉거리는 소리가 올라왔다.

"으음……."

"하아……."

서로가 만들어내는 각기 다른 신음 소리가 화음을 맞추듯 흘러나왔다. 그의 등을 쓸어내리는 작은 손이 더 내려가 엉덩이를 손톱으로 긁어내렸다. 아찔한 감각에 세진의 하체에 힘이 들어갔다. 가슴에 묻고 있던 고개를 들자 아미가 요염한 미소와 함께 그의 가슴을 매만졌다.

세진은 한쪽 입술 끝을 올리고 위험한 눈빛으로 아미를 내려다보다가 자신의 엉덩이 위에 놓인 그녀의 손을 잡고 앞으로 끌어내렸다. 그가 뭘 하려는지 알아차린 아미가 요염한 미소는 사라지고 대신 놀라서 입이 살짝 벌어졌다.

손에 닿는 뜨겁고 단단함에 움찔거리며 손에 힘이 가해졌다. 그에 세진이 얼굴을 찌그리며 신음을 내뱉자 손을 빼내려 하는데 놓아주지 않았다. 그의 중심을 감싸고 있는 자신의 손을 그가 감싸고 일정한 압력으로 힘을 주자, 그 힘은 다시 자신의 손에서 그에게로 돌아갔다.

쾌감에 젖은 얼굴에 아미도 조금씩 더 대담하게 손에 힘을 줬다. 자의로 힘을 주는 손길에 세진은 잡고 있던 아미의 손을 놓고 그녀의 가슴으로 옮겼다.

서로가 서로에게 주는 감각에 취했다.

"그만."

성급하게 손을 잡아 올려 아미가 움직이지 못하게끔 고정을 시킨 세진은 그녀의 다리를 벌리고 자리를 잡았다. 천천히 진입을 시도하자 아미가 허리를 들어 올려 그에게 맞춰 움직였다. 등줄기를 타고 올라가는 쾌감이 뇌를 마비시켰다. 더는 사고를 할 수 없을 정도로 짙은 쾌감에 두 사람은 서로에 맞춰 움직였다.

chapter 13

　새벽에 눈을 떴을 때, 어둠 속에서도 자신을 내려다보고 있는
눈과 시선이 마주쳤다. 말을 하지 않아도 서로 무엇을 원하는지
알 수가 있었다. 평생 떨어지고 싶지 않은지 입술이 서로에게서
떨어지지 않았다.

　한차례 더 눈앞을 흐릿하게 만드는 쾌락에 젖은 뒤 자신을 묵직
하게 내리누르는 무게감에 만족스러워하다가 설핏 잠에 빠졌다.

　"앗, 차가워."

　순간 어깨가 얼어버리는 느낌에 몸을 움츠리며 눈을 떴다. 허전
함에 이불을 한껏 끌어당기자 차가워진 어깨를 따뜻한 손길이 쓰
다듬었다. 흐릿했던 초점이 맞춰지자 침대에 걸터앉은 세진이 자
신에게 손을 내밀었다. 양손을 뻗자 그가 단숨에 끌어당겼다. 그

의 어깨에 얼굴을 묻고 잠을 떨쳐 내려 고개를 흔들었다.

"물 마셔."

세진의 손에 들린 작은 페트병이 조금 전의 어깨에 닿았던 물건이었나 보다. 목이 마르다는 생각을 하지 않았는데, 그의 손에 들린 물을 보자 심한 갈증이 느껴졌다.

"물."

한마디 내놓은 말이 한껏 갈라져서 나왔다. 설핏 웃은 그가 물을 건네주었다. 시원한 물이 목으로 넘어가자 살 것 같아 만족스런 신음이 새어 나올 정도였다.

"지금 몇 시야?"

"10시 반."

"으응……. 뭐? 회사는?"

대충 흘려듣다가 퍼뜩 드는 생각에 아미는 주위를 두리번거리며 시계를 찾았다. 친절하게 세진이 그녀의 손에 핸드폰을 들려주고 시간을 확인시켜 주었다.

"우리 둘 연차 냈어. 어제 말했잖아. 오늘 같이 있자고. 참, 어머님께서 아침에 전화했는데 내가 어제 우리 집에서 술 먹다가 잠들었다고 했어."

너무 태연스레 상황을 정리하는 세진을 한동안 멍하니 쳐다보고 있던 아미는 그가 정신을 차리라는 듯 그녀의 얼굴 앞에서 박수를 치자 눈을 깜빡이며 정신을 챙겼다.

"엄마한테서?"

"뭐, 우리 집에서 자고 가는 게 하루 이틀인가. 별말씀 없으셨어."

한두 번 있는 일이 아니기에 엄마도 그러려니 하고 넘어가셨을 거다. 문제는 평소처럼 술을 마시고 잠만 잔 게 아니라, 세진과 어젯밤에 한 일이 있기에 괜스레 찔렸다.

"회사는? 네가 전화했어?"

회사에 그가 직접 전화를 했다면 난리가 났을 것이다. 뜬금없이 딱 한 번 같이 프로젝트를 한 세진이 그녀의 연차를 알렸다면 말이다. 뭐, 이제는 밝혀져도 상관은 없지만 이른 아침에 자신이 아닌 세진이 전화를 했다면 팀원들이 어떻게 생각을 하고 있을지 뻔했다.

"전화는 아니고. 네 핸드폰으로 문자 넣었어. 아파서 결근한다고."

걱정 말라는 듯 세진이 희미하게 웃어 보였다. 늦은 아침을 먹자며 그가 욕실을 가리켰다. 씻고 나오라는 눈짓에 아미는 이불을 꽁꽁 싸매고 욕실로 향했다.

"나가자."

밥을 먹고 설거지를 한 세진이 그가 타준 커피를 마신 뒤 침대에 늘어져 있던 그녀를 일으켰다.

"밖에 나가게?"

"그러고 보니 우리 데이트다운 데이트를 많이 한 적이 없는 것 같아."

뭔지 모르게 세진에게서 초조함이 느껴졌다. 의아하게 쳐다봤지만, 세진은 말없이 잡은 손을 끌어당겼다. 예전에 세진의 집에 자신이 가져다 놓은 옷으로 갈아입고 그가 묶어주는 대로 머리를 한 뒤 밖으로 나왔다.

차창 밖으로 지나가는 풍경을 바라봤다. 이제는 완연한 가을임을 알리듯 길에는 은행나무가 노오란 빛을 내뿜고 있었다.

"가을이다."

"그러네. 우리 영화 볼까?"

작게 고개를 끄덕이자 그가 근처 영화관으로 차를 돌렸다. 딱히 뭘 보자고 생각을 하고 온 것은 아니기에 가장 빠른 시간으로 예매를 했다. 팝콘과 나쵸, 콜라를 가득 품에 안아 들고 상영관으로 향하면서 슬쩍 세진의 얼굴을 봤다.

"왜 자꾸 봐?"

오는 내내 그를 흘끔거렸던 거는 아는지 그가 물었다. 차 안에서 가만히 생각해 보니 이것은 일탈이었다. 평소의 세진을 생각한다면 절대 이유 없이 연차를 쓸 사람이 아니다. 작년에 회사 내에서 유일하게 연차가 남았던 사람이 세진이다. 그런 그가 연차를 썼다.

"아니, 그냥. 있잖아……."

물어볼 틈도 없이 그가 의자에 그녀를 앉히더니 영화 전에 나오는 광고에 집중했다. 조명이 어둑해지고 영화가 시작될 때까지 그의 옆모습을 보던 아미도 이내 곧 영화에 집중을 했다.

액션영화의 특성상, 액션신이 나올 때면 순식간에 사운드가 커졌다. 그때마다 움찔거리던 아미는 영화가 끝나고 나오면서 살짝 먹먹해진 귀를 매만졌다.

"쇼핑할까?"

"뭐 살 거 있어?"

"이제 추워질 테니까 겨울옷도 사고. 모자도 사고. 일단 가자."

오랜만의 쇼핑이기에 살짝 들뜬 마음으로 그를 따랐다. 세련이 있는 뷰티샵으로 갈 줄 알았더니 세진은 백화점으로 향했다. 여성 매장으로 이루어진 층으로 가더니 그는 한 바퀴 여유롭게 둘러보며 매장 안을 살폈다.

"눈에 들어오는 거 있어?"

그 말을 시작으로 그는 아미의 눈길이 닿는 매장을 들어가 그녀를 위한 쇼핑을 했다. 지금 입을 카디건부터 겨울에 입을 스웨터까지 사고 나자 두 사람의 양손에는 쇼핑백이 가득했다.

아미가 너무 자신의 것만 샀다고 남성매장으로 향하려 하는데, 세진은 세련이 가져다준 옷도 많다면서 거절을 했다. 계산을 모두 세진의 카드로 결제를 했기에 아미는 발을 동동 구르며 불편한 마음을 드러냈다.

"선물이야."

너무 과한 선물이라고 울상을 짓는 아미에게 미안해서 그러는 거라며 그가 웃었다. 이미 사과는 다 받았고 그녀 또한 잘못한 게 있는데 왜 그러냐고 묻자 세진은 난감한 얼굴로 입을 다물었다.

차에 쇼핑한 물건들을 싣고 시간을 확인한 세진은 근처 카페로 가자고 아미를 이끌었다.

"오늘 이상해."

이상하다고 툴툴대는데도 세진은 말없이 아미를 응시했다. 그러다 불현듯 입을 열었다.

"다음 주에 나 브라질로 출장 가."

커피를 휘젓던 스틱을 내려놓은 아미가 그를 쳐다봤다. 그녀도 알고 있었다. 그가 출장을 간다는 걸.

"알고 있어."

"원래는 너랑 같이 가려고 했어. 그런데 어쩌다 보니 이렇게 됐네. 아무리 주 팀장님이 먼저 가서 기반을 잡아놨다고는 하지만 여자인 네가 가면 체력적으로 힘들 거야."

"응."

화해한 지 얼마 되지 않았는데 이별의 순간이 다가왔다. 물론 영원한 이별이 아니기에 이별이라고 말하기도 민망하지만, 이렇게 긴 시간 떨어져 있던 것은 세진이 군대를 갈 때 이후로는 처음이다.

"몇 달 걸려."

세진의 눈이 고요하게 가라앉았다. 솔직히 조금은 불안한 마음이 있다. 이제는 서로를 믿는다고는 하지만, 서로의 마음이 아닌 눈에 보이는 증거가 없기에 불안했다. 한 번 한건우라는 남자가 꼬였기에 그가 없을 때 혼자 있을 아미가 걱정이 되었다.

"조심히 잘 다녀와."

"기다려 줄래?"

어쩔 수 없는 회사의 일이고, 고작 몇 달의 출장이다. 일 년 이상을 그곳에서 근무를 해야 하는 게 아니다. 그럼에도 세진은 아미에게 허락을 구하고 기다려 달라고 부탁을 했다.

작게 고개를 끄덕이는 아미에게 그가 작은 상자를 내밀었다. 천천히 상자를 열어 내용물을 그녀에게 보여준 세진은 허락을 청하듯 손을 내밀었다. 그의 손 위에 작은 손이 다소곳하게 올려지자 세진은 웃었다. 그의 근사한 미소에 넋을 놓은 아미의 손가락에 세진은 반지를 끼웠다.

맞춘 듯 꼭 맞아떨어지는 반지가 주는 미약한 압박감이 낯설 법도 하건만, 아미는 기꺼이 감수를 하며 그를 따라 웃었다. 남은 반지를 그녀가 세진의 손가락에 끼웠다. 같은 디자인의 반지가 끼워진 손을 한참을 바라봤다.

"연말에 들어올 수 있을지 없을지 모르겠어."

그의 얼굴에는 연인을 두고 떠나는 미안함이 가득 담겨 있었다.

곧 추워지는 계절. 혼자 남겨지는 연인.

세진의 눈에는 애틋함이 가득했다.

"괜찮아. 나보다는 타국에서 지낼 네가 걱정이지."

세진은 반지를 끼고 있는 아미의 손을 잡아 가볍게 키스를 했다. 손등에 한 번, 반지를 낀 손가락에 한 번, 그리고 반지 위에 한 번.

다음날, 아침. 회사에 출근을 했을 때에 호들갑스럽게 아미를 맞이하는 호건이 있었다. 두 눈에 가득 궁금증을 담은 호건은 억지로 아미를 끌고 휴게실로 향했다.

"어제 두 분이서 동시에 연차 쓰셨어요. 거기다가 갑자기."

"뭐가 궁금한데?"

"손에 반지도 끼고 오셨어요. 이래도 계속 아닌 척하실 거예요?"

집요하게 물고 늘어지는 호건은 제발 자신의 궁금증을 해결해 달라고 호소를 하듯 아미를 쳐다봤다. 어쩔 수 없이 아미는 고개를 끄덕였다.

"그래. 어제 둘이 같이 있었다. 왜! 문제 되는 거 있어?"

"대박. 그런데 반지는 뭐예요. 프러포즈? 내가 부산에서 새벽에 차 팀장님이 대리님 룸에서 나오는 걸 봤을 때부터 알아봤⋯⋯ 헉."

생각 없이 나불대던 호건은 급히 입을 막았으나 이미 아미가 다 듣고 난 뒤였다. 호건의 말을 들은 아미는 순식간에 얼굴이 붉어졌다. 서로 민망해하며 눈도 못 마주치고 있는데 누군가가 휴게실 문을 열고 들어왔다.

"두 분이서 뭐 하십니까."

"헉. 전 이만 바빠서 먼저 들어가 보겠습니다."

얼굴을 붉히고 있는 두 사람을 심드렁한 눈길로 쳐다보던 세진은 굉장히 당황하며 사라지는 호건에게 싸늘한 눈빛을 던졌다. 그것도 모르면서 호건은 세진을 지나치면서 그의 왼쪽 네 번째 손가락을 집요하게 쳐다보고 반지의 모양을 확인하고 후다닥 도망갔다.

"뭐야. 분위기가 묘한데."

등 뒤로 문을 닫고 들어온 세진은 자판기에 동전을 하나씩 넣으면서 아미에게 물었다. 여자친구도 있는 호건을 의심하는 건 아니지만, 둘 다 얼굴을 붉히고 있으니 가히 기분이 좋지만은 않았다.

"아니, 반지에 대해서 묻기에."

"그런데 왜 얼굴이 붉어져?"

"그날, 부산에서. 네가 내 룸에서 새벽에 나가는 걸 봤대."

"그래?"

민망해하는 자신과 달리 표정 하나 바뀌지 않고 그냥 넘기는 세진을 흘겨봤다. 뭐 저리도 당당하신지. 하기야 당당하지 않을 이유도 없다. 두 사람 모두가 성인인데.

"주말에 인사드리러 갈게."

"응?"

갑작스런 전개에 아미가 화들짝 놀라며 세진을 쳐다봤다. 세진은 뭐 그리 놀라냐는 듯 한쪽 눈썹을 치켜세웠다.

"결혼은 내년 봄이 어때? 여름은 너무 덥고, 가을 겨울은 너무 늦는 거 같고."

"결혼?"

또 한 번 놀라는 아미의 태도에 세진이 불만스런 얼굴로 그녀를 쳐다봤다.

"결혼해야지. 나도 내년이면 서른인데. 모아놓은 돈도 있겠다. 집도 있겠다. 부족한 거는 채워가면 되고."

마치 남의 결혼 이야기를 듣는 것 같은 기분에 아미가 고개를 갸웃거렸다. 분명 그녀와 그의 결혼 이야기를 하고 있는데도 세진의 얼굴에는 설렘이라던가 하는 게 전혀 없었다. 목소리도 덤덤했다.

"저기, 나 프러포즈 안 받았는데? 그리고 나랑 결혼하고 싶어?"

"어제 반지 줬잖아. 기다려 준다며. 갔다 오면 결혼하자는 말이었는데."

아니, 누가 그 말을 결혼하자는 말로 알아들었을까?

경악에 찬 눈으로 그를 쳐다보는데 갑자기 세진이 키득키득 웃었다. 이내 배까지 감싸고 웃는 그를 아미가 쏘아봤다.

"농담이야. 갑자기 결혼하고 싶다는 생각이 들어서."

"지금? 자판기에서 음료수를 뽑다가?"

세진은 말없이 아미에게 음료수를 고르라고 했다. 빨갛게 불이 들어온 버튼 하나를 누르자 세진도 자신이 마실 음료를 골라 버튼을 눌렀다. 덜커덩 소리와 함께 음료수가 밑으로 떨어졌다. 허리를 굽혀 음료수를 뺀 세진은 하나를 아미의 손에 쥐어주었다.

"정확하게는 매일 생각해. 결혼하고 싶다고."

아미가 들고 있는 캔의 마개 고리에 손가락을 끼워 넣은 세진이 꽉 잡으라는 말을 했다. 아미가 손에 힘을 주자 세진은 손가락에 힘을 줘 캔을 땄다. 자신의 캔도 딴 그는 아미의 캔에 부딪쳐 건배를 했다.

"축배를 들어야지. 우리의 결혼을 위해."

"계속 장난할 거야?"

배로 들어오는 주먹을 가뿐히 막은 세진은 반지를 낀 아미의 손을 잡고 만지작거렸다. 차가웠던 금속은 아미의 온기에 벌써 물들어서 따뜻한 온기를 갖고 있었다.

"주말에 인사드리자."

기어코 주말에 인사를 드리러 오겠다는 세진은 이미 자신의 아버지에게는 전화로 알렸다며 LTE급의 추진력을 보여주었다.

금요일 저녁, 내일 점심에 남자친구가 인사를 드리러 올 거라는 말에 아빠와 엄마는 입을 떡 벌리고 다무실 줄을 몰랐다. 굉장히 당황해하시는 두 분은 누구냐고 물었지만, 일단 내일 보라는 자신의 말에 혼란스러운 얼굴로 서로를 응시하셨다.

"내일 저녁에 오라고 해. 너는 지금에서야 말하면 어떡해? 음식 준비하는 게 얼마나 시간이 많이 드는데."

엄마에게 등짝을 내어드리고 매서운 손길을 하사받은 아미는 하루가 지난 지금도 퉁퉁 부은 얼굴로 접시를 나르고 있었다.

"다 됐나? 어디쯤 왔나 물어봐. 음식 식으면 안 되니까."

정확히 약속시간인 6시를 5분을 앞두고 벨이 울렸다. 누나의 남자친구가 인사를 드리러 온다는 이유로 부모님께 출근을 금지 당한 아민이 성큼성큼 현관문으로 걸어가 문을 열었다. 벨소리에 방에서 나왔던 아버지는 준비할 틈도 없이 아민이 문을 열어버리자 당황했다.

"너는 그래도 누군지 물어보고 문을 열어야지."

뒤에서 모친이 잔소리를 하다가 누군가가 문을 열고 들어오자 급히 단정을 하고 온화한 미소를 띠었다.

"어머. 세진이 아니니?"

아들과 다름없는 세진이 들어오자 다들 그를 반겼다. 다만, 아미의 남자친구가 곧 올 것이기에 엄마와 아빠는 시간을 확인했다.

"엄마, 아빠. 내 남자친구."

세진의 옆으로 살포시 걸어간 아미가 그의 팔에 팔짱을 끼고 소개를 시키자 그녀의 부친과 모친은 또 한 번 놀라서 입을 벌린 채 두 사람을 쳐다봤다. 이미 알고 있던 아민은 심드렁한 얼굴로 세진에게 인사를 했다.

빨리 밥이나 먹자는 아민의 등짝을 내려친 소정은 갑자기 박수를 연달아 치더니 세진을 대뜸 안았다.

"깜짝 놀랐잖니. 나 원. 진작 세진이라고 말을 했어야지!"

다행이라는 듯 남편과 눈을 맞춘 소정은 세진이 내민 꽃다발과 과일 바구니를 받아 들었다. 정욱에게는 고가의 양주를 내민 그는 허리를 깊숙이 숙여 정식으로 인사를 했다.

"아미와의 교제를 허락해 주세요. 서로 많이 사랑하고 있습니다."

세진의 말에 아민은 뜨악한 얼굴로 돋아난 닭살을 긁었고, 소정과 정욱은 어색한 미소로 고개를 끄덕였다. 아미는 붉어진 얼굴을 가리고자 고개를 숙였다.

밥을 먹는 동안 결혼 이야기까지 오고 갔다. 세진에 못지않게 빠르게 두 사람의 미래를 결정하는 부모님 때문에 소화불량에 걸린 아미는 식사가 다 끝나고 아민이 쥐어주는 소화제를 삼켰다.

"엄마, 많이 놀랐지?"

나름 굉장히 서프라이즈라 생각을 했기에 설거지를 하는 엄마의 뒤에 서서 조용히 물었다. 거실은 아빠와 세진, 아민이 술잔을 가득 채웠다가 비우기를 반복하고 있다.

"뭐, 조금은. 그래도 다행이지 싶다. 세진이가 널 꽤 좋아했잖니. 세진이 혼자 속앓이 하는 걸 보면 내 딸이지만 어찌나 네가 얄미워 보이던지."

"엄마, 알고 있었어?"

"그럼 모르겠니? 뻔질나게 우리 집에 와서 너 있나부터 확인하고 너한테서 눈을 못 뗐었는데. 그리고 어떤 남자가 여자 머리 묶어주겠다고 배우러 다녀? 너야말로 몰랐어? 세진이가 너 때문에 이모한테 머리 묶는 거랑 땋는 거 배웠잖아."

전혀 몰랐던 사실이다. 너무 익숙하게 묶어주는 터라, 여동생인 세련이 있기에 머리를 묶어주는 거에 능숙한 줄로만 알았다. 아민도 누나인 자신 때문에 머리를 묶어주는 거에 능숙하니 말이다.

"결혼하면 잘해."

세진의 편을 드는 엄마가 얄미우면서도 나쁘지는 않아 괜스레 삐친 척을 하고 고개를 돌렸다. 막 술잔을 든 세진과 눈이 마주쳤다. 눈이 마주친 김에 윙크 한 번 날리자 세진이 놀란 듯 눈을 크게 뜨더니 이내 웃으면서 어서 오라는 눈빛을 보냈다.

"누나! 과일 좀."

두 사람이 주고받는 눈길에 뭔지 모를 불만이 든 아민은 다가오는 누나의 발걸음을 막았다. 두 사람이 동시에 노려보든 말든 아민은 든든한 아버지를 내세워 세진에게 술을 가득 부어주었다.

소문은 빠르게 퍼져 나갔다. 물론 소문의 발단은 반지였다. 세진의 손가락에 못 보던 반지가 끼워져 있자 여직원들은 빠르게 그의 뒤를 캤다. 하지만 상대가 누구인지를 알아낼 수가 없어 근거 없는 소문만 무성하게 피어올랐다. 모두들 세진에게는 섣불리 묻지도 못하고 눈치만 살폈다.

그러다 그가 브라질로 향하기 이틀 전, 이 과장이 모두의 총대를 짊어지고 세진에게 물었다.

"차 팀장님, 못 보던 반지인데. 혹시……."

"아, 맞습니다. 저 내년 봄에 결혼합니다."

당당하게 선언을 하는 세진의 말에 여직원들은 한숨을 집어삼켰다. 기회만 엿보다가 물먹은 여직원들은 상대가 누구인지 물어보라는 듯 이 과장을 뚫어져라 쳐다봤다.

"누구와……."

"아, 제가 말 안 했나요? 2팀의 허아미 대리님입니다."

능청스럽게 자신이 미리 말을 하지 않았음을 몰랐다는 듯 세진이 말했다. 놀라서 소리를 지르는 남직원들의 축하가 쏟아졌고, 여직원들은 서로 눈빛 교환을 하고 아미를 입안에서 씹었다.

브라질로 가기 전 아미가 자신의 여자임을 직원들에게 밝히고서는 가뿐한 얼굴로 세진은 오후 업무를 시작했다. 그리고 얼마 가지 않아 아미가 그의 사무실로 쳐들어왔다.

"나 몰라! 다들 구경 오잖아! 지금 어떤지 알아? 나 엄청 시달리다가 왔다고!"

"왜?"

"왜? 왜라는 말이 나와?"

꽤나 시달렸는지, 씩씩대던 아미는 소파에 주저앉아 머리를 감싸 쥐었다. 결혼도 약속했으니 언젠가는 밝혀야 했지만, 이렇게 갑자기는 아니었다. 벌써부터 세진의 팬클럽이나 다름없었던 여직원들의 눈총을 받고 있다.

고뇌하는 아미를 지금 달래봤자 소용이 없다는 걸 깨달은 세진은 그녀가 진정할 때까지 기다렸다. 한참 동안 씩씩대던 아미가 이곳에 오래 있다가는 어떤 소문이 날지도 모른다는 생각에 퍼뜩 일어나 사무실을 나갔다.

지나가는 사람들마다 그녀를 붙잡고 늘어지는 통에 사무실 밖으로 나가는 게 무서워 내내 자리를 지켰다. 이미 궁금증을 해소한 팀원들은 더는 그녀를 괴롭히지 않았다. 주 팀장이 나서서 다른 팀원들이 사무실로 들어오지 못하게 막아주어서 그나마 괜찮았다. 문제는 퇴근 시간이 되어서이다.

"아미야, 집에 가자."

퇴근 시간이 되자 부산해진 사무실에 세진이 들어오더니 폭탄을 날리고는 내려가서 기다리겠다며 빨리 내려오라고 했다. 다들 퇴근을 하기 위해 옷과 가방을 챙기다가 세진의 말에 모두들 얼어버렸다. 그리고는 다들 아미를 쳐다봤다. 아미는 어색하게 웃으며 세진을 찾아 재빨리 사무실을 나섰다. 이로써 두 사람은 연인임을 공식적으로 밝혔다.

세진이 출장을 가는 날, 태호의 크나큰 배려 아래, 회사 대표로 브라질로 출장을 가는 사람들의 배웅을 나오게 되었다. 공항으로 가기 위해 사무실을 나서는데 뒤에서 야유를 보내는 팀원들을 앞으로 어떻게 보나 하는 생각으로 눈앞이 깜깜했다. 다들 세진에게는 묻지를 못하니 그녀만 달달 볶았다.

　"추워지면 꼭 독감예방주사 맞고. 옷 따뜻하게 입고 다녀. 눈 온다고 밖에 돌아다니지 말고."

　유독 눈을 좋아하는 아미가 걱정이 되는지 세진이 반복해서 당부를 했다. 세진의 당부에 일일이 고개를 끄덕이던 아미는 가볍게 입을 맞춰오는 세진 때문에 얼굴을 가렸다. 그와 같이 가는 직원들이 봤으면서도 못 본 척 자신들의 공항 티켓을 확인하며 시선을 돌려주었지만 부끄러움을 감출 수 없었다.

　그렇게 세진이 긴 출장을 가고 겨울이 찾아왔다.

　전화보다는 서로 이메일을 주고받으며 그리움을 삭여 나갔다. 연말이 되면서 세진이 더욱 보고팠으나 밀린 업무 탓에 장난으로라도 브라질로 가겠다는 생각을 할 수가 없었다.

　"눈 오네."

　쌓였던 눈이 녹아서 택시를 타고 집으로 왔다. 아파트 단지 입구에서 내린 아미는 또 떨어지는 눈에 함박 미소를 지으며 걸었다.

　"아, 이제 와요?"

　자신에게 하는 말인지 아닌지도 모르면서도 아미는 반사적으로 고개를 돌렸다. 그리고 벤치에 앉아 있는 한건우를 봤다.

"오랜만인데 조금만이라도 반가운 척해주지."

순식간에 굳어지는 아미의 얼굴을 확인한 건우는 씁쓸한 미소를 지었다. 그의 머리에 내려앉은 눈이 녹아서 적시더니 이내 툭 하고 머리끝에서 물이 되어 떨어졌다. 마치 그 모습이 그가 울고 있는 것처럼 보이는 것은 그가 내뿜는 암울한 분위기 때문일 거다.

"왜 또 왔어요?"

"뭐, 그냥. 전화번호 바꾼 거죠? 그래도 번호는 바꾸지는 말지. 이제는 아예 없는 번호라고 하던데요."

"언젠가는 누군가가 그 번호를 쓰겠죠."

천천히 한건우의 앞으로 걸어간 아미는 우산을 꺼내 썼다. 눈이 내리면 맞지 말고 우산을 꼭 쓰라는 세진의 당부가 있었기에.

자신과 달리 고스란히 눈을 맞고 있는 한건우가 추워 보였지만 굳이 우산을 씌워주는 친절을 베풀지는 않았다.

"오늘이 우리 지우 기일이에요."

"그래요?"

덤덤하게 묻는 아미의 말투에 건우가 쓴웃음을 지었다.

"아, 약발 떨어졌네."

"애초부터 없던 약발이에요."

건우의 여동생 일은 안된 일이지만, 그녀와는 관계가 없는 일이다. 굳이 마음을 쓸 이유가 없다.

"처음 마음은 저도 장담은 못하지만, 나중에는 정말로 아미 씨한테 관심 있었어요. 그래서 사과해야겠다는 생각이 들었어요. 미안해요. 이번엔 진심이에요."

이번에는 아미도 진심으로 받아들였다. 두 사람은 한참을 어긋난 시선으로 같은 공간을 공유했다.

"춥다. 가야겠네."

자리에서 일어난 건우는 자신의 어깨에 쌓인 눈을 탈탈 털어냈다.

"그 남자는요?"

"출장이요."

"잘해줘요?"

"뭐든지 다."

깔끔한 아미의 대답에 건우가 작게 웃어 보였다. 몇 걸음 뒤로 물러난 건우는 아미를 차근차근 훑어 내렸다.

"지금 보니까 꽤 예뻐요. 그래서 더 아쉽네."

"어서 가요."

"아마 당분간은 아미 씨 생각할 것 같아요."

건우는 자신의 마음에 조금의 진심이 생겨났다는 걸 뒤늦게 깨달았다. 그래서 아쉬움이 남았다. 하지만 세진과 이야기를 한 뒤에 그는 자신이 얼마나 오만했는지 깨달았다. 세진은 작은 눈빛에서도 아미를 사랑한다는 걸 보여주었다. 건우는 자신이 그 정도의 마음은 아니라는 걸 알기에, 절대 세진의 마음을 이길 수 없다는 걸 알기에 더욱 커져 가려는 마음을 다 잡았다.

"그럼 이만. 나중에 또 봐요."

인사를 그렇게 했지만, 언제 또 그녀를 보게 될지 모른다. 어쩌면 평생 보지 못할 수도 있다. 지우와 같은 번호를 사용했던 아미는 이제 없으니. 인연은 고작 거기까지였다.

크리스마스 날에는 세진에게서 택배가 왔다. 그라고 생각을 하면서 매일 껴안고 자라고 인형을 보냈다. 아주 가끔, 정말 생각지도 못하게 귀여운 구석을 보여준다. 그 선물을 본 아민은 질색을 했고, 그날 만났던 세련은 설마 자신의 오빠가 그랬을 리가 없다며 부정을 했다.

새해가 지나고 며칠 뒤, 세진은 귀국을 했다. 그동안 열심히 태호를 협박한 보람의 결과로 세진은 예정보다 빨리 귀국을 할 수 있었다. 그리고 그 주에 상견례를 위해 세진의 아버지인 현민이 귀국을 했다.

"정말로 결혼하네. 연하랑 결혼하는 소감이 어때?"

"궁금하면 연하랑 결혼해 보던가."

5월의 신부가 될 아미는 태호의 태클에도 이제는 웃어 넘기는 여유를 보였다. 찌르면 바로 반응을 했던 아미가 이렇게 급작스럽게 변하자 태호는 재미가 없어졌다며 구시렁거렸다. 그러다 세진에게로 타깃이 옮겨갔다.

"나는 내심 한건우랑 되는 줄 알았지."

"뭐라는 거야."

신혼여행지와 청첩장을 고르느라 수많은 종이들을 테이블 위에 올려놓고 번갈아가며 보고 있었다. 샘플로 받은 청첩장만 해도 어마어마했다. 거기에 아직 신혼여행을 어디로 갈지 정하지 못해서 더욱 골치가 아팠다. 그런 와중에 태호가 세진을 건드렸다.

"한건우가 아미한테 관심 갖지 않았어? 그래서 내가 친히 아미를 촬영장으로 보냈잖아."

그러고 보니 촬영이 지연되면서 태호는 부득불 우겨서 아미를 촬영장을 보냈었다. 의심이 가는 구석이 있었는데, 설마 한건우에게 아미를 갖다 바친 거였을 줄은 몰랐다.

"죽고 싶지."

이미 지나간 인연이지만 세진은 발끈했다. 참았던 짜증을 모조리 쏟아붓듯 태호에게 테이블 위에 오려진 청첩장 샘플들을 집어 던졌다.

"차세진! 나 고르고 있었는데! 뭐야, 오빠는! 방해할 거면 가버려!"

태호 때문에 괜히 아미에게 한 소리 들은 세진은 토라져서 고개를 획 돌려 버렸다. 태호는 조용히 바닥으로 떨어진 샘플들을 주워 다시 테이블 위에 올려두었다.

"남의 영업장에서 뭐 하는 짓들이야. 누나나 영업 방해할 거면 가라고."

그들이 있는 Bar의 주인인 아민의 말에 모두들 입을 다물었다.

"결혼준비 하면서 많이 싸운다고 하던데. 언니랑 오빠도 다를 바 없구나."

이곳에 오기 전에 세진과 아미는 한차례 다퉜다. 사소한 걸로 말싸움이 났다. 유독 이 커플이 싸우면 고소해하는 세련은 또 싸울 기미가 보이자 눈을 빛냈다.

"피곤하다."

"집에 가자. 많이 피곤해?"

허나 피곤하다는 아미의 말 한마디에 걱정스런 얼굴로 그녀를 살피는 오빠를 보고 세련은 그럼 그렇지 하는 얼굴로 돌아섰다.

"아직 시간이 남은 것 같은데 왜 이렇게 시간이 없는 것 같지?"

"나머지는 내일 보자."

샘플을 모조리 쇼핑백에 몰아 담은 세진은 아미의 허리를 감싸 안고 유유히 Bar를 빠져나갔다.

"저 커플 은근히 밉상이야."

"대놓고 밉상 짓을 하지."

"동감."

뒤에 남은 아민과 세련, 태호는 그들의 뒷모습을 보고 혀를 찼다. 하지만 그들의 얼굴에는 미소가 가득했다.

에필로그

"이거. 전해달라고 하던데."

아민이 테이블 위에 놓아두는 빳빳한 종이봉투에 상품권인가 하고 눈을 반짝이며 소파에서 일어난 아미는 백화점 로고 표시가 없는 봉투에 실망을 했다. 일어난 김에 봉투를 집어 든 아미가 자기 방으로 들어가는 아민의 뒤에 누가 준 거냐고 물었지만, 아민은 열어보면 알 거라는 말을 남겨두고 방문을 닫았다.

"어?"

봉투 안에 든 내용물을 꺼낸 아미는 놀라 눈을 동그랗게 떴다. 직사각형의 빳빳한 종이를 부채질하듯 흔들던 아미는 자리에서 일어나 다음 달이면 그녀의 남편이 될 세진에게 향했다.

도어록을 해제하고 집 안으로 들어가자 부엌에서 나오는 세진이 그녀를 맞이했다. 자연스럽게 자신을 향해 벌리는 팔 안으로 쏙 들어간 아미는 세진의 볼에 가볍게 키스를 하고 눈을 맞춰 웃었다.

"뭐가 그리 좋아?"

"치이. 이것 좀 봐."

자신과 똑같이 웃고 있으면서 놀리는 세진의 얼굴 앞에 들고 있던 종이를 들이댔다. 너무 가까워서 초점이 맞지 않는 것인지 세진이 살짝 고개를 뒤로 젖혔다가 종이에 적힌 글자를 읽고서는 미간을 찌푸렸다.

"뭐야, 이거."

"아민이가 갖다 줬어. 나한테 전해달라고 했다던데."

아미의 손에 들린 종이를 빼앗아 든 세진은 다시 확인을 하고서는 휙 하고 종이를 뒤로 던져 버렸다. 서로 바쁜 와중에 결혼준비를 하느라 서로 예민해져 있는 상황이다. 물론 세진이 대부분 맞춰주고 참고 있어서 무난히 넘어가고 있지만, 가끔씩 세진은 저렇게 심술을 부렸다.

"왜 버려?"

땅에 떨어진 종이를 집어 들고 방 안으로 들어가는 세진을 졸졸 따랐다.

"설마 가자고 하는 건 아니지? 너 그 영화 절대 안 본다고 했었던 것 같은데."

한건우가 아민에게 전해준 것으로 보이는 영화시사회 초대장을 물끄러미 쳐다봤다. 그러고 보니 예전에 세진에게 그랬던 것 같기도 하다. 하지만 그때와는 달리 지금은 딱히 이 영화에 감정이 없다. 게다가 시사회 초대장이다. 공짜로 영화를 볼 수 있는 거다. 그것도 개봉 전에.

"나는 보고 싶은데."

"나는 보기 싫어."

또 서로 대립이 시작이 되었다.

"왜 시사회 초대장을 너한테 보내는 건데? 누구는 좋겠네? 그 누가 아직도 잊지 못하고 있는 것 같은데."

"에이. 한건우가 나를 진짜로 좋아하기는 했었나? 아닐걸?"

한건우가 진심으로 자신을 좋아했는지 안 했는지는 모른다. 한 건우를 마지막으로 본 날, 그는 관심이 있었다고 시인을 했다. 그리고 한동안은 자신을 생각할 거라고. 물론 그 말을 곧이곧대로 믿는 건 아니기에 아직도 그의 마음이 어땠는지는 오리무중이다.

"그럼 나 혼자라도 보러 간다?"

"허아미, 초대권 이리 줘봐."

초대권을 갈기갈기 찢어버릴 듯 무시무시한 기세로 세진이 다가왔다. 초대권을 등 뒤로 숨긴 아미는 그를 피하느라 온 집 안을 빙빙 돌아다녀야 했다.

몇 날 며칠, 서로 아웅다웅한 끝에 두 사람은 지금 시사회에 왔다. 자리는 앞에서 다섯 번째로 무대와 굉장히 가까웠다. 앞에는 취재진들이 진을 치고 있었고, 곧 배우들이 무대 위로 올라간다는 말에 기자들은 카메라 위치를 점검했다.

"그럼, 〈마침표. 쉼표,〉 배우들과 감독님을 무대 위로 모시겠습니다."

사회자의 말이 끝나자 관람석이 소란해졌다. 감독과 배우들이 무대 위로 올라오자 여기저기에서 플래시가 터져 순간적으로 눈앞이 아찔해지는 느낌을 선사했다.

감독과 배우들이 돌아가면서 인사를 하고 기자들의 질문이 이어졌다. 한건우 또한 자신에게로 향하는 질문에 미소를 지으며 대답을 했다. 그리고 아미는 마지막 질문에서 그와 눈이 마주쳤다.

"한건우 씨, 만약 정혁이었다면 어떤 선택을 하셨을 겁니까?"

늘 이런 질문은 빠지지 않는다. 만약에 실제로 맡았던 배역과 같은 상황에 빠진다면 어떤 선택을 할 것인지를 기자에게 질문을 받은 건우는 시선을 들고 아미를 쳐다봤다. 그 자리에 그녀가 앉아 있었다는 걸 알기라도 하듯이.

"한 여자에게 관심이 가는데 그 여자에게는 다른 남자가 있다면 저는 포기하겠습니다. 다른 남자가 저보다 더 그녀를 사랑하고 행복하게 해줄 수 있다면 보내줘야겠죠. 정혁은 짧은 시간이나마 그녀를 가져서 행복할까요? 저는 아니라고 봅니다. 계속해서 그 행복만 떠올리며 집착을 하겠죠. 조금이라도 더 진심이 되기 전에 저는 포기를 할 겁니다."

영화와 다른 선택을 하는 건우의 대답이 꽤 단호했다. 그래서인지 기자들의 사진기를 누르는 손가락의 속도는 더 빨라졌다.

"마치 경험담 같네요."

"영화를 찍으면서 알게 됐거든요. 정혁을 연기하면서 느낀 것입니다. 영화는 끝이지만, 정혁은 앞으로도 수인을 생각하며 후회하고 괴롭겠죠."

　꽤 오랜 시간 질문이 지속되자 사회자는 능숙하게 기자들의 질문을 끊었다. 배우들과 감독이 무대에서 내려가고 열띤 분위기가 가라앉자 조명이 꺼졌다. 그리고 영화가 시작되었다.

　영화는 책의 내용과 같았지만, 다르기도 했다. 책은 주로 두 남자의 사이에서 행복한 모습만 드러냈다면 영화는 두 남자의 고통을 더 드러냈다. 특히나 마지막 장면은 책에도 없는 내용이었다. 수인의 결혼식에 몰래 참석한 정혁. 수인을 보고 희미하게 웃는 정혁. 그리고 그런 정혁을 발견하고 복잡한 얼굴로 수인을 보는 승민. 그런 두 남자를 모르고 행복하게 웃고 있는 수인. 엔딩은 두 남자의 각기 다른 슬픔을 보여주고 끝났다. 책과는 달리 해피엔딩이라고 할 수가 없어서 영화를 보고 난 뒤에는 책과는 다른 여운이 남았다.

　"가자."

　영화가 끝나고 볼 장 다 봤다는 듯 세진이 일어나서 손을 내밀었다. 그 손을 잡고 사람들에게 휩쓸려 상영관을 나왔다.

　"허 대리님."

　회사에서나 듣는 호칭에 세진과 아미는 걸음을 멈추고 뒤를 돌았다. 한건우의 매니저가 그들을 향해 다가왔다.

　"잠깐 들러서 인사하고 가세요."

　못마땅한 얼굴로 매니저는 그들을 안내했다. 그는 무슨 생각으로 두 사람을 불러달라고 했는지 건우가 이해되지 않았다.

　대기실로 두 사람을 들여보낸 매니저는 문을 닫고 나갔다.

"오랜만이네요."

두 사람에게 근사한 미소를 지으며 건우가 인사를 했다. 세진은 무뚝뚝한 얼굴로 고개만 까딱였다.

"오늘이 진짜 마지막인가요? 나 이제는 보기 힘든 남자가 됐어요. 흐음. A급 배우가 됐다고나 할까."

아미는 고개를 끄덕였다. 영화에서 한건우는 완벽하게 정혁이 되었다. 단숨에 관객들을 사로잡았으니 그는 이제 대스타가 될지도 모른다.

"오늘 보는 게 마지막이라는 게 아쉬우면 오세요."

세진이 상의 안쪽 주머니에서 무언가를 꺼내 건우에게 건넸다. 겉표지를 보고 그게 무엇인지 알아차린 아미는 쿵 소리와 함께 이마를 감쌌다.

"두 사람 결혼하네요. 축하해요."

건우의 축하에 세진은 피식 웃더니 후련한 얼굴로 아미에게 나가 있을 테니 마지막 인사를 하고 나오라는 말을 했다. 세진이 대기실을 나가자 건우는 들고 있던 청첩장을 내려놓고 아미 앞에 섰다.

"아까 인터뷰 봤죠? 진짜예요. 난 도중에 멈췄으니 정혁과 달리 괴롭지 않아요. 이제는 가끔 생각도 나지 않고요."

"그래요? 그런데 왜 시사회 초대권을 보냈어요?"

이제는 다 괜찮아졌는지 자신에게 한때나마 관심을 가졌던 남자에게 여유롭게 미소를 지어줄 수 있었다.

"와, 이 태도 좀 봐. 살짝 건방져 보이는 거 알죠?"

"도도한 거죠."

아미의 말에 크게 웃은 건우가 동조를 하듯 고개를 끄덕였다.

"아미 씨한테 나쁘게 기억되고 싶지 않았어요. 그리고 아미 씨가 행복한 모습도 보고 싶었고. 행복하겠어요."

슬쩍 손가락으로 청첩장을 건드린 건우가 아미에게 손을 뻗었다. 마지막 악수를 나누고 아미는 건우에게서 등을 돌렸다. 그리고 대기실을 빠져나왔다.

"흐음."

시계를 툭툭 두드리는 폼이 왜 그리 늦게 나왔냐고 타박을 하는 듯했다. 쿨하게 마지막 인사를 나누고 나오라고 한 사람이 누군데.

"두 사람 인연이 보통은 아닌 거 인정해. 신기한 인연이지. 그래도 네 운명은 나다."

질투 섞인 말에 아미가 그의 팔짱을 끼고 고개를 끄덕였다. 곧 자신의 남편이 될 남자가 이끄는 대로 걸어가면서 마침표를 찍었다.

소파에 깊숙이 몸을 묻고 팔을 교차해 팔짱을 낀 세진은 못마땅한 얼굴로 시선을 아래로 깔고 있었다. 정확하게는 바닥에 깔린 카펫에 앉아 있는 두 사람을 노려보고 있는 중이었다.

이제는 결혼 7년 차. 많은 것들이 변했다. 그중 가장 변한 게 있다면, 자신에게 찍혔던 마침표에 꼬리가 생겨서 쉼표로 변했다는 거다.

"아미야."

그의 부름에도 아미는 꼼짝할 수가 없었다. 눈만 옆으로 굴려 남편을 흘끗거렸다. 조금이라도 움직일라치면 아들의 잔소리와 칭얼거림이 따랐다. 그걸 알면서도 남편은 그녀가 볼 때까지 계속해서 불러대는 중이었고, 아들은 그런 아빠를 노려보며 씩씩거리는 중이었다.

"아빠! 엄마 부르지 마!"

결국 참았던 분을 터트리듯 아들이 아빠에게 달려들었다. 내내 꼼짝 않고 아들의 키에 맞춰 허리를 숙여 앉아 있던 아미는 아빠에게 달려드는 아들의 허리를 잡아 품에 안았다.

"흐아앙. 아빠가…… 흑, 자꾸 흑, 엄마를……."

아빠가 자꾸 엄마를 불러서 방해를 했다며 우는 아들을 달랠 생각도 않고 세진은 발만 까딱였다. 그 모습이 몹시 얄미워 아미는 남편을 흘겼다.

"뚝! 아빠가 그랬어? 아빠 때찌."

꼭 어린 아들의 신경을 건드려서 울게 만드는 남편의 다리를 때찌 하자 아들이 엄마를 따라 아빠의 다리를 때렸다. 솜방망이 같은 아들의 주먹에 아프다는 듯 얼굴을 찌푸린 세진이 화가 나서 자신에게로 오지도 않는 아들을 억지로 품에 안고 자리에서 일어났다.

높이 몸이 들리자 버둥대던 아들은 엄마에게 구원의 눈초리를 보냈다.

"나 지금은 아빠랑 안 있을 거야."

그러니 어서 엄마에게 자신을 넘기라는 아들의 뾰로통한 말에도 세진은 조금씩 아미와 거리를 두면서 고개를 저었다. 그러면서 아들의 손목에 감긴 머리끈을 잡아당겼다. 팔목이 가늘어 쏙 하고 빠지는 머리끈을 불끈 쥔 아들이 빼앗아 가지 말라는 듯 아빠를 노려봤다.

"내가 엄마 묶어줄 거야."

아들은 조금 머리가 커지더니 아빠의 영역을 침범하기 시작했다. 그렇게 아미를 두고 두 남자의 소유권 다툼이 벌어졌다. 그중 하나가 이거다. 늘상 아빠가 엄마의 머리를 묶어주는 걸 보고 자란 아들은 아빠를 따라 손목에 머리끈을 감고 다니더니 고사리 같은 손으로 자신이 엄마의 머리를 묶어주겠다며 나섰다.

절반은 빠트리고 묶은 머리를 세진이 다시 묶어주면 그 자리에서 대성통곡을 하는 통에 요즘 아미는 아예 머리 묶기를 거부했다. 아들 때문에 소소한 즐거움을 잃어버린 세진도 조금씩 삐뚤어졌다. 아들을 울리기 일쑤요, 보란 듯이 아들 앞에서 아내를 독차지하려고 하는 탓에 매일이 전쟁이다시피 했다.

오늘도 간절한 아들의 부탁에 머리카락을 내어주고 있었던 참이다. 그 꼴을 보던 세진이 계속해서 아미를 불렀다. 아빠의 부름이 신경 쓰였는지 제 욕심껏 머리를 묶어주지 못한 아들은 결국 울어버린 것이다.

"나 단발로 자를까?"

"아니."

"엄마."

어떻게든 아빠의 품에서 벗어나려 발버둥 치는 아들에게 손을 뻗자 아들이 구세주를 만난 듯 아미의 목에 팔을 감았다. 결국 엄마의 품으로 되돌아가는 아들의 엉덩이를 툭툭 두드린 세진의 얼굴에는 분함이 가득했다.

갈수록 아들을 닮아간다. 아들이 아빠를 닮아가는 게 아니라, 아빠가 아들을 닮아가고 있으니 애를 둘 키우는 기분에 아미는 터지는 한숨을 삼켰다.

"계속 아들하고 싸우면 나 바로 샵으로 갈 거야."

아미의 말에 세진은 자신의 손목에 감겨 있는 머리끈을 만지작거리며 시선을 피했다. 졸린다며 응석을 부리는 아들을 안고 방으로 들어간 아미는 낮게 자장가를 부르며 아들의 등을 토닥였다.

"아들내미 자?"

조용히 문을 열고 들어온 세진은 아미의 품에 안겨서 잠이 든 아들을 확인하고는 침대 이불을 젖혔다. 조심스럽게 아들을 눕히고 이불을 여며준 아미는 눈에 넣어도 아프지 않은 아들의 볼에 입을 맞추고 일어났다.

"난 네가 마침표다."

어제저녁 아들이 아빠랑 자신 중 누구를 더 사랑하냐고 물었다. 두 남자의 따가운 시선을 받으며 아미는 둘 다 똑같이 사랑한다고 대답을 했다. 아들은 삐쳤다가도 나중에 가서는 잊은 듯했지만, 세진은 지금까지 그 대답을 가지고 물고 늘어졌다.

아들과 자신의 사이에 쉼표를 찍는 게 어디 있냐며 툴툴대더니 기어코 오늘 아들을 울려서 그녀를 곤란하게 만들었다.

"내 마침표도 당신이지."

세진의 허리를 팔로 감싸고 애교를 피웠지만, 이미 맘 상한 세진은 퍽이나 그러냐는 듯 굴며 그녀를 쏘아봤다.

"나 머리 묶어줘. 응?"

자고 일어난 아들이 분명 머리를 묶고 있는 엄마를 보고 울 게 뻔했지만, 일단은 세진을 먼저 달래주기로 했다. 뒤돌아서자 그가 부드럽게 몇 번 머리를 빗기고는 능숙하게 손을 움직였다.

"으음……."

머리를 묶고 드러난 목덜미에 세진이 입술을 대고 움직였다. 살짝 빨아들여 자국을 낸 그가 자신의 작품이 만족스러운 듯 웃으며 아내의 원피스 지퍼를 잡고 끌어 내렸다.

"우리 둘째 가질까?"

그보다 한참을 늦게 결혼을 한 아민의 처가 첫딸을 낳고 바로 둘째를 가졌다. 그리고 서겸은 한 번에 쌍둥이를 낳았다. 그에 자극을 받았는지, 요즘 들어 세진은 둘째 타령을 했다.

"둘이서 싸우는 거 달래기도 힘든데?"

아들과 그만 싸우라는 걸 알아들은 것인지 못 알아들은 것인지 세진은 벌어진 옷 사이로 드러난 등줄기를 따라 입술을 내렸다. 잔소리는 나중에 이어서 하기로 한 아미는 자신을 안아 들고 안방으로 향하는 남편의 목에 팔을 감았다.

그리고 다음 해에 세진은 둘째 딸에 푹 빠졌고, 아들과의 싸움은 더 이상 없었다.

the End

〈작가 후기〉

또 이렇게 인사를 드리게 되네요. 두 번째 종이책 출간입니다. 실은 그전에 인사를 드릴 수 있었는데, 좋지 않은 일로 무산이 되었었어요. 그래서 지금, 이렇게 후기를 쓰는 게 더욱 기쁘고 떨립니다.

『마침표 쉼표』 어떠셨나요? 사랑에는 여러 종류가 있겠지만, 저는 쉼표와 마침표 두 가지로 나눠보았습니다. 쉼표와 마침표. 결국에는 모두가 마침표가 되기를 원하지 않을까 하는 생각으로 시작이 된 글입니다. 세진과 아미의 이야기가 여러분들의 공감을 샀으면 하는 바람이 있습니다.

후기에 빠지지 않는 감사의 인사를 전할까 합니다.

먼저, 세진과 아미의 이야기를 출간할 기회를 주신 예원북스 관계자 여러분들과 유경화 실장님께 진심 어린 감사드립니다.

제가 새로 둥지를 틀었습니다. 작가연합카페 '그린나래'의 민희서, 라돌체, 단, 이해음, 지수안, 혜슬, 주은영 작가님들. 매일 메신저로 서로 글을 쓰자고 독촉하고 다독이는 작가님들이 있어서 또 한 번의 책을 출간하게 되었습니다.

그리고 잠시 휴식기를 가지고 있는 '나무 바람을 사랑하다'의 작가님들과 독자님들에게도 감사의 인사를 전합니다. 꼭 다시 뵐 수 있기를.

제가 사랑하는 가족들에게도 감사의 인사를 전합니다. 그리고 언제나 제 옆을 든든하게 지켜주고 있는 그 사람에게도 고맙다고 말하고 싶습니다.

그럼, 다음에도 또 인사드릴 수 있도록 새 글을 쓰기 위해 저는 이만 물러갑니다.

PS. 너무나 사랑스러운 아기별이 하늘에 떴습니다. 작고, 여린 우리의 아기별. 그곳에서 그 어떤 별보다 반짝반짝 빛나고 있을 우리의 아기별. 가족 모두가 널 마음 깊이 사랑하고 그리워한다는 걸 알려주고 싶습니다. 부디 이 글이 우리의 아기별에게 전해지기를.